Alle Namen von Menschen, Institutionen, Orten, näheren Umständen sind geändert. Inklusive meines eigenen. Wegen Datenschutz und Vorsichtshalber. Man weiß ja, wie es Leuten gehen kann, die Dinge aussprechen, die die Strippenzieher nicht gerne hören.

„Zwei Dinge sind unendlich: Das Universum und die menschliche Dummheit; aber beim Universum bin ich mir nicht so sicher."
Albert Einstein

„Es geht nicht darum, ein neues Rom zu bauen, es geht darum, Rom neu zu bauen."
Hanna Arendt

„Nett kann ich auch. Bringt aber nix."
Keine Ahnung von wem

Bibliografische Information der deutschen Nationalbibliothek:
Die deutsche Nationalbibliothek verzeichnet diese Publikation in der deutschen Nationalbibliografie, detaillierte bibliographische Daten sind im Internet unter dnb.dnb.de abrufbar.

Die automatische Analyse des Werks, um daraus Informationen insbesondere über Muster, Trends und Korrelationen gemäß §44 UrhG („Text und Data Mining") zu gewinnen, ist untersagt.

Verlag: BoD · Books on Demand GmbH, Überseering 33, 22297 Hamburg, bod@bod.de
Druck: Libri Plureos GmbH, Friedensallee 273, 22763 Hamburg
Eine Kooperation zwischen der VG Random House

© 2025 Truddi Trueman (Alias) Email: truddi.trueman@gmail.com

Zweite Auflage

Bildernachweis: Titelbild: Truddi Trueman (Alias)
Schriften: Calibri, Cambria, Arial, MS Word, 2007

ISBN: 978-3-8192-2642-7

Bissi schräg bis völlig irre

von Gesellschaft, Machtmenschen und der Kita

Truddi Trueman

Inhalt:

Überblick, weil anders   13

Kranke Gesellschaft

40 Jahre Erzieherin   17
Von Dichtern und Denkern zu Arschlöchern   21
Vom Wirtschaftswunder zu Babel   27
Nebel im Kopf   30
24/7 Gehirnwäsche   33
Drahtzieher   36
Du sollst nicht merken!   41
Du sollst nicht tun!   46

Machtmenschen

Wie sie ticken   49
Menschliche Trümmerfelder   53
Jetzt mal Tacheles   57
Krankhaftes Gekränktsein und Wut   61
Zwang, innere Leere und... Wut   64
Alles ich, alles meins   67
~~Destruktivität, Perfidität, Bösartigkeit~~   69
Gekippte Weltwippe   71
Mein Fazit   76

Marode Kita

Stoss-mich-zieh-dich-Beruf 79

Im Wolkenkuckucksheim 82

Mach dich gefasst 84

Tragen die Träger? 87

Tacheles, auch den Eltern 103

Elternisch 111

Pathologische ‚Liebe' 113

Kita – die pädagogische Milchschnitte 125

Portfolio – Instagram der Kita 128

Noch was **Schönes** 130

Götze Datum 132

Partizipation – schöne neue Schublade 134

Leithammelsyndrom 137

Nochmal Sprache 140

Und nochmal 144

Uuund nochmal 148

Die Gruselgruppe 151

Einzelintegration – Fluch und Segen 155

Humor in der Kita – um Gottes Willen! 161

Typisch Bayern? 164

Kings und Queens 170

Folterkammer Krippe 174

Mobbing deluxe 179

Innere Abgründe 182

Machtspielchen 184

Menschliche Minenfelder 187

Giftnatter, Spaltpilze, menschliche und pädagogische Flachwurzler 195

Ecken-Chaos 201

Erste-Hilfe-Maßnahmen 205

Gute Erzieher/in? 210

Die Leitung – leidensfähig oder megaloman 214

Kids sind anders 216

Wir singen... nicht 224

Wir basteln... nicht wirklich 228

Corona-Wahnsinn 231

Märchen sind out? 233

Speedys 240

Leberwürste 242

Gruselkids 246

Der Haar-Disput 252

‚Butterweich' tut mir weh 256

Pflaster-Spielchen 258

Der unverschämte Joghurt 260

Angst und Sorge 265

Wut und Trauer 271

Seiltanz 273

Kein Ende... 277

Doch ein Ende 280

Bissi schräg
bis völlig irre

von Gesellschaft, Machtmenschen und der Kita

Überblick, weil anders

Vermutlich erwartet man von einem Buch einer Erzieherin so bisschen als Einleitung erstmal ein paar Zeilen darüber, wie sich die Gesellschaft zu ihrem Nachteil verändert hat, um dann zügig zu den elenden Bedingungen zu kommen, die zunehmend in den deutschen Kitas vorherrschen. Aber – der Laie möge staunen, der Fachmann sich wundern – solche Bücher gibt's schon jede Menge. Gut geschrieben, aufklärend, dringlich und eindringlich. Sie werden auch gelesen, ein bisschen. Und dann schert sich kein Schwein mehr drum. Immer mehr Kolleginnen und Kollegen nutzen auch YouTube, Instagram & Co, um auf unsere Sozial-Misere hinzuweisen. Und die herrscht in all unseren sozialen Einrichtungen, in der Kita, in der Pflege, den Heimen, den Krankenhäusern, den Schulen. Ja, auch das wird gehört und gesehen, ja, wird – pro forma – auch verstanden, ja, ist schlimm momentan. Aber was soll man denn da machen. Nix kannste machen.

So isses, leider, drum mach ich hier mal was anderes. Nämlich das marode Machwerk, als das ich unsere Gesellschaft zunehmend empfinde, von hinten aufzudröseln. Wie ein kompliziertes Strickmuster, um es zu verstehen. Ich frag mich erstmal, warum wir kaum mehr bemerken, wie besonders unsere Sozialsysteme kränkeln, wie pervertiert sie teilweise geworden sind. Wie ein Sozialstaat immer mehr ins Unsoziale kippen kann. Wie einst helfende Systeme wie etwa Kita und Altenheim peu à peu zu schön bemalten Schubladen werden, ohne Inhalt oder bis oben hin voll mit wirrem, unbrauchbarem Kruschzeug, zum Beispiel einer ins Skurrile ausufernden Bürokratie, mit der ihre Mitarbeiter schikaniert werden. Und ausgesaugt bis auf den letzten Blutstropfen.

Ich frag mich, was das für Menschen sind, die all den Mist so bestimmen, ja beinahe, ob unsere Führenden überhaupt noch Exemplare sind, die alle Kriterien des Menschseins erfüllen. Sind doch immer mehr auf eloquent getrimmte Showmen anstatt weise, verantwortungsbewusste Köpfe. Deren Debatten immer weniger Substanz haben und die mehr darauf aus sind, die Gegenpartei zu verunglimpfen, als irgendwas zu klären oder voranzubringen. Die mit wohltrainierter Gestikulation und erhobener Stimme deklamieren, wie auf einer Theaterbühne. Als ob die armen Säcke keine guten Mikrofone hätten. Die, anstatt fachlich und sachlich zu argumentieren, sich bombastische, polemisierende Wortgefechte liefern und es sich dort zunehmend anfühlt wie in einer Reality-Soap von RTL. Man müsste mal einführen, dass sie ihre Reden nicht mehr selbst führen dürften, sondern dass das die KI künftig macht. Hei, wie das die Selbstdarstellungs-Geier kränken würde! Bestimmt hätte dann so mancher keinen Bock mehr auf den Job.

Hier wird's also erstmal um unsere Gesellschaft gehen, mit ihren äußerlich immer komplizierteren und innerlich zunehmend verwurmten Systemen. Dann hab' ich ziemlich was zu sagen über den seltsamen, fast entartet anmutenden Menschenschlag, der für das Abdriften ins Unmenschliche in unserer Gesellschaft sorgt und der sich scheint's wie die Karnickel vermehrt. Ich nenne diese Individuen ‚Machtmenschen', aber das ist eigentlich ein viel zu mildes Wort für diese gefühls-, moral- und gewissensbefreiten Subjekte. Arschlöcher passt auch gut.

Zur Kita – einst als Bildungs- und Erziehungsstätte gedacht und jetzt zum traurigen und besonders im Kleinkindbereich meiner Ansicht nach sogar schädigenden Aufbewahrungsort degeneriert – komm' ich erst dann, wenn ich das Gefühl habe, alles gesagt zu haben, was aus meiner Sicht, der einer kleinen Erzieherin, hier in Deutschland passiert. Gesteuert mit destruktiven, zersetzenden, gehirnwaschenden Methoden, von Menschen, die für mich statt zur Gattung der Homo sapiens eher zu einer Homo horribilis gehören.

Noch was: ich bin nicht vorsichtig, bin bestimmt nicht immer politisch korrekt, meine eigentümliche, aber ehrliche Sprache wird auch nicht jedem gefallen. Fehler wird's auch geben; unvermeidlich als Selfpublishing-Projekt ohne Korrektorat und Lektorat. Aber auch wenn mir dabei nicht ganz wohl ist, hab' ich doch das Gefühl, dass nach langjähriger, mit sorgfältigen Worten und Inhalten versehener Aufklärung jetzt mal ein authentischer Duktus, frei von der Leber weg, mit satirischen, sarkastischen, aber auch ernsten Tönen zum Aufrütteln dringend angebracht ist. Es kann hier auch mal unflätig werden, wenn meine Empörung so groß ist, dass ich mir nicht mehr anders zu helfen weiß. Wenn andere das ‚Arschloch' sogar in ihrem Titel tragen, darf ich auch welche haben. Schickt sich nicht, für eine Frau, für eine Erzieherin? Zeit, dass sich das ändert! Mit unserer Meinungsfreiheit in Deutschland passiert aber leider dasselbe, wie mit den Sozialsystemen und vielen anderen Dingen. Sie wird untergraben, heimlich, still und leise, mit denselben perfiden Mechanismen wie bei vielen anderen Dingen. Ich find's traurig, dass ich ein flaues Gefühl haben muss, nur, weil ich ehrlich meine Meinung sage. Und wünsche mir sehr, mit diesem Buch ein bisschen dazu beizutragen, dass sich auch dies zusammen mit vielen anderen traurigen Umständen in Deutschland wieder zum Besseren wendet.

Noch ein paar Worte dazu, weshalb ich hier oft so sarkastisch unterwegs bin. Will's mal mit 'nem Vergleich sagen: Wenn ich sehe, dass sich ein Boot dem 200 Meter entfernten Wasserfall nähert, hab' ich noch genug Zeit und Humor, den Fahrer nett zu begrüßen und ihm zu sagen: „Hey Kumpel, in 200 Metern kriegst du gratis 'nen Freefall, allerdings einen sehr feuchten!" Was in der Analogie der Satire entspräche. Wenn der blöde Kerl aber so dumpf ist, meine Botschaft nicht zu verstehen und einfach weiterfährt, hab' ich keine Zeit mehr für ein nettes Säuseln; dann halt' ich schon einen derben, verbalen Puff für angebracht: „Ey, oh Idiot, noch zehn Meter, und du bist Fischfutter!" Das wäre dann der Sarkasmus. Und den finde ich hier angebracht, weil ich das Gefühl habe, dass Deutschland besonders was den sozialen Bereich anbelangt, schon verdammt dumpfbackig geworden ist. Und sich mit seiner Bootsspitze schon nicht mehr im Wasser, sondern 'nen halben Meter in der Luft befindet. Dann braucht's halt eben mal einen Schlag mit der verbalen Pumpfe.

Kranke Gesellschaft

40 Jahre Erzieherin

[Ach, bevor ich's vergesse: ich gendere nicht so oft, unter anderem, weil ich nur wenige männliche und diverse Erzieher in meinem beruflichen Umfeld erlebt habe. Es mögen sich bitte immer alle Geschlechter mit gemeint fühlen]

Es hat seine Tücken, Anfang der 80er noch bei Ordensschwestern gelernt und obendrein drei Jahre in ihrem Schülerwohnheim gehaust zu haben. Die vorgelebte, uneigennützige Lebenseinstellung dieser Frauen färbte unweigerlich ab. Zumindest auf die sozial Angehauchten und Empathischen unter uns. Klar hatte man geholfen, wo Not am Mann war. In der Bibliothek, im Garten oder in der Küche. War doch Ehrensache. Man hatte ja Ehrfurcht vor diesen Frauen, die ihr ganzes Leben dem Dienen gewidmet hatten. Still und heimlich ging dieser selbstlose Dienst an der Gesellschaft ins eigene Fleisch und Blut über. Und diffundierte vor allem ins Gehirn.

Du hast den tollsten Beruf auf der Welt! Du darfst aus dem Kostbarsten, das die Menschheit besitzt, aus unschuldigen kleinen Kindern, wundervolle Menschen machen. Die dank deiner Hilfe zu verantwortungsvollen Erwachsenen heranreifen; die künftigen Pfeiler einer sozialen und gerechten Gesellschaft. Das ist gar kein Beruf, das ist Berufung! Sie kann eigentlich gar nicht mit Geld aufgewogen werden. Wenn da nur das lästige Fleischliche nicht wäre, dein Körper, der hin und wieder ernährt werden will. Deshalb erhältst du eine Kleinigkeit für deine Arbeit. Nimm das still und verschämt hin und widme dich ansonsten ganz deiner wundervollen Arbeit.

Das tut man dann auch, sein Leben lang. Stets ein Vorbild, in jeder Hinsicht. Dazu gehörte in den 80ern auch ein angemessenes Äußeres. In Bayern zumindest. Keine Miniröcke, obenrum schön hochgeschlossen, keine Schminke, keinen Schmuck. Außer vielleicht ein Kreuzchen an einer Kette. Von Tattoos und Piercings ganz zu schweigen. Um Gottes Willen. Unser Lebenswandel hatte natürlich ebenfalls einwandfrei zu sein. Als Geschiedene etwa hatte man kaum die Chance, eine Stelle zu finden.

Aber das war vor 40 Jahren, mittlerweile haben sich viele Dinge geändert. Manche sogar zum Guten, etwa steigen jetzt immer mehr Männer in unseren Beruf ein. Die Bezahlung ähnelt auch nicht mehr so ganz gnädigen Almosen. Und es gibt jetzt Teilzeitstellen. Dringend benötigt, wenn man mit Mitte 40 plötzlich feststellt, dass man ziemlich ausgebrannt ist, von diesem traumhaften Beruf. Die Kleiderordnung hat sich auch gelockert. Wenn unter dem Minirock ein paar schöne Beine hervorblitzen, drückt auch der Herr Pfarrer wohlwollend ein Auge zu. Man verlangt auch keinen Heiligenschein mehr um unsere Köpfe und gesteht uns jetzt auch ein Leben außerhalb dieses Berufs zu. Wenn es sich dabei nicht gerade um Freizeitaktivitäten handelt, die mit schwarzem Lack, Leder und Peitscheschwingen zu tun haben. Vorbei auch die Zeit, als man meinte, mit Spielen, Basteln, Toben und Singen könnte man die lieben Kleinen angemessen aufs Leben vorbereiten. Die pädagogischen Konzepte sind ausgefeilt wie nie zuvor. Von Experten, die das studiert haben. Viele Jahre, an der Uni. Mit den kritischen Augen nicht mehr der Familien-, sondern der Bildungsminister.

Komisch nur, dass es immer weniger Erzieher gibt. Dass viele schon nach ein paar Jahren wieder aussteigen. Dass ganze Kita-Teams streiken oder gar kündigen. Dass man immer wieder von physischer und psychischer Gewalt in den Kitas hört. Dass unsere Pfeiler der Gesellschaft das mit der sozialen Gerechtigkeit immer weniger hinkriegen. Dass wir Deutschen in den Pisa-Studien von Jahr zu Jahr mehr abkacken, trotz angeblich so toller Lernprogramme. Dass wir Kinder heranzüchten, die immer mehr Störungen aufweisen, immer aggressiver werden und immer schwieriger zu betreuen sind. Dass die Lehrer in Deutschlands Schulen schon als ‚Jammerer' betitelt werden. Dass wir Kinder hervorbringen, die zunehmend andere Kinder mobben, quälen und manchmal sogar töten. Dass ich mich bemüßigt fühle, dieses Buch zu schreiben, anstatt des bestsellerverdächtigen Thrillers, der mir schon eine ganze Weile im Kopf herumschwebt.

Nichts Essentielles ist besser geworden. Im Gegenteil. In unserer Gesellschaft hängt der Wurm drin, der besonders unsere sozialen Einrichtungen so ausgehöhlt hat, dass sie drohen, zusammenzubrechen.

Ich sag's lieber noch mal: Wer ein weiteres Exemplar mit exponiertem Wissen und politisch korrekten Ausdrucksformen erwartet, kann hier schon damit aufhören. Und, falls in Papierform gekauft, ärgerlich die blaue Tonne damit füttern. Solche Bücher gibt es schon zu Hauf, aber nix passiert. Zumindest nix besseres. Seit 40 Jahren mache ich jetzt diese gehirnaufweichende Abwärtsspirale mit. In der man uns Sozial-Eseln permanent eine neue Mohrrübe vor die Nase bindet, während wir erschöpft und ausgelaugt weiter unsere Runden drehen. Mit der selbstverständlichen Erwartung einer Nonnen-Gesinnung an uns. Und einem Nonnengehalt, viele Jahre lang, nur ohne Schleier. Williges, billiges, soziales, aussaugbares Bio-Material. Ich erwähne das nur einmal: ja, es gibt in Deutschlands Kitas noch vernünftige Leute, unter den Trägern, den Eltern, den Mitarbeitern, den Kindern. Sicher auch in der Altenpflege oder im Behindertenbereich. Doch die sozialen Systeme pervertieren zunehmend und auch die Anzahl von menschlichen Arschlöchern in allen Sparten steigt und steigt. Sie sind leider viel zu oft schon in der Mehrheit in den Einrichtungen anzutreffen. Wir leben mittlerweile in einer pathologischen Gesellschaft, deren verquere, gehirngewaschene Ansichten und Entscheidungen dafür sorgen, dass in den Kitas verantwortungsbewusste Mitarbeiter gehen, weil die Bedingungen für eine gute Arbeit mittlerweile grottenschlecht sind und diejenigen bleiben, denen die Kinder herzlich egal sind. Weil sie aus anderen Gründen diesen Beruf gewählt haben, die mit Kindeswohl oder Verantwortung oder gar Humanismus oder Philanthropie rein gar nichts zu tun haben. Viel eher mit dem Gegenteil.

Deshalb finde ich: Tacheles reden ist jetzt mal angebracht. Ich spreche von meinen eigenen Überzeugungen und Erfahrungen, und zwar so, wie ich die Dinge empfinde. In meiner Sprache, wie es aus mir herausfließt. Ich werde keine Mühe darauf verwenden, Dinge zu beschönigen, zu relativieren oder nach gut laufenden Gegenbeispielen zu recherchieren. Nicht, dass ich in meinem Umfeld groß welche gesehen hätte. Schließlich wartet der Thriller. Der mir hoffentlich dazu verhilft, paar Jahre noch mit reduzierter Stundenanzahl arbeiten zu können. Weil Vollzeit in diesem Beruf für Leute mit Herz und Verstand auf Dauer nicht mehr machbar ist, ohne erhebliche Schäden davonzutragen. Damit ich meine kläglich ausfallende Rente noch erlebe, mit zwar ordentlich angeschlagenem, aber wenigstens noch rudimentär vorhandenem Nervenkostüm und Verstand.

Von Dichtern und Denkern zu Arschlöchern

Eine ordentliche Portion Kritik an unserer Gesellschaft als ersten Teil, und unseren zunehmend destruktiven Führungsköpfen im zweiten Teil muss ich loslassen, bevor ich dann im dritten Teil zur Kita-Misere komme. Denn diejenige welche kommt ja nicht vom Himmel gefallen. Alle unsere sozialen Systeme sind mittlerweile irgendwie pervertiert. Die Schulen, der Pflegebereich, die Altenheime, das Gesundheitswesen. Was zum Teufel ist da passiert?

Wenn ich mich da hineinfühle, kommen mir sofort ein paar meiner ehemaligen Lieblingsfilme in den Sinn, alte SciFis und Dystopien, wie etwa ‚Soylent Green‘, ‚Fahrenheit 451‘ und vor allem meine Bücher ‚Schöne neue Welt‘ von Aldous Huxley oder ‚1984‘ und ‚Farm der Tiere‘ von George Orwell. Oder die Werke von Isaac Asimov und Robert A. Heinlein. Ich hab’ sie alle vor Jahren schon ganz hinten ins Regal gepackt, weil ich das mulmige Gefühl, das sich bei ihrem Anblick einstellte, nicht mehr haben wollte. Dabei liebte ich sie, als Teenie und in meinen Zwanzigern. Sie beschrieben die Gefahren von destruktiven Entwicklungen in der Gesellschaft, die ich damals schon deutlich spürte. Doch ich war jung, voller Saft und Kraft und enthusiastisch und hatte das Gefühl, dazu beitragen zu können, dass wir alles noch rechtzeitig erkennen und ins Gute lenken würden. Jetzt aber gruselt’s mich, wenn ich an die Romane denke, denn 40 Jahre später stecken wir bis zum Hals in der schon damals beschriebenen Scheiße.

Wie kann es sein, dass so vieles, was wir in der westlichen Welt tun, sich für die Mehrzahl der Bevölkerung, für die kleinen Leute, als mehr und mehr destruktiv herausstellt? Dass wir alles, was wir erfinden, zu Zerstörung von Natur, sozialer Gerechtigkeit und Frieden missbrauchen? Dass uns als sozial verkaufte Maßnahmen sich als unsozial erweisen, Erleichterungen als Erschwernisse? Mal ein paar Beispiele:

• Früher haben die Krankenkassen ihr Geld direkt von ihren Mitgliedern erhalten. Demzufolge waren sie daran interessiert, möglichst viele, gesunde, langlebige Mitglieder zu haben. Jetzt aber bekommen sie ihr Geld in Abhängigkeit von den Diagnosen. Was bedeutet: je kränker die Mitglieder, desto mehr Kohle. Zu früh sterben sollen sie aber auch nicht. Also gilt es, dafür zu sorgen, dass die Leute zwar immer länger leben, dabei aber immer schön krank sind. Und so geschieht es ja auch. Wie von Zauberhand, nicht wahr? Aber hängt ja auch eine viel Kohle scheffelnde Pharmaindustrie dran.

• Wir wollen gut für die Schwachen in unserer Gesellschaft sorgen, etwa für die Alten, Behinderten und Kinder. Dafür schaffen wir Institutionen, in denen sie unter ihresgleichen sind, wohlversorgt und aufgehoben, so ist es wohl gedacht. Dies betreiben wir aber mittlerweile auf eine so lädierte Art, dass es mich gruselt. Die meisten unserer behinderten Mitmenschen, zumindest die, bei denen eine kognitive Beeinträchtigung mit einhergeht, geben wir schon als Kleinkind in spezielle Einrichtungen, wo sie ausschließlich unter ihresgleichen sind. Klar hat das Vorteile, etwa den der individuelleren Fördermöglichkeiten. Aber den großen Nachteil seh' ich darin, dass sie sich bis mindestens zum 18. Lebensjahr sozusagen in einer Art Parallelgesellschaft befinden. Danach landen sie meist erstmal in einer Werkstätte für behinderte Menschen, im Berufsbildungsbereich. Falls sie es dann aber auf dem normalen Arbeitsmarkt versuchen möchten, brauchen sie dafür das Durchsetzungsvermögens eines Widders, die Hartnäckigkeit eines Maultiers und das dicke Fell eines Moschusochsen. Die Werbung mit den ein, zwei wenigen, die es geschafft haben, will uns da was anderes vermitteln, aber in den allermeisten Fällen wird das nämlich gar nicht gerne gesehen. Weil es einen immensen Aufwand benötigt, dem- oder derjenigen irgendwie eine Nische zu basteln. Oft mit jahrelanger Eins-zu-Eins-Betreuung. Auch deshalb, weil man erst wieder mal aus ihrem Mindset rauskriegen muss, dass dort Bedingungen herrschen, die sie 20 Jahre ganz anders kannten. Das find' ich alles von ethischer, sozialer und auch von wirtschaftlicher

Seite her ziemlich verquer. Aber klar, wer schon früh absondert, muss halt dann 20 Jahre später mühsam wieder integrieren. Zumindest die paar, bei denen die jahrzehntelange Indoktrinierung „Das kannst du nicht, das geht nicht, das ist unmöglich", nicht funktioniert hat. Also, ich verstehe es sehr gut, wenn Eltern von Kindern mit Handicaps sich vehement gegen diese Sondereinrichtungen sträuben.

Und bevor jetzt ein Shitstorm von im Behindertenbereich Tätigen losbricht: ich hab' selbst zehn Jahre mit Menschen mit Handicap gearbeitet und habe dort – traurigerweise – mehr Professionalität, mehr Vernetzung und mehr liebevolle und KLIENTENORIENTIERT engagierte Betreuer gesehen als in der Kita. Es ist das Schwarz-Weiß-System, das wir betreiben, das vielen Menschen mit Handicap nicht gerecht wird, das sie viele Jahre separiert, um dann ein paar Hartnäckige mühsam wieder zu integrieren. Mittlerweile alles auch noch auf pervertiert kompliziert und überbürokratisiert getrimmt. Und das scheint mir typisch für Gesellschaften mit zu vielen Machtmenschen als Strippenzieher. Für die der Schein immer mehr zählt als das Sein, die kompliziert verzierte Schublade mehr als ihr Inhalt.

• Nie zuvor hatten wir mehr Freizeit als heutzutage, doch nie zuvor fühlten sich so viele Menschen so ausgelaugt, ausgebrannt und depressiv wie heute, komisch, oder? In der Kita zum Beispiel haben wir es mittlerweile irgendwie geschafft, in einen Arbeitstag 300% an Arbeit hinein zu komprimieren, von denen ein vernünftiger Mensch aber 200% als widersinnig, verquer oder sogar kontraproduktiv und schädlich für die Kids erachtet. Wie soll man da bitteschön nicht crazy werden? Und wenn ich im Bekanntenkreis rumfrage, höre ich von der Altenpflegerin oder den im Krankenhaus Tätigen genau dasselbe.

• Mit unseren alten Menschen, von denen die meisten ihr Leben lang geschuftet haben, betreiben wir dasselbe Spielchen. Alle zusammenkehren, schön an den Rand der Gesellschaft. Da kriegen sie ihre Körperpflege, werden medizinisch versorgt und dreimal täglich gibt's Futter, äh,

Mahlzeiten. Nebenbei bemerkt, das Essen dort könnte ich oft nicht mal mit vielen schönen Worten meinem Hund verkaufen.

Na ja, ein bisschen haben unsere Machthaber im Laufe der Zeit schon gecheckt, dass man dem unnütz gewordenen Menschenmaterial ein bisschen mehr Lebensqualität zukommen lassen muss als das reine Erfüllen der körperlichen und medizinischen Bedürfnisse. Hängt ja meist auch Verwandtschaft dran, sind ja alles Wählerstimmen. Jedenfalls zwecks einer wenigstens rudimentären Anbindung an die Gesellschaft appellieren wir etwa an die Kitas, doch den Senioren mal an St. Martin ein Ständchen zu bringen. Oder zu Weihnachten paar Bildchen zu malen. Mit Foto und Presse-Mitteilung im Lokalblättle. Macht sich auch für die Kita-Leitung gut. Oder man hat sogar das Glück und die Kohle, eine Tier-Therapeutin zu erwischen. Und bezahlen zu können. Die dann einmal die Woche auf eine Runde Streicheln und Kuscheln vorbeikommt. Onkel Hans etwa hat dazu recht zwiegespaltene Gefühle. Verständlich, angesichts der Tatsache, dass er vor zwei Jahren sein Mohrle hat hergeben müssen. Tierhaltung nicht erlaubt im Seniorenheim!

Aber diese Zweimal-im-Jahr-Aktionen von Kids in Altenheimen empfinde ich als echt peinlich. Die Betreuer dort sollten besser wieder ein kleines bissi Zeit und Nerv für Zuwendung übrig haben. Hier einen kleinen Scherz beim Anziehen, dort ein wenig plaudern bei der Essensausgabe, da eine kleine Kopfmassage beim Haarewaschen. MENSCHLICH HALT, HERRGOTT NOCHMAL! Und – paradox und traurig – viele Pfleger/innen leiden selbst darunter, dass sie Fließbandarbeit leisten müssen anstatt humane Betreuung. Haben ja für all diese Dinge Zeitvorgaben. Im Minutentakt, wie pervers ist das denn! Dazu meist eh viel zu knapp bemessenes Personal. Wisst ihr was, ich scheiße auf die Kita-Aktionen zweimal im Jahr, Tiertherapie einmal die Woche! Nicht, weil sie schlecht sind, nein, weil das alles als Pseudo-, Proforma- und Lippenbekenntnis-Maßnahmen für ansonsten auf unmenschlich getunte Zustände sind! Und zwar alle Tage, alle Wochen, alle Monate, alle Jahre!

Also: bevor es bei mir soweit ist, mich in ein paar Jahren in ein Altersheim begeben zu müssen, wo mir eine abgekämpfte Frau mit gebrochenem Deutsch und hartem Klopapier ungeduldig und unvollständig, weil zeitsparend, über meine wunde Rosette fährt, bitte ich den Herrgott, mir noch den Verstand und die Beweglichkeit zu lassen, dass ich selbst noch zu Strick oder Tablettenschachtel greifen kann. Sorry, liebe Krankenkasse.

Apropos das Wort ‚Senioren‘: Wenn man mal gecheckt hat, mit welchen Gehirnvernebelungs-Mechanismen Machtmenschen arbeiten, wird man bemerken, dass gerade in den Bereichen, in denen ordentlich Schmafu betrieben wird, melodisch und respektvoll klingende, vielversprechende Namen eingesetzt werden. Etwa ‚Seniorenresidenz‘ für den traurigen und trostlosen Altersknast. Oder man soll mit den großartig klingenden Wörtern ‚Inklusion‘ und ‚Integration‘ im Behindertenbereich darüber hinwegsehen, wie schwer genau dies vielen Menschen mit Handicap gemacht wird. Eine gut funktionierende Manipulationstechnik. ‚Wem glaubst du mehr, mir oder deinen lügenden Augen?‘ Man sinne nur mal nach, was das ‚Gute-Kita-Gesetz‘ für Mist hervorgebracht hat, dann kann man erahnen, was es mit dem ‚Kita-Qualitäts-Gesetz‘ auf sich haben wird. Eben. Es ist bis jetzt nicht wirklich was Gutes passiert, und das verlogene Ding wird auch bis zum Schluss garantiert genau das Gegenteil von Qualität erschaffen. Hundertpro!

• Ein weiteres der perfiden Sozial-Spielchen in Deutschland, das meist ältere Menschen betrifft: die Erwerbsminderungsrente.. Wir gestehen sie denjenigen zu, die so kaputt sind, dass sie nicht mehr arbeiten können. Klingt erstmal schön sozial, ist es sicher in vielen Fällen auch. In vielen aber auch nicht. Wir haben nämlich daraus ein skurriles Spiel gemacht, das viele arme Schweine, die es echt nötig hätten, verlieren. Was nämlich ehrliche, engagierte, bis zur allerletzten Nervenkapazität arbeitende Menschen nicht bedenken: du brauchst noch verdammt viel Kraft und Nerv für das Prozedere in diesem Turnier. Das dich zwischen den Mühlen von Krankenkasse, Rentenversicherung, Reha-Maßnahme, Anträge-Wirrwar, Zeitvorgaben, Facharztdiagnosen, Arbeitsamt und Jobbörse ordentlich zu Staub zermahlen kann, wenn du die Kraft dazu nicht mehr hast.

• Nicht nur unsere Sozialsysteme, unsere ganze Lebensweise rutscht immer mehr ins Perverse. Wie wir etwa mit unseren Nutztieren umgehen, ist in 95% der Fälle einfach nur schrecklich, abartig, unmenschlich. ‚Untierlich'. Wir behandeln diese fühlenden Mit-Geschöpfe wie leblose Fleischlieferanten. Mit unserer Flora mitsamt der Erde, aus der sie wächst, gehen wir genauso schändlich und abscheulich um wie mit unserer Fauna, mit viel zu viel schädlichem Zeugs mit so klangvollen Namen wie Fungizide, Pestizide, Molluskizide, Akarizide, Rodentizide. Ich find's wirklich elend. Und die Veggie-Szene wird inzwischen durchzogen, gehirngewaschen und abgezockt von einer gier-geifernden Lebensmittelindustrie, die mit unverschämten Preisen für viel Chemie-Gemantsche ungeniert green-labelt und pseudo-moralisiert.

Klar, all dieser Schiet passiert nicht nur in Deutschland so, sondern in etlichen anderen Industrieländern. Bedeutet aber noch lange nicht, dass dieser Mist okay ist. Die Globalisierung hat leider nicht nur Vorteile; neben den guten Dingen verbreitet sich halt auch der Schwachsinn schneller.

Und weil auf der Seite noch Platz ist: welcher Hirnheiner hat denn aus unseren sozialen Einrichtungen Wirtschaftsunternehmen gemacht? Gibt's denn nicht genug andere Metiers, um Kohle zu scheffeln? Wenn die bürokratischen Hürden mal nicht so ins Überbordende und Surreale verschlimmbessert wären, gäb's auch viel mehr Unternehmen, kleine, große und mittlere. Aber nee, lieber sich an Kranken, Alten und Kleinen bereichern, das ist einfacher. Ich könnt' gerade wieder mal mein Abendbrot rückwärts fressen, so übel wird mir.

Vom Wirtschaftswunder zu Babel

Echt schlimm kommt mir auch vor, wie wir zur Zeit mit menschlicher und politischer Andersartigkeit jeglicher Art umgehen. Wie mit Wortneuschöpfungen missbräuchlich um sich geschmissen wird, wie Moral, eine Pseudo-Moral und Unmoral in allen möglichen Bereichen unmerklich ineinander übergehen und ich kaum mehr einordnen kann, was ich für gut oder schlecht befinde. Für mich, die es schon immer selbstverständlich fand, andere Menschen respektvoll zu behandeln, egal ob groß, klein, dick, dünn, alt, jung, gelb, rot, schwarz oder grün; für mich, die zeitlebens weder Zeit noch ein Interesse daran hatte, sich groß politisch zu informieren, geschweige denn zu involvieren, herrscht heute ein kaum mehr greifbares Wirrwarr von neuen Begriffen, ihrer Bedeutung und ihres flugsen Bedeutungswandels; eine flirrende, gehirnaufweichende Sache folgt der anderen. Ist etwa Wokeness momentan gut oder schlecht? Oder mal das eine, mal das andere? Oder gar beides? Oder war's mal gut, jetzt aber gerade nicht mehr? Kann ich mir überhaupt sicher sein, dass jeder das gleiche unter dem Wort versteht? Ist die MeeToo-Bewegung gut oder schlecht? Oder nur für weiße Frauen gut, für People of Color nicht? Oder nur für weiße Privilegierte? Wie geht das mit dem Pence-Effekt zusammen, also, dass Männer sich jetzt unwohl fühlen in der Gegenwart attraktiver weiblicher Untergebener und es jetzt vermeiden, mit ihnen alleine zu sein? Na, hier wenigstens kann das Alter Vorteile haben; meiner Attraktivität wegen wird sich wohl kaum mehr ein Vorgesetzter das Höschen feucht machen, es sei denn er steht auf graue Zöpfe, gehäkelte Blümchen-Westen und Gesundheitslatschen.

In der Kita ist es besonders schlimm geworden. Nichts darf man mehr so benennen, wie man es für wahr erachtet. Aggressive oder freche Kids etwa muss man politisch korrekt jetzt als ‚Kinder mit herausforderndem Verhalten' bezeichnen. Aber Gott sei Dank sind die Gedanken noch frei, wenn sie auch immer mehr manipuliert werden, und wenigstens zuhause kann man sich noch Luft machen, etwa der vielen Helikopter-, Rasenmäher-, Bulldozer-, U-Boot- oder Gießkanneneltern wegen. Ja, auch kleine Erzieher und Lehrer können sich mit neuen Wörtern behelfen, unterschätzt uns mal bloß nicht!

Neue Wörter für neue Phänomene find ich eigentlich klasse. Gerade in unserer schnelllebigen Zeit erleichtert es, wenn ich Dinge durch ein Label schnell einordnen kann. Doch mit Labels kann man auch ganz schön Schindluder treiben, eine bevorzugte Manipulationstechnik von Machtmenschen. Man nehme nur mal das extensiv und intensiv genutzte Label ‚Psychosomatik'. Das bei medizinisch und pharmazeutisch tätigen Machtmenschen sehr beliebt ist, wenn man erstens nicht weiterweiß und zweitens keine schnelle Kohle mit der Sache zu machen ist. Diejenigen, die seit Corona unter Post-Covid und Post-Vac leiden, fallen jetzt gerne auch mal drunter, von den armen Schweinen hört man in den Medien nämlich kaum mehr was. Nur hin und wieder, dass man ihnen bisher nicht wirklich helfen kann. Aber innerhalb eines Jahres für die große Masse zweifelhafte Impfstoffe für viel Kohle entwickeln, das kriegen se hin! Ist doch wahr, diese Leute tun mir echt leid.

Aber wieder zu den Labels und Wortneuschöpfungen; ist doch interessant, dass in den letzten zehn, fünfzehn Jahren gerade unsere Jugend so viele neue Wörter kreiert, dass daraus fast eine neue Sprache entstanden ist. Eine, die ich als sehr treffend und ehrlich empfinde. Und humorvoll. Weil Sprache aber eine große Macht hat, kann man sie auch subtil missbrauchen, um zu manipulieren, zu verunsichern, zu verschleiern und zu vernebeln. Und genau das wird heutzutage in großem Stil gemacht. Es tauchen ständig neue Wörter in Gesellschaft und Politik auf, die ratzfatz mal eben ihren Sinngehalt ändern können oder sich gar um 180° drehen. Auf ein ‚Querdenken' etwa erntete man mal Anerkennung, heute ist es eine Schublade, in der man lieber nicht stecken will. Zur Zeit kann man sich die Finger nach Infos wund klicken oder touchen, angesichts der vielen ein-, zwei, dreideutigen Wörter, Ansichten und Bedeutungswechsel, und tut sich immer noch schwer, sich eine Meinung zu bilden. Ausgrenzung und Abwertung einerseits, Über- und

Pseudo-Sensitivität und Extrem-Wokeness andererseits. Populismus, Brandmauern, Entdemokratisierung der Demokratie, Überfremdung und Fremdenfeindlichkeit, Deindustrialisierung und technologischer Fortschritt, Strukturwandel, Modernisierungsverlierer, Somewheres und Nowheres, die klassische Linke ist nach Rechts abgewandert... Ich blick's nicht mehr. Aber wer politisch so banausisch unterwegs ist wie ich, der sollte sich dahingehend nicht allzu sehr exponieren. Anders gesagt, ich bin halt trotz meines sich nähernden Greisentums immer noch so gut für Gesellschaftspolitik geeignet wie ein Regenwurm zum Seilchenhüpfen und sollte jetzt besser die Schnauze halten. Am besten wird sein, ich wechsle jetzt das Thema.

Nebel im Kopf

Wie können diese Manipulationen immer besser funktionieren? Wer schafft es immer wieder, uns schlecht für gut zu verkaufen, warum machen wir unsere Erde so kaputt, sehenden Auges, und mit ihr die Tier- und Pflanzenwelt dazu, warum kippen unsere sozialen Systeme immer mehr ins unmoralische, unmenschliche und warum werden die Reichen immer reicher und die Armen immer ärmer? Warum kann so viel Mist immer offensichtlicher stattfinden, manchmal moralisch so dreckig, dass der Sau graust?

Ich hab' das Gefühl, dass wir kleinen Leute langsam, aber kontinuierlich über Jahrzehnte hinweg zu einer Masse humanoider Schafe mutiert sind. Die schön brav ein paar Leithammeln hinterhertrippeln, für die etwas ganz anderes zählt als Werte wie Gerechtigkeit und ein gutes, soziales Miteinander. Und eine Verantwortung für unsere Erde. Die uns völlig unverfroren manipulieren, uns dermaßen das Gehirn vernebeln, dass wir Schwarz von Weiß nicht mehr unterscheiden können, in mehr und mehr Bereichen unseres Lebens.

Mal ein kleiner Abstecher zur Manipulation: ‚Gezielte und verdeckte Einflussnahme, welche auf eine Steuerung des Erlebens und Verhaltens von Einzelnen und Gruppen zielen und diesen verborgen bleiben sollen', sagt Wikipedia, Lexikon von uns kleinen Leutchen. Kann man auf vielfältige Weise machen, zum Beispiel durch Weglassen von entscheidungsrelevanten Infos, durch ein Zuballern mit Fake-Infos, durch frechdreistes Umkehren oder Leugnen von Tatsachen. Doppelbotschaften sind auch sehr wirkungsvoll, etwa gleichzeitig eine bestimmte Sache und im Nebensatz genau ihr Gegenteil besagen. Oder verbal das eine, mimisch oder verhaltenstechnisch aber das Gegenteil vermitteln. Oder ein Sich-richtig-verhalten unmöglich machen, wie beim Witz in Paul Watzlawicks Buch ‚Anleitung zum Unglücklichsein': Die Mutter schenkt ihrem Sohn zwei Hemden, und um seine Freude und Dankbarkeit zu bekunden, zieht er das eine gleich an. Worauf ihn die Mutter vorwurfs-voll und traurig anblickt: „Das andere gefällt dir wohl gar nicht?"

Aber wie alles in der Welt hat auch die Manipulation ihre Daseins-berechtigung. Wenn ich frisch verliebt bin in meinen neuen tollen Freund und er mir ein Halstuch schenkt, das mir so gar nicht gefällt, werd' ich wohl auch erstmal ‚Freude' bekunden. Und ihm im passenden Moment ‚zufällig' einen Blick in meinen Kleiderschrank werfen lassen. In der Hoffnung, dass er die Diskrepanz seines dezenten, braunen Stoff-teils zu meinen bunten Flower-Power-Klamotten selbst bemerkt. Es ist gar nicht so einfach, ein Manipulieren nach gut oder schlecht einzuord-nen; genau besehen ist Erziehung schon Manipulation. Ich finde, jede Einflussnahme auf das Mindset anderer verlangt ein Achtsam-Sein, auf die Person und die Umstände. Und ein Verständnis von Redlichkeit und Unredlichkeit. Genau das aber fehlt zu gefühlt 99,9 % der Großkopfer-ten heutzutage. Überhaupt ist von dem in unserer Gesellschaft kaum mehr was zu finden. Sogar mein Handy lügt mich jeden Tag an, wenn es behauptet, in sechs Minuten wäre der Akku vollgeladen. Wenn ich nach zehn Minuten draufsehe, sind es aber immer noch zwei Minuten. Aber ist schon ganz normal für mich geworden. Oder man bedenke nur mal die Werbung; was wir uns da täglich antun, ist mittlerweile Gehirnwä-sche vom Feinsten und oft moralisch unterste Schublade. Wenn man sich die vordergründigen Werbebotschaften von früher mal gibt, kommt man ins Lachen, wie ‚naiv' das war. Manches zieht aber auch noch heute, etwa Wiederholungen, die sich in unser Gehirn einnisten sollen. Wer nervt mich da besonders? Iberogast. Wo zieht sich mein Magen von dem Gefühl der Belästigung zusammen? Bei Iberogast. Bei welcher Werbung schalte ich gerne um? Bei Iberogast. Und bei Seitenbacher.

Menschen in weißen Kitteln wirken auch heute noch, weil sie die Kompetenz eines Mediziners vermitteln. Und sie sind gar nicht mal so gelogen; in den Chemie-Labors, in denen meist zusammengemantscht wird, was sowohl in als auch an unseren Körper kommt, trägt man ja auch weiße Kittel.

Ich will nicht so ausufern mit diesem Thema, damit könnte man ja ein ganzes Buch füllen. Aber während ich, nostalgisch wehmütig, an manche kunstvolle, aufwendige und stimmungsvolle Werbungen von früher denke – erinnert sich jemand an die von Afri-Cola, Bacardi oder Cointreau? – fühl ich mich heute meistens genervt, weil alles viel zu laut, zu schnell, zu heftig, zu doof, zu oft, zu schräg ist. Grenzt ja an Folter, jedenfalls für mich mit meinem angeschlagenen Nervenkostüm, durch 40 Jahre Beschäftigung mit kleinen und großen Menschen. Ich seh' aber auch, erschreckenderweise, dass es für viele Menschen dieses Hyper-Maß an Stimulation braucht, weil sie irgendwie zunehmend... abgestumpfter, grobschlächtiger werden, was die Nuancen von Zwischenmenschlichem und Sinnlichem anbelangt. Deswegen will ich doch ein paar Beispiele bringen, um den einen oder anderen vielleicht zu sensibilisieren für das, was ich als Verlogenheit, Unverschämtheit und Gehirnwäsche ansehe. Klug ist das vermutlich nicht; wenn man will, dass ein Buch lange gelesen wird, bringt man am besten keine Werbe-Beispiele von heute, die in unserer schnelllebigen Zeit morgen schon wieder anders sein können. Ich riskier das jetzt aber; ich denk mal, dass die neuen Werbungen vom selben Kaliber sein werden.

Und weil ich auf der Seite noch Platz hab', gleich zur Telekom mit den beiden Vollpfosten, die mit dem Fernglas in anderer Leute Wohnung gucken. Ist in diesem ziemlich skrupel- und moralbefreiten Gewerbe scheint's noch niemandem aufgefallen, dass man den Leuten und Kindern gerade suggeriert, dass es völlig normal ist, als Erwachsene zu zweit mit Ferngläsern andere Leute auszuspionieren. Ich lieb' es ja schräg, ich mag auch die beiden modernen Beavis und Butt-Hat. Aber hier fehlt mir ein kleines, moralisch regulierendes Element, etwa Ehegespons Collien, die die beiden Gipsköpfe bei ihrer Stalking-Aktion erwischt und ihnen die Ohren langzieht. So wie's jetzt ist, find' ich's grenzwertig, besonders für Kinder. Aber feinsinnig und moralisch okay gibt's in der Werbung kaum mehr. Nur noch alles zu dumpf, zu laut, zu opulent. Zu dreist verlogen und zu plump manipulativ.

24/7 Gehirnwäsche

• Da macht uns etwa ein Rasierklingenmogul weis, sein Produkt wäre für das Beste im Mann. Mit einer Musik, deren Opulenz eher bei der Besteigung des Mount Everest angebracht wäre. Mit gesungenen Satzfetzen von Moral und Familienehre. Bei denen man sich die Übergabe einer millionenschweren Dynastie vorstellt, die aber mit Rasieren so rein gar nichts zu tun haben. Da mir aber für das kleine, dünne Ding, das da so überschwänglich belobhudelt wird, außer sich damit zu Rasieren nur noch destruktive Einsätze, die feine Narben hinterlassen einfallen, muss – pragmatisch gedacht – das ,Beste im Mann', für das das bisschen Metall ja gedacht ist, ergo der Bart sein. Wie bescheuert ist das denn, wenn man mal drüber nachdenkt!

• Ein bisschen Zellstoff und Plastik, und schon haben wir eine Hightech-Windel für unsere Babys, die garantiert jedes Auslaufen von Körperflüssigkeiten verhindert. Seit neuestem sogar mit Schutztäschchen. Das wie mit Zauberhand allen Darm- und Blasenentleerungen an einer genau definierten Stelle ein garantiertes „Stopp!" gebietet. Wer Kinder hat oder in der Krippe arbeitet weiß jedoch, dass dieser Zauber schon auch hin und wieder mal versagt. Dass die magischen Superdinger Pestizide, andere Schadstoffe und Rohöl enthalten, davon ist sowieso nicht die Rede. Auch nicht davon, wie sehr sie unsere Umwelt belasten. Aber selbst wenn, würden sie die meisten Eltern vermutlich trotzdem benutzen. Ich hab's auch getan, mea culpa. Weil unser Leben so schnell und kompliziert geworden ist, dass keine Zeit mehr bleibt für das mehrmals tägliche Reinigen von Stoff-Windeln.
Der Mix aus Zellulose, Baumwolle und Kunststofffasern namens ,Slipeinlage', kann sogar noch mehr. Das Ding denkt mit! Sozusagen Windelstreifen mit KI. Halleluja, Herr, sowas hat die Menschheit dringend gebraucht. Wär aber mal interessant, eine Studie zu machen von einer eventuellen Korrelation von Slipeinlagen-tragen und Gebärmutterhals-

krebs. Das blitzgescheite, fulminante Ding enthält nämlich jede Menge Formaldehyd, Pestizide und künstliche Duftstoffe. Nebenbei: wer sich mal dazu durchringt, sie eine Weile nicht mehr zu tragen, wird vielleicht feststellen, dass der Körper nach und nach gar nicht mehr so viel von dem produziert, was das Ding auffangen soll. Interessant, nicht? Ein Schelm, wer Böses dabei denkt.

Ach ja, da gibt's ja noch so'n Windelding, das wir Dummerchen von Frauen völlig falsch benutzen. Eine Binde fängt nur rote Flüssigkeit auf, für die gelbliche ist ja die Tena zuständig. Das will und will einfach nicht in manche Frauenköpfchen hinein! Und überhaupt sollten wir alles, was mit 'da unten' zu tun hat, lieber den Experten überlassen. Also Hände oder Gesicht eincremen dürfen wir uns gern zutrauen, aber wenn's mit zunehmendem Alter 'da unten' juckt und brennt, dann bloß nicht auf die Idee kommen, mit Mandelöl oder Shea-Butter dranzugehen, dudu! Lieber auf die Profis hören, mit ihrem Chemie-Cocktail Vagisan.

• Jetzt noch zu einem der schlimmsten Manipulations-Spielfelder: Was uns die sogenannte 'Lebensmittelindustrie' heutzutage verkauft, müsste sich eher 'Krankheitsmittel' nennen. Wasser, Zucker, Zuckerersatzstoffe, Salz und chemisch gehärtete Fette sind die Hauptbestandteile. Dazu kommen Verdickungsmittel, Aromen, Stabilisatoren, Farbstoffe und und und. Das meiste im Labor gezeugt. Aber manches hat doch noch einen natürlichen Ursprung. Erdbeer- und Vanillearoma etwa wird aus Sägespänen hergestellt. Is ja was natürliches, kann man nicht drüber meckern. Man gebe sich aber mal die Herstellung von dem ach, so beliebten, hei, so 'gesunden' und oh, so billigen Sonnenblumenöl. Wer die trübe Plörre sieht, die wieder mit viel Chemie auf goldgelb getrimmt wird, kriegt das kalte Grausen. Besonders fies finde ich, dass viele unverschämt überteuerte Veggie-Produkte unter dem Mäntelchen von 'Wir retten die Natur' fast keine natürlichen Zutaten mehr enthalten. Nennt sich 'Greenwashing'. Gebt euch mal paar Food-Experten, etwa Sebastian Lege, die die pervertierten Sauereien der Lebensmittelindustrie aufdecken. Nirgends wird so unverschämt gelogen, gefaked, gedreht und verdreht, Gehirnwäsche betrieben. Ich hätt'ne Idee für mutige Aufklärer: wie wär's, an alle Produkte in den Märkten ein Foto zu hängen? Drauf der Stall, aus dem das Fleisch stammt oder die Döschen, Töpfchen und Fläschchen aller Zusatzstoffe, die drin sind? Schockbilder, von der Wirklichkeit. Die unser gehirnvernebeltes Kaufverhalten von grünen Wiesen, blauem Himmel, glücklichen Kühen und fröhlichen Familien ein bisschen relativieren. Denn wir kaufen mit Fertiggerichten oft schon lange kein gutes Produkt mehr, sondern ein grottenschlechtes, mit gutem Image. Hinter dem zum größten Teil ein Cocktail aus Wasser, Palmfett, Zucker, Salz und jede Menge Chemie steckt. Na, wer traut sich? Kann doch rechtlich nichts dagegen sprechen, wenn man die Wahrheit zeigt!

Mal ein Gedankenexperiment: wenn alle Berufe in Deutschland wegfallen würden, die sich mit dem Faken von Dingen beschäftigen, in der Lebensmittelindustrie, in der Pharmazie, in der Bekleidungsmittel-, in der Automobilindustrie, in den Finanz- und Versicherungsbranchen... Wetten, dass wir eine hohe zweistellige Prozentzahl an Arbeitslosen mehr hätten? Schon traurig, in so einer Pseudo-Gesellschaft zu leben.

Nebenbei, was die Qualität der Lebensmittel angeht, steht Deutschland im globalen Vergleich gerade offiziell auf Platz 21. Wenn selbst dieser miese Platz nicht mal auf Besser getrimmt ist. Uns kleinen Leutchen kann man wohl über Jahrzehnte hinweg Scheiße für Gold verkaufen. Aber ewig funktionieren Manipulation und Gehirnwäsche der Lebensmittel-Mogule und der Großkopferten in unserer Führung, die davon profitieren halt auch nicht. Auch wenn wir mittlerweile alle ein bisschen ‚bluna' sind. Ich finde, die Zeit ist jetzt mal reif für die traurige Wahrheit.

Übrigens, glaubt wirklich einer daran, dass sich Heidi was von L'oréal auf's Gesicht schmiert, oder Sara Jessica sich 'nen Fummel von Zalando zulegt? Never ever, da verwett' ich meinen Hintern für! Der, obwohl mittlerweile nicht mehr ganz so knackig, mir immer noch wertvolle Dienste leistet.

Drahtzieher

Ich versuch jetzt mal, unsere Missstände pragmatisch und logisch aufzudröseln, also wie es kommt, dass unser Essen immer giftiger, unser
Sozialsystem immer unsozialer und unsere Erde immer lebensfeindli-
cher wird. Passiert das einfach so, aus Unachtsamkeit? Das scheint mir
unwahrscheinlich; dafür sind wir sogenannten Homo sapiens einfach zu
gescheit und zu weit entwickelt. Apropos weit entwickelt: es wäre nicht
das erste Mal in der Menschheitsgeschichte, dass eine hoch entwickelte
Gesellschaft mal ratz fatz von der Bildfläche verschwindet. Fast wie
nach Asimovs Robotergesetz, dass die Schöpfung sich nicht gegen ihren
Schöpfer wenden kann. Wenn die Erde gescheit ist, dann lässt sie mal so
auf richtig giftig mutierte Bakterien auf uns Menschen los, sowas wie
damals die Pest. Der Natur tät's gut, wenn eine 90-Prozent-Rate dieser
mittlerweile fehlgeleiteten, sich in der Hybris der Allmächtigkeit befind-
lichen Spezies mal für ein paar Jahrhunderte out of Order gesetzt wird.
So lange wird's schon dauern, bis die Erde all deren giftiges Spielzeug,
wie etwa den ganzen Plastikmüll und die Chemieabfälle wieder abge-
baut hat. Sorry für den Defätismus, aber ist doch wahr.

Wieder zur Abwärtsspirale. Wenn sie nicht aus ‚Versehen' entstanden
ist, und ich nicht verschwörungstechnisch herumschwurbeln will, seh'
ich noch die Möglichkeit, dass unsere Systeme mittlerweile zu komplex
geworden sind und ein Eigenleben entwickelt haben, das wir nicht
mehr kontrollieren können. Das erscheint mir aber auch sehr unwahrscheinlich, wenn ich daran denke, zu welchen Aktionen uns unsere
Machtträger etwa während der Pandemie mal eben schnell gebracht
haben; deren Sinnhaftigkeit jetzt mal ganz unbesehen. Es müssten
schon Katastrophen ganz anderer Art sein, bei denen ich unsere Machthaber struggeln sehen würde. Etwa ein gewaltiger Sonnensturm, der
unser Internet lahmlegt. Nicht, dass sie sich dann per se Sorgen um unsere Infrastruktur machen würden, nein, dann könnten sie vielleicht
mal für ein paar Tage weniger Kohle scheffeln. Oder der Besuch einer

extraterrestrischen Spezies per Teleportation. Hei, wie sie sich da aufführen würden, weil in ihrer vermeintlichen Allmacht bedroht, unsere sich gottgleich wähnenden großen Kinder, die den Großteil unserer Führungselite zurzeit ausmachen, und das nicht nur in Deutschland. Musk würde ausflippen! Trump auch. Die können und haben was, was ich nicht kann und habe! Doch gleich danach würde er die fremden Leutchen zu einer richtig dekadenten Orgie einladen, mit viel junger, nackter Haut und dazu gegrilltem Wagyu-Rind mit Barbecue-Sauce, um sie gleich mal für sich einzunehmen. Falls Putin ihm nicht zuvorkommt, mit fässerweise fließendem Krimsekt und Wodka in seiner Residenz am Kap Idokopas. Natürlich mit jeder Menge humanoider Kampfmaschinen mit Kalaschnikows im Hinterzimmer. Doch da hätten beide Pech; wenn eine Spezies soweit gekommen ist, dass sie das Raum-Zeit-Kontinuum überwinden kann, zählen für die ganz andere Werte als für ein in seinem kindlichen Egozentrismus steckengebliebenes Riesenbaby oder einen emotions- und moralbefreiten Machtgierhals. Übrigens ist mir aufgefallen, wie aufgeschwemmt Putins Kopf im Gegensatz zu früher auf seinem Hals sitzt, obwohl er ansonsten rank und schlank ist wie eh und je. Muss ihm gewaltig stinken, dass er diese Verkörperung seiner inneren Intentionen nicht kontrollieren kann. Wo Macht- und Kontrollzwang doch augenscheinlich so ziemlich das Einzige ist, was ihn ausmacht.

Ja, auch in anderen Ländern herrschen zunehmend Machtmenschen und Arschlöcher. Ich erschrecke eben vor mir selbst. Bin eigentlich ein respektvoller Mensch, und Leute wie etwa früher Richard von Weizsäcker oder Rita Süssmuth erweckten in mir Hochachtung und Respekt. Doch seit vielen Jahren schon hab' ich bei den Wahlen das Gefühl der Qual zwischen Teufel und Beelzebub. Weise, Ehrfurcht gebietende Führende müssen wir heute mit der Lupe suchen. Sind ja jetzt alles Showmen! Eloquent zwar, mit gerissener Klugheit, aber ziemlich befreit von Ethik, Moral und Verantwortungsbewusstsein für uns kleines Volk. Und für unsere Erde. Zum Ausgleich für den gravierenden Mangel an Weisheit in unserer Führung trösten uns Fantasy und SciFi mit jeder Menge Klugen, Weisen und Scharfsinnigen aller Couleur. Dumbledore und Gandalf for President! Und vor allem Yoda!

Aber zurück zum Thema, für meine bescheidene Logik bleibt jetzt keine Option mehr übrig, als dass unsere gesamtgesellschaftliche Misere doch so gewollt ist. Aber weshalb? Und warum macht die große Masse das mit, die vielen, die darunter leiden? Was sind das für Leute, die trotz unserer heutigen Erkenntnisse, Möglichkeiten und Errungenschaften so perverse Politik betreiben?

Dazu muss man wissen, wie diese Individuen ticken, die mit dem kleinen Volk spielen wie mit kleinen, lebendigen Schachfiguren. Etwas in mir scheut sich fast, sie ‚Menschen‘ zu nennen, angesichts ihres kranken, egomanischen Innenlebens, ihrer moralbefreiten Sucht nach Macht. Ihres aufgeblasenen Ichs mit der Emotionalität eines Kleinkindes in seinem frühkindlichen Egozentrismus. Ihrer infantilen Gekränktheit, die schon ein Pups in ihrer Gegenwart auslöst und der darauffolgenden, meist völlig unangemessenen Wut und Rachsucht. Man denke nur mal an das satirische Schmähgedicht von Böhmermann auf den kleinen, türkischen Mann. Ich fand's auch nicht so prickelnd, aber deswegen gleich ein Gericht bemühen? Wer in der Öffentlichkeit steht, darf das Blitzlichtgewitter halt nicht scheuen. Oder an den letzten Wahlausgang für das große amerikanische Kleinkind. Mit einem überdimensional aufgeblasenen Ego ausgestattet und wütend aufstampfend: Kann doch nicht sein, dass ich verliere, never ever! Muss doch Wahlbetrug gewesen sein! Jetzt, wo ich dies schreibe, Anfang November 24, steht dort die nächste Wahl an, erneut mit Trump. Ich kann nur bitten: Herr, wirf den Amerikanern doch eine ordentliche Portion Hirn vom Himmel!

Doch ich hab' jetzt das Gefühl, zwischendurch erstmal was klären zu müssen. Für diejenigen, die füßezappelnd auf meine Erlebnisse in den Kitas warten und vielleicht gar keinen Bock auf meine Küchentischphilosophie haben. Aber es nützt ja nichts, die Kita-Misere im luftleeren Raum zu beschreiben. Es gab ja ein davor und einen langen Prozess, wie wir dahingelangt sind. Einen sehr langen; ich bemerkte die Anfänge vor

30 Jahren schon. Wir kleines Volk sind beieinander wie die Frösche, die im Wasserglas schön langsam erhitzt wurden und erst jetzt merken, dass wir hier weichgekocht werden. Gegen diese jahrzehntelange Indoktrination muss ich erstmal anstinken können. Aber ätsch, ihr Großkopferten, der Allmählichkeitsmoment wird kommen, unweigerlich! Auch, wenn's Jahrzehnte gedauert hat. Jetzt ist's an der Zeit, diese ungesunde Entwicklung mal zu registrieren und halbwegs zu verstehen, dann können wir auch was ändern.

Noch etwas, für alle, die sich fragen, ob hier vielleicht eine von der Sorte Verschwörungstheoretiker, Fanatiker, Schwurbler hockt oder gar eine Rechte. Oder Linke. Muss ich passen. Wenn schon eine Schublade für mich, dann seh' ich mich eher als Spätexemplar der endenden Flower-Power-Ära mit dem Motto ‚Peace, Flower, Freedom and Happiness'. Mit zeitweiligen Anflügen von Nostalgie, ausgelebt mit dem Kreieren von Häkelblümchenwesten und dem Mitgrölen beim Musical ‚Hair'. Und versehen mit einem unverbesserlichen und heutzutage ziemlich ungesunden Hang zu Philanthropie und Altruismus. Doch es wäre an der Zeit, mal wieder mit dieser destruktiven Marotte aufzuhören, jeden sofort in eine Schublade zu stecken. Diese ungesunde, spaltende Unart wird von Machtmenschen generiert und gefördert. Die meisten – gesunden – Menschen sind aber komplexe, vielseitige Wesen. Und so steckt auch in der gutmütigen, ältlichen Erzieherin mit Pädagogenwindel um den Hals und den alten Birkenstocklatschen an ihren Füßen unter anderem noch ein sich in der Not aktivierender, scharfer, wenn's sein muss auch beißender Verstand!

Aber doch interessant, dass ich glaube, dies erwähnen zu müssen. Das liegt an der Art, wie grandios – muss ich zugeben – die Machtmenschen heute gegen Aufklärung vorgehen. Einer der Wege für brillante Zersetzer unserer Gesellschaft, um Wahrheiten zu verschleiern, ist nämlich, diese zum Schwurbelthema zu machen und sie um 180 Grad zu drehen. Und die Leute, die sie verbreiten, zu dem zu machen, was sie selbst sind: pathologische Individuen. Diese Täter-Opfer-Umkehr ist eine ihrer Manipulationstechniken. Funktioniert immer besser, weil wir immer ängstlicher werden. Angst blockiert das breit gefächerte Denken und verfälscht unsere Wahrnehmung. Und fördert realitätsferne Schwarz-Weiß-Denkerei. Etwa wie: Die Pandemie gab's, wer an eine ‚Plandemie' glaubt, ist ein Verschwörer. Bio-Engineering gibt's, Chemtrails sind was für Schwurbler. Wokeness war mal gut, jetzt doch nicht mehr. Cancel Culture auch.

Wieder mal fühle ich mich erschreckend in ‚1984' angekommen, mit seinem ‚Neusprech' und ‚Deldenk', dem Gedankendelikt. Sobald eine neue Gedankenrichtung auftaucht, wird sie mit einem hippen, anglizistischem Schlagwort versehen und eine (oft pseudo-)moralische Schublade drum rum gebastelt, die keinen Millimeter Platz mehr lässt für eigenes Denken. Dann muss man flugs zusehen, dass man meinungstechnisch schön im ‚Mainstream' bleibt, wenn man nicht schief angesehen oder gar angegangen werden will. Besonders die große Masse der kleinen Leute soll möglichst wenig denken. Noch nicht mal im stillen Kämmerlein. Ansonsten sind sie ‚Populisten'. Oder ‚Rechte'. Oder ‚Linksradikale.' Oder beides. Für die Machtmenschen ist es am besten, wenn ihre Marionetten möglichst kein allzu ausgeprägtes Eigenleben haben. Also im Kopf. Sonst funktionieren sie nämlich nicht mehr so, wie gewollt.

Das Phänomen des Brainwashings ist alltäglich gewordenen, man kann sich dem kaum mehr entziehen, wenn man nicht gerade als Selbstversorger in einer Waldhütte leben will. Es wird höchste Zeit, dass wir das überhaupt mal registrieren, um was dagegen unternehmen zu können. Ich unterlieg' aber nicht der Hybris, meine Meinung sei der Weisheit letzter Schluss. Immer mehr hochrangige, versierte Vertreter von Geistes- und Naturwissenschaften erkennen, erklären und mahnen angesichts unserer Misere, seit vielen Jahren schon. Ich tute nur ins selbe Horn. Mit den Erfahrungen und Worten einer seit 40 Jahren ausgenutzten, ausgebrannten, frustrierten und wütenden Sozial-Sklavin unserer modernen Gesellschaft.

Du sollst nicht merken!

Der Psychiater und Psychoanalytiker Dr. Hans-Joachim Maaz spricht von einer ‚Narzisstischen Gesellschaft', in der wir mittlerweile leben. Oder von einer normopathischen. Meine Schwester sagt's mit ihren Worten: „Völlig verrückt alles heute." Ich will's mal aufdröseln: Normalerweise ist normal, was die Mehrheit macht. Was aber, wenn die Mehrheit, langsam und schleichend, nicht mehr Normales, sondern Abnormales macht? Weil ihr Denken, ihr Mindset, über Jahrzehnte hinweg kollektiv manipuliert und gehirngewaschen wurde? Sich auf eine Art verändert hat, die alles andere als gesund ist? Dass gerade Deutschland dafür sehr vulnerabel ist, hatten wir ja schon mal. Hier mal noch paar Beispiele, was zurzeit als ‚normal' gilt:

• Mein Kind mit Eineinhalb fünf Mal die Woche für bis zu acht Stunden zu elf anderen Minis und zwei, drei fremden Erwachsenen zu bringen. Oder noch mehr, wegen Teilzeit. Obwohl es wissenschaftlich belegt ist, dass in diesem Alter so ein langes Zusammensein mit anderen als ihren vertrauten Menschen für die Kleinen durchgehenden Stress bedeutet. Noch dazu mit so vielen anderen Minis, von denen fast immer eines schreit, lärmt oder weint. Vom viel zu mageren Betreuungsspiegel noch gar nicht zu reden. Später werd' ich darüber berichten, was das für fatale und weitreichende Folgen hat, wenn die Kleinen ständig einen so hohen Cortisolspiegel haben. Aber ein materiell halbwegs sorgenreduziertes Leben ist für die große Masse der kleinen Leute bei uns anders kaum mehr machbar, als dass beide Elternteile durchgehend arbeiten.

• Ist normal, dass der natürliche Lachs aus dem Nordatlantik von den Lebensmittelmogulen den schlechten Nutriscore D bekommt, während industriell hergestelltes und hoch verarbeitetes Frühstücksknusperzeugs, das zu einem Drittel aus Industriezucker besteht, ein A hat. Weil die Lebensmittel-Faker den Zucker aufs Mikrogramm genau so bemessen, dass er nicht berechnet wird. Der Nutriscore ist pure Gehirnwäsche, kannste in die Tonne kloppen. War wohl mal 'ne Beschäftigungsmaßnahme für einen gelangweilten Sesselpupser in der Lebensmittelindustrie. Vielleicht sogar mal als wirkliche Orientierungshilfe für Verbraucher gedacht, aber mutiert zu einer raffinierten Hirnverneblungs-Skala, die uns schlechtes Essen für gutes verkauft. Und obwohl ziemlich sinnbefreit, zahlen wir diesen Gehirnwäschen-Trick auch noch mit, mit jeder Packung Frühstücks-Knusperzeug und jedem Fertiggericht.

• Nochmal, aber man kann's gar nicht oft genug sagen: ist normal geworden, meine alte Mutter in ein Heim bringen zu müssen, von dem ich weiß, dass dort viel zu wenige viel zu schlecht bezahlte Leute täglich völlig gestresst eine Pflege betreiben, bei der sie für jede Tätigkeit eine vorgeschriebene Minutenzeit einzuhalten haben. Pervertiert. Selbst bei den Hausärzten ist dieser Irrsinn schon Usus. Fünf Minuten pro Patient. Kassenpatient! Es sei denn, ich mach' vorher eine Eigendiagnose, schätze ein, welche Untersuchungen wohl nötig sein werden, wie lange mein Arzt vermutlich dazu braucht, um mich über meinen Verdacht aufzuklären und kündige bei der Sprechstundenhilfe an, dieses Mal wohl ein paar Minuten mehr Zeit zu benötigen. Merkt bittschön mal wer, wie sinnbefreit das ist? Kommt noch so weit, dass man diese unmenschliche Minuten-Praxis auch in der Kita einführt: 1x Sprachförderung, natürlich streng nach wissenschaftlichem Konzept: 3 Minuten. Einmal sozial-emotionale: 1 Minute. In Form von zwei aufbauenden Sätzen und eines ermunternden Lächelns. Krank. Und am kränksten ist, dass wir solchen Schwachsinn schon so gewohnt sind, dass wir ihn für normal halten.

• Völlig normal für eine große Gruppe Teenies und Twens heutzutage, ein T-Shirt für 3,99 Euro zu kaufen, für das über 1500 Liter Wasser verbraucht wurden, weil 44 Mal gewaschen, bevor ich es überhaupt erstehe. Das getränkt, behandelt, traktiert wird mit viel gesundheitsschädlichem Zeug mit so klangvollen Namen wie Alkylphenole, Azofarben, Chlorbenzole, Phtalate, Formaldehyd, um nur ein paar zu nennen. Das ich nur zwei Wochen trage und dann schnell ein neues kaufe, weil Insta sagt, nu isses out und ich müsse uuunbedingt den neuesten Trend haben. Weil ich ansonsten gedisst werde und mein Social Life für iiimmer ein Ende hat!

• Absolut normal, 20, 30, 40 Jahre lang ein Medikament mit bedenklichen Nebenwirkungen gegen hohen Blutdruck einzuschmeißen, während etwas weniger arbeiten, ein täglicher, flotter Spaziergang im Wald mit meinem Hund und ein gesundes, selbstgekochtes Essen mit naturbelassenen, unbehandelten Lebensmitteln mein Problem innerhalb von ein paar Wochen lösen würde. Ganz nebenwirkungsfrei. Aber für solche Sperenzchen hab' ich ja gar keine Zeit. Und für Bio-Lebensmittel, WIRKLICHE, kein Geld.

• Auch normal geworden, dass unseren Führungsbeauftragten auf der ganzen Welt so wenig an der Erhaltung unserer Natur für zukünftige Generationen liegt, dass unsere Kids sich bemüßigt fühlen, freitags die Schule zu schwänzen und zu demonstrieren. Und Ältere meinen, sich kriminalisieren zu müssen, indem sie sich an der Straße festkleben. Weil alles Demonstrieren und Reden nix nützt. Vielleicht sollte man den Politikern für jedes erreichte Klimaziel eine Prämie in Millionen-, ach, Kinkerlitzchen für die, nein, Milliardenhöhe versprechen. Dann ginge was weiter, da verwett' ich ein weiteres meiner Körperteile für!

• Absolut in Ordnung anscheinend, dass die Menschen, denen wir unsere Führung anvertrauen, lügen, betrügen, manipulieren, sich bereichern und einen Lebensstil führen, von dem 95 % von uns noch nicht mal zu träumen wagen. Und Rhetorik- und Kommunikationstrainings absolvieren, um all dies noch besser tun zu können. In Amerika besitzen momentan die drei reichsten Menschen 50% allen Einkommens. Das muss man erstmal ohne ungläubiges Kopfschütteln hinnehmen können. Egal, ob Demokratie oder was sonst für eine Staatsform, das ist echt nicht normal. Nicht in unserem aufgeklärten Zeitalter! Oh, es gibt sie schon noch, die Alten und Weisen, nur nicht mehr da oben. Wissenschaftler, Philosophen, Heilkundige, Künstler, oft auch Menschen, die in ihrem Leben viel haben durchmachen müssen, weil arm, krank, verfolgt oder ausgegrenzt. Die den Durch- und Überblick haben über unsere Misere, doch sie müssen Bücher schreiben oder sich auf YouTube & Co herumtreiben, um überhaupt ein bisschen gehört zu werden.

• Ziemlich normal geworden, dass Berufe, die nichts mit Geld, Immobilien oder IT zu tun haben, entweder dermaßen gegängelt, überbürokratisiert oder schlecht bezahlt werden, oder alles drei, dass die Leute sich gezwungen sehen, ständig zu demonstrieren oder den Job zu wechseln. Der einst so selbstständige Bauer wird per Satellit überwacht, sobald er sich auf sein Feld begibt. Willkommen in ‚1984‘, das sich auf erschreckende Weise manifestiert hat. Big Brother is watching you! Dem Arzt wird nicht nur vorgeschrieben, wie viele Minuten er mit (Kassen-) Patienten verbringen darf, sondern auch, welche und wie viele Medikamente er für dieses marode Menschenmaterial, diese Spielpuppen der Großkopferten verschreiben darf. Erzieher müssen 300 % an Arbeit, deren Anteil an großteils sinnbefreiter Nicht-Betreuung immer mehr zunimmt, in ihre Zeit hineinquetschen. Und das nicht nur, wenn Kolleginnen krank sind, nein, dann sind es 500 %!

Zum Fachkräftemangel noch, der interessanterweise mit vielen Jugendlichen einhergeht, die Bürgergeld beziehen: wer dafür sorgt, dass der Mittelstand kaputt geht, dass neben der Option ‚Studieren‘ nur noch ein ‚Abkacken‘ besteht, braucht sich nicht zu wundern. Mittlerweile ist es obligatorisch geworden, dass die kleinen Leute zeit ihres Lebens malochen müssen und trotzdem niemals auf einen grünen Zweig kommen. Wer kann's denn den jungen Leuten, verdenken, wenn sie darauf keinen Bock haben? Wenn's auch nicht für das Studium reicht, dumm sind sie deswegen noch lange nicht! Ein Studium ist zudem trotz mancher Begabung eines Arbeiterkinds eh fast nur für Kids von Akademikereltern möglich. Fast wieder wie im Mittelalter, nix mit sozialer Gerechtigkeit in Deutschland.

• Ach, apropos Großkopferte... Unglaublich, dass in einem großen westlichen Land jemand zur Wahl des Landesführers stehen kann, der im großen Stil Steuern hinterzieht und der behauptet, mit genug Geld darf man jeder Frau an die Muschi greifen. Mann oh Mann, das nenne ich mal gruselig. Und wer das belächelt: „Kann ja nur den verrückten Amerikanern passieren"; den Zahn ziehe ich gleich: unsere Politiker und unsere Superreichen sind auch nicht viel besser. Nur ein wenig subtiler. Der Psychiater Hans-Joachim Maaz behauptet sogar, dass man narzisstisch sein MUSS, um heutzutage überhaupt an die Macht zu kommen. Ist zur Normalität geworden.

• Wieviel hat Jeff Bezos für seinen Weltraumflug bezahlt, 15 Millionen Dollar? Oder war's was mit Milliarden? Entschuldigung, aber für jemanden, auf dessen Gehaltszettel noch niemals in ihrem über 40jährigen Arbeitsleben an der Tausenderstelle eine zwei aufgetaucht ist, sind sowohl Millionen als auch Milliarden jenseits der Vorstellungsgrenze. Jedenfalls, was Geld anbelangt. Aber so weit geht meine Vorstellung doch, dass für dieses Geld etlichen der 45 Millionen hungernden Kinder weltweit hätte geholfen werden können. Und sich dann auch noch hinstellen und bei den Amazon-Arbeitern mit großem Aplomb dafür bedanken, dass sie das ermöglicht haben, quasi dadurch, dass sie unterirdische, sklavenartige Arbeitsbedingungen hinnehmen und ein Gehalt derselben Art. Das nenne ich mal Gehirnwäsche par excellence. Dafür müsste man das Wort ‚Unverschämtheit' zweistellig potenzieren. Unsereins hätte sich in ein Mausloch verkrochen vor Scham.

• Beamtentum: normal die Annahme, dass, wer sich mit behördlichem Aktenkram beschäftigt, mehr für den Staat tut als etwa Erzieher, Kranken- oder Altenpfleger, und der dafür enorme Vergünstigungen kriegt. Den Nonsens könnte man erstmal paar Jahre umdrehen, für die Gerechtigkeit, und dann bitte abschaffen

Du sollst nicht tun!

So schön und erleichternd neue Errungenschaften sind, sie bergen auch Gefahren; man kann das Motto: ‚Es ist nichts so blöd, dass es nicht auch für etwas gut wäre' auch umdrehen. Manche Dinge sind heute so gut, dass sie blöd sind für unseren Denk- und Mach-Apparat. Da kann's schon vorkommen, dass man in einen Fluss hineinfährt, weil das Navi uns da hingewiesen hat. Wir werden abhängig, manchmal werden die Dinge so kompliziert, dass sie fast ein Eigenleben bekommen, das wir kaum mehr kontrollieren können. Und das ist auch so gewollt. Je weniger wir ein Gefühl von Selbstwirksamkeit haben, desto eher sind wir führ- und vor allem verführbar. Also im Klartext: wir verblöden schön langsam im Denken und auch im Machen. Jetzt mal am Beispiel eines meiner zahlreichen gebrauchten Autos in meinem Leben, wie unsere ‚Super-Technik' uns heute kleine und größere Streiche spielen kann:

Ich hatte autotechnisch stets ziemlich marode Dinger, an denen irgendein gnädiges männliches Wesen in meinem Bekanntenkreis immer mal herumschrauben musste; als Alleinerziehende mit dem mageren Gehalt im sozialen Bereich war ein neueres Auto halt nie drin. Umso mehr freute ich mich, einmal für relativ kleines Geld ein etwas moderneres zu ergattern, mein erstes mit Fensterhebetechnik, Schlüsselautomatik und allerlei sonstigem technischen Schnickschnack. Dass aber da mit Dranrumbasteln nicht mehr viel drin war, musste ich hin und wieder schmerzlich erleben.

Nach einiger Zeit etwa riss an meinem Autoschlüssel der schwarze Steg oben durch. Da ich befürchtete, den Schlüssel zu verlieren, wenn kein Keychain dran war, bohrte ich ein kleines Loch hinein, schön seitlich, um den Schlüssel ja nicht zu beschädigen. Und hängte mein als Kleeblatt umhäkeltes 5-Cent-Stück dran. Welches sich übrigens immer noch Zeit damit lässt, mir zu ein bisschen mehr Kohle zu verhelfen. Als ich nach Dienstschluss nach Hause fahren wollte, tat mein Auto keinen

Mucks. Also ließ ich es zu meiner Werkstatt abschleppen, machte bei meinem Automechaniker noch den Scherz, dass mir das Auto wohl das Loch in seinem Schlüssel übelgenommen hatte und lieh mir einen Leihwagen, zähneknirschend, weil damals für 35 € die Woche.

Es verging eine Woche, zwei, drei, man kehrte meinen Wagen von innen nach außen und wieder zurück und fand nichts. Mein Bauchgefühl sagte mir immer wieder, dass der Ausfall irgendwas mit meiner Schlüsselbohrerei zu tun haben musste, doch mein in Automechanik völlig unbeleckter Verstand wies dies immer wieder entrüstet zurück und hieß mich, Schuster bleib bei deinen Leisten, gefälligst auf meinen Mechaniker zu vertrauen.

Um es abzukürzen: in meinem Schlüssel steckte ein Mikrochip mit einer Wegfahrsperre, den ich angebohrt hatte. Es hätte Wochen gedauert, bis Mitsubishi einen neuen Chip geschickt hätte, und die ganze Sache hätte mich insgesamt etwa 1500 Euro gekostet, fast die Hälfte von dem, was ich ursprünglich für die vermaledeite Karre ausgegeben hatte. Mein Zweitschlüssel besaß übrigens von Haus aus niemals einen solchen Chip; der lag also all die ganze Zeit völlig für die Katz zuhause in meiner Schlüsselbox.

Ich werd's lassen, die Worte, die ich dem Mechaniker an den Hals gewünscht und wie ich darum gekämpft habe, dieses Geld nicht zahlen zu müssen. Das ich eh nicht hatte. Aber wohl klar, dass er und ich künftig verschiedene Wege gegangen sind. Erwähnenswert vielleicht noch, dass ich in schön regelmäßigen Abständen noch Rechnungen, Mahnungen und Klagedrohungen erhielt. Auf die ich irgendwann nicht mehr reagierte. Denn selbst eine alleinstehende, naive, kleine Erzieherin lässt sich nicht immer von den Herren der Autotechnik abzocken.

Ich erinnere mich noch gut an die Zeit, als man die Scheiben im Auto noch per Hand runter und rauf kurbeln musste und an diesbezüglich ärgerliche Momente. Etwa, wenn man nach der Arbeit in der Werkstätte für behinderte Menschen, in der die Temperatur im Sommer desöfteren die 40-Grad-Marke überschritt, seinen ganzen Tag von der Sonne aufgeheizten Wagen bestiegen hatte. Und mitten im Fahren und nach Luft Hecheln feststellen musste, dass man die Beifahrerscheibe nicht herunter gekurbelt hatte, somit eine Frischluftzufuhr in dem metallenen Brutzelapparat erheblich erschwert war. Und an das giftige Gefühl, wenn man an der Seite gestoppt hatte, um das Versäumte nachzuholen und Kollegen mit einer Fensterheber-Automatik lächelnd und mit jovialem Handgruß an einem vorbeizogen.

Jetzt besaß auch ich eine, und genoss diese Annehmlichkeit. Bis zu jenem eiskalten Wintertag, an dem ich das Beifahrerfenster wegen eines Geplauders mit einem Kollegen heruntergelassen hatte und es sich strikt weigerte, wieder hochzufahren. Bibbernd fuhr ich zu meinem Mechaniker. Der untersuchte den Mechanismus der Fensterheber-Elektronik und teilte mir mit, dass die Leitungen von der Fahrerseite aus gingen und sich von hinten ums Auto herumzogen, bis zum Beifahrerfenster. Es würde Tausende von Euros kosten, sie freizulegen, um den Fehler zu suchen und zu beheben.

Meine sich in Notfällen einstellende kühle Pragmatik fasste die Situation wie folgt zusammen: früher alles an Ort und Stelle und gut händelbare Mechanik, heute alles miteinander verbundene Elektronik, kompliziert und teuer. Es blieb mir nichts anderes übrig, als meine widerspenstige Elektronik zu ignorieren, notdürftig eine Plexiglasscheibe anzukleben und meine Winterfahrten kleidungstechnisch in Eskimoausrüstung zu verrichten. Und die der nächsten Winter auch, wenn die Hightech-Karre noch so lange halten sollte. Sie hielt auch noch paar Jahre, die Elektronik aber leider nicht; bald ließ sich auch das Fahrerfenster nicht mehr herunterlassen. Die beiden Rückfenster aber seltsamer- und maliziöserweise schon noch. Ich lernte irgendwie, damit zu leben. Und zähneknirschend auch, im Parkhaus nicht zu nah an den Kartenautomat heranzufahren, da ich für die Entnahme der Karte beim Ankommen und für das Einschieben derselben beim Wegfahren ja nun immer aussteigen musste. Wie gut, dass ich damals von dem vielen Multitasking als Alleinerziehende und voll Berufstätige rank und schlank war.

Machtmenschen

Wie sie ticken

Jetzt zu der ungesunden menschlichen Spezies, der wir erlauben, uns in allen möglichen Bereichen immer unverfrorener zu verarschen. Über Machtmenschen wird's jetzt 'ne ganze Weile gehen, aber gerade für Mitarbeiter in den Kitas wird es sich lohnen, mehr über das Innenleben dieser destruktiven Sorte von Mensch zu erfahren. Unter denen nicht nur die Kinder, sondern auch soziale, einfühlsame Betreuer zunehmend zu leiden haben. Denn dieses menschlich zweifelhafte Gelichter infiltriert leider immer mehr diesen Sektor, der eigentlich sozial-emotional gesunder und stabiler Menschen bedarf. Aber unmenschliche, unsoziale, zunehmend skurril anmutende politische Entscheidungen in der frühkindlichen Bildung spielen Machtmenschen leider immer mehr in die Hand.

Meine Recherchen, Erkenntnisse und Erfahrungen über und mit diesen Subjekten waren verstörend, erleichternd, schmerzhaft, erleuchtend zugleich. Keine leichte Kost für Frischlinge in diesem Bereich, zu erfahren und zu erkennen, wie gestört diese Leute ticken. Für jeden, der wenigstens rudimentär Anstand, echte moralische Werte und ein Gewissen besitzt. Aber ich mach' schön langsam damit, den jahrzehntelang indoktrinierten Schleim aus den Gehirnen zu friemeln. Dennoch, die Schutz- und Abwehrmechanismen können anspringen, etwa Verdrängung, Verleugnung, Projektion etc. Wer also etwa bald meint, die kleine, ältliche Kindergartentante wird jetzt ein wenig gaga im Kopf, der möge auf Leute zurückgreifen, denen man eher ein Weltverständnis zutraut.

Sie blasen so ziemlich ins selbe Horn wie ich, nur eloquenter, wissenschaftlich fundierter und jeder beleuchtet unsere gesellschaftlichen Missstände von seiner eigenen Bubble. Etwa der Bildungsforscher, Soziologe und Professor Aladin El-Mafaalani, der Neurobiologe Gerald Hüther, der Psychiater Hans Joachim Maaz, die Kinder- und Jugendpsychotherapeutin Eva Rass. Oder auch der Quantenphysiker Anton Zeilinger. Oder die Politikwissenschaftlerin Ulrike Guérot. Oder Ärzte wie Dr. Ingfried Hobert. Es gibt unter den Studierten viele Truth-Teller, die sich mit Machtmenschen und ihren Strukturen auskennen. Wissenschaftler, Ärzte, investigative Journalisten und und und. Aber auch viele Künstler, die unsere Misere auf einer intuitiven Ebene wahrnehmen und mit ihren Werken unermüdlich am Aufklären sind. Jetzt wagt's halt auch mal so ein kleines Lichtchen wie eine Erzieherin.

Wieder zu den Machtmenschen. Es gab sie schon immer, wird sie auch immer geben, wie alles hier auf der Erde haben auch sie eine Daseinsberechtigung und Funktion. Aber jetzt erstmal, wie sich das darstellt, wenn Machtmenschen agieren.

Wenn die Otto-Normalbürger im Mittelalter mal aufständisch wurden, rollten auch schon mal Köpfe auf Befehl der Majestätsbeleidigten. Es wurde gefoltert, geteert und gefedert oder – sehr beliebt bei den vielen pyromanisch veranlagten unter ihnen – sich eines Scheiterhaufens bedient. Na, offensichtlich gibt's das ja Gott sei Dank in unserer aufgeklärten Zeit nicht mehr, wenigstens nicht in der westlichen Welt. Denkste, behaupte ich. Das wurde nur auf eine andere Ebene geschoben, auf die psychologische. Wo früher ehrlich gerädert und geviertelt wurde, unterliegen wir heute einer kollektiven Vernebelung. Du sollst nämlich nicht merken! Wie du verarscht, manipuliert, psychisch und emotional missbraucht und gehirngewaschen wirst. Von Machtmenschen und deren zahlreichen Lakaien. Die übrigens oft noch schlimmer gebrainwashed sind als du.

Mal festhalten: 1. Es gab sie schon immer, die Machtmenschen, 2. die Ebene ihrer Spielchen hat sich verschoben. Jetzt kommt ein 3.: sie haben sich stark vermehrt, weil sie es 4. geschafft haben, dass ihre natürlichen Gegenspieler kaum mehr Gehör finden. Die welterfahrenen Berater nämlich, die Altehrwürdigen und Weisen, das gefühls- und sozialkluge Eheweib, die Possen treibenden Narren, die es wagen durften, in der Verpackung von Spaß, Musik und Gereimtes die Wahrheit zu sagen. Mal ein Beispiel aus der Tierwelt, um zu verdeutlichen, welche Auswirkungen die vier Punkte auf eine Gemeinschaft haben können:

In freier Wildbahn leben Wölfe in einem Familienverband. Wenn Jungwölfe älter werden und den Altwölfen ihre Position streitig machen wollen, kriegen sie von denen ordentlich die Meinung gegeigt, sodass die präpotenten Jungspünde bald die Schnauze voll haben und abwandern, um eine eigene Familie zu gründen.

In Gefangenschaft aber, in den Zoos und Wildgehegen, gibt's zu wenig Platz für ein Abwandern, deshalb haben die klugen Tiere dort ein komplexes, soziales Gefüge entwickelt, welches ihnen dennoch ein gutes Leben und Zusammensein ermöglicht.

In solchen Wolfsrudeln haben Beobachter den Anführern die Namen ‚Alpha- und Beta-Wölfe' gegeben. Damit diese sich nicht ständig mit den übermütigen Jungwölfen messen müssen, die nicht abwandern können, hat sich die Gattung der sogenannten ‚Omega-Wölfe' entwickelt. Oberflächlich betrachtet sind sie die Prügelknaben und müssen sich mit den Jungwölfen herumplagen. Besonders zur Fressenszeit ist das wichtig, damit die Anführer ungestört ihren Hunger stillen können und in ihrer Kraft bleiben. Danach sind die rangniedrigeren Wölfe mit Fressen dran, dann die Welpen. Die Omegas dürfen erst als Letzte fressen. Sieht also ganz danach aus, als ob das einfach die armen Schweine unter den Wölfen sind. Aber dann hat man mal näher hingeguckt. Die Omegas kümmern sich auch um verwaiste Welpen und ziehen sie liebevoll groß. Man hat auch beobachtet, dass Omegas sich immer wieder aus eigenem Antrieb den Jungwölfen zum spielerischen Kampf anbieten und somit sicherstellen, dass für gut trainierten, starken Führungsnachwuchs gesorgt ist, wenn die Alphas und Betas zu alt dafür werden. Allzu übermütige Jungwölfe werden von den Omegas schmerzhaft gemaßregelt, also wird von ihnen auch für das Einüben eines verträglichen Sozialverhaltens gesorgt. Irgendwann hat mal jemand gesehen, dass den Omegas oft die gehaltvollste Nahrung, Innereien, Herz, Leber übrig gelassen wird. Ganz im Gegenteil zur ursprünglichen Annahme sind die Omegas also alles andere als die Loser des Rudels. Sie sind sehr wichtig für eine gut funktionierende Gemeinschaft, und deshalb wird auch dafür gesorgt, dass sie stark bleiben und dass es ihnen gut geht.

Gretchenfrage: Was würde mit dem Wolfsrudel geschehen, wenn die Führung nur noch aus körperlich starken, listigen, sich zur Schau stellenden Alphas bestünde, die aber über keinerlei soziale Klugheit mehr verfügen? Die die Omegas nicht mehr zu schätzen wüssten, ihnen kein gutes Fressen mehr zugestehen würden, sie nach und nach verhungern ließen? Ich denk', ich brauch's nicht auszuführen, kann sich jeder ausmalen. Und auch den Vergleich ziehen, wo wir Menschen als Gesellschaft jetzt stehen. Ja, Scheiße. Denkt mal darüber nach, welche Leute unsere menschlichen Omegas sind und wie es ihnen in unserer Gesellschaft heute geht. Und am Wichtigsten: was jeder von uns tun kann, um unsere Abwärtsspirale wieder zu drehen.

Menschliche Trümmerfelder

Zurück zu den Machtmenschen. Ich beschäftige mich jetzt etwa seit sieben Jahren mit diesen Individuen und glaube nicht mal, dass der Großteil extrem pathologisch ist. Außer dem verrückten Muschigrabscher; man muss nicht Psychologie studiert haben, um zu bemerken, dass der nicht alle Tassen im Schrank hat. Besser macht das die Sache aber leider nicht, dass ich unsere Führungselite für nicht ganz hardcore halte, in ihrer sozial-emotionalen Invalidität. Denn das macht den sukzessiven Verfall unserer Gesellschaft noch verdeckter, noch schleichender, noch perfider. Zum Vergleich: wenn der Förster Borreliose von einer Zecke bekommt, bemerkt er das meist gleich, kriegt Fieber, fühlt sich ganz elend. Meist kriegt man raus, was er hat und kann was dagegen tun. Erwischt er jedoch einen schuftigen Fuchsbandwurm, wird der sich still und heimlich in der Leber einnisten und kann diese jahre- und jahrzehntelang schädigen, bis der arme Förster checkt, warum er immer schlapper wird. Doch dann ist es oft zu spät.

Ich fand's wirklich beängstigend und gruselig, was sich mir bei meinen Recherchen zu den Machtmenschen für menschliche Abgründe auftaten. Als ob ich in die Büchse der Pandora blicken durfte, die sich aber eigentlich still und heimlich schon lange geöffnet hat. Aber es war auch spannend, die verdeckten Wahrheiten zu erkennen. Kein Wunder, dass die Leute ‚Matrix‘ so lieben, wir leben nämlich selbst in einer. Aber, wie versprochen, ich nähere mich dem Thema langsam. Es macht keinen Sinn, den dicken Schorf unserer kollektiven Wunde abzureißen; dann wird vor Schmerz und Unglauben schnell wieder ein tröstendes Deckmäntelchen der Matrix draufgelegt, das vermutlich so lautet: das alte Mädel hier tickt nicht mehr ganz sauber. Also erstmal ein vergleichendes Beispiel, das jeder nachvollziehen kann:

Nehmen wir mal an, es gibt einen Menschen, Oskar, der eine ganz spezielle Behinderung hat. Man sieht sie nicht, aber die Symptome sind komplex. Zum Beispiel ist er blind, hat jedoch kompensierende Fähigkeiten fürs Sehen. Wie etwa die Fledermaus, die sieht ja auch nichts und dotzt trotzdem Dank ihres Echolotsystems nirgends an. Nimmt aber halt auch die Welt ganz anders wahr als sehende Lebewesen.

Die Blindheit Oskars ist aber nicht nur auf seine Augen beschränkt, sie betrifft auch sein Gefühlsleben. Was ihn selbst betrifft, empfindet er einige Gefühle wie etwa Befriedigung, Scham, Schmerz, Wut, Erleichterung. Und natürlich alle körperlichen Empfindungen. Aber alles, was mit dem Innenleben anderer Lebewesen und Menschen zu tun hat, kann er nicht fühlen, wie etwa Empathie, Mitgefühl, Liebe.

Oskar selbst bemerkt lange Zeit nur vage, dass er anders ist. Klar, mit Aussagen seiner Mitmenschen wie „Sieh mal, wie schön blau der Himmel heute ist" kann er nichts anfangen. In seiner Bezugswelt ist das Schwachsinn. Er kann zwar Farben auf seine Art unterscheiden, aber sie sind bei ihm in einer anderen Weise mit Gefühlen besetzt; als ‚schön' kann er sie nur von seiner Warte aus sehen, und nur dann, wenn sie ihm nützen. Auch so etwas wie „Es tut so gut, wenn du mich umarmst" kommt ihm spanisch vor. Es drückt am Hals, was soll denn daran guttun.

Dumm ist Oskar aber nicht, irgendwann bemerkt er natürlich, dass der Großteil seiner Mitmenschen anders tickt. Es kommt ihm aber nicht in den Sinn, das zu hinterfragen. Denn zu seiner Behinderung gehört, dass er die ganze Welt, alles, was in ihr kreucht und fleucht, alles, was in ihr vorgeht, auf sich bezieht. Etwa, wie wenn ein Kleinkind dem Stuhl eine böse Absicht unterstellt, weil dieser Blödian es gestoßen hat. Dieses Weltverständnis ist für normale Menschen schwer zu verstehen, deshalb ein Beispiel:

Oskar hat entdeckt, dass er die Farbe Rot nur an und für sich selbst mag, ansonsten empfindet er sie als anmaßend. Sie zieht von seinen Statisten um ihn herum – so empfindet er für andere Menschen – ständig die Aufmerksamkeit auf sich und dementsprechend von ihm ab. Sein

‚Schön!' für das eigene rote Auto und ‚Wie impertinent!' für das des doofen Kollegen erachtet er nicht als widersprüchlich. Also findet Oskar auch den roten Pulli seiner Frau grässlich. Ihn trotzdem zu tragen, macht sie in seinen Augen nur, um ihn zu ärgern. Die blöde Kuh! Der Nachbar hat rote Blumen in seinem Garten. Der Arsch. Macht er doch mit Absicht! Ebenso Oskars Chef; das fiese Schwein legt ihm doch tatsächlich eine rote Mappe auf den Schreibtisch!

Oskar muss sich also oft ärgern, jedes Mal, wenn etwas passiert, das ihm nicht gefällt. Er denkt sich: *Was soll das denn dauernd? Das ist schließlich MEINE Welt! Es sollte ausschließlich nur das geschehen, was ICH möchte und was MIR guttut! Aber diese komischen Figuren um mich herum, die mir nur äußerlich ähneln und ansonsten nichts mit mir gemein haben, bauen ständig nur Scheiße! Sie wollen einfach nicht kapieren, dass sie einzig und allein dazu da sind, mich zu unterstützen. Aber ich werd' ihnen zeigen, wer der Herr im Haus ist!*

Oskar studiert jetzt diese dummen, blöden Pappfiguren in seiner Welt. Das fällt ihm nicht schwer, so einfach, wie die gestrickt sind. Bald weiß er genau, wie er sie dazu kriegen kann, das zu tun, was er will. Er kann jetzt gut imitieren, ein bisschen lieb zu ihnen zu sein, glaubhafte Versprechungen zu machen, ein wenig Gutes zu tun. Die schamlose Lüge einzusetzen, wird auch ein bewährtes Mittel. Denn diese naiven Wesen ahnen nicht einmal ansatzweise, dass Oskar sie belügt. Weil er ihnen dabei tief in die Augen sieht, kraftvoll und eloquent die stinkendste Scheiße in schönes Papier verpackt und sie für gutes Brot an diese Leichtgläubigen verkauft. Macht sogar Spaß, mit diesen Schachfiguren zu spielen! Für Oskar wird das fast zum Zwang, weil es so befriedigend ist. Das ist sein gutes Recht; schließlich haben diese Pappnasen auch ihre komischen kleinen Freuden wie Liebe, Zusammenhalt, Naturverbundenheit und mehr von so unverständlichem Zeugs. Oskar tut sich sogar zusammen mit ihm ähnlichen Gottwesen, um ganze Systeme nach seinem Willen zu manipulieren. Ist richtig nett, so wie das Siedlerspiel. Ehrlich, es gefällt ihm sogar, wenn seine Marionetten ein wenig leiden. Oder auch gern ein bisschen mehr. Geschieht ihnen ganz Recht, schließlich passiert es immer wieder, dass sie Dinge machen, die ihm nicht gefallen oder ihn sogar kränken. Etwa, wenn der Automechaniker ihm nicht prompt am nächsten Tag einen Termin für den Reifenwechsel geben will. Oder der sowieso total inkompetente Chef meint, ihm was sagen zu dürfen. Oder diese komische Frau da an seiner Seite wieder mal mit Paartherapie ankommt. Wenn hier jemand ein Problem hat, dann sicher nicht Oskar. Soll sie doch in Therapie gehen, solange die Krankenkasse das bezahlt. Aber was für ein Schwachsinn. Als ob diese Blindgänger von Therapeuten überhaupt irgendeine Daseinsberechtigung hätten. Und der Kerl, den diese im Laufe der Zeit ein bisschen marode gewordene Spielfigur an seiner Seite da im Internet ausgesucht hat, ist sowieso der Allerletzte. Das fiese Schwein trägt doch da tatsächlich eine rote Krawatte!

Ein wenig klar geworden, wie Machtmenschen ticken? Schon gruselig, nicht? Übrigens, Entschuldigung hier an alle Oskars, von denen die meisten sicher nicht toxisch sind. Und: es gibt genauso viele Machtfrauen wie Machtmänner. Sie agieren nur oft verdeckter und tummeln sich woanders, gern auch mal in den Kitas und Schulen. Mit der kleinen Variante menschlicher Spielfiguren dort, ‚Kinder‘ genannt, lässt es sich nämlich auch ganz wunderbar ‚spielen‘.

Jetzt mal Tacheles

Körperlich blind sind sie natürlich nicht, die Machtmenschen, ‚nur' sozial-emotional. Ich find's echt komisch; wir leben in einer aufgeklärten Zeit, haben die meisten körperlichen Handicaps verstanden, kennen uns mit geistigen Behinderungen aus, verstehen ziemlich gut psychische Beeinträchtigungen wie Schizophrenie und Autismus. Sogar mit Menschen, die an einer Persönlichkeitsstörung leiden, wie Borderliner, Bi-Polare, Histrioniker beschäftigen wir uns schon eine Weile. Alle möglichen Syndrome haben wir entdeckt, erforscht und ihnen so klangvolle Namen gegeben wie zum Beispiel Münchhausen-Stellvertreter-Syndrom, Stockholm- oder Kassandrasyndrom. Aber diese fatalen sozial-emotionalen Behinderungen interessierten uns lange Zeit nur, wenn sie sichtbar pathologisch wurden, als Psychopathie, Narzissmus oder Machiavellismus, oder wenn sie einen Massenmörder hervorbrachten.

Weshalb das so war, dafür kann ich mir schon Gründe vorstellen. Etwa, weil wir Leben leben und Berufe haben, die immer künstlicher werden. In denen Ehrlichkeit und Authentizität im Sein und im Handeln eher hinderlich wird. Moral auch. Und wir deshalb das Mindset von Machtmenschen, das auch im weniger krankhaften Fall gruselig ist, nicht mehr erkennen. Oder es nicht wahrhaben wollen? Ich glaub' jedenfalls, jetzt, wo sie sich augenscheinlich so stark vermehrt haben, jetzt, wo sie die regulierenden menschlichen Omegas untergebuttert haben, jetzt, wo sie dabei sind, unsere Gesellschaft zugrunde zu richten und unseren Planeten gleich mit dazu, jetzt wird's allerhöchste Zeit, mal genauer hinzusehen.

Diese Individuen haben wirklich ein Weltbild, das schaudern macht. Ein gesunder Mensch weiß, dass er mit anderen Wesen seiner Art zusammenlebt, in einer Welt, die sich für den anderen ähnlich präsentiert wie für ihn. Er weiß zum Beispiel, dass ein Baum zur Gattung der Pflanzen gehört, ein Vogel zu den Tieren und ein Tisch zu den Möbelstücken. Und dass ein Mensch zur selben Gattung gehört, wie er selbst. Für einen Machtmenschen hingegen existieren keine anderen Lebewesen. Auch keine gleichberechtigten Menschen, insofern auch keine Welt für diese Pappfiguren. Er sieht diese Welt ausschließlich als seine ganz persönliche Bühne an, sozusagen sakrosankt. Diese anderen komischen Figuren empfindet er etwa wie Möbelstücke, und so werden sie auch von ihm behandelt. Er schiebt sie ganz nach Lust und Laune auf seinem Schachbrett hin und her und erwartet, dass sie für ihn funktionieren. Sie sind ausschließlich dafür da, zu seiner Bedürfnisbefriedigung beizutragen. Klingt bisschen seltsam, aber nicht so schlimm? Abwarten.

Was für Bedürfnisse hat wohl ein Wesen, für das es keine anderen lebendigen Menschen gibt, das kein Mitgefühl kennt, kein Mitleid, keine Liebe, kein sich Mit-Freuen, kein Gerechtigkeitsempfinden bezüglich anderer Menschen, kein Schutzbedürfnis für Umwelt, Natur oder Tiere? Außer den leiblichen Genüssen, von denen Sex meist die größte Rolle spielt? Jepp, es ist Macht.

Kurzer Abstecher zur Macht. Ein Machtbedürfnis haben wir alle, die einen mehr, die anderen weniger. Hat die Evolution so eingerichtet, ist angeboren, ist sinnvoll, macht auch Spaß. „Ich erobere mir die Welt!", würde das Baby sagen, wenn es reden könnte. „Ich will so schnell sein wie die Großen, ich will mitkriegen, was da oben am Sofa oder am Tisch los ist!" Aus diesem Antrieb lernt es, sich aufrecht hinzustellen und zu laufen. Macht ist der Motor unserer Entwicklung. Schon bald stoßen wir aber mit unserem Durchsetzungsbedürfnis an Grenzen. Erstmal zu unserem Schutz: „Mama erlaubt mir nicht, diese Kerze anzufassen". Auch, wenn wir mit unserem Willen auf den unserer Mitmenschen stoßen: „Das Auto gehört meinem Bruder, der Saftsack gibt's nicht her!"

Macht hat also immer irgendwie zwei Komponenten, sie ist zweckgebunden und stößt auf Gegenwehr. Wenn's gut läuft, kommt nach und nach eine moralisch-ethische dazu. Im Lauf der Zeit müssen wir im Zusammensein mit anderen lernen, Macht für uns auszutarieren. Mal, uns durchzusetzen, mal zurückzurudern. Aber wir verschaffen uns auch gern spielerisch ein wenig davon; wer freut sich nicht, wenn er beim Mensch-ärgere-dich-nicht gewinnt. Oder etwa beim Fußball mit einem spektakulären Tor der eigenen Mannschaft zum Sieg verhilft. Alles normal, alles legitim, macht Spaß, würzt ordentlich unser Lebens-Süppchen. Welches wir uns ansonsten außer mit der Arbeit noch mit Zutaten wie Liebe, Freundschaft, Kameradschaft, Naturliebe, Hobbys zusammenbrauen.

Was aber, wenn das Machtbedürfnis abgekoppelt ist, sowohl vom Zweck als auch von der Berechtigung des Gegenübers? Wenn Macht zum Eigenzweck wird? Ja sogar, wenn sie zur Sucht wird? Wenn sie das Lebens-Süppchen nicht mehr nur würzt, sondern die Suppe einzig daraus besteht?

So ist das nämlich bei den Machtmenschen. Sie leben zwar äußerlich wie normale Menschen auch, haben einen Partner, Freunde, Hobbys. Weil man das halt so macht. Aber sie empfinden nichts für diese Spielfiguren, außer, dass man sie besitzen – so empfinden sie das – und benutzen kann. WIE sie ihre so lebensnotwendige Macht ausüben, kann viele Facetten haben. Gelegenheit dazu findet Herr/Frau Machtmensch überall. In der Partnerschaft, in der Familie, als Chef im Job, als Lehrer oder Erzieherin bei Kindern, als Trainer im Verein. Wenn das nicht reicht oder zu langweilig wird, auch gern mal als Ehrenamtlicher in diversen Pöstchen. Sie tummeln sich auch gerne in der Ärzteschaft. Und natürlich in Wirtschaft und Politik; da kann man bei besonders vielen dieser lustigen Marionetten namens Menschen die Strippen ziehen. Die sehr Ausgeprägten unter den Vertretern dieser destruktiven Spezies streben natürlich auch danach, viel Kohle zu scheffeln. Geld zu haben bedeutet in unserer Gesellschaft große Macht. Man stelle sich nur mal Trump als armen Schlucker vor; kein Mensch auf der ganzen Welt würde auch nur annähernd auf die Idee kommen, dieses verwöhnte, verzogene, egozentrische, moral- und gewissensbefreite und paranoide Riesenbaby als Präsident einer der größten Nationen in Betrachtung zu ziehen. Never ever!

Nebenbei: heute ist der 9.11.24 und Gott hat mich nicht erhört. Einer der augenfälligsten Grandiosen Narzissten unserer Zeit hat es leider wieder mal geschafft, mehr als eine halbe Nation zu brainwashen. Aber das muss ihm erstmal ein anderer Machtmensch nachmachen; er hat einen der größten Spielplätze aller Zeiten zurückerobert. Doch das muss nicht bedeuten, dass es in Übersee jetzt den Bach runtergeht. Ich hoffe nur, dass Herr Großkotz im Hintergrund viele gute Omegas hat. Vielleicht gefällt er sich ja auch in der Rolle als Retter der Armen und Beschützer der Witwen und Waisen. In Deutschland wird gerade auch heftig auf dem sehr toxisch gewordenen Spielfeld ,Politik' rumgezogen und geschoben, beschimpft, angeklagt, geschmollt, taktiert. Aber wo es zu viele Gottwesen und zu wenig Omegas hat, geht's halt nicht mehr um die Sache, sondern ums Machtspielchen-Gewinnen. Kann mich kaum mehr erinnern, dass es mal politische Diskussionen gab, in denen vernünftige Argumente in respektvollem Ton hervorgebracht wurden, die von der Sorge um das Wohl der Menschen in unserem Staat gespeist wurden. Klar ist aber, wer unter den Machtspielchen am meisten zu leiden hat: so kleine Leutchen wie ich.

Krankhaftes Gekränktsein und Wut

Folgendes kommt wahrscheinlich vielen bekannt vor: sobald man diesem speziellen Nachbarn, dieser Arzthelferin, diesem Vereinskameraden begegnet, zwickt sich etwas im Bauch zusammen, stockt der Atem oder wird flacher, spannen sich die Gesichtsmuskeln an, der Körper geht in eine Hab-Acht-Stellung. Instinktiv nimmt man sich innerlich zurück und tastet mit gefühlsmäßigen Tentakeln danach, wie dieser Mensch gerade drauf ist. Die meisten emotional gesunden Leute haben mindestens eins dieser Individuen in ihrem Umfeld, bei denen sie das Gefühl haben, in ihrer Gegenwart immer wie auf Eierschalen gehen zu müssen. Ist übrigens eine der Red Flags, an denen man Machtmenschen erkennen kann. Schön überspitzt dargestellt in ‚Der Teufel trägt Prada'. Der Verstand widerspricht vielleicht sogar unbewusst, schließlich lächelt uns der andere womöglich gerade an und grüßt sogar freundlich. Doch unser Körper weiß besser, mit wem wir es da zu tun haben und bleibt in der Anspannung. Woran liegt das?

Weil wir instinktiv spüren, dass dieser Mensch in einer ganz anderen Welt lebt als wir. Es ist jene Vorsicht und Achtsamkeit, in die wir beim Zusammensein mit sehr kleinen Kindern verfallen, von denen wir wissen, dass sie die Welt noch ganz anders sehen. Der Machtmensch ist sozial-emotional auf demselben Entwicklungsstand wie ein Kleinkind, das spüren wir unbewusst. Krass ist halt, dass dieser Zweijährige in einem erwachsenen Körper steckt mit einem erwachsenen Verstand. Eine ungesunde, verstörende und mit Explosivpotential einhergehende Kombi, die unser Nervensystem in Alarmbereitschaft versetzt.

Wer Kinder hat, kennt die Situationen, die dem Erwachsenen klar sind, die beim Kind aber Gekränktheit und Wut auslösen. Es will über die Straße laufen zu dem Welpen da drüben, wir müssen es aber zurückziehen, weil ein Auto kommt. Es will das neue Sommerkleid anziehen, aber heute ist ein Wettersturz mit zehn Grad weniger. Es greift beim Einkaufen immer wieder nach der knallbunten Cornflakes-

Packung, von der wir aber wissen, dass sie alles andere, bloß nicht gesund ist. Wir wissen auch, dass in dem Alter logische Erklärungen meist keinen Pups bewirken und wir deshalb andere Maßnahmen ergreifen müssen, um das kleine, sich wie der tasmanische Teufel von den Looney Tunes aufführende Rumpelstilzchen zu beruhigen. Wir greifen also in die Trickkiste und lenken ab, bieten Ersatz an, versprechen was anderes, spielen zur Not auch mal den Clown. Und atmen erleichtert aus, wenn es geklappt hat. Aber anstrengend ist das schon und zuweilen braucht man Nerven wie Drahtseile.

Unter der äußeren Beziehungsart mit einem Machtmenschen, die noch nicht einmal eine enge sein muss, herrscht immer eine innere, die der mit einem Kleinkind ähnelt. Diese Menschen strahlen aus: DU hast dafür zu sorgen, dass es mir gut geht, und zwar 24 / 7, DU bist Schuld, wenn es das nicht tut! Und so handeln wir dann auch, besonders die sehr Empathischen unter uns. Schieben respektvoller als eigentlich nötig unseren Stuhl für den Machtmenschen beiseite, lächeln breiter als sonst, suchen krampfhaft nach einem Gesprächsthema. Denn der andere ist schnell gelangweilt. Wir verlassen uns innerlich selbst und sind höchst aufmerksam bei unserem Gegenüber. Und atmen unbewusst leichter und entspannen uns, wenn der Mensch gegangen ist. Bekannt?

Wenn wir es mit einem geistig behinderten Menschen zu tun haben, erkennt das unser Verstand recht schnell und wir verändern unser Verhalten und unsere Sprechweise, um mit ihm auf seiner Ebene in Beziehung zu treten. Das funktioniert bei Machtmenschen leider nicht. Weil die Behinderung auf der sozial-emotionalen Ebene liegt, dort unser Bauchgefühl zuständig ist und wir verlernt haben, darauf zu hören. Besser gesagt, weil es uns schon früh abtrainiert wird, spätestens in einem Schulsystem, in dem das Kognitive vorherrscht und das Sozial-Emotionale kaum eine Rolle spielt. Ja, sogar eher hinderlich ist; mit 'ner Ellenbogenmentalität kommste schon dort eher vorwärts.

Intuitiv erkennen wir, wie schnell, wie banal, wie unlogisch diese Art von Menschen gekränkt sind, wie schnell, wie banal, wie unlogisch sie in Wut geraten können. Und auch ihr seltsam selbstverständliches Anspruchsdenken an uns, sie zu versorgen, besonders emotional. Automatisch und fast wie fremdgesteuert bedienen wir dann ihre Ansprüche. Es gelingt ihnen sogar, wenn sie ihr Gegenüber gar nicht kennen und in so banalen Situationen wie an der Supermarktkasse. Also ich jedenfalls erwische mich hin und wieder dabei, bei einer bestimmten Verkäuferin, die von ihrer Art her all die beschriebenen Wesenszüge ausstrahlt, brav besonders schnell mein Einkaufszeug aufzulegen.

Zwang, innere Leere und... Wut

Machtmenschen sind gefangen in einem Wechselbad von einem Größenwahn-Ego und einer tiefer liegenden, kaum bewussten Kenntnis ihres gravierenden Mangelwesen-Daseins. Sie haben keinen inneren Reichtum, können sich nur durch einen äußeren definieren. Der kann ganz unterschiedlich aussehen, Hauptsache ist, dass sie Macht empfinden können. Das ist so ziemlich das einzige Gefühl, bei dem sie sich spüren können, bei dem sie sich lebendig fühlen. Dem einen reicht es, seinem Ehegespons das Leben schwer zu machen, der andere braucht ein Hobby, in dem er danach strebt, der Beste, Schönste, Tollste, Größte zu sein, der dritte muss über irgendwas oder irgendwen den Chef markieren, der nächste will eine ganze Nation zu seinem Spielbrett machen.

Man braucht nur mal an die vielen Künstler, Sportler oder Mogule in wer weiß was für verschiedenen Bereichen zu denken, die alles erreicht haben, was man sich nur wünschen kann, die gar nicht mehr wissen, was sie sich nach dem zehnten Rolls Royce, der vierten Yacht, dem dritten Lebenswohnsitz und der zweiten Insel von ihrer Kohle noch alles kaufen sollen, die aber die fette Krise kriegen, wenn eines morgens das Dienstmädchen ihren Lieblingskäse vergessen hat, diese unfähige, impertinente Kuh. Oder an diejenigen, die in ein tiefes Loch fallen, wenn der Zahn der Zeit an ihnen nagt, und selbst der beste Chirurg nicht mehr weiß, wo er noch spritzen, liften, straffen, wegschnippeln oder aufpolstern soll. Sind doch wohl nur die Super-Erfolgreichen, die Ausnahmen? Nee, man denke nur mal an die vielen, die sich weigern, in den Ruhestand zu gehen, mit Würde abzutreten oder das Zepter abzugeben und 'nen Schritt zurückzutreten. Durch ihren Macht- und Kontrollzwang macht das Alter besonders Machtmenschen schwer zu schaffen. Der körperliche und geistige Verfall, der Verlust von Einfluss, das Angewiesensein auf andere Menschen. Oder gar auf Ärzte oder Therapeuten, diesen Dilettanten! Wenn's beruflich irgendwann allzu peinlich wird, dann muss halt etwa ein Ehrenamt her, bei dem man doch noch ein bisschen die so essentielle Bestätigung kriegt. Oder ein ausgefallenes oder exzessiv betriebenes Hobby. Natürlich mit Außenbezug, wenigstens über Insta, TikTok & Co. Wenn gar nichts mehr geht, dann gibt's zur Not noch ein paar Familienmitglieder oder Pfleger im Altenheim, die man mit seinen Launen und Marotten traktieren und dominieren kann.

Übrigens, es gibt eine teuflische Variante von Machtmenschen, die über die Schiene Ich-bin-so-hilflos oder Ich-brauch-dich-so oder Ich-bin-so-sensibel agieren. Eine sehr perfide Art, Macht über andere auszuüben. Das sind die Beratungsresistenten, denen nichts und niemand je helfen kann, die zu jedem Vorschlag zur Verbesserung ihrer Lage flugs jede Menge Abers parat haben. Die ein Haar in jeder Suppe finden, die sich suhlen in Ich-hab's-so-schwer oder Bin-so-arm oder Bin-so-krank, Du-muuusst-mir-helfen. Die es aber meisterhaft verstehen, jeglichen Versuch zur Hilfe sanft und perfide zu boykottieren. Eine tückische Version des Machtge- und missbrauchs, der sich besonders die weiblichen Varianten von Machtmenschen gerne mal bedienen.

Bei Machtmenschen haben wir es mit ziemlich schizophrenen Seinszuständen zu tun. Einerseits ihrer Selbstherrlichkeit, andererseits ihrer zwanghaften Abhängigkeit von der Bestätigung von außen. Sie erkennen keinen Widerspruch darin. Und ihre mitfühlenden Spielfiguren fühlen sich auch noch geehrt, wenn der knallharte Sebigbos ‚Gefühle‘ zeigt, andeutet, dass er sie braucht. Und ihnen eine Aufgabe nach der anderen aufbrummt, bis sie unter der Last zusammenbrechen. Auch noch mit schlechtem Gewissen, dass sie nun nicht mehr hilfreich sind. Absicht? Klar doch.

Denn diese Ambivalenz herrscht im Machtmenschen vor: *Ich bin zwar ein Gott und du nur mein Handwerkszeug, aber irgendwie hab' ich manchmal den Eindruck, dass du denkst, ich bräuchte dich! Lachhaft! Du kannst gerne meinen heiligen Zorn über diese Impertinenz spüren. Ich brenn' dich ab wie ein Streichholz, ich blute dich aus bis zum allerletzten Tropfen!* Machtmenschen geraten schnell in Wut. Eben wie Kleinkinder in ihrem Egozentrismus. Wenn der Stuhl nicht so dasteht, dass sie sich bequem setzen können. Wenn ihnen die Unterlagen von rechts statt von links hingelegt werden. Wenn das verschissene Telefon es wagt, heute so besonders laut zu klingeln, wo sie doch Kopfschmerzen haben.

Doch es gibt noch eine tiefere Ebene ihrer Wut. Da ist ein instinktives Wissen um ihre innere Mangelhaftigkeit. Ein abgrundtiefer Neid, bizarrerweise besonders auf jene sozialen und empathischen Menschen, die am härtesten unter ihnen zu leiden haben, die sich am meisten bemühen, sie mit jener emotionalen Zufuhr zu füttern, die ihr Lebenselixier ausmacht. Ein Zorn auf diese ‚niederen' Wesen mit ihrer lächerlichen Gefühlstiefe und -breite. Ein Hass, weil sie intuitiv wissen, wie leer sie im tiefsten Inneren sind und wie abhängig genau von den Wesen, die sie besonders gerne benutzen und verachten. Und so trachten sie danach, diese frechen, verdammten Spiegel ihres ureigensten Wesens zu zerstören.

Alles ich, alles meins

Es herrscht in Machtmenschen noch ein bestimmter Zustand vor, an den ich mit meiner Lupe rangehen will. Der sich zwar vordergründig nicht so schlimm anhört ist, bei näherer Betrachtung aber wieder mal gruseln macht, weil er aufzeigt, in welcher Parallelwelt halbwegs gesunde Menschen und Machtmenschen leben. Es geht um ihre pathologische Identifikation mit allem, was ihnen ‚gehört‘.

So Aussagen wie „Der ist auch mit seinem Auto verheiratet" oder „Die braucht unbedingt 'nen Fummel von Gucci als Statussymbol" kennt man, klingt bisschen neurotisch, aber was soll's. Was aber, wenn ich sage: „Wenn der Machtmensch-Chef dich was Notieren lässt, greif ja nicht zu den Kugelschreibern in seiner Stiftebox, ohne vorher ehrerbietig zu fragen, sonst könntest du dein blaues Wunder erleben"? Bei Machtmenschen beschränkt sich dieses Sich-Identifizieren mit ihren Dingen nämlich nicht nur auf Teures oder sehr Persönliches, sondern auf alle Dinge, die sie als ihren Besitz betrachten. Wer sich innerlich leer fühlt, krallt sich wie ein Ertrinkender an alles, was er als identitätsstiftend empfindet. Bedeutet, dass du beim sehr ausgeprägten oder vulnerablen Typus von Machtmensch selbst bei so banalen Dingen wie beim ungefragten Benutzen eines SEINER Stifte sofort zum Staatsfeind Nr. 1 deklariert wirst. Oh, er ist nicht so dumm, dir das gleich zu zeigen, aber du wirst es spüren, glaub mir. Wobei er dir vielleicht sogar zunächst mit einer ganz speziellen Freundlichkeit kommt, einer lauernden. Die dich freut, naiv wie du bist. Er will dich in Sicherheit wiegen, verunsichern, verwirren, wenn er dann mit seinen Retourkutschen für deine Majestätsbeleidigung startet. Zunächst mit Kleinigkeiten; vielleicht stößt er, aus ‚Versehen‘ dein Glas um und du darfst für den Rest des Tages mit nasser Hose rumlaufen. Dann stellst du vielleicht verwundert fest, dass in letzter Zeit der Kaffee in der Kanne nur noch den Boden bedeckt, wenn du dir einen holen willst, sodass immer du einen neuen kochen musst. Als nächstes kriegst du vielleicht peu à peu mehr

Arbeit aufgebrummt, mit dem vermeintlichen Kompliment „Sie sind ja so tüchtig". Und so weiter. Mit der Zeit wirst du dich fragen, wieso du immer öfter mit einem Bauchgrummeln zur Arbeit gehst und dich immer mehr kaputt fühlst. Das wird nicht besser werden, im Gegenteil. Machtmenschen haben diesbezüglich ein Gedächtnis wie ein Elefant. Eher verzeiht ein Stein dem Regen, der ihn aushöhlt als ein Machtmensch jemandem, der ihm ‚vermeintlich' ans Bein gepisst hat.

Im Zusammensein mit Machtmenschen lässt es sich bei bestem Willen nicht vermeiden, sie immer wieder zu kränken oder ihre Wut auszulösen. Ich sag's nochmal, weil's so krank ist: es genügt, wenn du eine Hose trägst, die ihnen nicht gefällt oder beim Meeting den Stuhl zu geräuschvoll rückst, wenn sie gerade etwas besonders Bedeutungsvolles sagen, und das tun sie ja immer! Manche Machtmenschen haben diese besonders toxische Kombi von Verletzlichkeit und Egomanie, dass sie es dir sogar übelnehmen, wenn du statt Kaffee lieber einen Tee trinkst, den sie selbst nicht mögen. Sie empfinden das als aufrührerisch und unsolidarisch ihnen gegenüber. Wenn sie können, verbinden sie deine Abstrafung gleich damit, Personen in deinem Umfeld zu catchen und gegen dich aufzubringen: „Ach Tanja, es riecht hier schon wieder nach deinem komischen Eso-Tee. Gell Biggi, wir Powerfrauen brauchen da eher 'nen ordentlichen Schluck schwarzes Gold, oder? Schlag ein!" Majestätsbeleidigung mit Rooibos-Tee.

Und jetzt das besonders Fatale: Bei sehr ausgeprägten Machtmenschen genügt ein erster Blick auf dich, um zu wissen, ob du ein leckerer Bissen für ihren Machthunger sein wirst. Bist du sehr sozial, sehr emphatisch, besonders selbstreflektierend, kollegial oder verantwortungsvoll, hast du leider den Schwarzen Peter gezogen. Du musst noch nicht einmal den kleinen Finger bewegt haben, da haben Machtmenschen schon erkannt, wen sie da vor sich haben. Und manchmal genügt dieser in deinen Augen liegende Spiegel deines Wesens und ihres Mangelwesens, um sie gegen dich aufzubringen. Du hast noch nicht einmal „Guten Tag" gesagt und bist von ihnen schon zum Mobbing-Opfer auserkoren worden.

~~Destruktivität, Perfidität, Bösartigkeit~~

Ich streiche gerade dieses Kapitel, seufzend, aber nützt nix. Wenn das Buch hier statt der angepeilten 250 Seiten nicht 300 haben soll, sollte ich mal langsam zur prekären Kita-Situation kommen, die, zusammen mit vielen anderen unserer Probleme, aus dem zu groß gewordenen Einfluss von Machtmenschen in unserer Gesellschaft resultiert. Es gäb' aber noch so viele zerstörerische Mechanismen zu beschreiben, die Machtmenschen nutzen. Wer schon mal unter Mobbing gelitten hat, kann ein trauriges Lied davon singen, wie vielfältig, perfide und bösartig das geschehen kann. Na, wenigstens berichte ich später noch von ein paar ungeheuerlichen Machenschaften von fiesen weiblichen Machtmenschen in der Kita; in vielen Einrichtungen ist Mobbing leider schon beinahe obligatorisch.

Ist aber doch interessant, dass ich mich nicht getraue, all die Ergebnisse meiner Recherchen über Machtmenschen hier zu präsentieren. Matthias Falkus mit seiner ,Die Kita-Katastrophe' traut seinen Lesern auch über 500 Seiten zu, Ilse Wehrmanns ,Kita-Kollaps' hat immerhin 256 Seiten. Ich werd' aber so was von stinkig, wenn ich die zwar guten, aber mickrigen 29 Bewertungen, jetzt im Dezember 24, für den ,Kita-Kollaps' auf Amazon sehe. Nach fast eineinhalb Jahren der Veröffentlichung, von dieser erfahrenen, renommierten Frau, mit Beiträgen von Professoren und versierten Fachleuten. Da wird man den auch noch sprachlich ziemlich fragwürdigen Ergüssen einer No-Name-Erzieherin erst Recht keine Beachtung schenken, und schon mal gar nicht, wenn das Ding so 'ne Länge hat. Sagte ich doch, es interessiert keine Sau, was in den Kitas abgeht. Hauptsache, möglichst viele der kleinen Blagen sind irgendwie untergebracht. Die Erzieher brennen aus? Wurscht, das bisschen Spielen und Betuddeln können auch andere machen. Büro-Leute vielleicht, die nach 20, 30 Jahren Beschäftigung mit virtuellem und papiernem Aktenkram den Bore-Out kriegen. Oder Flüchtlinge und Migranten, die sind dankbar für jeden Job. Man kann ja auch wieder mal an der Ausbildung bisschen schrauben. Kürzer und leichter machen. Oder was Schnelles für Quereinsteiger aus 'ner ähnlichen Branche. Etwa der Altenpflege, da sind's die Leute immerhin schon gewohnt, mit flüssigen und kompakteren menschlichen Körperausscheidungen zu hantieren. Aber bei denen fehlt's ja auch ständig an Personal. Hach, diese Mimosen aber auch in den sozialen Bereichen! Am besten wird sein, es darf einfach jeder, der Lust hat, rein in die gute Kita-Stube. In Bayern ham wir ja eh schon 50% Nicht-Fachkräfte drin. Was soll's auch; ist der Ruf erst ruiniert, lebt es sich ganz ungeniert. Außerdem können wir ja noch zu bewährten Manipulations-Techniken greifen. Etwa ein neues Sprachprogramm anordnen, was beweist, dass wir uns doch kümmern, um die Qualität in den Kitas! Die Studien, die bezeugen, dass die ganzen Programme so gut wie nix bringen, deckeln wir ja seit Jahrzehnten, weiß ja Gott sei Dank kaum einer.

Scheiße, Scheiße, und nochmal Scheiße! Was anderes fällt mir dazu bei bestem Willen nicht ein.

Sorry, hab' mir mal Luft gemacht, musste einfach sein. Auch Erzieher sind nur Menschen. Ich muss jetzt aber was relativieren: ich hab' zweierlei Erfahrungen gemacht, bezüglich Laien in der Kita-Betreuung. Einmal, dass sie durchaus eine Hilfe sein können, dann, wenn sie ,zuarbeiten' können. Menschen, die gleich sehen, dass da Geschirr abgewaschen werden muss, dort Kinder bei einer Bastelei Hilfe brauchen, oder da was vom Keller geholt, dort eine Liste geschrieben oder Obst geschnippelt werden muss. Leider zieht aber auch diese Option der Betätigung oft Machtmenschen an, und dann nervt's gewaltig. Sie machen ein Riesengeschiss um jede kleine Hilfe, reden zuviel, fragen zuviel, haben sofort Ideen für's Andersmachen, egal in welchem Bereich, sind überpräsent, mischen die Gruppe auf... Nein, danke! Da mach ich's lieber allein.

Gekippte Weltwippe

Ein letztes Thema über Machtmenschen will ich jetzt doch noch beleuchten, und zwar die Meta-Ebene. Ich hab' ja schon darüber berichtet, wie das aussieht in der Gesellschaft, wenn Machtmenschen in die Überzahl kommen. Etwa das Kippen der sozialen Einrichtungen ins Unsoziale. Oder das Hineinschlittern von hilfreicher Verwaltung in ausufernden, unsinnigen Bürokratiewahnsinn. Den Switch von Politik als staatliche Regelung des Gemeinwesens hin zur Reality-Show von Machtmenschen. Doch wie genau passieren diese Dinge? Sowas kann dann geschehen, wenn Entscheidungen auf gefakten Intentionen fußen und diejenigen, die echte, gute Absichten haben, untergebuttert werden. Nicht gleich „Hä?", ich erklär mich ja gleich. Erstmal ein vergleichendes Beispiel:

Projekt Vulkanbasteln in der Schule. Uwe und Oskar möchten das beide gut hinkriegen, wenn auch aus unterschiedlichen Gründen. Uwe, ein lieber, gescheiter Junge, interessiert sich eh für alles Experimentelle. Oskar, schon als Machtmensch geboren, will in erster Linie unbedingt vor allen anderen Kindern in der Klasse glänzen.

Uwe holt erstmal die Meinung von Mama und Papa ein, das hat Frau Huber, die Lehrerin, erlaubt. Er bastelt seinen Vulkan aus Pappmaché, und als dieser getrocknet ist, friemelt er sich in die richtige Mischung von Backpulver und Essig für den Lavastrom hinein. Zwischendurch gibt's eine ziemliche Sauerei in der Küche, aber nach ein paar Versuchen kriegt Uwe einen ganz passablen Vulkanausbruch hin.

Oskar beginnt ebenfalls mit Pappmaché und Kartons. Doch weil er den Anspruch hat auf einen Vulkan mit mindestens einem halben Meter Durchmesser, wird er ungeduldig. Das Gematsche dauert ihm zu lange, er wird schlurig, sein Teil wird instabil. Oskar bekommt einen Wutanfall, Mama eilt zu Hilfe. Doch auf ihren Rat hin, den Vulkan etwas kleiner zu machen, ereilt sie ein neuer Wutausbruch ihres Sprösslings. Und weil sie das schon kennt und fürchtet, legt Mama das Geschirrtuch beiseite und arbeitet sich in die Vulkan-Materie ein, beäugt von den kritischen Augen Oskars, der ihr mit verschränkten Armen und skeptischem Blick zusieht. Als das Monster-Ding nach drei Tagen endlich durchgetrocknet ist, macht Oskar sich an die richtige Essig-Natron-Mischung. Er kriegt das auch ganz gut hin, ist aber alles andere als zufrieden, denn die ‚Lava‘ kommt ihm zu flüssig vor gegen echte. Hach, alles blöd, ich schmeiß den Mist hin, ich geh nicht mehr zur Schule...! Das Ende von Oskars theatralischem Lied ist, dass eine verzweifelte Mama und ein aufgescheuchter Papa den Haushalt nach allen Fläschchen und Tuben durchforsten, deren jeweiliger Inhalt sich als hilfreich erweisen könnte. Während Oskar zur Beruhigung erstmal eine Rund ‚Minecraft‘ spielt. Mit einer ausgefeilten Mischung, eines Chemikers würdig, bestehend aus Essig, Backpulver, Aloe Vera Gel, Lebensmittelfarbe, der Baby-Lotion von Oskars Schwester Lilli und den Gebissreiniger-Tabs von Oma Grete, erschaffen die rechtmäßig erschöpften Eltern schließlich einen schön zähflüssigen Lavastrom. Den die Lehrerin dann auch im Zusammenspiel mit der Größe des Vulkans als besonders gelungen würdigt. Nachdem ihr Oskar mit treuherzigem Blick versichert hat, dass er das Ding gaaanz alleine hingekriegt hat, aber selbstverständlich doch! Uwes Exemplar findet Frau Huber aber auch ganz gut.

So weit, so gut, bisschen ungerecht die Sache, aber so ist das Leben, meistens halt kein Ponyhof. Bedenklich wird's, als Frau Huber Uwe und Oskar für das gerade laufende Konzept einsetzen möchte, in dem ältere Schüler jüngere bei diversen Freizeitprojekten unterstützen. Frau Huber wird anwesend sein und falls nötig, Hilfestellung leisten, sich aber möglichst im Hintergrund halten, um eine gute Interaktion der Kids zu ermöglichen.

Uwe sagt zu, freut sich auf diese Sache, hat aber auch ein wenig Bammel davor, diesem Mentoren-Projekt gerecht zu werden. Er hat zwar schon immer Freude daran gehabt, anderen etwas beizubringen oder ihnen zu helfen, aber ob er so einer offiziellen Sache gewachsen ist? Doch als es so weit ist, macht er das ganz gut, findet Frau Huber. Zunächst ist er zwar ein wenig zögerlich und die Pädagogin befürchtet, dass er sich bei ein paar kleinen Rabauzen nicht durchsetzen kann. Aber sie ermuntert und unterstützt ihn und Uwe wird immer sicherer. Er gibt Ratschläge, legt Hand an, wenn nötig, lobt und ermuntert seine Schützlinge. Durch den wohlwollenden und einfühlsamen Beistand seiner Lehrerin ge- und bestärkt, spricht er sogar auch mal ein Machtwort, wenn's gar zu turbulent wird. Alles in allem sind alle Beteiligten recht zufrieden mit dem Projekt.

Oskar hat ebenfalls zwiespältige Gefühle in dieser Sache. Anderen Menschen zu helfen, kam ihm bisher noch nie in den Sinn. Aber er fühlt sich auch geehrt, dass Frau Huber ihn ausgesucht hat. Er checkt auch, dass er dort ein bisschen Boss über noch kleinere Kinder spielen kann, das würde ihm schon gefallen, also sagt er zu. Oskar reizt es auch, in dieser Sache besser dazustehen als der komische Sozial-Heini Uwe. Mama und Papa müssen ihm noch einmal ganz genau erklären, wie sie den Vulkan so gut hingekriegt haben. Zu Beginn des Projekts befindet Frau Huber, dass sie sich bei Oskar gleich mehr zurückhalten kann als bei Uwe. Oskar wirkt sehr präsent und strahlt eine gewisse Dominanz aus, er wird die Gruppe gut führen. Sie setzt sich in eine Ecke und beobachtet, sieht die Kids agieren und lachen, also alles gut.

Von außen besehen, haben Oskars Schützlinge mehr Spaß an dem Projekt als die Kinder bei Uwe. Dass er gar nicht so viel Ahnung von der Sache hat, überspielt er mit Scherzen und nachdrücklicher Geschäftigkeit. Auch, dass es mit Oskars Sozialkompetenzen nicht viel auf sich hat, ist deshalb kaum zu bemerken. Doch hinter die überpräsente Fassade geblickt, klingt Oskars Lob unecht oder übertrieben, seine Unterstützung ist hier mal zu wenig, da mal zu viel, er hat einfach kein ‚Feeling' für sowas. Hin und wieder hat der ein oder andere Sensible unter den Kleinen ein mulmiges Gefühl in Oskars Gegenwart. Denn seine Späße wirken irgendwie unecht oder übertrieben, es kommt mehr eine manische Ausgelassenheit auf als echte Schaffensfreude.

Ich mach jetzt einen Absatz, weil ich so wichtig finde, was in diesen spürigen Kleinen nun abläuft. Es sind nur Sekunden und geschieht ziemlich unbewusst, in diesem Alter kann man noch nicht groß reflektieren. Manche Kleinen verspüren zwar eine seltsame Stimmung, befinden aber, dass das doch nicht an Oskar liegen kann. Schließlich hat ER ja den schönsten aller Vulkane gebastelt, noch dazu legt er sich hier gewaltig ins Zeug. Die empfindsamen Kleinen bekommen ein schlechtes Gewissen, denken, die komische Stimmung liegt an ihnen. Vermutlich stellen sie sich ja ein bisschen blöd an. Oder sind wieder mal überempfindlich. Das hat man ihnen schon desöfteren vermittelt, und auch jetzt bei Oskar scheint das so zu sein. Also schieben sie die Mulmigkeit beiseite und bemühen sich, gut mitzumachen.

Oskar besitzt manchmal ebenfalls eine große Spürigkeit, nämlich immer dann, wenn etwas sein aufgeblasenes Ego bedroht. Er registriert, dass das eigentlich recht halbseiden ist, was er da betreibt, dass dieses Mentoren-Ding nicht so wirklich seins ist. Doch er weiß Rat. Diesen paar Kleinen, die zwar so ruhig oder gar schüchtern rüberkommen, ihn aber irgendwie beängstigend tief ansehen, wirft er immer mal ein paar warnende Blicke zu oder spitze Worte. Sehr subtil und von den anderen kaum bemerkt, weil er gleich wieder in seinen I-am-the-Greatest-Modus zurückswitcht. Zudem spendiert Oskar am letzten Tag des Projekts, als Frau Huber mal kurz abgelenkt ist, eine Tüte Süßkram, gespendet von Mama und Papa. Aber ‚Psst‘, meine kleinen Freunde, schnell in die Hosentaschen damit und Mund halten! Und, mit einem Augenzwinkern und einer Kopfbewegung in Frau Hubers Richtung: Bleibt unser kleines Geheimnis! Ja, obwohl Oskar das Wort noch nicht kennt, weiß er instinktiv um die Macht der Konspiration. Die Maßnahmen, die eine innere Stimme Oskar in solchen Momenten zuflüstert, sind leider niemals gespeist von einer Quelle der Ehrlichkeit, von Wachstum oder Selbsreflexion, geschweige denn von einer Sorge für das Wohl der ihm anvertrauten Kleinen, sondern stets nur vom Selbsterhaltungstrieb seines Größen-Selbsts. Sie werden immer Tricks, Fakes, Täuschungen sein.

Die ganze Projekt-Sache endet damit, dass Oskar von den manipulierten Kleinen eine höhere Bewertung für seine Mentorenarbeit kriegt als

Uwe. Auch von den mit mulmigen Gefühlen und schlechtem Gewissen behafteten Sensitiven. Und als beim nächsten Projekt nur ein Mann benötigt wird, kriegt Oskar den Zuschlag.

Noch mal mit der Lupe ran: Uwe lässt Raum für die Persönlichkeit der anderen Kinder, für ihre Entfaltung und Wachstum. Oskar beherrscht die Sache mit seinem aufgeblähten Ego, da bleibt kaum Raum für irgendetwas anderes. Bei Uwe geht es nicht so spektakulär zu, dafür könnte mit der Zeit ein echtes Gemeinschaftsgefühl in der Gruppe entstehen mit viel Potential für Wachstum in den verschiedensten Bereichen, für alle Kinder. Bei Oskar werden aus den Treffen bestenfalls lustvolle Events, doch ohne ein wirkliches Voranschreiten oder eine Fruchtbarkeit in welchem Bereich auch immer; im sozialen jedenfalls gewiss nicht. Mehr oder weniger werden es One-Man-Shows sein. Wo die Kleinen vielleicht auch noch, fatalerweise und unbewusst, etwas über Tricksertum und Fake-Events lernen. Und ungesunde Mechanismen in der Gruppendynamik.

Mein Fazit

Ja, materielle Dinge, wie zum Beispiel Bau- und Kunstwerke, kriegen Machtmenschen sehr gut hin. Oft auch ohne Hilfe, aber sie sind auch Meister darin, andere für ihre Zwecke schuften zu lassen. Ohne sie wäre die Menschheit sicher in vielen Dingen nicht so weit, wie wir heute sind. Viele Errungenschaften in Wissenschaft oder auch Kunst haben wir Machtmenschen zu verdanken. Weil sie aber auch unter anderem zur Erreichung ihrer Ziele alles, was nicht bei drei auf den Bäumen ist, für sich einspannen. Und auch mal gnadenlos über Leichen gehen, wenn's sein muss. Wir machen es ihnen aber auch oft sehr leicht, weil uns ihre Überzeugtheit von sich selbst und ihrem Werk gefällt. Und die Anziehungskraft ihrer Kindlichkeit, bei der wir meist zu spät merken, dass sie nicht dasselbe wie kindliche Unschuld und Begeisterungsfähigkeit, sondern unreife, infantile Egozentrik ist. Ihr Über-alle-Grenzen-gehen, ihre oberste Priorität, der Schutz ihres überdimensionalen Fake-Ichs, hat bisweilen eine böse, ja manchmal dämonisch anmutende Seite. Sie können andere Menschen wirklich kaputt machen. Früher etwa mit jahrzehntelangem Schleppen tonnenschwerer Steine für das gigantische Grabmal des sich göttlich wähnenden Machtmenschen, heutzutage betreiben sie die Zerstörung ihrer menschlichen Werkzeuge bevorzugt emotional-psychisch. Erkennbares Mobbing ist da nur die Spitze des Eisbergs. Aber andererseits kann durch sie auch Bahnbrechendes erschaffen werden. Und es gibt sie in einem breiten Spektrum, vom kleinen Fiesling, dem im besten Falle von einer klugen Erziehungsperson eine wenigstens kognitive Vorstellung von Moral beigebracht wurde, bis zum größenwahnsinnigen Staatsoberhaupt.

Wenn wir als Menschheit aber nur aus solchen Alphas bestünden, würden wir uns heute trotz ihrer Macht, große Dinge zu erschaffen, in den Höhlen noch die Pumpfe auf die Köppe schlagen. Es braucht auch die Sozial-Intelligenten, die Einfühlsamen, die Moralisch-Ethischen, die Philanthropen, die Altruisten. Auch Philosophen und Spirituelle. Die das

Alleinesein brauchen zum Nachdenken, für ihre Erkenntnisse, das stille Beobachten von Mensch, Natur und Kosmos. Nebenbei bemerkt: Manchmal haben wir Glück und ein Hybridwesen als Chef oder Chefin. Die sowohl Führungs- als auch Sozialkompetenz besitzen, dazu noch Verantwortungsbewusstsein und eine gute Moral, aber auch das richtige Maß an Selbstliebe, um nicht auszubrennen. Meist sind sie in eher kleinen Betrieben und Einrichtungen zu finden. Heutzutage werden die aber gern von Giganten geschluckt, und da steigen die guten Chefs oft aus. Weil sie wissen, dass man ein ziemliches Arschloch sein muss, um solche menschlich anonym werdenden Kolosse zu führen. Es gibt sie gar nicht mal so selten, ist meine Erfahrung. Doch sie werden heutzutage leider viel zu oft weggedrängt.

Wie kann denn ein harmonischer Tanz dieser beiden so gegensätzlichen Menschenschläge aussehen, von Machtmenschen und Menschenklugen, für ein gutes Miteinander, einen konstruktiven Fortschritt, für eine Berechtigung der Bezeichnung ‚Homo sapiens' für uns? Na, ganz einfach, ähnlich wie bei den Wölfen halt auch. Machtmenschen lieben es – aber brauchen es auch – in der Menge zu baden, im Mittelpunkt oder besser noch auf der Bühne zu stehen, belobhudelt und ein bisschen angebetet zu werden. Sollen sie dürfen, aber die Kompetenzen der Omegas müssen wieder miteingebunden und geschätzt werden. Wo es in erster Linie um soziale Dinge geht, sind extreme Machtmenschen die denkbar schlimmste Fehlbesetzung, zumindest ohne gute Berater mit sozialer Kompetenz, Ethik und Gewissen. Machtmenschen können sich nun mal nicht etwa in behinderte Menschen hineinversetzen, wenn sie auch ein Interesse daran haben, dass im Bereich Integration Hilfreiches geschieht. Zwar ist es ihnen im Grunde piepegal, wie Menschen mit Handicap sich in unserer Gesellschaft fühlen, aber das sind ja auch potentielle Wähler! Und möglichst bei allen gut da zu stehen, ist für Machtmenschen essentiell wichtig. Wo aber die Omegas kein Gehör mehr finden, wo die Intentionen, die Gründe für soziale Entscheidungen nicht mehr echt sind, sondern ausschließlich egomanischen Gehirnen ohne Werte, Moral und echtem Interesse entspringen, da wird's im besten Falle komisch, im schlimmsten entstehen auf schön getrimmte Schubladen mit einem halbseidenen, armseligen, bizarren, wenig hilfreichen Inhalt. Mit einem Arbeitsmodus für die Mitarbeiter, der ganz genau so schräg beieinander ist, und der die Leute verzweifeln lässt angesichts der vielen Unsinnigkeiten, der überbordenden und absonderlichen Bürokratie, des eklatanten Mangels an wirklichem Wissen um die Materie, der hartnäckigen Negierung von Untragbarem. Und der sie ausbrennen lässt. So sind leider unsere sozialen Einrichtungen momentan beschaffen. In allen Gebieten, im Gesundheitswesen, in der Altenpflege, im Behindertenbereich, in den Schulen und Kitas.

Also: lassen wir die Oskars gerne tolle, große Vulkane bauen, aber lasst uns auch schleunigst lernen, die sozialen und emotionalen Kompetenzen der Uwes wieder wertzuschätzen und vor allem auch wieder einzusetzen. Echte Werte, Moral und Ethik wieder als Basis zu finden und in unsere Entscheidungen und Konzepte zu integrieren. Bitte schnell.

Ich werd' jetzt mal zur Kita übergehen, aber später noch genau beschreiben – und das traurigerweise an mehr als nur einem Beispiel – wie es aussieht, wenn Machtmenschen in den Kitas mit den Kindern auf ihre sozial-emotional gestörte Weise agieren. Und gerne mal zusätzlich Kolleg/innen kaputt machen. Aber auch, wie man am besten mit solchen ego-aufgeblähten und mobbenden Fieslingen und *(jetzt hab' ich echt 'n Problem mit der weiblichen Variante: Fieslingingen?)* umgeht.

Marode Kita

Stoß-mich-zieh-dich-Beruf

Die Sauereien in diesem Beruf gehen schon bei der Ausbildung los. In den 40 Jahren seit meiner Lehre hab' ich noch keinen anderen Beruf gesehen, an dem ständig so unverfroren herumgebastelt wird wie bei Erziehern und Erzieherinnen. Zumindest in Bayern. Mal dauert's vier, mal fünf Jahre, mal geht's auch über Telekolleg. Mal kannste nur ein Fachabi dazumachen, mal auch ein normales. Mal darfste damit Psychologie studieren, mal nicht. Mal kann 'ne Hauswirtschaftsschule beteiligt sein, mal nicht. Mal geht's nur mit zwei Jahren reine Fachakademie, mal dual. Mal kriegste ein Jahr BaFög geschenkt, mal nicht. Schon da zeigt sich, dass man mit uns Sozial-Dödeln fröhlich herumexperimentieren kann; ich find's 'ne Sauerei.

Bei mir gab es damals ein schulbegleitetes Praktikumsjahr in Kita, Hort, Heim oder bei Behinderten, dann zwei Jahre Theorie an der FakSozPäd mit kleineren Praktika und zum Schluss ein Jahr Berufspraktikum. Wo es übrigens zum ersten Mal wenigstens ein rudimentär anständiges Gehalt gab. Zurückblickend fehlen mir jetzt diese ersten drei Jahre bei der Rente, von der ich als ehemalige Alleinerziehende und jetzt als Alleinstehende definitiv nicht werde leben können. Die damalige Ausbildung der Kinderpflegerinnen fand in der sogenannten ‚Knödelakademie', der Hauswirtschaftsschule statt, zweijährig, vier Tage Schule mit einem Tag Praxis in einer der genannten Einrichtungen.

Da ich zur Generation der Babyboomers gehöre, gab's damals genug Erzieher, wohl deshalb hat man nach einiger Zeit mal eben schnell ein fünftes Jahr an die Ausbildung drangehängt. Um danach – ich schätze mal, dass dann doch viele nicht so blöd waren, das zu machen – den plötzlichen Erziehermangel dahingehend ausgleichen zu wollen, dass Frauen, und nur Frauen, in den Kitas tätig werden dürften, die drei Jahre Erziehung eigener Kinder vorweisen konnten. Oder ein Jahr mit drei Kindern. Hat sich aber nicht durchgesetzt; ich kann mir gut vorstellen, dass dabei Morddrohungen an den Erfinder dieses unsäglichen Konzepts mit eine Rolle spielten.

Doch es wurde weiter an der Ausbildung geschraubt und gedreht, heute mehr denn je. Nichts gegen Verbesserungen, doch da kommt's halt wieder auf die Intention an. Mit den ganzen Verschlimmbesserungen der Ausbildung steigen nämlich leider nicht immer die pädagogischen Kompetenzen der künftigen Erzieher. Ich höre seit vielen Jahren von erfahrenen Kolleginnen, dass der Erzieher-Nachwuchs oft nicht mehr das Gelbe vom Ei ist. Ich selbst hab' das aber ein wenig anders erlebt, nämlich als eine fatale Selektion. In den letzten fünf Jahren hab' ich sechs sehr fähige und ungewöhnlich reife junge Kolleginnen erlebt, die entweder den Arbeitsplatz Kita verlassen haben und zu anderen sozialen Einrichtungen gewechselt sind oder sich entschlossen haben, sich beruflich ganz anderweitig zu orientieren. Na ja, sagen wir's mal in 'nem Vergleich: wenn der junge Schreiner gute Arbeit leisten will, aber 1. kein richtiges Werkzeug kriegt, 2. die Zeitbemessungen für die Herstellung ordentlicher Werke völlig unrealistisch angesetzt ist, 3. er mehr Zeit mit Bürokratiekram verbringen muss als am Werkstück, 4. die Bezahlung in schlechter Relation zu seiner Leistung steht und ihn 5. auch noch Kollegen mobben, ja wundert's da wen, wenn die guten Leute abwandern und die Machtmenschen bleiben? Denen es völlig wurscht ist, ob der Tisch in 'nem halben Jahr wackelt, weil schlecht verzahnt oder ob sich ein Holzwurm einnistet, weil nicht ordentlich begast. Hauptsache, heimlich bissi Holz zerstören, macht doch Spaß, etwa die schöne Maserung zu verkratzen oder 'nen Balken hie und da aufzuspleißen.

Aber Klasse ist jetzt nicht gefragt, vielmehr Masse. Zumindest von den Strippenziehern. Nun, wenn ich großkotzige Versprechen mache wie ‚Recht auf Kita-Platz' und ‚Recht auf Ganztagsbetreuung in den Schulen', sollte ich mir halt auch mal paar Gedanken drüber machen, wie das zu bewerkstelligen ist, personell, räumlich, qualitätsmäßig. Wer nach dem Motto geht: ‚Ach, das ergibt sich schon alles irgendwie, Hauptsache, jetzt erstmal jede Menge Wähler damit gecatcht', der braucht sich nicht zu wundern, wenn miserable Zustände entstehen, personell, räumlich und qualitätsmäßig.

Im Wolkenkuckucksheim

Da hat man sie sitzen, die kleine Praktikantin, die erst Kinderpflegerin, dann vielleicht Erzieherin werden will. Ist nur einen Tag die Woche da, an vieren hat sie Schule. Ist nicht Fisch, nicht Fleisch. Gehört nie richtig zum Team dazu. Die halbe Zeit muss sie sich auf ihre nächste Beschäftigung vorbereiten. Die natürlich super toll werden soll. Die sie mit sechs Kindern durchzuführen hat. Ausgewählten Kindern, denn die Knaller in der Gruppe nimmt man da natürlich nicht. Geht ja um was. Dann kommt die Lehrerin, die Lehrprobe findet statt, die Gruppenleitung sitzt dabei. Danach noch Reflexionsgespräche. Erst mit der Lehrerin, dann noch mit der Praktikantin.

Diese Vorgehensweise hat mit der Realität ziemlich wenig zu tun. Wann hat man im Alltag schon mal Zeit dafür, mit sechs Kindern eine so ausgefeilte Beschäftigung zu machen? Bei dem Betreuer-Kind-Schlüssel? Bei dem Personalmangel? Bei den vielen U-Drei-Kindern momentan? Bei der gestiegenen Anzahl von ständig nach Aufmerksamkeit heischenden kleinen Egozentrikern in der Gruppe? Bei der ins Skurrile angewachsenen Flut an Doku-Kram? Bei den vielen Helikopter- und Curling-Eltern, die meinen, jeden Tag zweimal ein halbstündiges Tür-und-Angel-Gespräch führen zu müssen, damit ihr Prinzchen ja nur einen an Leib und Seele unbeschadeten Tag in der Kita verlebt? Darauf bereitet die angehenden Erzieher auch der Rest der Ausbildung nicht vor. Und das ist vielleicht auch gut so. Denn dann gäbe es höchstwahrscheinlich noch weniger Erzieher.

Diese Vorgehensweise gleich zu Beginn der Ausbildung, der Fokus auf diese dauernden Beschäftigungsangebote, führt schon in die vorherrschende verquere Auffassung dieses Berufs hinein. Nämlich nicht, wie es sinnvoll wäre, von der Pädagogik die Methodik abzuleiten, sondern umgekehrt. Nämlich, eine Pseudo-Pädagogik in die schöne, in Erwachsenenaugen ästhetische Beschäftigung hinein zu interpretieren. Nämlich schöne Schublade vor sinnvollem Inhalt. Wie, jetzt erstmal nur rudimentär, könnten wir denn die Kinder besser fördern?

Ich werf' erstmal den Spruch ‚Weniger ist mehr' in den Raum. Es braucht – finde ich, und viele meiner Kolleg/innen mit mir – weder Sprach- noch Zahlen- oder welche Programme auch immer, auch nicht jeden Tag ausgefeilte gezielte Beschäftigungen, bei denen die Vor- und Nachbereitung das Doppelte an Zeit schlucken als die Durchführung. Einen großer Raum, einen kleinen Raum, einen Garten und als Optimum einen schnellen Zugang in natürliches Grün fänd' ich 'nen guten Anfang. Genügend Personal, die gar nicht mal alle so super-pädagogisch geschult sein müssten, lieber auch ein paar mit Herz und Verstand. Zeit fürs Erstellen eines guten, kind- und situationsorientierten Konzepts, Zeit für Fallbesprechungen. Viel Freispielzeit mit PRÄSENTEN Betreuern. Möbel könnten gerne alt sein, solange sie kompakt und schadstofffrei sind. Ausreichendes und gutes Spiel-, Beschäftigungs- und Bastelmaterial muss nicht teuer sein. Viele Bücher sind gut. Die gibt's zwar jetzt schon in den meisten Kitas, aber in der Mehrzahl der Gruppen, die ich in den letzten fünf Jahren gesehen hab', hat kaum einer Zeit zum Vorlesen. Und wenn, dann herrscht in der Gruppe eine Lautstärke, die es unmöglich macht. Nebenräume, früher ziemlich normal, werden auch immer rarer. Übrigens müssen wir den Kids dringend wieder beibringen, dass man mit Büchern anders umgeht, als die Seiten darin zu verknicken, zu zerreißen oder anzumalen.

So verrückt alles momentan: Studien nach ist es bei Mittelklasse-Kindern bezüglich des Schulerfolgs völlig wurscht, ob sie eine Kita besucht haben oder nicht; die einzigen Kriterien, die Einfluss darauf haben, sind das Einkommen der Eltern und wieviel in der Familie gelesen wird. Da muss man ganz schön schlucken, wenn man realisiert, was daraus folgt. Aber wetten, dass ein paar quergestrickte Großkopferte sagen: „Da müssen wir die Erzieher noch vieeel besser schulen, da müssen wir noch vieeel mehr Programme anbieten!" Ich befinde mich in Absurdistan.

Mach dich gefasst

Also, wenn ich auch nur eine Ahnung gehabt hätte, was mich im Laufe der Jahre und Jahrzehnte in meinem Beruf erwartet, hätte ich mal schön die Finger davon gelassen und hätte lieber was studiert. Selbst, wenn man mir das dreifache Gehalt versprochen hätte. Denn es gibt mehr als ein angemessenes Gehalt, nämlich Lebensqualität. Die kann man heute mehr denn je als Erzieherin in die Tonne kloppen. Jetzt noch ein paar Dinge heutzutage, auf die die Ausbildung ebenfalls nicht vorbereitet, in knackiger Kürze:

• auf viel zu kleine und oft zu wenige Räume mit zu vielen Kindern

• auf den immer größer werdenden Lärmpegel

• auf den täglichen Druck, heillos mit der Arbeit hinterher zu hinken, nie irgendwem und irgendwas wirklich gerecht zu werden

• auf Kolleginnen, denen die Kinder herzlich egal sind, die einzig und alleine nach Machtausübung streben. Bei den Kindern und bei den Mitarbeitern

• dass meist nicht die Pädagogik, sondern eher die Methodik im Vordergrund steht. Und oft weit davor noch der äußere Schein

• dass du an vielen Tagen nicht dazu kommst, aufs Klo zu gehen. Was aber nicht viel macht, denn zum Trinken kommst du ebenfalls nicht

• dass du nicht mehr wie früher Pädagoge, sondern Dienstleister bist. Dessen Prioritäten nicht vom Wohl der Kinder, sondern von den Wünschen von Träger, Eltern, Politikern und Gesellschaft bestimmt sind. Die nur marginal mit Kindeswohl etwas zu tun haben

• dass du besser nicht in der Nähe deines Heimatortes arbeitest. Weil dann eine erkleckliche Zeit deines Privatlebens dafür draufgeht, beim Einkaufen Smalltalk, Erziehungshilfe und Bauchgepinsel bei deiner Klientel zu leisten

• dass du neben deiner eigentlichen Arbeit immer mehr Nebentätigkeiten zu erledigen hast. Stühle hochstellen, Kehren, Staubwischen, Putzen, Geschirr spülen, Abfälle beseitigen, Einkäufe in der Freizeit erledigen, Gartenarbeit, Handwerkertätigkeiten, Beschäftigungsvorbereitungen am Abend, Schreibarbeiten zuhause. Eigentlich bist du statt einer Pädagogin oder eines Pädagogen mehr ein Mfa, ein Mann oder Mädchen für alles

• dass du in der Gesellschaft ein ganz kleines Licht bist. Die davon ausgeht, dass du den ganzen Tag spielst und Kaffee trinkst

• dass du mit den Eltern eine Pseudo-Vertraulichkeit herstellen musst, die zu einer permanenten kognitiven Dissonanz führt, die sehr anstrengend ist. Und die dann plötzlich auch mal vorbei sein kann, wenn du vergessen hast, ihrem Sprössling die Windeln zu wechseln. Es wird heutzutage meist geduzt. Was unangenehm werden kann, wenn du dir als sechzigjährige, erfahrene Erzieherin von einer fünfundzwanzigjährigen Curling-Mutter die Beschwerde einholst, dass du mit ihrem Söhnchen gestern vollkommen zu Unrecht geschimpft hast

• dass viele Dinge, die du gelernt hast, nicht der Wahrheit entsprechen. Etwa, dass Kinder nicht unschuldige, unbelastete Wesen sind, die du allesamt mit der richtigen Pädagogik zu wunderbaren Erwachsenen heranbilden kannst. Dass sie von Geburt an nicht nur eine körperliche, sondern auch eine bestimmte seelische und charakterliche Konstitution haben. Dass da auch schon mal ein Fiesling dabei ist, der schon mit Zwei andere Kinder gerne piesakt. Früher konnte man das mit den Eltern wenigstens noch vorsichtig besprechen, auch wenn es unangenehm war. Heute, da ein Großteil der Ansicht ist, wahrlich Halbgötter zur Welt gebracht zu haben, geht das kaum mehr. Nicht mal mit einer homöopathischen Verwässerung deiner Worte

• dass du dich demzufolge zunehmend von Ehrlichkeit, Wahrheit und Wahrhaftigkeit verabschieden musst. Denn während du bei Kolleginnen vielleicht noch von Raufbolden oder Transusen sprechen kannst, musst du das den Eltern als Lebhaftigkeit oder Bedächtigkeit verkaufen. Du bist stets zweigleisig im Kopf unterwegs. Zwischen ehrlich und politisch korrekt. Zwischen Wahrheit und Schönfärberei. Du musst eine zweite Sprache lernen, nämlich 'Elternisch'. Das ist anstrengend und man hat immer das Gefühl, lügen und tricksen zu müssen

Tragen die Träger?

Vor Angst um einen Knacks im Image, falls Eltern klagen, wird seit dem Recht auf einen Kita-Platz überall dermaßen dreist getrickst, dass ich nicht weiß wohin mit meiner Empörung. Immer geht das auf Kosten einer halbwegs guten Pädagogik. Fremdschämen ist seither ebenfalls Bestandteil meines Gefühlslebens, wenn ich an so manche Trägerschaft denke. Ich durfte im Laufe meines vierzigjährigen Erzieherdaseins unter etlichen Trägern arbeiten, kirchliche, kommunale, AWO, freie. Hier gibt's ein wenig mehr Geld, da eine kleine Zusatzversorgung, dort ein paar andere Vergünstigungen. Doch das ganze System hat von Haus aus eine gewaltige Schieflage. Die wohl im Laufe der Jahrzehnte eine andere Färbung angenommen hat, aber schlimmer denn je ist. Die großen Dachverbände sind ein bisschen wie ein höheres Wesen. Man weiß, irgendwo da oben ist es und sollte für Recht und Ordnung sorgen. Doch meist ist es so, dass man auf Gedeih und Verderb dem irdischen Vertreter vor Ort ausgeliefert ist, dem Pfarrer, Bürgermeister oder Ehrenamtlichen. Man kann würfeln, ob er Menschenkenntnis hat oder ihm die Bedingungen für eine gute Pädagogik am Herzen liegen, denn Fachmann dafür ist er nicht. Hier mal ein paar Erlebnisse mit Trägern im Laufe meines Erzieher-Daseins:

• in den 80ern wurde in der Kirchengemeinde meiner damaligen Arbeitsstelle ein Pfarrer eingesetzt, der zuvor viele Jahre in einem kleinen Bergdorf tätig gewesen war. Er war ein wenig weltfremd. Eine von uns Mitarbeiterinnen musste ihn hin und wieder zu irgendeinem Termin kutschieren, da er weder Auto noch Führerschein besaß. Zum Arzt, zum nächsten Tabakladen oder zum Gasthof, wenn seine Haushälterin erkrankt war. Es interessierte nicht wirklich, dass wir vielleicht gerade sowieso Personalmangel hatten. Oder gerade beim Anziehen waren, wo jede Hand gebraucht wurde. Zum Gasthof übrigens nur deswegen, weil wir uns strikt weigerten, einen Mann bzw. Frau zum Kochen bei ihm zuhause zur Verfügung zu stellen, wenn die Haushälterin krank war.

Was er den Kindern von Gott erzählte, war bisweilen grenzwertig. Nicht jeder Pfarrer hat ein von Gott gegebenes pädagogisches Händchen. Einmal, zur Osterzeit, ging er in unserem Stuhlkreis von Kind zu Kind, berührte sie an Händen, Beinen, Nasen, Ohren und sagte dazu: „Was geschieht mit deinem Körper, wenn du stirbst? Er wird begraben. Die Würmer und Maden fressen von dir und du verfaulst und verwest. Du wirst zu Staub! Dein Ohr, deine Nase, deine Beine, deine Hände, alles wird zu Staub. Wenn du Glück hast, bleiben von dir ein paar Knochen übrig."

Seine Versicherung, dass ihre Seele dann bei Gott das schönste Leben habe, konnte leider sein vorher so plastisch beschriebenes Bild nicht vertreiben. Unsere Hälse bedurften am Abend dieses Tages einer ganzen Packung Salbeibonbons. Vom Trösten schluchzender Kinder und zahlreichen Gesprächen mit entrüsteten Eltern.

• Das Märchen von der guten Kita: Mitte der 90er, eine Kindergruppe, gegründet von einer Elterninitiative. Mit einem privaten Waldstück zum Spielen und Toben, gut bestücktem, engagiertem Personal, viel Freiraum für das pädagogisches Konzept. Der Traum einer Handvoll Erzieherinnen, die sich dort zusammenfanden. Nebensache, dass sie alle nur ein Taschengeld bekamen, bis sie sich die Anerkennung erarbeitet hatten und es endlich Zuschüsse gab.

Doch das zog sich. Wochenlang arbeiteten sie an der verlangten schriftlichen Konzeption, in ihrer Freizeit. Sie reichten mehrere Male ein, wurden abgelehnt. Schrieben um, konzipierten neu, ergänzten, wurden wieder abgelehnt. Nebenbei kümmerten sie sich zusammen mit den Eltern um weitere Auflagen. Ebenfalls in ihrer Freizeit, anders ging es nicht. Wovon sie sich ernährten? Manche vom Gehalt ihrer Männer, einige hatten einen Zusatzjob. Doch die Sache war es ihnen wert. Die Aussicht darauf, endlich einmal das umzusetzen, was man einst gelernt hatte. Auf eine gute, kindgerechte Pädagogik. Mit ausreichend Mitarbeitern und Zeit für Reflexion und Fallgespräche.

Nach etwa anderthalb Jahren hatten sie es schließlich geschafft, ihre kleine Gruppe stand auf festen Beinen. Und sie verdienten endlich ein wenig mehr als 'nen Appel und 'nen Ei. Sie waren ein prima Betreuer-Team, ergänzten und respektierten sich. Der zusammengewürfelte Haufen Kinder, von denen nicht wenige ordentlich Probleme oder Defizite hatten, wuchs zu einer Gruppe zusammen. Die Kinder machten Fortschritte, die Betreuer blieben weiterhin engagiert, reflektierten viel, sie wuchsen und gediehen.

Doch das Glück währte nicht lange. Zunächst waren es von mehreren Seiten verlangte ‚pädagogische' Programme, die dem Team Bauchschmerzen bereiteten. Konzipiert – so schien es ihnen – als Arbeitsbeschaffungsmaßnahme für gelangweilte Theoretiker. Ihrer Meinung nach brauchte man sie nicht nur nicht; nach eingehender Prüfung hielten sie sie für eher kontraproduktiv bezüglich eines Lernfortschrittes der Kinder. Beim Sprachprogramm ‚Hören – Lauschen – Lernen' etwa stellten sie fest, dass zwar die sprachaffinen Kinder durchaus Spaß an der Sache hatten. Diejenigen Kinder jedoch, für die Sprache in erster Linie zur Kommunikation taugte und die ansonsten weniger Vergnügen am Zerpflücken von Wörtern, taktlosem Klatschen von Silben und sinnbefreitem Reimen einzelner Wörter hatten, erreichte man damit nicht. Sie waren nur frustriert, wenn sie nach Tagen und Wochen kaum Fortschritte machten. Schlimmer noch: der tägliche Spaß an geklatschten Liedern und Gedichten, ihren Marschier-Liedern und Lauf-Sprüchen, ihr Vergnügen am Spielen mit der Sprache im Alltag ging ihnen verloren. Zusammengefasst: man schaffte ein Paradoxon. Die Kinder, die die Elemente eines solchen Programms auch ohne das Ding konnten, brauchten es nicht. Die Kinder jedoch, denen man damit helfen sollte, die mit Sprache als Selbstzweck Probleme hatten, erreichte man mit diesem Programm nicht und verleidete ihnen auch noch den Spaß am täglich stattfindenden ‚beiläufigen' Lernen. Selbiges galt für Zahlenprogramme.

Doch sie wurden angehalten, diese Programme durchzuführen. Schließlich gab's dafür wieder ein bisschen Fördergeld.

Ähnliche Erfahrungen machte das Team mit Perik – Sismik – Seldak, den Beurteilungsbögen. Wollte man sie mit bestem Wissen und Gewissen ausfüllen, kostete das viel zu viel Zeit, die selbst sie mit ihrem guten Betreuungsschlüssel nicht hatten. Außerdem hatten sie das Gefühl, ein komplexes, lebendiges Wesen auf die Bauanleitung einer Maschine herunterzubrechen. Wem war damit geholfen? Maxi etwa hatte nun einmal von Haus aus eher Spaß am Toben, Klettern und Baumhäuser bauen. Sollten sie ihn wirklich mit dem Zeichnen von Kreisen und Quadraten triezen, bis er sie so beherrschte wie Ella? Die wiederum lieber malte und bastelte, als im Turnsaal herumzurennen. Natürlich förderten sie die Kinder in allen Bereichen, sie stärkten sie in ihren Interessen und Neigungen und regten sie an, auch weniger geliebte Dinge auszuprobieren. Diese Bögen waren wohl im Einzelfall eine Hilfe, dann, wenn sie sich schwer damit taten, ein Kind einzuschätzen. Im Großen und Ganzen jedoch empfanden sie sie als lästige Arbeit, die ihnen die Zeit für die Kinder stahl. Aber wurde ja zur Pflicht, leider Gott's.

Als nächstes musste sich das Team mit Buchungszeiten herumplagen. Als man begann, die Kitas mit dieser unseligen Sache zu malträtieren, lästerten sie: „Oh! Dass man Beziehung buchen kann, kennt man bisher nur aus einem anderen Metier!" Leider hält sich dieses System bislang hartnäckig. Da die Beiträge in dieser Initiative aufgrund des hohen Betreuungsspiegels recht hoch waren, kamen ein paar Eltern auf die fatale Idee, nur ‚besonders relevante' Zeiten zu buchen. Also, wenn Programme gemacht wurden oder Turnen angesagt war. Das Team setzte sich mit den Eltern zusammen und besprach mit ihnen, dass das Lernen beim Kind anders funktionierte als beim Erwachsenen, der etwa einen Kurs im Bildhauern buchte. Dass Beziehung und Gemeinschaft eine große Rolle spielten. Außerdem arbeiteten die Erzieherinnen oft nach dem situationsorientierten Ansatz, der sich unter anderem nach der Befindlichkeit der Gruppe oder auch am Wetter in ihrem Waldstück orientierte. Sie weigerten sich strikt, etwa einen Turntag festzulegen.

Doch immer wieder mussten sie ihr Konzept verteidigen, immer wieder fruchtlose, zeitraubende Gespräche darüber führen, sich immer wieder in Elternbriefen und -abenden erklären. Von der Trägerschaft, fast alles Eltern, erhielten sie keine Rückendeckung. Es nervte. Und raubte ihre Zeit für wichtigere Dinge.

Schließlich hatten sie sich einem Problem sehr spezieller Art zu stellen, als sie den immer konkreter werdenden Verdacht auf Übergriffe auf eines ihrer Kinder hegten. Schlimm genug, doch es handelte sich auch um das Kind von Eltern der Trägerschaft. Wie ging man bloß damit um? Sie redeten sich die Köpfe heiß und kontaktierten Experten. Eine konkrete Hilfe bekamen sie nicht. Schließlich sprach die Leitung das Thema bei der betroffenen Familie vorsichtig an. Sie fragte auch nach möglicher Fremdbetreuung oder nach anderen außerfamiliären Kontaktpersonen, bei denen das Kind alleine war. Doch nichts geschah. Außer, dass die Trägerschaft plötzlich immer unzufriedener mit der Arbeit des Teams wurde. Sie gaben nun zu viel Geld aus, hatten zu viel Vorbereitungszeit, Überstunden ebenso. Sie gingen viel zu wenig auf die Wünsche der Eltern ein, engagierten sich nicht genug bei Werbeveranstaltungen. Es passte nun dies nicht mehr, jenes auch nicht, es hagelte Kritik. Eine Kollegin nach der anderen verließ das Projekt, dem sie so viel Herzblut und Freizeit gewidmet hatten. Und ja, auch Geld, das sie anderthalb Jahre nicht verdient hatten. Innerhalb eines Jahres war keine einzige Erzieherin des ursprünglichen Teams mehr da. So traurig können Kita-Märchen enden. Wenn die Politik das Paradoxon kreiert, mit ihren Qualitätssicherungsmaßnahmen echte Qualität zu unterbinden. Und wenn Eltern zugleich deine Vorgesetzten sind.

• Mitte 2010. Marita, 45, eine liebevolle und einfühlsame Erzieherin, ihr Stil partnerschaftlich und respektvoll. Besaß die Fähigkeit, andere zu begeistern mit innovativen Projekten. Hatte selbst drei Kinder großgezogen und sich zwischendurch als Vertretungen in mehreren Kitas betätigt, um nicht rauszukommen aus ihrem Beruf. Nun mochte sie wieder in Vollzeit einsteigen.

Marita bewarb sich mehrmals, durfte sich auch vorstellen und probe-arbeiten, wäre mehrere Male schon genommen worden. Doch sie war vorsichtig, sie hatte nämlich eine Achillesferse. Aus ihren früheren Ar-beitsverhältnissen und besonders durch ihre Vertretungstätigkeit hatte sie viele Kollegen und Kolleginnen kennengelernt und erfahren müssen, dass es nicht nur Erzieherinnen ihres Schlags gab. Da tummelten sich auch – leider viel zu oft – Menschen in diesem Beruf, die es darauf an-legten, andere Kollegen zu dominieren, zu mobben, klein zu machen. Sie waren in jeder Position vertreten, als Gruppenleitung, als Gruppenhel-fer, als Kita-Leitung. Maritas Art schien für diese Menschen prädesti-niert für deren Zwecke zu sein, darauf hatte sie absolut keine Lust mehr. Ein spezielles Erlebnis zu diesem Thema hatte sie, als sie sich in einer viergruppigen Kita für die Leitung einer Krippengruppe vorstellte.

Nach ein paar Minuten in der betreffenden Gruppe wusste sie schon, dass sie diese Stelle nicht annehmen würde. An der Art, wie die Kinder-pflegerin ihr die Gruppe vorstellte, erkannte sie schnell, mit wem sie es hier wieder einmal zu tun hatte. Das bestätigte sich, als die Frau mit einer gewissen Konnotation darüber klagte, dass schon zwei Erziehe-rinnen gegangen wären und die ganze Verantwortung über die Gruppe immer wieder ihr obliege. Eine Mischung aus vordergründigem: „Ach, ich Arme!" und hintergründigem „Ich bestimme, was hier geschieht!" Später unterhielt sich Marita im Garten mit Silke, einer anderen Erzie-herin. Diese erwähnte, dass sie auch erst seit kurzem hier arbeitete. Vorher wäre sie in ...... gewesen.

„Oh!", sagte Marita. „Da war ich auch mal. Vor 20 Jahren. Ist Heike noch dort?"

„Ja", antwortete Silke. „Sie ist seit ein paar Jahren jetzt die Leitung."

„Die armen Mitarbeiter." Marita nahm in der Hinsicht mittlerweile kein Blatt mehr vor den Mund. Diese toxischen Menschen krallten sich wie mit Kletten in den Einrichtungen fest und frönten ungestört ihrer Leidenschaft, andere Kollegen zu mobben.

Maritas offene Worte ermutigten Silke wohl. Leise sagte sie: „Es war schrecklich, ich bin so froh, dass ich endlich die Kraft aufgebracht habe, von da wegzugehen. Es gehen ständig Leute dort."

Marita nickte. Seit über 20 Jahren trieb Heike ungestört ihr giftiges Spiel, und nun war sie wohl auch noch Leitung geworden.

Silke druckste ein wenig herum, dann sagte sie: „Hier ist die Leitung prima. Aber in der Gruppe, für die du dich bewirbst, möchte ich nicht arbeiten."

Marita nickte nur. Sie wussten beide, mit wem sie es hier zu tun hatten.

Von dieser toxischen Subkultur, die leider in vielen Kitas herrscht, haben die Träger meist keine Ahnung und wundern sich nur, weshalb das Personal sich ständig die Klinke in die Hand gibt. Und über den hohen Krankenstand. Oder sie ahnen, was Sache ist, haben aber keine Möglichkeit, den Spaltpilz aus dem Team zu entfernen, solange sich dieser nichts Greifbares zu Schulden kommen lässt. Leider ist in ihrer Fürsorgepflicht andauerndes Mobbing nicht vorgesehen; diese beschränkt sich auf etwa den eh nicht funktionierenden Lärmschutz oder das Vorhandenseins eines Pausenraums, der aber ebenfalls in vielen Einrichtungen nicht wirklich vorhanden ist. Es ist aber auch zugegeben nicht leicht, den- oder diejenige mit dem Giftstachel zu entlarven, denn diese Menschen verfügen über etliche raffinierte Methoden, andere Menschen zu täuschen. Träger dahingehend zu schulen, finde ich unerlässlich.

• 2020, eine siebengruppige, kommunale Kita. Einst gebaut für vier Gruppen, Anbau gemacht, platzt aus allen Nähten. Viel zu kleine Räume, eine Gruppe schon im Container. Immer wieder verschobener Neubau einer weiteren Kita. Großes Team mit fast 30 Mitarbeitern, trotzdem ständig Personalmangel, hoher Krankenstand, hohe Fluktuation, auch im Leitungsbereich. Immer mehr U-3-Kinder in den Regelbereich gestopft, damit Krippenplätze frei wurden. Ein schwieriges Arbeitsfeld.

Nicht für alles Geld der Welt hätte ich diese Kita leiten wollen. Vier Jahre war ich dort, in dieser Zeit hatten zwei Leitungen und zwei Stellvertreter gekündigt. Und 28 Mitarbeiter. Wer blieb, waren einerseits ein paar Alteingesessene. Wie fette Spinnen saßen sie in ihrem vor Jahrzehnten gefertigten Netz und spannen ihre Fäden in alle Bereiche hinein. Kannten alle Abläufe, Festivitäten und natürlich Hinz und Kunz des weitverzweigten Netzes städtischer Mitarbeiter und sonstiger Helfer. Während leitungsloser Zeiten krochen sie hervor, spielten ein bisschen Helfer in der Not und suhlten sich in der ihnen entgegengebrachten Dankbarkeit von Trägerseite. Um sich bei der neuen Leitung wieder in ihr Netz zu verkriechen und im Hintergrund ihre klebrigen Fäden weiter zu spinnen.

Feinsinnige, pädagogisch denkende, reflektierende und respektvolle Mitarbeiter flüchteten schnell aus dieser unseligen Kita. Die noch blieben, waren zumeist Machtmenschen. Später noch mehr von dem Treiben dieser Spezies, die den pädagogischen Bereich von je her allerorts unterwandern, aus- und unterhöhlen wie Parasiten und sich leider immer stärker vermehren.

Unseren Träger in Person des Bürgermeisters interessierten die Probleme in seiner Kita allenfalls peripher. Seine Hilfe beschränkte sich darauf, bei den Dienstbesprechungen hin und wieder Pizza zu spendieren und ihnen ein-, zweimal im Jahr beizuwohnen. In Form eines halbstündigen Monologs, in dem er, ganz Politiker, jovial und schön sprach, und doch nichts aussagte. Zeit für Fragen oder ein Gespräch hatte er leider nie. Termine, Termine! Einmal jedoch beraumte er von sich aus ein Gespräch an und man tauchte vier Mann hoch dabei auf. Tja, auch kleine Erzieherchen verfügen über Mittel und Wege. Überlastungsanzeigen lassen sich nur schwer ignorieren. Und verursachen einen unschönen Fleck auf einer mit allen Mitteln auf weiß getrimmten Weste. Allerdings passierte auch daraufhin das, was sonst auch geschah, nämlich nichts. Außer einem flammenden Vortrag, flankiert von drei Vasallen, indem viel von Undankbarkeit und Illoyalität die Rede war. Man kann doch vorher mal was sagen, bevor man zu solchen Mitteln greift!

Wofür sich unser Trägervertreter jedoch immer Zeit nahm, waren Beschwerden von Eltern. Egal, ob es sich um zu verlängernde Öffnungszeiten handelte oder um Windeln, die zu wenig gewechselt wurden. Und so durfte unsere Leitung dann auch einmal den ganzen Dienstplan ändern, weil eine von 100 Müttern es nicht gebacken bekam, ihr Kind am Donnerstagnachmittag eine Viertelstunde früher abzuholen. Und so durften wir auch einmal bei einem Kind jede halbe Stunde die Windel kontrollieren. Tja, die Rechnung des Herrn Bürgermeisters war offensichtlich. Nicht einmal die Hälfte aller Kita-Mitarbeiter stammte aus seinem Wahlkreis. Die über 200 Mütter und Väter jedoch waren allesamt potentielle Wähler. So einfach war das.

• Dieselbe Kita, zwei Punkt Null. Der Herr Bürgermeister sah sich mit einem gravierenden Problem konfrontiert. Viele Kinder von Frauenhaus und der anhaltenden Flüchtlings- und Migrantenwelle verlangten dringend nach einer schnellen Lösung. Da war doch noch diese Sportschule, die im Erdgeschoß noch zwei leere Räume hatte. Mal schnell das allernötigste an Auflagen geschaffen, dann zwei Gruppen hineingestopft. Kein Nebenraum, kein Turnraum, kein Materialraum. Und keine Außenanlage. Zumindest keine, die genutzt werden durfte. Zwar umgab eine schöne Grünfläche das Gebäude, doch sie lief in einem Abhang aus. Leider viel zu steil, laut Vorschrift. Und weder Zeit noch Geld, das zu ändern.

Man stelle sich also vor: 12 Krippen- und 20 Regelgruppenkinder saßen Tag für Tag, Monat für Monat, sommers wie winters in den beiden Räumen fest. Die sich großkotzig ‚Interimslösung' nannten. Kinder aus neun Nationen, mit neun Sprachen, neun unterschiedlichen Kulturen, etliche traumatisiert von Flucht und Krieg. Spaziergänge waren für das Personal – für die Umstände viel zu knapp bemessen – lange Zeit unmöglich. Die Kinder verstanden das Prinzip des Hand-in-Hand- und Hintereinander-Laufens nicht. Sie liefen kreuz und quer und gerne auch mal auf die stoßweise stark befahrene Straße direkt vor dem Haus. Sie reagierten weder auf ein „Stopp!" noch auf Handzeichen. Zudem lagen zwischen dem Ende der Bring- und dem Beginn der ersten Abholzeit nur eineinhalb Stunden. Also selbst für eine anzieh- und lauferfahrene Gruppe sehr knapp für einen Spaziergang ins nächste Grün. Es sollte einem das Herz bluten. Gerade diese Kinder hätten den heilsamen Aufenthalt und das freie Spielen in der Natur so nötig gebraucht.

Die Leitung der Regelgruppe traf man selten in ihrer Gruppe an. Es ist kaum zu ermessen, was sie zu leisten hatte. Elterngespräche führen in neun Sprachen, ohne Dolmetscher. Beobachtungsbögen ausfüllen für Kinder, mit denen sie sich kaum verständigen konnte. Kontakt zu Frauenhaus, Flüchtlingsunterkunft und Betreuer halten. Regeln und Abläufe für die Gruppe konzipieren, die für diese besondere Klientel stimmig und vor allem machbar war.

Schon nach ein paar Monaten gingen zwei Mitarbeiterinnen. Eine kam nach, auch diese verließ die Kita bald fluchtartig. Aus dem Haupthaus wurde eine Erzieherin notfallweise dorthin versetzt; nach einem halben Jahr kündigte auch diese. Nach zwei Jahren war kein einziger Mitarbeiter vom ursprünglichen Team mehr da. Katastrophe pur, die Hölle in Dosen. In erster Linie für die Mitarbeiter, aber auch für die Kinder, die außer einem Platz im Grünen eine ruhige, konzeptsichere, liebevolle und kontinuierliche Betreuung bitter nötig gehabt hätten. Doch das Allerschlimmste: Man glaube doch nicht an die Mär, dass dies die berühmte, schlimme Ausnahme ist, in einem ansonsten gut funktionierenden Kita-System!

• 2024, nette kleine Dorfkita, drei Gruppen, auch Schulkindbetreuung. Kirchlicher Träger. Gute Leitung, halbwegs vernünftige Mitarbeiter. Trägervertreter zwei ehrenamtliche Mütter.

Es brannte, also im übertragenen Sinne, seit zwei, drei Jahren schon. Eine Giftnudel aus dem Team hatte mehrmals Kolleginnen vergrault. Sie war nun schwanger; Gott sei Dank blieb sie jetzt mindestens ein gutes Jahr weg. Eine Kollegin war in Rente gegangen, eine weitere schwanger geworden. Es folgte nur eine Kollegin nach, die mochte leider nur in Teilzeit arbeiten. Es fehlte also von Haus aus an Personal. Wenn ein

Urlaub anstand oder jemand krank wurde, war der Alltag fast nicht mehr zu stemmen. Das Team ging auf dem Zahnfleisch. Sie hielten zwar zusammen, aber alle wurden immer gereizter und baten schließlich die Leitung, etwas zu unternehmen.

Die sonstigen Umstände in der Kita waren nicht gerade optimal, wie meistens heutzutage. Beide Regelgruppen hatten etwa keinen richtigen Nebenraum. Die eine konnte den ihren nur in beschränktem Maße und auch nur am Vormittag nutzen, da ab Mittag die Krippenkinder dort schliefen. Die andere hatte den ihren zugunsten einer Schulkindbetreuung abgegeben; er war ebenfalls nur am Vormittag und mit Einschränkungen nutzbar, da mit Schultischen vollgestellt.

Das Team hatte sich in besseren Zeiten auf Dinge eingelassen, die ihnen nun ordentlich um die Ohren flogen, zum Beispiel auf eine Frischeküche. Das bedeutete, dass einer vom Team jeden Morgen vor der Arbeit beim Bäcker frisches Brot besorgen musste. Der hatte aber einen Schließtag, deswegen musste sich jemand auch stets um abgepacktes Brot kümmern. Den Rest besorgte Gott sei Dank meist eine Hauswirtschafterin, sie kochte auch das Mittagessen. Außer am Freitag. Da musste vom Team dann ein Süppchen aufgewärmt werden. Die Auflagen für so eine Frischeküche waren streng, und bisweilen – wie so vieles im Laufe der Zeit in den Kitas – völlig übertrieben. Jedenfalls für einen gesunden Menschenverstand. So musste jeden Tag die Temperatur in den Kühlschränken aller Gruppen gemessen und dokumentiert werden. Einmal die Woche musste er mit einem stinkenden und krebserregenden Desinfektionsmittel ausgewaschen werden, natürlich ebenfalls dokumentiert. Obst und Gemüse musste jeden Morgen vom Team geschnippelt werden. Alles leicht Verderbliche musste auch während des Frühstücks stets gekühlt stehen. Was bei den Kindern an Lebensmitteln stand, musste täglich weggeworfen werden; den natur- und umweltbewussten unter den Kolleginnen blutete dabei jeden Tag das Herz. Gespült werden durfte nur in einer Spezialmaschine, bei 70 Grad. Man hatte wohl eine Kraft dafür eingestellt, die aber nur an vier Tagen arbeitete. Und auch erst ab Mittag. Und die auch mal Urlaub hatte. Und auch mal krank war. Die Küche durften die Kinder übrigens nicht mehr betreten; ziemlich erschwert also der Spaß mit Kochen und Backen mit den Kindern.

Erschwert noch mit dem Sich-Einlassen auf U-3 Kinder in den Regelgruppen stellte sich dieses Frühstück als schmerzhafter Bumerang heraus. Einen Moment unbeachtet, sauten und kleksten die Kids mit Marmelade und Leberwurst herum, die auch gerne mal auf dem Boden landeten. Hatte man sie endlich mit einem belegten Brot am Tisch sitzen, wurde wieder geschmiert und gebröselt, mit Gemüsesticks geworfen und Trauben vom Sitznachbarn geklaut. Manche Kinder saßen ewig beim Frühstück und es entwickelte sich eine Art Stammtisch-Atmosphäre, mit Kichern, Aufdrehen und mit dem Essen spielen. Mit genügend Personal wäre das alles händelbar gewesen, und die Kinder hätten gelernt, was man ihnen anscheinend zuhause nicht mehr beibrachte, nämlich einen respektvollen Umgang mit Lebensmitteln und wenigstens rudimentäre Tischmanieren. Doch zurzeit konnte man unmöglich einen Mann für dieses sich mehr als den halben Vormittag hinziehende Gelage abstellen. Das sich beim Mittagessen wiederholte. Es nervte gewaltig. Man hatte das Gefühl, der Dreh- und Angelpunkt in dieser Kita war diese verdammte Fresserei, sorry.

Die Ein-Mann-Schulkindbetreuung war ebenfalls belastend. Es stand kein Konzept dahinter; die Eltern verlangten, dass die Kinder zu Mittag aßen und ihre Hausaufgaben erledigten. Die Kids kamen zu verschiedenen Zeiten, deshalb aßen und unterhielten sich die zweiten, während die ersten Ruhe für ihre Hausaufgaben benötigten. War danach noch Zeit, belegten die Schulkinder den Turnsaal, den die Regelgruppen besonders bei Regenzeiten am Nachmittag dringend benötigt hätten. Fiel die Betreuerin aus wegen Krankheit oder Urlaub, musste von dem eh schon zu knappen Personal einer abgestellt werden. Zumindest bis die Hausaufgaben gemacht waren, danach wurden die Schulkinder in den beiden Regelgruppen aufgeteilt. Dort nahmen sie oft alles in Beschlag und lärmten und tobten und kehrten den größeren Macker hervor.

Es musste etwas geschehen, vier von den elf Mitarbeitern hatten schon angekündigt, sich anderweitig nach einem Job umzusehen. Die Trägervertreter sahen jedoch die Brisanz nicht. Die Stellen wurden nur ein einziges Mal in den Jobbörsen ausgeschrieben. Eine Bewerberin, die gerne gekommen wäre, wurde abgelehnt, weil man sich mit der Stundenanzahl uneins war. Man mochte nur ein Drittel der benötigten Stunden genehmigen. Ein Schlag ins Gesicht des Personals, die seit Monaten auf dem Zahnfleisch robbten.

Die Auflösung der Schulkindbetreuung hätte auch etwas Erleichterung verschafft, die umliegenden Mittagsbetreuungen hätten Kapazitäten für die Kids gehabt, auch die Busfahrten dorthin bestanden schon. Doch der Träger argumentierte, dass die Anmeldefristen dieser Betreuungen für September bereits abgelaufen wären. Eine Kollegin kam auf die Idee, dies nachzuprüfen: es stimmte nicht. Irrtum oder Absicht? Jedenfalls wäre vielleicht die Tatsache für diese Einschätzung erwähnenswert, dass beide Ehrenamtliche des Trägervereins Kinder in der Schulkindbetreuung hatten. Das Ehrenamt wurde auch hin und wieder erwähnt: „Ihr müsst auch mal bedenken, dass wir das alles in unserer Freizeit machen". Na toll. Wie absurd, den Kita-Betreuern ein schlechtes Gewissen zu suggerieren, weil der Träger seine Arbeit nicht schafft.

Es reichte. Zunächst einmal der Kita-Leitung, die die Nase voll hatte und kündigte. Ein Schock für das Team, doch verständlich. Wer mochte schon über Monate, ja Jahre hinweg permanent mit Personal und Kindern jonglieren, seine eigenen Aufgaben vernachlässigen und Lückenbüßer spielen und dazu noch die halbherzigen Versuche der Trägerschaft, Abhilfe zu schaffen, tragen und ertragen? Das Team musste reagieren, es ging so nicht mehr weiter. Die Betreuer verfassten ein Statement für Träger und Elternbeirat, in dem sie die untragbar gewordenen Zustände und Vorgänge beschrieben, aufzeigten, dass sie ihrem Bildungs- und Erziehungsauftrag nicht mehr nachkommen konnten und dringend an ein Handeln des Trägers und seine Fürsorgepflicht auch für sein Personal appellierten.

Da war aber die Kacke mal am Dampfen! Die Trägerschaft berief ein Treffen ein, für Personal und Elternbeirat. Sie selbst hatten sich Verstärkung geholt in Form von einer Fachberaterin des Dachverbands und von jemandem, den das halbe Team gar nicht kannte, da er in den letzten sechs Monaten durch Abwesenheit geglänzt hatte: dem Herrn Pfarrer. Der sich dann auch für den Rest des Abends in seiner Rolle als Gallionsfigur gefiel, kein Wort sagte, zurückgelehnt dasaß und hin und wieder an seinen Nägeln pulte.

Die Fachberaterin führte durch den Abend und begann mit einer scharfen Rüge an das Team. Sie hätten mit diesem Statement gegen alle möglichen Vorschriften verstoßen, etwa der Schweige- und Loyalitätspflicht dem Träger gegenüber. Interessant, von der vermissten Fürsorgepflicht des Arbeitgebers für seine Mitarbeiter, die am Zahnfleisch gingen, war keine Rede. Alle Punkte des Statements wurden durchgegangen, die beiden Ehrenamtlichen versuchten, diese zu widerlegen oder sich zu verteidigen. Oft stand Wort gegen Wort, es wurden selbst Dinge geleugnet, die in der Anwesenheit von Zeugen stattgefunden hatten. Der Elternbeirat, dessen Tätigkeit sich in dieser Dorfkita auf Dinge wie Gartenarbeiten und Feste organisieren konzentrierte, wusste nicht, dass auch er ein Mitspracherecht bei der Einstellung von Personal hätte.

Dieser Abend hatte nichts damit zu tun, Missverständnisse auszuräumen. Und schon gar nichts damit, gemeinsam nach einer Lösung von Missständen zu suchen. Er diente einzig der Wiederherstellung der gekränkten Ehre der Trägervertreter, der Einschüchterung des Teams, das es gewagt hatte, in seiner Not Missstände, die seit vielen Monaten eigentlich offensichtlich waren, zu Papier zu bringen. Und vor allen Dingen der Herstellung des Machtgefälles, auf die toxische Menschen so scharf sind. Die Fachberaterin – übrigens von der Leitung im Vorfeld mehrfach kontaktiert und um Rat gebeten – hatte sich dabei leider zum Werkzeug missbrauchen lassen. Gekränkte Machtmenschen sind gefährlich; ihre Rachefeldzüge sind vernichtend. Übrigens kündigte eine weitere Mitarbeiterin nach diesem ‚Gespräch‘, diesem omnilateralen Zurechtstutzen der Kitabetreuer.

Der Fachberaterin und einer ihrer Aussagen gebührt ein extra Absatz: „Sie müssen kein Programm für die Kinder machen, wenn Sie überlastet sind. Seien Sie einfach für sie da."

Vor 25 Jahren hätte ich ihr damit noch sehr Recht gegeben. Da wusste man noch etwas besser, wie eine gute Elementarpädagogik funktioniert. Heute empfinde ich diesen Satz in zweierlei Hinsicht als so subtil unverschämt und paradox, dass mir erstmal die Worte fehlen. Wie gut, dass ich noch ein paar Stilmittel in petto habe, etwa die Metapher.

Ein seit Monaten überlasteter Arzt teilt dies dem Klinikchef mit. Mit mildem Lächeln antwortet dieser: „Sie müssen ihre Patienten ja nicht behandeln. Seien Sie doch einfach für sie da." Sagt der Bankdirektor zu dem ausgebrannten Angestellten: „Sie müssen für die Klienten keinen Finanzierungsplan machen. Seien Sie einfach für sie da."

Was für eine gequirlte Scheiße. Da plagt man uns seit mittlerweile Jahrzehnten schon mit selten hilfreichen Doku-Bögen, um auch ja nicht die winzigste Entwicklungsverzögerung der Kinder zu übersehen, egal, ob man was dagegen tun kann oder nicht, drängt uns zu Sprach-, Zahlenund was weiß ich noch für Programmen, die uns die eh schon viel zu knappe Zeit für die Kinder stehlen, die sich dazu eher als kontraproduktiv erweisen, und dann dieser Satz! Der jedoch wunderbar widerspiegelt, zu was sich die Kita in den letzten 20, 30 Jahren entwickelt hat: eine Aufbewahrungsstätte mit auf Wissenschaft gefakter Förderung. Die viel Stress macht und wenig bringt. Ich könnt' kotzen, aber sowas von.

Ja, es ist möglich, die Kinder mal für ein paar Tage nur zu begleiten. Früher wäre das über Wochen möglich und sogar sehr sinnvoll gewesen, zum Beobachten, Reflektieren, für Einzelförderung. Doch nicht nur die Gesellschaft und das System haben sich verändert, auch die Kinder. So, wie viele Kinder heute drauf sind, benötigt man in der Gruppe viel mehr Struktur als früher, ansonsten geht es drunter und drüber. Es ist wesentlich anstrengender, ständig streitende, sich auf den Boden übereinander werfende, überlaute, überdrehte Kinder zu beaufsichtigen, als ihnen eine interessante Beschäftigung anzubieten. Die muss natürlich ausgedacht werden, nach Material gesucht, vielleicht ein Prototyp hergestellt werden. Das kostet Zeit, die man nicht hat, man muss raus aus der Gruppe, geht nicht, wenn man alleine drin ist, also macht man es in seiner Freizeit. Ich hoffe, jetzt wird die Empörung der Mitarbeiter über die Aussage der Fachdame klarer.

Ich bin mittlerweile auch in mich gegangen und möchte fair sein. Vermutlich ist die gute Dame ja gar nicht so böswillig, wie vom Team empfunden. Die Alternative wäre aber, dass sie von den Zuständen in ihrem Fachbereich wenig Ahnung hat. Dann würde ich ihr dringend empfehlen, sich mal von ihrem sicher ergonomisch gestylten Schreibtischstuhl zu erheben und ein mehrwöchiges Praktikum zu absolvieren. Am besten gleich in jener Kita, in der sie diesen Satz geäußert hat.

Mein Fazit über die Träger? Der Pragmatiker in mir, der mich rügt, weil ich die angepeilten 250 Seiten erheblich überziehen werde, sagt knapp und lakonisch: System nicht gut, sollte schleunigst geändert werden.

Tacheles, auch den Eltern

Vorbei, dass wir Kita-Betreuer einmal Erziehungspartner mit den Eltern waren. Vorbei, dass wir uns auf Augenhöhe mit ihnen befanden. Vorbei, dass ein Elternabend von uns Erziehern mindestens genauso geschätzt wurde wie der des fremden Referenten.

Ich werd' mir jetzt selber untreu, weil ich's eigentlich nur einmal sagen wollte: Ja, es gibt sie Gott sei Dank noch, normale, vernünftige Eltern. Aber mancherorten sie sind jetzt erschreckenderweise nicht mehr in der Überzahl. Es gibt jetzt schon die erste Generation von Eltern, die sich als Kinder – vor fast dreißig Jahren schon bemerkt – so seltsam verändert haben. Drum wundert euch nicht über den Ton, den ich hier anschlage. Ihr dürft euch auch gerne ärgern; ich ärgere mich, seit dieser Trend sich eingeschlichen hat, dass wir Erzieher zu Dienstleistern degenerierten, und die Anfänge dieses Missstands begannen schon vor über zwanzig Jahren! Ich will wirklich nicht despektierlich sein, aber wenn ich jetzt nicht im Klartext rede über ein paar wirklich bescheuerte, aber sich wie selbstverständlich eingebürgerte Destruktivitäten, die uns Erziehern jeden verdammten Tag unsere Arbeit mit den Kindern schwer machen, dann platze ich!

Liebe Eltern,

um es mit Rüdiger Hoffmann zu sagen: ich weiß ja nicht, ob ihr's schon wusstet: Die Kita ist eine Bildungseinrichtung – nicht, dass ich das momentane Konzept gut finde. Doch dazu gehört, dass wir in Bayern die im BayBEP vorgeschriebenen Bildungs- und Erziehungsziele umzusetzen haben. Dazu gehört, dass wir eine Konzeption erarbeitet haben. Dazu gehört, dass wir eine Planung haben. Dazu gehört, dass wir diese in unsere personellen, räumlichen und zeitlichen Ressourcen einzubetten haben. Dazu gehört, dass wir für alle Bereiche Regeln haben.

Ich bin mir ziemlich sicher, dass euch das nicht klar ist: immer, wenn ihr unsere Regeln nicht einhaltet, arbeitet ihr gegen die optimale Förderung eurer Kinder. Ich werd' euch das mal mit ein paar Beispielen erklären. Möglichst kurz und knackig. Und schön mit Vergleichen aus der Erwachsenenwelt belegt, damit's auch wirklich jeder kapiert:

• wenn ihr morgens häufig zu spät kommt

Ist in mehreren Aspekten richtig besch...eiden. Erstens nehmt ihr eurem Kind Zeit vom Freispiel weg. Googelt das mal, welch wichtigen Bestandteil das Freispiel in der Kita für die Förderung eures Kindes ausmacht. Und weit mehr als ‚freies Spielen‘ bedeutet.

Zweitens kommt euer Kind in eine Gruppensituation, die schon eine ganze Weile ‚läuft‘, und zwar ohne euer Kind. Kleingruppen haben sich gebildet, die Kinder sind im Spielfluss, haben Spaß miteinander, regen und spornen sich gegenseitig an, lernen voneinander. Ohne euer Kind.

Stell dir mal vor, du hast dich in einem Chor angemeldet und kommst dort immer wieder zu spät. Alle singen schon, manche verstummen, wenn du die Tür öffnest, manche verdrehen vielleicht die Augen oder gucken böse. Das macht in der Kita zwar keiner, aber auch euer Kind ist, wie alle, noch sehr intuitiv. Es spürt, dass es zu spät dran ist, auch wenn keiner etwas sagt. Kein schöner Anfang für seinen Kita-Tag.

Drittens: Was denkt wohl der Chorleiter von dir? Richtig. Was meldet sie sich denn überhaupt an, wenn ihr die Sache nicht wichtig genug ist, um pünktlich zu kommen. Was glaubt ihr wohl, was wir Betreuer über die ewigen Zu-spät-Kommer denken?

Viertens: was vermittelt ihr eurem Kind? Ich krieg's nicht gebacken. Ich bin nicht so fähig wie andere Mütter, die immer pünktlich sind.

Fünftens: Ob's euch gefällt oder nicht, eure Kinder nehmen euch zum ersten Vorbild. Überlegt es euch, ob ihr wirklich notorische Zu-spät-Kommer heranziehen wollt, die man für unzuverlässig hält.

• ständig erlauben, dass euer Kind außerhalb des Mitbring-Tags etwas mit in die Kita nimmt. Und uns Betreuern den Schwarzen Peter zuschieben, diese Sache zu Händeln.

Es ist meiner Erfahrung nach eine Fehlannahme, dass das Kind nach der Eingewöhnung von zuhause etwas zum täglichen Übergang braucht. Falls doch, dann wäre das noch das Lieblingskuscheltier; wir Betreuer erkennen dies und erlauben es auch, sofern das Kind es wirklich noch benötigt. Manchen sensiblen Kindern fällt das Ankommen in der Kita morgens auch mit vier oder sogar fünf Jahren noch schwer. Doch die Krücke ‚Was mitbringen‘ macht das oft nicht besser, im Gegenteil. Weit besser fände ich, zusammen mit den Betreuern herauszufinden, was das Kind in der Kita am liebsten macht. Dann kann es zusammen mit einer Betreuerin am Morgen gleich dahin gehen, und die Erzieherin beginnt die Beschäftigung mit ihm. Oder man macht aus, dass das Kind, so wie früher auch, noch ein paar Minuten an der Seite oder auf dem Schoß einer Erzieherin verbringt. Bei solchen Kindern ist es auch sinnvoller, wenn sie nicht erst kommen, wenn die Bude schon rappelvoll und bei voller Lautstärke ist. Aber genau das geschieht oft, weil die Eltern meinen, dann wäre der Kita-Tag nicht so lang. Oder es werden Verzögerungstaktiken vom Kind betrieben, um den Kita-Besuch möglichst lange hinauszuschieben.

Bei weniger sensiblen Naturen liegen bei sonstigem Mitgebringsel andere Gründe vor. Einer davon ist: ich will mich wichtig tun, ich will besonders sein, ich will viel Aufmerksamkeit. Es ist eine Vorstufe von ‚Mein Haus, mein Boot, meine Villa‘. Es ist nicht klug, sein Selbstbewusstsein in dem Alter schon mit materiellen Dingen künstlich pushen zu wollen. Wir Betreuer sehen die Stärken und natürlichen Ressourcen in jedem Kind und bestärken es darin. Bei manchen Kindern dauert es halt ein wenig länger, bis wir ihm vermitteln können: du bist genau so gut und richtig und wichtig, wie du bist. Dazu braucht's wirklich keine täglichen Dinos, Einhörner und Robots. Das Zeug ist eher eine Sackgasse, die eine echte sozial-emotionale Entwicklung behindert. Übrigens, glaubt nicht, dass die rabauzigen ‚Hey, jetzt bin ich da!' andere Gründe haben, wenn sie dauernd etwas mitbringen wollen. Sie haben nur schon gelernt, ihr geringes Selbstbewusstsein mit großspurigem Auftreten zu kaschieren.

Stellt euch mal vor, ihr seid in einem Malkurs und bringt alle naslang euer eigenes Zeug mit. Da muss der Kursleiter aufpassen, dass es nicht in seiner Materialbox landet. Da kriegt es ein anderer in die Finger und ihr ärgert euch. Da geht es im Trubel verloren und ihr seid traurig. Da geht ein anderer ungeschickt mit um und es geht entzwei. Da ist einer neidisch und steckt es heimlich ein. Nichts als Ärger! Und genau so geht es uns Betreuern auch!

• sich ewig hinziehendes Verabschieden beim Bringen. Bringt nichts als Ärger und Frust, bei allen Beteiligten. Egal, ob das Kind erst kurz oder schon länger da ist. Egal, ob es erst drei oder schon fünf ist. Das klingt in euren Ohren womöglich hart und unpädagogisch, ist aber meine Erfahrung.

Stell dir vor, du willst auf deine Ausbildung noch ein Studium setzen. Du freust dich darauf, viel Wissenswertes zu erfahren, neue Leute kennenzulernen, Spaß mit ihnen zu haben und schließlich winkt nach Ende ein guter Job mit mehr Kohle. Aber du hast auch ein wenig Bammel vor der Sache. Lauter neue Leute, werden die dich mögen? Viel zu lernen, wirst du das schaffen? Du stehst vor dem Hörsaal. Nein, lieber noch nicht hineingehen, erstmal sich noch 'nen Schokoriegel aus dem Automat ziehen. Nach der Nervennahrung stehst du wieder vor der Tür des Hörsaals. Dieses Mal spitzt du ein wenig um die Ecke. Oh Mann, da sind aber schon viele Menschen da! Und reden und lachen, nee, du gehst lieber erstmal noch auf Toilette. Dann stehst du wieder vor dem Hörsaal. Jetzt quetschen sich noch Leute an dir vorbei und gehen einfach rein. So langsam kommst du dir wie ein Versager vor, dabei hast du noch nicht mal angefangen! Aber lieber erst noch mal auf dem Fensterbrett dort drüben checken, ob du auch alles dabei hast, was du brauchst. Bleistift,

Ringmappe, das neueste Werk der Professors, alles da. Du stehst wieder vor der Tür. Es hat schon gegongt, gleich wird der Prof kommen und du bist noch nicht drin...

Merkst du was? Glaubst du, es wird leichter, hineinzugehen, wenn du dir euch noch ein gequältes, braunes Wasser aus dem Kaffeeautomaten holst?

In den letzten Jahren habe ich vermehrt überlange, bis ins Lächerliche ausartende Übergaberituale wahrgenommen. Das vermittelst du deinem Kind, wenn du über die Eingewöhnungszeit hinaus das Hineingehen in die Gruppe so lange hinziehst:

- da drinnen ist es schrecklich gefährlich, ich hab' ein ganz schlechtes Gewissen, dich da rein zu schicken
- mir fällt die Trennung von dir so schwer, also sollte sie dir auch schwerfallen
- ich trau es dir nicht zu, da drinnen zurechtzukommen
- diese Erwachsenen da drinnen sind nicht deine Freunde, sie werden dich nicht trösten können, wenn es dir schlecht geht
- du wirst dich da drinnen nicht geborgen und sicher fühlen

Es ist wie mit den alten Pflastern, die so fies auf der Haut geklebt haben. Ein schneller Ruck mit einem kurzen Schmerz war viel besser, als lange, millimeterweise, sich hinziehend, ewig schmerzend, vermeintlich schonend daran herum zu knibbeln.

Für uns Erzieher bedeutet dieses ewige Rummachen, dass wir ab dem Zeitpunkt, wo die Eltern mit dem Kind an der Tür stehen, unseren Fokus auf sie richten müssen. Um den Zeitpunkt abzupassen, wo Kind und Mutter sich wirklich voneinander trennen. Man steht schon auf, geht hin, ach, doch noch einen Kuss. Und jetzt noch ein Winken. Und noch 'ne Umarmung. Dann geht das Kind vielleicht schon einen Schritt in die Gruppe hinein, um doch noch einmal zur Mama zurückzulaufen. Und das ganze Ritual nochmal zu praktizieren. Und vielleicht noch ein drittes Mal. In dieser Zeit können wir nicht viel anderes tun, geschweige denn, uns auf das Freispiel und die restlichen Kinder konzentrieren. Bei 25 Kindern, von denen etliche mit ihren Eltern diese täglichen überlangen

Abschiedsspielchen betreiben, wird so schon der Beginn des Tages nervenaufreibend. Klar ist im Bestfall noch eine Kollegin anwesend, die sich um die anderen Kinder kümmert. Trotzdem sind diese langen Abschiedsszenerien nicht gesund, für alle Beteiligten. Ich fänd's gut, zusammen mit dem Kind ein Abschiedsritual mit drei Komponenten auszudenken, also vielleicht ein Kuss, eine Umarmung und ein „Bis später" oder „Hab' dich lieb", und das dann auch einzuhalten und zu gehen. Bestimmt fällt euch noch etwas anderes ein, ein spezielles Winken oder ein lustiger Spruch, was Gereimtes oder Gesungenes.

• jeden Tag zu erwarten, dass die Erzieherin dein Kind von der Tür abholt.

Es wird dir vielleicht unglaublich vorkommen, aber früher war das umgekehrt. Die Kinder suchten mit ihren Eltern an der Tür, wo sich die Erzieherin im Raum befand. Dann verabschiedeten sie sich von den Eltern, gingen auf die Erzieherin zu und begrüßten sie mit Handschlag. Ok, der Handschlag ist spätestens seit Corona nicht mehr angesagt. Aber ansonsten war diese Praxis eine stimmige Sache. Die Kinder kamen in ein laufendes Gruppengeschehen mit der Erzieherin am Tisch als Führung, sie begrüßten die Erwachsenen und fügten sich ein. Manche Kleinen blieben noch ein paar Minuten an der Seite der Erzieherin, bis sie sich akklimatisiert hatten. Die Erzieherin war der ruhige Pol, der Fels in der Brandung. Heute ist sie eher ein hektisches Huhn, das im schlimmsten Fall 25 Mal von Platz zu Gruppentür und wieder zurück hetzt.

Es fällt mir schwer, hier ein Beispiel für diese Verdrehung einer gesunden Gruppendynamik in der Erwachsenenwelt zu finden. Vielleicht wieder die Uni, wo man sich vorstellt, dass der Professor jeden Tag zu jedem Studenten an die Tür geht, ihn persönlich abholt und nett und freundlich zu seinem Platz begleitet, womöglich noch mit dankenden Worten, dass Majestät sich herablassen, zu seinem Vortrag zu kommen. Hier artet der Individualismus zu einer ungesunden Sache aus. Das Kind muss eigentlich lernen, sich in eine Gruppe, die ein Erwachsener führt, hineinzubegeben. Aber heute, wo viele Kinder Prinzchen und Prinzessinnen sind, erwartet man, dass der Erwachsene die kleinen Hoheiten so gnädig stimmt, dass sie – nach gebührenden Aufmerksamkeiten – großmütig in die Gruppe hineingehen. Diese Sache artet derart aus, dass viele Kolleginnen sich während der gesamten Bringzeit, und die ist sehr lang geworden, nicht den Kindern widmen, die bereits da sind, sondern sich, bewusst oder schon automatisch, direkt für ein, eineinhalb Stunden an der Tür platzieren, weil sie sonst immer wieder eine Aktivität mit anderen Kindern unterbrechen müssten oder permanent aufstehen und an die Tür gehen müssten. Die anwesenden Kinder spüren, dass die Gruppenleitung nicht wirklich bei ihnen ist und nutzen das aus, um allerlei Unsinn zu treiben. Der Tag fängt schon nervig und ungesund an.

Man mag es kaum glauben, aber früher war die Gruppentür auch während der Bringzeit geschlossen. Ein geschlossenes, stimmiges Geschehen, innerlich und äußerlich, in dem sowohl Kinder als auch Erwachsene sich wohl fühlen konnten. Damit ist es leider meist vorbei.

• jeden Tag ein ausführliches Tür-und-Angel-Gespräch führen wollen

Womöglich sowohl morgens als auch noch nachmittags. Es ist unglaublich, wie selbstverständlich manche Eltern die Gruppenleitung da in Beschlag nehmen.

Stell dir wieder vor, du gehst in deinen Kreativkurs, mit einer Stunde Gleitzeit, und beginnst, an deinem Bild zu malen. Die Kursleitung ist aber eine ganze Stunde für deine Fragen nicht verfügbar, weil sie damit beschäftigt ist, sich jedermanns Geschichten anzuhören.

Leute, für Smalltalk ist das die denkbar schlechteste Zeit! Aber, wirst du vielleicht sagen, was ich zu sagen hab', ist sehr wichtig! Darauf entgegne ich dir: in den allermeisten Fällen nicht. Und selbst wenn, kann man diese Dinge kurz halten:

• Wir hatten heute eine unruhige Nacht, kann sein, dass Liara ein bisschen knatschig ist

- Sven hat heute Morgen über Bauchweh geklagt, hat aber dann normal gegessen und war gut drauf
- Wir hatten heute Morgen eine kleine Auseinandersetzung, kann sein, dass Toni erstmal ein bisschen schlecht drauf ist

Mehr müssen wir nicht wissen. Wir haben unseren Job vier oder fünf Jahre gelernt, wo bitte bleibt das Vertrauen, dass wir mit deinem Kind so umgehen, dass es ihm gerecht wird? Du gehst ja auch nicht zum Automechaniker und beschreibst ewig, was du vor dem klopfenden Geräusch im Motor gemacht hast und wie du, aufgeregt und besorgt, dich danach mit der Nachbarin darüber ausgetauscht hast.

Du, und mit dir zehn, fünfzehn andere, stiehlst der Gruppenleitung mit deiner meist völlig unberechtigten Besorgnis die Zeit für einen harmonischen Beginn im Gruppengeschehen, und das jeden Morgen. Der gerade für sensible oder unsichere Kinder wichtig wäre, und das ist deines ja sicherlich auch, sonst würdest du ja nicht täglich ein langes Gespräch mit uns suchen. Selbiges gilt mittags für die Abholzeit, auch da brauchen uns die Kinder. Manche sind müde und werden quengelig, müssen aber noch bleiben. Manche werden traurig, weil sie zusehen müssen, wie andere schon abgeholt werden, die eigene Mama aber noch nicht da ist. Das Mittagessen muss vorbereitet werden, damit ist je ein Mann pro Gruppe beschäftigt. Also lass das bitte! Wenn wirklich etwas Wichtiges ansteht, setze ein Elterngespräch an, in dem sich die Gruppenleitung auch Zeit nehmen kann. Wenn das nicht besser werden sollte, müsste man nur zum Befriedigen des Mitteilungsdrangs der Eltern für die Bring- und Abholzeit einen weiteren Mann einstellen, um den Kindern auch da wieder gerecht zu werden. Wie hirnverbrannt!

So, das musste jetzt mal raus. Der Peace-Lover in mir drängt zwar darauf, mich für den hier angeschlagenen Ton zu entschuldigen, aber ich werd's nicht tun! Denn wenn du dich hier bei keinem der Punkte angesprochen fühlst, bist du auch nicht gemeint. Und wenn doch, dann sei bitte Manns oder Frau genug, die Wahrheit zu ertragen.

Elternisch

Ist ja ganz normal, dass man mit Kunden und Klienten anders spricht als mit Kollegen. Das muss ja auch so sein, denn es herrscht ja fast überall ein Fachchinesisch, das man dem Laien sozusagen übersetzen muss. In der Kita kommen aber noch andere Aspekte dazu, die man als Erzieher beim Wählen seines Duktus' in Elterngesprächen unbedingt berücksichtigen sollte, wenn man sich Ärger ersparen will.

Der Weitreichendste scheint mir die diametral entgegengesetzte Ansicht bezüglich deines Fachkraft-Status zu sein. Nennen darfst du dich gerne so, aber es gibt im Mindset vieler Eltern kein Pendant mehr zum Andocken dazu. Anstatt dessen befindet sich dort der ‚Dienstleister‘, mit ganz anderen Inhaltskriterien. Eins davon lautet: du bist dafür zuständig, dass unser Prinzchen sich hier wohlfühlt. Tut er das nicht, oder macht Probleme, ist das ganz alleine deine Inkompetenz. Was du uns über seine angeblichen sozial-emotionalen Defizite erzählst, glauben wir dir sowieso nicht. Du bist ja nur unfähig zu sehen, wie besonders unser Kind ist, dementsprechend ist halt auch sein Verhalten ein wenig anders. Und wenn du das nicht umgehend dementierst oder zumindest relativierst, können wir gerne deiner Leitung berichten, für wie enttäuschend wir dieses Elterngespräch empfunden haben. Oder wir wenden uns gleich an den Träger damit.

Der Träger kann dich ebenfalls kaum als gute Fachkraft ansehen, wenn da Beschwerden von Eltern kommen: meine Güte, Sie müssen doch in der Lage sein, den Eltern die Probleme konstruktiv zu schildern! Mildern Sie die Sache ein wenig, finden oder meinetwegen erfinden Sie auch ein paar lobenswerte Dinge über den kleinen Protz und stellen diese in den Vordergrund, Herrgott nochmal!

Deine Kollegen in der Gruppe sehen die Sache ähnlich, mit einem Zusatzaspekt. Sie sind es, die sich öfter als du mit den Allüren der kleinen Majestät herumplagen müssen, da du ja ständig anderweitig beschäftigt bist mit deinen zig anderen Aufgaben: Mensch, wir erwarten zwar dringend, dass du bei den Eltern anbringst, wie schwer wir's mit dem verzogenen Bengel haben, aber bitteschön doch nicht mit dem kontraproduktiven Resultat, dass jetzt jede Interaktion von uns mit ihrem hochherrschaftlichen Sprössling mit elterlichen Argusaugen bedacht wird! Man hat's doch schon schwer genug mit dem kleinen Großkotz!

Du siehst also, dass du dir besser schnell ein ‚Elternisch' aneignest, wenn man nicht von allen Seiten deine Fachkraft-Kompetenzen anzweifeln soll. Hier ein paar erste Lektionen:

Klartext:	Elternisch:
ist egoistisch	kann gut bei sich bleiben
schlägt andere	kann sich gut wehren
gibt nichts ab	verteidigt seine Sachen
hört nicht	ist in seine Belange vertieft
plappert dazwischen	äußert seine Meinung
tobt und schreit	ist verbal und motorisch sehr agil
isst wie ein Schwein	geht mit Lebensmitteln sehr sinnlich um
stänkert Kinder an	sucht verbale Herausforderungen

Übrigens: hier kannst du einiges von Machtmenschen lernen, die es meisterhaft verstehen, ihrer Umwelt schwarz für weiß und schlecht für gut zu verkaufen. Und, für sich selbst, sozial-emotional defizitär für führungskompetent.

Pathologische ‚Liebe'

Die Kraft von Sprache fasziniert mich, seit ich lesen kann. ‚Die Feder ist mächtiger als das Schwert', lässt Bulwer-Lytton Richelieu in seinem Theaterstück sagen. Auf eins der Phänomene von Sprache, das mich besonders beeindruckt, will ich nochmal zurückkommen. Immer, wenn ein vereinzelt vorkommendes Verhalten mit der Zeit von einer größeren Masse betrieben wird, erscheint wie von Zauberhand ein neues Wort dafür. Hinter dem, gleich einem Symbol, eine ganze Reihe von Aussagen steht oder das wie eine beschriftete Schublade mit ihrem vielfältigen Inhalt wirkt. Das ist normal und kann sehr hilfreich sein im sozialen Miteinander. Wie manipulierend und destruktiv man aber auch damit umgehen kann, hatten wir auch bereits, aber man kann ja alles ge- oder missbrauchen.

In den 70ern gab es etwa immer mehr Leute, deren Frühstück nicht mehr aus einem Marmeladenbrot oder dem Tunk-Ei bestand, sondern aus gequetschten oder gekochten Getreidekörnern. Der Müsli- oder Körnerfresser ward geboren. Dessen ernährungstechnische Überfürsorge dann auch lange belächelt wurde. In den 80ern sorgte etwa der Popper für Schmunzeln, mit seinem dandyhaften Kleiderstil und seiner Fönfrisur. Nach dem Millennium hatten die Hipster ihren großen Auftritt; immer nah am Weltgeschehen, gut informiert, immer bisschen überheblich. Diese Phänomene kann man meist mit einem gewissen Abstand dazu besehen und sich darüber amüsieren, wenn sie vorüber sind.

Ganz und gar nicht lustig, sondern ernsthaft gruselig finde ich, was im Laufe der letzten zwei, drei Jahrzehnte mit den Verhaltensweisen vieler Eltern ihren Kindern gegenüber passiert ist. Die dann auch schnell diverse Namen bekommen haben und die ich beim besten Willen nicht mehr als Erziehungsmethoden bezeichnen kann. Die sich zu meinem Erschrecken hartnäckig halten und alptraumartig vermehren. Curling-, Rasenmäher-, U-Boot-, Bulldozer-Eltern bevölkern seitdem die Kita.

Und machen, in fatalem Einklang mit etlichen weiteren desaströsen Entwicklungen sowohl im Kita-System als auch in unserer gesamten Gesellschaft, uns Erziehern das Leben schwer und unseren Beruf madig. Es kommt mir zunehmend vor, als wäre ich in die Harry-Potter-Episode ‚Der Halbblutprinz' teleportiert. In der die verrückten und destruktiven Kräfte immer stärker werden. Und höre Professor Slughorn sagen: „Es sind dunkle Zeiten, in denen wir leben." Mich friert wirklich, wenn ich an die vielen seltsamen, manchmal sogar gruseligen Elternteile denke, die mir in den letzten fünf Jahren begegnet sind und ich brauche dringend was zum Aufwärmen, wenn ich mich in das Mindset von ein paar davon jetzt einklinke. Doch in Ermangelung eines Butterbiers mache ich mir jetzt erst mal einen Kaffee, bevor ich die verstörenden Seelen-Gefilde einiger Eltern mit ihren Kindern betrete:

• Alma, mit ihren Kindern Andi, 2,7 Jahre und Miro, 1,5 Jahre. Andi ist, leider, schon in der Regelgruppe, Miro in der Krippe.

Andi wirkt auf den ersten Blick sehr lieb, offen und äußerst charmant. Er spricht schon gut, begegnet jedem Erwachsenen mit einem Lächeln und dem bühnenreifen Seitwärtswinken, das man vom Balkonstehen der Adelshäuser kennt. Er ist auch sehr höflich, sagt „Bitte" und „Danke". Doch eines will sein intelligenter Kopf partout nicht begreifen: in der Kita gibt es Regeln. Andi ignoriert so ziemlich alles, was die Erzieher sagen und macht sein eigenes Ding. Wenn aufgeräumt wird, spielt er weiter, setzt die Gruppe sich zum Essen, hopst er herum, spricht Klara, die Erzieherin, zur Gruppe, spricht auch er.

Mutter Alma ist sehr stolz auf Andi. Sie erhält viele Komplimente, denn Andi verteilt sein Lächeln und Seitwärtswinken sehr großzügig und erntet damit meist ein „Ist ja entzückend!" oder „Was für ein liebenswertes Kind!". Almas Antwort darauf klingt immer ein bisschen verklärt: „Ja, er ist unser ganzer Sonnenschein!" oder „Ja, wir lieben ihn wirklich sehr." Leider verhält sich Alma in der Gruppe ähnlich wie Andi, unsere Regeln scheinen für sie nicht wirklich zu gelten. Morgens zu spät kommen und dann noch ewig bleiben, ist bei ihr fast schon an der Tagesordnung. Schlimmer noch ist das Abholen, nach der Mittagsruhe. Zu dieser Zeit ist die Erzieherin Klara mit etwa 12 bis 14 Kindern alleine, muss zusehen, dass sie alle zu einem Spiel finden und meist müssen zwei, drei Kleine gewickelt werden. Alma lässt es zu, dass Andi ständig wieder in die Gruppe hineinläuft und andere Kinder neckt. Die ihm dann in die Garderobe hinterherlaufen, wo er sich hinter Mutters Rücken versteckt. Alma ruft auch gerne mal selbst einzelne Kinder heraus und unterhält sich mit ihnen, während Andi mit Geschrei durch die Gruppe tobt. Klaras dringlich geäußerte Bitte, ihren Sohn doch jetzt zu sich zu nehmen, damit er die Gruppe nicht stört, ignoriert sie. Einmal äußerte sie sogar: „Ich finde das ganz schön, wenn Andi hier in der Garderobe noch mit ein paar Kindern spielt." Überhaupt begegnet sie jedem ernsten Thema mit einer unangemessenen Leichtigkeit. Man überlegt es sich jedoch dreimal, bevor man bei Alma eine Ansage macht, denn trotz ihres Darüberhinwegsehens kommt jedesmal prompt am nächsten Tag eine Beschwerde über Klaras Gruppenführung, manchmal sogar bei der Kita-Leitung. Damit ist Alma übrigens nicht alleine, etliche Eltern haben sich diese bescheuerte, destruktive Retourkutsche ausgedacht. Jedenfalls wundert die Erzieher Andis sorgloses Ich-mach-hier-was-ich-will nicht mehr, sobald sie Alma näher kennengelernt haben.

Meist steigt Klaras Adrenalin-Spiegel schon, wenn sie einen Zipfel von Alma entdeckt, einmal jedoch gruselte Alma sie sogar. Alma hatte es nach einer sehr nervenaufreibenden halben Stunde endlich geschafft, Andi anzuziehen und wanderte mit ihm zur Krippengruppe um die Ecke. Nach ein paar Minuten vernahm Klara ein Geschrei von der Sorte, die alarmierte. Erschrocken lief sie ins Foyer. „Alma wickelt Miro noch", teilte ihr eine Kollegin mit. „Das ist immer wieder ein Drama." Das Geschrei war wirklich schlimm, und die Kinder, die Klara hinterhergelaufen waren, guckten auch ganz erschrocken drein. Also scheuchte sie ihre Bande in die Gruppe zurück und schloss die Tür. Nach einer halben Stunde wurde erneut ein Kind abgeholt und die Gruppentür öffnete sich. Und noch immer tönte Geschrei aus dem Wickelraum der Krippe. Oder schon wieder? *Das gibt's doch nicht*, dachte Klara und spähte um die Ecke. Alma redete fröhlich auf den schreienden Miro ein, Andi stand in der Tür und schrie auch. Alma belegte nun schon über eine halbe Stunde den Wickelraum, den zurzeit nicht nur die Krippengruppe, sondern auch die vier Regelgruppen gebrauchten, seit sie Kinder mit erst 2,7 nehmen mussten. Endlich erschien Alma im Foyer, im Schlepptau ihre beiden kreischenden Kinder. Alma blickte drein, als hätte sie sich gerade ein Eis gegönnt. Locker und fröhlich auf ihre Kids einredend, strebte sie dem Ausgang zu.

Klara war sprachlos und es fröstelte sie. Zwar weinten etliche Krippenkinder erst einmal, wenn sie abgeholt wurden. Es konnte Erleichterung sein, eine Spannungslösung. Nach der anstrengenden Zeit in der Krippe jetzt Mama endlich wieder zu haben. Es konnte auch Protest bedeuten, eine Art, der Mutter damit zu sagen, dass die Kids es nicht in Ordnung fanden, in die Krippe gesteckt zu werden. Doch in den meisten Fällen beruhigten sich die Kinder schnell wieder. Was da gerade abgegangen war, fand Klara sehr bedenklich. Und wenn solche Szenen schon in der Kita möglich waren, mochte sie sich nicht vorstellen, wie es zuhause zuging. Und welche Abgründe Alma noch weglächelte.

• Gerd, mit seiner Tochter Sara, 4 Jahre. Gerd scheint sich gerne mit der Gruppenleitung Renate zu unterhalten, während er sich bei anderen Betreuern kurz und knapp hält. Vom Alter her ist er der Achtundfünfzigjährigen näher als dem restlichen Team. Nach seiner Scheidung hat er eine kurze, heiße Affäre mit der damals erst achtzehnjährigen Mutter von Sara gehabt. Ein Sorgerechtsstreit um Sara entstand; Gerd erkämpfte es sich, denn die junge Mutter hatte wohl gravierende psychische Probleme. Jetzt ist Gerd mit Beate, etwa 35, zusammen.

Beate kümmert sich liebevoll um Sara, wenn sie sie in die Kita bringt. Sie vertraut Renate an, dass das Kind in seinen jungen Jahren schon viel mitgemacht und ihre Mutter seit vier Monaten nicht gesehen hat. Es dauert nicht lang, da sagt Sara ‚Mama' zu Beate.

Nach ein paar Wochen jedoch ist Beate verschwunden, und Bo taucht als neue Lebensgefährtin von Gerd auf. Genau wie Beate ist sie sehr besorgt um Sara und kümmert sich ebenso liebevoll um sie. Auch sie wird von Sara bald als ‚Mama' betitelt.

Sara ist ein seltsames Mädchen. Mit ihren pechschwarzen, langen Haaren und ihren großen, blauen Augen ist sie sehr hübsch. Ihr Verhalten ist schwer zu greifen und zu beschreiben. Sie spielt ruhig, auch mit anderen Kindern, ist aber nicht schüchtern. Sie scheint stets alles Geschehen zu beobachten, ist aber nicht ängstlich. Manchmal weint ein anderes Kind in ihrem Beisein, aber ohne erkennbaren Grund für die Erzieher. Es dauert eine Weile, bis diese bemerken, dass Sara – kühl und überlegt – andere Kinder verstohlen zwickt oder pufft. Wird sie dann ermahnt oder geschimpft, nimmt sie das stoisch hin. Sie scheint stets über den Dingen zu stehen, und obwohl sie spielt und tobt, wie andere Kinder auch, fehlt ihr irgendwie die kindliche Natürlichkeit.

Gerd kümmert sich gut um Sara. Sie ist sauber und ordentlich gekleidet, ihre Brotzeit liebevoll hergerichtet. Er geht lieb mit ihr um, kann aber auch einmal mit ihr schimpfen, etwa, wenn sie sich einnässt. Aber auch dies scheint Sara sehr bewusst zu machen; es sind dann immer nur ein paar Tropfen und Sara weist die Erwachsenen selbst darauf hin. Und doch... Ein seltsames Gefühl beschleicht Renate manchmal, wenn sie Kind und Vater beobachtet. Gerd nimmt Sara etwa auf den Arm, knuddelt sie und sagt: „Ach, du bist doch Papas Prinzessin, du bist seine Beste!" Diese Beziehung zwischen den beiden ist irgendwie seltsam, aber nicht sexuell angehaucht.

Nach ein paar weiteren Wochen tritt statt Bo Belle auf Gerds und Saras Lebensbühne. Auch Belle kümmert sich liebevoll um Sara, auch sie heißt bei ihr bald ‚Mama'. Zu dieser Zeit erschreckt Renate ein Erlebnis mit Sara. Ein anderes Kind hat ein Motivpflaster auf eine kleine, blutende Wunde bekommen. Sara verlangt ebenfalls nach so einem bunten Pflaster. Renate erklärt ihr, dass es nur Pflaster gibt, wenn es irgendwo blutet. Daraufhin geht Sara an den Maltisch, greift sich die Schere und schneidet sich ein Stück von einer Fingerkuppe ab. Ungerührt hält sie Renate ihren Finger unter die Nase: „Jetzt blutet es."

Während Renate mit ihren Kollegen zusammen überlegt, was sie bei dieser Familie unternehmen könnten, kommt ihnen eine Nachbarin von Gerd zuvor und alarmiert das Jugendamt. Gerd lässt sich darüber empört bei Renate aus. Diese gibt zu bedenken, dass Sara wirklich seltsame Verhaltensweisen aufzeigt und diese wechselnden Partnerinnen, die immer gleich mit ‚Mama' betitelt werden, ganz bestimmt nicht gut für das Kind sind. Gerd gibt das zu, verspricht, daran zu arbeiten und gibt die psychisch instabile leibliche Mutter von Sara zu bedenken, von der sie vielleicht eine psychische Störung geerbt haben könnte. Beim Jugendamt macht Gerd anscheinend eine gute Figur; nach diesem Tag erwähnt er bei Renate strahlend und siegesgewiss, dass man ihn als einen guten Vater wahrgenommen und alles in Ordnung befunden hat.

Zu dieser Zeit steht eine Umstrukturierung wegen Personalmangel im Team an und Renate wechselt die Gruppe. Sie bekommt nicht mehr viel von Gerd und Sara mit. Außer, dass statt Belle nach ein paar Wochen nun eine Beatrice Sara hin und wieder abholt.

Ich mach' eine Pause, bemerke, dass es mir wirklich schwer fällt, in die kranke Welt solcher Menschen, die sich leider alptraumartig vermehrt haben, einzutauchen. Dagegen hilft auch Satire, Sarkasmus oder Flapsigkeit nicht. Von solchen echt krank anmutenden Persönlichkeitszügen, wie sie Alma und Gerd und leider immer mehr Elternteile aufweisen, erfahren wir in der Ausbildung nichts, geschweige denn, wie wir uns in solchen Fällen verhalten sollen. Aber, wie man gehört hat, auch Jugendämter und Gerichte können von diesen brillanten Schauspielern getäuscht werden. Ich raffe mich aber trotz Bauchgrummeln noch zu ein, zwei Beispielen auf:

• Dora, mit ihren Kindern Celine, 5 Jahre und Kaspar, 3 Jahre alt. Celines Gruppenleitung hat Bettina, zu der Kaspar kommen wird, schon dahingehend vorgewarnt, dass Dora nicht zu den einfachen Eltern gehört. Tatsächlich gestaltet sich schon die Eingewöhnung von Kaspar in Bettinas Gruppe schwierig. Selbst nach etlichen Wochen tut sich Dora sehr schwer damit, den weinenden Kaspar loszulassen. Sie steht und horcht minutenlang hinter der Gruppentür, selbst wenn Kaspar schon längst nicht mehr weint. Als Bettina ihr nahelegt, doch bitte die Kita zu verlassen, da die Bringzeit schon längst zu Ende ist, wird Dora von Kollegen im Garten erwischt, von wo sie zu dem geöffneten Fenster von Bettinas Gruppe hinauflauscht.

Kaspar tut sich bald gar nicht mehr so schwer. Er lässt sich von allen Betreuern in der Gruppe gut trösten und ist am Spielmaterial und den Vorgängen in der Gruppe interessiert. Doch ein Kita-Alltag lässt sich für ihn schwer herstellen, denn beim kleinsten Unwohlsein lässt Mutter Dora ihn zuhause. Ist ja löblich, dass sie ihn nicht krank in die Kita schickt, doch Kaspar braucht nur mal schief dreinzuschauen, schon darf er zuhause bleiben. Selbst nach vier Monaten hat er sich deshalb noch nicht richtig eingewöhnt.

Bettina sucht Rat bei ihrer Kollegin, die Celine betreut. Auch die tut sich mit ihren fünf Jahren noch schwer in der Gruppe. Sie ist ein Kann-Kind und wird nach Absprache mit Schule und Eltern noch ein Jahr in der Kita verbringen. Nicht, dass sich die Kollegin viel davon verspricht. Celine spielt meist für sich alleine und bringt täglich noch ein Kuscheltier mit. Der Umgang mit anderen Kindern beschränkt sich meist darauf, dass sie sie mit ausgestrecktem Zeigefinger und einem Befehlston, der eines Feldmarschalls würdig wäre, maßregelt, wenn sie gegen Regeln verstoßen. Ein Bastel- oder Experimentierangebot der Betreuer während der Freispielzeit nimmt sie niemals an. Ob sie überhaupt an irgendetwas, das in der Kita geschieht, Spaß hat oder davon profitiert, kann man schlecht sagen. Einmal äußerte sie sogar bei den Kindern über eine Betreuerin: „Was die Verena sagt, ist alles falsch." Anscheinend gibt es für sie in der Erwachsenenwelt keine andere Autorität als ihre Mutter.

Die Kollegin ist ebenso ratlos wie Bettina. Kaspar ist ähnlich gestrickt wie Celine. Einmal erwartet er die Mutter zum Abholen, es erscheinen aber die Großeltern. Er schlägt nach ihnen, macht ein zorniges Gesicht und ruft: „Die Erzieher haben das verboten, dass die Großeltern hierher kommen!" Bettina ist erst einmal sprachlos ob dieser dreisten Lüge des

erst knapp Dreijährigen. „Das stimmt nicht", sagt sie, „aber ich versteh',
dass du enttäuscht bist, weil du die Mama erwartet hast." Doch Kaspar
bleibt wütend, schlägt die Großeltern und tritt nach ihnen. Bettina hofft
wenigstens auf eine angemessene Reaktion der Großeltern. Doch diese
fällt dahingehend aus, dass sie sich bei Kaspar entschuldigen und ihn
mit allerlei Versprechungen auf vergnügliche Unternehmungen so gnädig stimmen, dass sich Prinz Kaspar herablässt, mit ihnen zu gehen.

Eine unglaubliche Sache geschieht, als es um Kaspars Mitbringselei
geht. Er nimmt stets irgendetwas von zu Hause in die Gruppe mit, ist
aber meist nach ein paar Minuten so in ein Spiel vertieft, dass er ver-
gisst, wo er es abgelegt hat. Wenn ihm sein Mitbringsel dann wieder
einfällt, beginnt er zu weinen und alle Betreuer suchen fieberhaft nach
seinem Dino, Kuschelhasen oder manchmal ist es auch ein Spiel-
Tortenstück oder nur ein Haushaltsclip. Den anderen Kindern bleibt das
natürlich nicht verborgen. Manchmal verstecken sie das Mitbringsel
und dann ist das Geschrei groß. Bettina kommt mit ihren Kollegen in
der Gruppe überein, dass Kaspar seine Mitbringsel in den ersten Minuten nach seiner Ankunft in der Gruppe behalten kann, es aber dann auf
einen Schrank gelegt wird, wo man es zwar sehen, aber selbst nicht
herunternehmen kann, auch die anderen Kinder nicht. Kaspar gefällt
das gar nicht, doch Bettina setzt sich durch. Über vier Monate ist Kaspar
schon hier – mehr oder weniger – und es kann nicht sein, dass er die
Gruppe immer noch so aufmischt mit seiner Mitbringerei. Die darauffolgenden Tage bleibt Kaspar der Kita fern. Dafür schreibt Dora Bettina
über die Kita-App eine lange Nachricht. Sie sei sehr bestürzt darüber,
dass man Kaspar seinen Hasen wegnimmt. Er würde nur noch weinen,
wenn sie ihn in die Kita bringen wolle und die Betreuer hätten ihn
durch ihre Aktion schwer traumatisiert. Bettina ist betroffen und weiß
nicht, wie sie auf eine solch ernsthafte, aber völlig übertriebene Behauptung reagieren soll. Dazu die etlichen anderen schwierigen Eltern, Kinder und sonstigen Erschwernisse, denen Erzieher zurzeit ausgesetzt
sind... Bettina fällt es jeden Tag schwerer, in die Kita zu gehen und sie
erwägt momentan, den Beruf zu wechseln.

• Der nächste Bericht passt nicht ganz zur Überschrift, weil wir in der Kita viel zu wenig mitbekommen, wie Loya mit ihren Kindern umgeht. Aber ihr Verhalten dem Kita-Personal gegenüber ist echt seltsam, und auch mit Yori, ihrem sechsjährigen Sohn bei uns, tun wir uns schwer.

Sie sind Flüchtlinge, aus einem Land mit einer ganz anderen Kultur als in Deutschland. Die Familie mit Vater, den wir kaum kennen, Mutter Loya, der älteren Schwester Tala und Yori. Yoris Verhalten ist für uns schwer zu greifen. Mal zeigt er sich sehr sensibel, mal kehrt er einen Macho hervor, der kaum zu bändigen ist. Er spricht schon sehr gut Deutsch und ist intelligent, aber verweigert sich oft, wenn man etwas von ihm verlangt. Er wird von der Schule zurückgestellt und wir hoffen zwar, dass er mit der Unterstützung von MSD und MSH auch die seelische Schulreife erlangt, aber wir vermuten Traumata bei ihm und hoffen, dass er bald auch psychotherapeutische Hilfe bekommt; leider gibt's die in unserer Kleinstadt viel zu wenig. Aus den Gesprächen mit den Betreuern der Flüchtlingsunterkunft wissen wir, dass Yori selbst nach zwei Jahren noch nicht mit allen zu Abend essen kann. Er zappelt und schreit herum, verweigert das Essen oder wirft damit um sich. Yori wird meist von einem der Betreuer von der Unterkunft der Flüchtlinge abgeholt, aber bei den seltenen Fällen, in denen Loya kommt, verhält sie sich uns Betreuern gegenüber auf so seltsame Weise, dass man sie kaum beschreiben kann. Eine Begebenheit war besonders skurril.

An diesem Tag sollte Loya Yori abholen, da in der Unterkunft gerade wieder mal Personalmangel herrschte. Sie kam nicht, schickte stattdessen eine Freundin, die nicht auf unserer Liste der Abholberechtigten stand. Wir riefen sie an und erklärten ihr unser Dilemma. Sie behauptete, wegen eines Beinproblems gerade in einer Klinik zu sein, sie müsse auf den nächsten Bus warten und könne unmöglich so schnell kommen. Wir sagten, dann müsse sie eben herumtelefonieren bei allen Abholberechtigten und anfragen, wer Yori jetzt spontan abholen könnte. Zwanzig Minuten später erschien Loya dann doch selbst, hinkend, und holte Yori ab. Was sehr seltsam war, denn die Klinik befand sich in einer 30 Kilometer entfernten Stadt. Und die Busse zu uns fahren nicht allzu häufig und brauchen eine Stunde bis hierher. Noch komischer war, dass eine unserer Kolleginnen kurz nach Loya und Yori denselben Weg ging, und die beiden zusammen mit Loyas Freundin sah, und Loya lief ganz normal. Skurril, diese Fake-Aktion. Ja, wie gesagt, alles sehr seltsam, was mit Loya und ihrer Familie zu tun hat.

• Ein Bericht auch über Großeltern. Die verhalten sich zurzeit oft mindestens genauso bescheuert wie die Eltern; sorry für den Ausdruck, aber so empfinde ich das. Hier ein Bericht von Kollegin Dorle:

„Biggi und Daniel, Bekannte von mir, haben einen Sohn, Ross, 2,5. Die Familie lebt im Haus der Großeltern. Seit ein paar Wochen beklagt sich Biggi, dass Ross in letzter Zeit so viel weint und nicht mehr auf sie hört. Andererseits darf ihn niemand anderes mehr als sie zum Schlafen legen; er schreit sich die Seele aus dem Leib, wenn das mal nicht geht. Ob es daran liegt, dass er nun in der Krippe ist? Aber eigentlich geht er gerne dorthin. Oder daran, dass sie wieder schwanger ist und Ross Angst um ihre Liebe hat? Oder dass er in der Trotzphase ist? Sie hätte gerne einen Rat von mir. Und ich drücke mich seit Wochen darum.

Denn ich weiß nicht, was ich sagen soll. Seit Ross auf der Welt ist, springen vier Erwachsene um ihn herum. Jeder Piep, den er macht, wird mit Begeisterung wahrgenommen, und kommentiert. Bei jedem kleinsten Unmut bemühen sich alle vier, den kleinen Prinzen wieder in gute Laune zu bringen. Oft alle gleichzeitig: ‚Oh, wer wird denn weinen...‘, ‚Guck mal, Ross, da, ein Vogel!‘, ‚Mein Schatz, komm mal her zu Mama...‘, ‚Guck mal, der Opa mach so lustige Sachen!‘. Schrecklich.

Besonders schräg finde ich, dass jede noch so banale Handlung von Ross beklatscht wird. Kürzlich war ich zu Besuch bei den Fünfen. Wir saßen im Garten, Ross fuhr auf seinem Bobbycar. Immer wieder mussten wir unser Gespräch unterbrechen, weil Ross Dinge tat, die er eigentlich nicht machen sollte. Er fuhr ins Rosenbeet, mit Karacho gegen den Gartenzaun oder in den Hund hinein. Immer wieder wurde er ermahnt, mal mehr, mal weniger sanft. Schließlich wurde der Hund angeleint und vor die Rosen wurde eine schwere Kiste geschleppt. Nur bei dem Zaun wusste man keinen Rat, dementsprechend fuhr Ross immer wieder dagegen. Aus Angst, dass er sich dabei verletzen könnte, standen bald alle Erwachsenen um ihn herum, vier davon redeten auf ihn ein. Schließlich ließ sich Ross gnädig dazu herab, kurz vor dem Zaun zu bremsen. Daraufhin klatschten alle vier Familienmitglieder und lobten Ross überschwänglich: „Toll, wie der Ross jetzt bremsen kann!", „Fein hat der Ross das gemacht!" Und dergleichen mehr. Ich verabschiedete mich kurz darauf. Sonst hätte ich es mir mit der Familie vielleicht verdorben. Denn am liebsten hätte ich gerne allen vieren gründlich den Kopf gewaschen:

‚Sagt mal, seid ihr noch bei Sinnen? Der kleine Tyrann probiert euch aus bis zum Geht-nicht-mehr und alle vier habt ihr nicht die Traute, ihm ein paar gesunde Grenzen zu setzen? Was macht ihr, wenn er gegen das Haus fährt? Eine Matratzenpolsterung drum herum? Und was soll das alberne Geklatsche? Vier gestandene Erwachsene, und keinen Funken Menschenverstand! Wirst du beklatscht, Biggi, wenn du mit dem Auto nicht gegen eine Wand fährst? Wann ist ein Klatschen denn angebracht? Wenn einer auf einer Bühne etwas Tolles leistet. Ein Schauspieler, Musiker oder Fußballspieler. Oder auch mal in der Kita, wenn etwas für die Eltern aufgeführt wird. Kein Mensch klatscht in der Familie; selbst wenn du Daniel ein besonders tolles Bœf Stroganoff gekocht hast, wird er dich nicht beklatschen. Das ist einfach krank! Was lernt Ross denn dadurch? Erst einmal, dass es ganz prima ist, nicht zu gehorchen, weil dann alle Erwachsenen sich mit ihm beschäftigen. Wenn er dann doch tut, was ihr wollt, wird er für Selbstverständliches von allen beklatscht wie ein Bühnenstar! Wollt ihr das? Wollt ihr einen Bühnenstar aus ihm machen? Der meint, die Welt liegt ihm zu Füßen, wenn er nur lockeren Schrittes die Bühne betritt? Dann macht nur weiter so, ihr seid auf dem besten Weg dahin!'

Ich hab' später darüber nachgedacht, warum Ross zurzeit so viel weint. Sicher, es kann sein, dass ihn die Schwangerschaft von Biggi beunruhigt. Doch er ist auch in dem Alter, in dem er sein Ich entdeckt und die Erwachsenen ausprobiert, das liegt in der Natur der Sache. Jetzt bräuchte er authentische Erwachsene, die auf natürliche Weise reagieren. Die ihr eigenes Ich klar abgrenzen. Doch das tun sie nicht. Sie machen sich zum Spielzeug von Ross! Und Ross ist nicht dumm. Er bemerkt natürlich, dass da etwas faul daran ist, dass alle Erwachsene sich ständig für ihn zum Idioten machen. Doch wenn die vier jetzt nicht schleunigst die Kurve kratzen, wird Ross das bald nicht mehr verwirren. Er wird es verinnerlichen, dass er der King ist, und alle anderen Menschen um ihn herum Idioten sind. Spielzeuge in seiner Hand, nach seinem Willen. Leider sehe ich schwarz für die ganze Familie. Sie interpretieren Ross' Weinen als Unglücklichsein, statt als Verwirrung. Je mehr er weint, umso mehr werden sie ihm zu Willen sein und sich für ihn zum Affen machen. Eine fatale Spirale, die da wieder einmal einen kleinen Gott hervorbringen wird. His Majesty, Ross."

Das waren jetzt ein paar Extrem-Beispiele, wie manche Eltern und leider auch Großeltern sich heutzutage verhalten. Zwischen halbwegs normal und eindeutig pathologisch – selbst für Laien erkennbar – gibt's klar viele Graustufen, und perfekte Eltern gibt es genausowenig wie perfekte Erzieher. Doch alle erfahrenen, vernünftigen Kolleginnen, mit denen ich gesprochen habe, sind sich darin einig, dass sich Eltern mit massiv abnormalem Verhalten in den letzten zwei, drei Jahrzehnten stark vermehrt haben.

So, nach diesem Einfühlen in so kranke Welten brauche ich jetzt aber dringend noch eine Aufmunterung oder was Leckeres zum Schnabulieren. Ich werd' mal meinen Vorrat an Lebensmitteln durchforsten und ein bisschen herumexperimentieren, ob ich mir nicht doch ein tröstliches Butterbier zusammenbrauen kann.

Kita – die pädagogische Milchschnitte

Ich wechsle jetzt mal das Metier, und damit meinen Gemütszustand zur Abwechslung von fassungslos und deprimiert zu fassungslos und wütend.

Die Ansicht, dass die Kita seit langem schon von der Bildungs- und Erziehungsstätte zum Aufbewahrungsort mutiert ist, teilen meine Kolleginnen unisono. In seltsamem Widerspruch dazu stehen die vielen Förderprogramme und Entwicklungsdokus zurzeit. Nimmt man sie ernst, fragt man sich, warum die Kinder früher nicht alle grenzdebil aus den Kindergärten entlassen wurden, als es das Zeug noch nicht gegeben hat. Es ist jedoch umgekehrt, wie uns unsere sinkende Pisa-Studien-Kurve von Jahr zu Jahr bestätigt. Früher schnitten die Kinder in vielen Bereichen besser ab.

Wie kommt dieses Paradoxon zustande? Ich versuch' mich mal an einer Erklärung. Zum einen ist den Herrschaften in Politik und Wissenschaft irgendwie abhandengekommen, wie Kinder im Elementarbereich eigentlich lernen. Die verschiedenen Lerntheorien zähle ich jetzt nicht auf; meiner Erfahrung nach lernen Kinder aus drei Gründen am liebsten und schnellsten. Erstens, wenn ihnen von Haus aus etwas Spaß macht oder sie interessiert. Die sogenannte intrinsische Motivation; um doch ein wenig mit Schulwissen hier anzugeben. Zweitens, wenn sie von einem Erwachsenen zu einer Tätigkeit motiviert werden können, die extrinsische Motivation. Dazu gehört aber drittens, dass die Kinder zu diesem Erwachsenen eine gute Beziehung haben, die ihnen emotional etwas gibt. In allen drei Bereichen aber hapert es momentan. Später mehr davon, jetzt möchte ich erstmal verdeutlichen, wie diese Lernprogramme auf ein gesundes Kind wirken.

Eigentlich ist das schnell zu kapieren, wenn man den Witz vom Tausendfüßler versteht. Der schnell und elegant des Weges dahingeht, bis er gefragt wird, wie er es eigentlich schafft, seine vielen Beine zu koordinieren. Er blickt auf seine Füße, denkt nach, und kann plötzlich nicht mehr laufen. Genau das geschieht, wenn wir die Kinder mit Lernprogrammen traktieren. Die viele Erzieher instinktiv ablehnen, aber machen müssen, weil Eltern und Politik das so wollen. Kinder lernen gerne und eigentlich ganz von alleine, das liegt in ihrer Natur. Dass wir Erwachsene sie dazu motivieren, gehört dazu. Doch diese Lernprogramme sind zu unnatürlich, aus dem Fluss des Alltags herausgerissen und manipulierend. Beispiel: Man stelle sich vor, wir mischten uns mit unserer übertrieben kognitiven Art ins Laufenlernen der Kinder ein. „Nein, nicht einfach drauflosgehen, da stolperst du und fällst hin! Jetzt nimm mal das eine Bein hoch und schieb es ein wenig nach vorne. Jetzt kannst du es wieder absetzten und gleichzeitig das andere heben. Nicht auf den Popo setzten und schmollen, du willst doch laufen lernen wie Papi und Mami!..." Kein Kind der Welt würde auf diese Weise laufen lernen.

Besonders schlimm finde ich die Sprachprogramme. Damit ‚verdummbilden' wir die Kinder besonders. Aber selbst die Kinder verlangen danach, weil sie von den vorherigen Vorschülern wissen, dass man danach einen kleinen, grünen, flauschigen Außerirdischen geschenkt bekommt. Dass aber etwa schon auf der ersten Seite dieses Programms in der Geschichte ein verwirrender Perspektivwechsel ohne Absatz stattfindet, das No-Go eines jeden guten literarischen Werks, das scheint egal. Die vielen verschiedenen Geschichten ohne Zusammenhang finde ich als Gesamtkonzept auch eher verwirrend. Sorry, liebe Mit-Autorin, aber das ist nun mal meine Meinung. Diese stupide Wortklatscherei, die sich in vielen Kitas eingebürgert hat, finde ich einfach nur absurd. Vielleicht sollte man mal drüber nachdenken, wie unlogisch es ist, das Wort ‚Herbst' im Sprachprogramm nur einmal zu klatschen, während man es im schönen Lied, weil melodisch lang, im Rhythmus zweimal klatscht. Oh Herr, wirf Hirn vom Himmel! Bitte! Warum wohl wussten früher alle meine Kindergarten-Kinder, was etwa eine Atmosphäre ist, und dass das Wort zwei Bedeutungen hat? Und wie lustig es ist, bis man das Wort ‚Desoxyribonukleinsäure' richtig aussprechen kann und was es bedeutet? Oder das Wort ‚Melancholie'? Weil ich ein Fan von Sprache war. Und die Kinder ein Fan von mir. Jetzt hab' ich für solche ‚Späße' keine Zeit mehr. Ich muss ‚Herbst' klatschen und die Kinder müssen jeden Tag gebetsmühlenartig und nach Papageien-Lernart das Datum wiederholen (diese besonders gequirlte Scheiße beschreib' ich später noch). Und ich muss die Kinder demütigen und ausbremsen mit: „Sag es mir im ganzen Satz." Als würden wir Erwachsenen auf die Frage: „Wann kommst du?" nicht auch mit einem einfachen „Am Sonntag" antworten. Würde ich mit den Kindern noch über die Atmosphäre bei uns sprechen, müsste ich ihnen, wenn ich ehrlich wäre mitteilen, dass sie schrecklich ist. Und das jeden verdammten Tag. Nur noch Stress und Hetze, Doku- und Förderwahn, pathologische, anstrengende Eltern.

Nix schön, diese neue Kita-Welt. Eine Milchschnitten-Welt. Warum? Ich sag's euch: Jeder, der sich ein wenig mit Ernährung beschäftigt, weiß, dass diese Dinger eigentlich eher ‚Palmöl-Törtchen' heißen sollten. Sie bestehen aus mehr Fett und Zucker wie eine Cremetorte. Aber es wird uns ja seit Jahren schon alleine durch den Namen suggeriert, dass da doch gesunde Milch drin ist! Stimmt auch, etwa eineinhalb Esslöffel. Ganz toll. Unser Kita-System manipuliert nach demselben System. Die vielen Programme, Entwicklungsdokus, tolle Lernspiele, muss doch klasse sein! Nee, Leute, da muss ich euch leider enttäuschen. Nix klasse. Das war einmal. Die Kita ist zu einer Fake-Welt geworden, mein Beruf zu einem Fake-Beruf.

Portfolio – Instagram der Kita

Ach, was für eine schöne Erinnerung ist doch das Portfolio. An eine un-beschwerte Kita-Zeit, mit Singen, Basteln, Feiern, Turnen und Spielen. Mit so schönen Fotos und alles so schön verziert, sieht so richtig profes-sionell aus! Was richtig Schönes, für später mal, nicht? Aber sicher doch. Wenn man einen Mann gesondert dafür einstellen würde:

„Sagt mal, wieso sind denn nur zwei Mann draußen im Garten bei den Kindern ?"
„Die anderen machen Portfolio, wir hinken heillos hinterher damit."

„Geli, sag mal, kriegst du nicht mit, wie Simon und Bert dauernd die Bauecke aufmischen, weil sie sich die ganze Zeit in der Wolle haben?"
„Doch, aber ich muss ja Portfolio machen, morgen ist der Eltern-abend, da wollen wir es doch zeigen."

„Geht denn heute keiner mit den Kids in den Turnsaal?"
„Ne, keine Zeit, wir müssen dringend Portfolio nachholen.

Solche Szenen sind in allen Kitas, mit denen ich in den letzten Jahren zu tun habe, an der Tagesordnung. Es fehlt hinten und vorne an Personal und Zeit, etwa für eine gute Begleitung der Kinder im Freispiel und im Garten, für Vor- und Nachbereitung von Elterngesprächen, Elternaben-den und Festen, für den Perik-Sismik-Seldak-Mist, für ein Sorgen für gutes, ausgewogenes Spiel- und Gestaltungsmaterial in der Gruppe und und und. Aber Portfolio ist ja super-duper-wichtig. Ist ja das, was die Eltern mal mitnehmen, das, woran sie unsere Arbeit messen. Will's mal mit 'nem Hausbau vergleichen, die Sache: Fundament instabil, Mauern wackeln, Dach undicht, aber wir versehen die Fenster mit hübschen Gardinen, Topfpflänzchen und Window-Color-Bildchen! Total marode das Ding, aber sieht wenigstens von außen hübsch aus.

Ich seh's auch als eine schöne Sache an, das Portfolio, auch für die Kinder. Wenn man Zeit dafür hätte. Doch solange so vieles andere Wichtigere nicht erledigt werden kann, sollte man doch bitte Zeit und Aufwand dafür so knapp wie möglich halten. Wenn's nach mir ging, würde ich entweder wieder wie früher eine einfache Mappe machen, wo die Kids ihre gemalten Bilder hinein geben, und das mit den Fotos entweder sein lassen oder welche mit Sofortbildkameras machen. Ist zwar ein bisschen teuer, hat aber den Vorteil, dass die Kinder ihr Bild gleich in den Händen haben, es sofort ansehen und in ihre Mappe geben können. Müsste ja nicht so oft sein. Die Portfolios könnte auch ein Helfer machen, für ein kleines Honorar. Oder man lagert es aus, an den Elternbeirat oder gleich an die Eltern. Wem es wichtig ist, der macht es auch. Aber um Gottes Willen, altes Mädel, völlig unrealistisch, wer hat denn heutzutage Zeit für sowas? Ach nee.

Noch was SCHÖNES

Stempeldruck steht heute auf dem Plan. Mit Korken. SCHÖN sollen die Bilder werden, denn sie werden den nächsten Elternbrief zieren. Und jede Mutter möchte doch gerne etwas SCHÖNES von ihrem Kind sehen. Nicht auszudenken, wenn da von ihrem Sprössling nur ein Geschmiere zu sehen wäre! Was würden nur die anderen Mütter denken? Was würde sie selber denken? Kann mein Kind weniger als die anderen Kinder? Hat es irgendeine Verzögerung in seiner Entwicklung? Haben sich die Betreuer bei ihrem Kind nicht genauso viel Zeit genommen wie bei den anderen Kindern?

Auch die Erzieherin möchte gerne etwas SCHÖNES von ihren Kindern sehen. Nicht auszudenken, wenn die Elternbriefe ihrer Gruppe weniger SCHÖN wären als die der anderen! Was würden die Kolleginnen denken? Können ihre Kinder weniger als die der anderen Gruppen? Nimmt sie sich genug Zeit dafür, ihre Kinder zu fördern?

Also wird dafür gesorgt, dass die Stempelbilder SCHÖN werden. Bei jedem Kind sitzt die Erzieherin dabei und leitet es an. Was da aber auch alles schief gehen kann! Manche Kinder nehmen ja zu viel Wasser, dann kommt die Korkstruktur nicht richtig heraus und es entsteht nur ein Farbklecks. Oder Geschmiere. Manche Kinder nehmen zu wenig Wasser oder pinseln den Korken nicht vollständig an. Dann entsteht kein SCHÖNER Korkkreis. Manche Kinder helfen gerne mit dem Pinsel nach, dann ist der Druck nicht mehr richtig zu sehen. Die Verteilung der Korkkreise klappt bei manchen auch nicht so richtig. Dann gehen sie übereinander oder stehen zu weit auseinander, das sieht beides nicht SCHÖN aus. Manche Kinder bedrucken nur die Hälfte des Blatts oder womöglich nur eine Ecke. Auch das kommt nicht gut. Also sitzt die Erzieherin, etwas angespannt, bei jedem Kind daneben und übt sich wieder mal in einer Gratwanderung. Zwischen dem ästhetischen Anspruch von SCHÖNEN Bildern und der Schaffensfreude der Kinder, die sie mit zu starker Reglementierung ja nicht unterdrücken möchte. Es ist nun einmal so, dass die Kinder zum Leidwesen der Erwachsenen oft etwas ganz anderes als ‚SCHÖN' empfinden.

Doch die Erzieherin wird es schaffen, dass auf ihren Elternbriefen SCHÖNE Bilder sind. Sie hat das schon unzählige Male praktiziert. Alles, was in die altmodische Mappe oder ins moderne Portfolio kommt oder auf andere Art nach außen sichtbar wird, alles, was der Gefahr unterliegt, von Eltern oder Kolleginnen gesehen zu werden, wird automatisch der SCHÖNheitsprüfung unterzogen. Das ist nun einmal so. Ganz normaler Alltag.

Apropos was ‚Schönes': Wär schön, wenn man mal von der Unsitte wegkäme, jede Fenster- und Balkontür-Sicht nach draußen mit Basteleien zuzukleben. Von der Reizüberflutung mal ganz abgesehen; genügt doch eh schon, wenn die Kids stundenlang in der künstlichen Kita-Welt verbringen müssen. Kinder, auch die Minis, beruhigen sich bei Dekompensation viel eher, wenn sie auf Himmel, Wetter, Bäume, Vögel blicken können, sogar auf Gehweg oder Straße, und man mit ihnen über die Dinge und Vorgänge draußen spricht. Die Fenster-Zukleberei dient doch eh nur wieder dem Zurschaustellen nach Außen, zu demonstrieren, was wir doch immer für tolle Sachen mit den Kindern machen.

Götze Datum

Wenn man nach über zehn Jahren anderer sozialer Tätigkeit wieder in den Elementarbereich einsteigt, bekommt man die Veränderungen, die für andere peu à peu stattgefunden haben, geballt vor den Latz geknallt. Wenn man auch zwischendurch das eine oder andere von Freundinnen erfährt. Inklusive der Warnung: Tu's nicht! Spannung und Vorfreude weichen dann schnell dem Gefühl, in einem grauenhaften Paralleluniversum gelandet zu sein. Kann doch nicht wahr sein, was ich da erleben muss! Ist es aber, leider Gott's.

Eins dieser Gräuel ist der einst von mir so geliebte Morgenkreis. Denn dort hat mancherorts ein Götze Einzug gehalten, der sich zu einem Monster aufgeblasen hat: das Datum. Ist zwar gut, die Kids in unsere Zeiteinteilung einzugewöhnen, hat man ja früher auch gemacht. Gibt ihnen ja Orientierung und trägt zu Stabilität und dem Gefühl der Selbstwirksamkeit bei. Schön finde ich auch die Kalender aus Holz, die man früher selber basteln musste. Gruselig aber ist, dass es in den Gruppen mancher Kitas morgens eine halbe bis dreiviertel Stunde nur ums Datum geht. Ab dem Alter von knapp Fünf muss ein jedes Kind wiederholen: „Heute ist Montag, der einundzwanzigste Januar zweitausendfünfundzwanzig und wir haben Winter." Hää? Echt jetzt? Ja, leider. Die Kleineren sitzen ergeben da. Sie durften wenigstens das Begrüßungslied mitsingen, für den Rest des Morgenkreises können sie abschalten. Wieder und wieder hört man den runtergeleierten Satz, wer ihn nicht schafft, kommt in zwei Minuten wieder dran. Und nochmal und nochmal. Papageien-Lernen, stupides Wiederholen. Jeden verdammten Tag. Obligatorisch auch der Satz – bei immer denselben Kindern natürlich – „Streng dich mal ein bisschen an, du bist jetzt Vorschüler!" Oder noch schlimmer: „Oh je, bei dir seh' ich schwarz für die Schule."

Was für eine gequirlte Scheiße. Welcher Hirnheiner hat sich denn einen solchen Blödsinn ausgedacht? Und vor allem: was ist bloß mit den Erzieherinnen los, die diesen Mist praktizieren? Wie kann sich sowas

Bescheuertes nur etablieren? Ich weiß nicht, wohin mit meiner Empörung. Außer zur Leitung zu rennen und sie dort lautstark und gestikulationsreich loszuwerden. Doch die hebt ergeben die Hände: „Das hat sich dermaßen eingebürgert, das kriegst du nicht mehr weg. Kommt dazu, dass einmal eine Lehrerin in der Grundschule die Erstklässler aus unserer Kita dafür gelobt hat, dass sie das Datum so schön können."

Na toll. Die Kinder heutzutage haben so viel mehr Probleme als früher. Mit der Regulierung ihres Affekts, in der Entwicklung von Soft-Skills, Defizite vor allem im sozial-emotionalen Bereich. In den Pisa-Studien kacken die deutschen Schüler auch immer mehr ab. Es gäb' über so vieles zu reflektieren, um ungut laufende Dinge in der Kita zu verändern, so vieles zu tun, um die Kids in ihrer Entwicklung zu unterstützen. Anscheinend alles zweitrangig. Hauptsache, sie können das Datum, wenn sie in die Schule kommen. Übrigens wird mancherorts auch der Webrahmen zu einem solchen Götzen. Da tun mir besonders die Jungs leid, bei denen sich eher andere Fähigkeiten als die Feinmotorik im Vorschulalter ausbilden, die aber auf Deubel komm raus wenigstens zehn Zentimeter weben müssen, meist über Wochen hinweg, mit viel Stöhnen, Frust und unterdrückter Wut.

Ich weigere mich zu glauben, dass Erzieher solchen Mist bewusst machen. Es beschleicht mich eher das Gefühl, dass es mit dem Selbstbewusstsein von uns Erziehern nicht weit her ist; von Haus aus nicht und wie schauderhaft man mit uns umspringt in den letzten zwei Jahrzehnten, macht's noch schlimmer. Obwohl wir alle eine gute Ausbildung genossen haben, die länger und akademischer gestaltet ist als die meisten anderen Berufe ohne Studium. Wir sind anscheinend sehr ‚needy' geworden. Für ein – sicher ganz unbedarft geäußertes – Lob von der Lehrerin plagen wir sogar unsere Kiddys mit solchem Scheiß, und das tagtäglich. Zusätzlich tummeln sich immer mehr Machtmenschen in den Kitas, die für eine gute Außenwirkung alles tun. Wenn die Lehrerin sagen würde, es wäre gut für die Kids, jeden Tag einen Handstand zu machen und mit dem Arsch Mücken zu fangen, würden sie selbst das durchziehen, gnadenlos und ohne zu Zögern.

Partizipation – schöne neue Schublade

In meiner Ausbildung Anfang der 1980er wurde dieser Bereich im BEP noch nicht groß beschrieben. Als ich zum ersten Mal davon hörte, wunderte ich mich. Wieder einmal. War es nicht selbstverständlich, die Kinder in Entscheidungen miteinzubeziehen, wenn immer es möglich und sinnvoll war? Anscheinend nicht. Wie man aus vielem, das eigentlich selbstverständlich sein sollte, jetzt große Themen macht. Zum Beispiel braucht's jetzt auch ein Schutzkonzept, weil es anscheinend nicht mehr Usus ist, mit den Kindern wertschätzend umzugehen.

Nebenbei: Interessant, dass genau jene Erzieherin, die die schlimmste Datums-Plagerei vom vorherigen Kapitel betreibt, intensiv am Schutzkonzept dieser Kita mitgearbeitet hat. Einem weiteren der Maßnahmen-Kataloge für Dinge, die eigentlich selbstverständlich sein sollten. Und vielerorts wieder mal zu einer Schönen Schublade wird, mit wohl klingendem Inhalt, der aber nicht wirklich gelebt wird. Ich könnt' wieder mal kotzen.

Wieder zur Partizipation; wie mit vielen anderen Bereichen betrieben, nehmen Papageien-Erzieher die ‚Neuheit' begeistert auf und kreieren ein neues Schubfach daraus. Oft wieder mal mit wenig Sinn gefüllt, dafür wird begeistert und laut vor den Eltern damit geklappert.

Beatrix stellte sich in einer fünfgruppigen Kita vor, die sich dieses Thema groß auf die Fahne geschrieben hatte. Beim Probearbeiten durfte sie einer Partizipations-Entscheidung beiwohnen:

„Alle fünf Gruppen versammelten sich im Turnsaal. Es dauerte schon einmal eine Ewigkeit, bis in dieser Riesenversammlung einigermaßen Ruhe herrschte. Manchen neuen Kleinen – es war September – war diese Chose zuviel; sie weinten und konnten nur schwer getröstet werden. Dann stellte nicht die erfahrenere Leitung, sondern eine junge Erzieherin das Thema vor. Denn Partizipation herrschte auch im Teamgeschehen.

Es ging um eine Winterparty, und die Kinder wurden gefragt, welche Aktivitäten sie sich dafür wünschten. Ein paar ältere Kinder waren gleich begeistert und brachten etliche Vorschläge, die gleich aufgeschrieben und aufgemalt wurden. Die Begeisterung der Teammitglieder hielt sich jedoch in Grenzen. Ich verstand das sehr gut. Denn die Kinder wünschten sich das, was sie sich unter einer Party vorstellten: bunte Lampions, Kinder-Cocktails, Würstchen und Pommes, und Disco. Verzweifelt versuchte die junge Erzieherin, den Kindern zu erklären, dass im Winter doch ein Feuer ganz nett wäre, winterliche Glaslichter anstatt bunter Sommerlampions, vielleicht eher warmer Kinderpunsch als kalte Cocktails und Kartoffeln in heißer Kohle mit Quark anstatt Würstchen und Pommes. Doch nur wenige Kinder gingen darauf ein, außerdem wurden sie stimmlich von ein paar großen Jungs untergebuttert. Die Leiterin blickte nicht gerade glücklich drein, das Team diskutierte noch ein wenig, ob man das Winterfest so nun wirklich durchführen sollte. Die einen Kids lärmten, weil's langweilig wurde, andere weinten, weil's ihnen zuviel wurde. Doch die Hardcore-Partizipationisten bestanden darauf, alles so zu tun, wie die Kinder es sagten. Schließlich war es der Wunsch der Kinder, da mussten eben alle mitziehen.

Ich empfand die Situation als so skurril, dass ich sowohl hätte lachen als auch weinen mögen. Die Kinder würden also nicht in den Genuss einer echten Winterparty kommen. Eine erfahrenere Kraft hätte vielleicht durch ein Bilderbuch, ein Video, eine Geschichte oder durch irgendeine andere Einstimmung den Kindern eine Ahnung oder eine Gefühl dafür verschafft, was eine Party im Winter ausmacht. Und sie hätte es in den einzelnen Gruppen gemacht, nicht in diesem anstrengenden Pulk von etwa 100 Kindern plus zehn Erwachsenen, der bis auf ein paar große Kinder die meisten an sich schon überforderte. Dann hätte man noch einen Modus finden müssen, wie man die Wünsche der vier Gruppen in einen Topf kriegt. Das wäre zwar aufwendig und zeitraubend gewesen, aber vielleicht wäre so wenigstens etwas Sinnvolles dabei herausgekommen. Nicht, dass die Kinder an ihrer Party keine Freude haben würden, aber die schöne, neue Erfahrung einer echten Winterparty würden sie halt auch nicht haben."

Ja, es macht halt einen Riesenunterschied, ob man echte Partizipation lebt oder sie nur spielt. Weil's gerade so ein Hype ist. Da kann halt dann auch mal was rauskommen, was weniger Sinn macht. Sinnblind, dogmatisch, automatisch, schubladendenkend. Mir kamen bei dieser traurig-lustigen Schilderung etliche Dinge in den Sinn. Etwa, dass die ältere Leiterin sicher nicht als rückständig gelten mochte und deswegen den Unsinn mittrug. Und wieder einmal der Papagei, den man fragt, ob er lieber Ratatouille oder eine Banane möchte. Und der sich fürs erstere entscheidet, weil das Wort so schön klingt. Anstatt dass man sich auf seine Erfahrungsebene begibt und ihm die beiden Dinge einfach vor den Schnabel hält.

Leithammelsyndrom

Grundschullehrer möchte ich heutzutage auch nicht sein. Bei dem schweren Rucksack, den die zu schultern haben. Während man uns in der Kita wenigstens trotz des BEP noch ein bisschen Handlungsspielraum einräumt – so wir nicht völlig gehirngewaschen agieren – haben sich Lehrer ja an ihren Lehrplan zu halten und ihn zu erfüllen. Sie haben dasselbe zu beklagen wie wir; Kinder immer schwieriger geworden, immer mehr Kids mit Flüchtlings- oder Migrationshintergrund, verquere Eltern mit noch verquereren Ansichten, viel zu wenig Kohle für Gebäude, Ausstattung und genügend Lehrkräfte, Status in der Gesellschaft ordentlich gesunken. Doch einen Vorteil uns Kita-Leuten gegenüber in diesem Gesellschaftsspielchen haben sie, neben einer wenigstens halbwegs anständigen Bezahlung, nämlich die Karte des Schwarzen Peters.

Als wär's gestern gewesen, hab' ich meine Leiterin noch vor Augen, wie sie nach einem Gespräch mit der Schulrektorin ziemlich bedröbbelt von der Grundschule zur Kita zurückkehrte. Dort hatte sie nämlich ordentlich Schelte bezogen: die Kinder könnten ja gar nichts mehr, wenn sie in die Schule kommen, hätten kein Sozialverhalten mehr, die Grundlagen fürs Fach Deutsch wären sogar bei den Deutschen nicht mehr vorhanden, man müsse erst einmal aufarbeiten, was die Kita versäumt hat. Einzig die Kinder von Kollege Fabian (der einzige männliche Betreuer in dem fast 40-köpfigen Kita-Team) wären etwas besser, ihres Wissens nach wäre der auch der einzige, der ein Sprachprogramm machen würde, so gehe das nicht weiter...

Ich dacht', ich steh im Wald. So ist das jetzt also. Madame Rektorin fühlt sich bemüßigt, uns Anleitungen für unsere Arbeit zu geben. Ist das jetzt Usus? Rufen die Unis jetzt auch in den Gymnasien an und schimpfen, dass sie keine gute Vorarbeit geleistet haben und geben Tipps, wie sie das künftig besser machen sollen? Ich find' gar kein Wort für diese Sache; da reicht nicht mal die ‚gequirlte Scheiße' aus. Was für eine bescheuerte, verdrehte, gehirngewaschene Ansicht. Ich hab' derlei Unarten schon öfter gehört und auch, dass sich manche Erzieher dann dreimal an die Brust schlagen und auf Deubel komm raus ein Sprachprogramm mit ihren Kindern durchpauken. Mann, ich kann gar nicht so viel fressen, wie ich kotzen könnte.

Ich könnte jetzt für Madame Rektorin mein altes Psychologiebuch hervorkramen, es ihr unter die Nase halten und ihr eine Lektion über Lerntheorien verabreichen, darüber, wie die Entwicklung des Lernens bei Kindern im Elementarbereich stattfindet. In etwa welchem Alter das kindliche Gehirn soweit ist, dass es sich diese und jene Lernart aneignen kann, aber das wäre verlorene Liebesmüh'. Die Wissenschaft sagt, offiziell wenigstens, Sprachprogramme sind gut, also haben wir sie in der Kita durchzuführen. Dass es schon seit über zehn Jahren Studien gibt, die besagen, dass diese Programme gar nichts bringen, dass etliche Neurobiologen und Erziehungswissenschaftler ins selbe Horn tuten, dass viele Erzieher, die sie gemacht haben, kaum positive Effekte sehen, dass die Deutsch-Kompetenzen der Kids seit Einführung dieses Schwachsinns in schöner Regelmäßigkeit schwach sind ... das erstere ist unbekannt, das zweite, dritte und vierte anscheinend völlig irrelevant.

Ich fragte meine Leiterin, die ich für außerordentlich kompetent hielt, warum sie sich gegen diese unsägliche Sache nicht vehement verwahrt hatte. Mit vielleicht folgenden Worten: „Erklären Sie mir nicht meinen Job, ich erkläre Ihnen den Ihrigen auch nicht!" Doch sie hatte nicht die Kraft dafür. Sie war schon genug gefordert von dem großen Team mit vielen Machtmenschen, die ihr immer wieder ans Bein pinkelten, dem Träger, für den sie zu der Zeit auch noch die ‚Interimslösung' konzipieren und organisieren musste und den Eltern, die – vom Bürgermeister gestärkt – egozentrische und undurchführbare Forderungen stellten.

Übrigens, Kollege Fabian hatte gar kein Sprachprogramm mit seinen Kindern gemacht. Es lag zwar in seiner Gruppe, und hin und wieder integrierte er eine Übung in seine Arbeit. So in etwa praktizierten das aber auch die anderen drei Gruppenleiter der Regelgruppen. Auch interessant, nicht wahr? Und klar, dass nach diesem Rüffel von einer ‚Studierten', auch noch von der Ranghöchsten im Schul-Rudel, alle Gruppenleiter das Sprachprogramm wieder fleißig durchführten. Nicht, dass es was gebracht hätte. Im Jahr darauf wurde von Madame Alpha-Frauchen dieselben Dinge beklagt. Oder, Frau Besserwisser, sagt man ‚die gleichen'?

Und noch ein Übrigens: ich hab' es sehr bedauert, dass diese wirklich tolle Leitung nach knapp zwei Jahren Tätigkeit in dieser Kita gekündigt hat. Gewundert hat's mich aber nicht.

Und weil ich auf der Seite jetzt noch Platz hab': In den altbewährten Praktiken in der Kita ist alles drin, was es für Sprachförderung im Elementarbereich braucht, in Hülle und Fülle. In Liedern, Gedichten, Fingerspielen, Singversen, Klatsch- und Bewegungsspielen, Marschier-Sprüchen, Schüttelreimen. Alles, was in den entweder pfurztrockenen und rein kognitiv gestalteten oder auf pseudo-pädagogisch getrimmten Sprachprogrammen enthalten ist, wird damit geübt. Das Reimen, die Silbentrennung, das Lautieren, alles wird mit Freude und Spaß gemacht, weil mit Melodien und Bewegung versehen. Gerade für die sprachtechnisch oft hinterherhinkenden Jungs ist es um Lichtjahre besser, wenn sie Sprachelemente mithilfe ihres Bewegungsdrangs trainieren können. Ich freu' mich jetzt immer diebisch, wenn ich mitkriege, dass sich unter den Kids neue Klatsch-, Sing- oder Bewegungsreime von selbst verbreiten, wenn in der Kita fast nur noch öde Sprachsachen stattfinden. Wie war das? Schoko, Schoko la la, Schoko Schoko de de, Schoko la, Schoko de, Schoko la de. Probiert dasselbe mal mit Gummibärchen oder Karamellen... ist gar nicht so einfach, gell? Aber ich hab' Viereinhalbjährige erlebt, die das aus dem Effeff beherrschen! Dazu muss man noch mit einem Partner bei den richtigen Silben mit den Handflächen, bei den falschen mit den Handrücken aneinander klatschen.

Ich weiß gerade nicht, ob ich lachen oder weinen soll, wenn die Kids sich in Ermangelung einer kindgerechten Sprachförderung in der Kita ganz von selbst fördern.

Nochmal Sprache

Es verblüfft mich immer wieder, wie man Dinge, die man täglich erlebt, so vehement negieren kann, wenn ein paar dilettantische Großkopferte etwas anderes behaupten. Kommt mir vor wie die drei Affen: will nix hören, will nix sehen, will nix sprechen; sagt mir einfach, was ich machen soll. Ich will noch ein paar Momente beschreiben, die fast jeder Erzieher schon einmal so ähnlich erlebt hat und die zeigen, wie anders ‚Sprache' bei den Kindern funktioniert als bei den Erwachsenen. Und wie anders, als sich das manch sogenannte Experten zurechtdenken:

Kinder, die zweisprachig aufwachsen, deren Eltern aber kaum Deutsch sprechen, werden von Erziehern oder Eltern manchmal um Übersetzung gebeten, wenn etwas spontan Wichtiges anliegt. Oft stehen die Kids dann da wie belämmert, und es passiert nichts. Was aussieht wie Scham, Schüchternheit, Verstocktheit oder Verweigerung, ist, dass die Kinder eine Sprache noch nicht abstrahieren können, oft selbst mit fünf Jahren noch nicht, und das, obwohl sie beide Sprachen vielleicht perfekt beherrschen. Noch ein Beispiel. Eine junge Erzieherin fragte einmal den deutsch-englisch sprechenden viereinhalbjährigen Robert, was ‚Daumen' auf Englisch hieße. Das Kind guckte die Gruppenleitung nur verwirrt an. Als ich Robert aber meinen Daumen zeigte und ihn fragte: „What is it?", kam wie aus der Pistole geschossen: „A thumb!" Robert kann von einer Sekunde in die andere von einer Sprache zur anderen switchen. Sprache ist für ihn aber ein Kommunikationsmittel, er kann mit dem Wort ‚Übersetzen' noch nichts anfangen. Kommst du ihm mit Deutsch, denkt und antwortet er in Deutsch. Sprichst du Englisch mit ihm, switcht er in den Englisch-Modus. Für ihn hat das eine mit dem anderen noch nichts zu tun.

Es ist etwa wie bei einer Puppe oder einem Auto, die sind für ein Kind erst einmal zum Spielen und Fahren da. Kaum ein Kind im Kita-Alter interessiert sich dafür, wie das Auto aufgebaut ist, sodass es fahren kann. Oder wie das Innenleben einer Puppe aussieht. Das entwickelt sich erst im Laufe der Zeit, und das kann man auch nicht forcieren.

Mit dem Zerpflücken von Wörtern, das die Sprachprogramme alle betreiben, ist es genau dasselbe, es macht für die meisten Kinder in der Kita keinen Sinn. Ja, viele Kids verstehen die Ausübungsweise der Sache nach einiger Übung, einigen wenigen macht es sogar Spaß. Und nur denen bringt die Sache ein bisschen was. Zwischen forcieren, und anregen, motivieren und fördern besteht ein gewaltiger Unterschied. Das zweite hat mit Einfühlen, Spaß, Freude und ganz viel mit Beziehung zu tun. Überhaupt hat eine gute Förderung viel mit einer guten Beziehung zueinander zu tun. Bei einer guten Beziehung lässt das Kind sich auch mal auf eine Sache ein, der es zunächst skeptisch gegenübersteht, weil es Vertrauen zum Betreuer hat, oder ihm zuliebe die Sache tun möchte. Um dann vielleicht festzustellen, dass sie doch Spaß macht.

Ich will's nochmal in 'nem Vergleich sagen, weil sich diese hanebüchene Wörter-Zerpflückung so hartnäckig hält:

Die meisten von uns sind in Astro-Physik wenig bewandert. Aber angenommen, wir haben demnächst einen wichtigen Kurs über schwarze Löcher. Deshalb versuchen wir, alles Mögliche darüber zu lesen. Dass ihre Masse so stark komprimiert ist, dass sie eine riesige Gravitation haben und keine physische Oberfläche mehr. Dass nicht einmal Licht ihnen entkommen kann. Dass sie einen Ereignishorizont haben, ab dem alles, was sich ihnen nähert, unweigerlich hineingezogen wird, und zwar zum Schluss nicht am Stück, sondern in Form einer Spaghettisierung. Und so weiter. Irgendwann können wir diese Sachen auswendig runterbeten. Aber verstanden haben wir es deshalb noch lange nicht, denn es fehlen uns die Grundlagen dafür. Es kann uns im Gegenteil sogar schaden. Denn unser Gehirn versucht, das unverständliche Zeugs in Bilder umzuwandeln, und die können falsch sein. Wenn nun der Kurs kommt und wir mehr, und auf ganz andere Weise über Schwarze Löcher erfahren, sind uns diese sich hartnäckig haltenden Bilder im Weg für ein echtes Verständnis.

Und genauso verhält es sich auch, wenn wir die Kids mit Sachen traktieren, für die ihr Gehirn noch nicht bereit ist. Wir versuchen quasi, sie mit einem halben Jahr zum Laufen zu bringen und wollen dabei das Robben, Kriechen und Krabbeln überspringen. Was'n Schwachsinn. Kein Wunder, dass unsere Kinder in der Schule immer mehr abkacken. Weil wir störrisch an solchem Mist festhalten. Wie Einstein so schön sagt: „Die Definition von Wahnsinn ist, immer wieder das Gleiche zu tun und andere Ergebnisse zu erwarten."

Kinder im Elementarbereich lernen nun mal am besten mit Spaß, Freude und aus eigenem Antrieb. Das kann man nicht forcieren, nur anregen. Es gibt so Vieles im Bereich Sprache, das Spaß machen kann, Lieder, Gedichte, Fingerspiele, Klatschspiele, Marschierspiele, Tänze, Raps, Bilderbücher, Märchen, Geschichten, ja sogar Gedichte, die mit Sprache spielen, von Ringelnatz, von Heinz Erhardt, von Guggenmos, um nur ein paar zu nennen. Vor 30 Jahren waren in meinem Repertoire für die Kids sogar Gedichte wie ‚Der Zauberlehrling' oder sogar ‚Der Zipferlake', dessen Wörter nur Sinn ergeben, wenn man sich auf die Stimmung des Gedichts einlässt. Ich werd's nie vergessen, wie manche meiner Kinder damals im Garten nach dem Rhythmus von Gedichten hüpften und rezitierten: „Walle walle manche Strecke...". Und das von sich aus, aus Spaß an der Freud! Und damit holen sich die Kinder selbst mit Freude und Vergnügen Stücklein für Stücklein, im Tempo ihrer individuellen Entwicklung alles, was notwendig ist an Vorwissen für die Schule.

Interessant find ich auch, dass sich in meiner Spiele-Mappe, die ich in den 80ern für meine Kids hatte, alleine etwa 50 Singkreisspiele befanden, von denen wir jeden Tag welche gemacht haben. Heute muss man froh sein, wenn die Kinder noch zehn, zwölf kennen. Aber man hat ja auch gar keine Zeit mehr dafür. Man muss ja das Datum zigmal runterbeten und freud- und sinnlos ‚Herbst' klatschen.

Ach, da fällt mir noch eine Frage von einem Bogen ein, mit dem man die Sprachkompetenz eines Kindes soll testen können. ‚Spricht das Kind mehr als 30 Wörter?' Also, was ist denn das nun wieder für eine besonders schaumig gequirlte Scheiße. Erstens, ich kann als erfahrene Erzieherin ohne, als junge mit Vergleichen feststellen, ob das Kind Probleme mit Sprache hat. Wobei ich dann immer noch berücksichtige, ob ich einen Jungen oder ein Mädchen vor mir habe, denn die Jungs sind manchmal einfach mit Sprache ein bisschen später dran, dafür sind sie den Mädchen in anderen Bereichen wie etwa Körperkoordination voraus. Man kann sich auch Probleme züchten, wo eigentlich keine sind, und das Kind, die Eltern und sich selbst damit unnötig verunsichern. Zweitens müsste ich einem eher wortkargen Kind stundenlang hinterherlaufen, mit gezücktem Stift und Block, um jedes geäußerte Wort aufzuschreiben, dann müsste ich noch die Aussagen nach mehrfach gesagten Wörtern durchsehen und sie streichen. Denn das kann mir keiner erzählen, dass er diese Zahl schätzen kann, besonders nicht bei einem eher ruhigen Kind. Man muss sich mal ausmalen, wie das arme Kind das wohl finden würde. Mann, wenn ich den in die Finger kriegen sollte, der solchen Schwachsinn verbreitet hat, werd' ich sagen: „Lauf um dein Leben".

Und weil ich hier noch paar Zeilen Platz hab', ein ‚Übrigens' für Madame Rektorin aus dem Vor-Kapitel: Mal bitte lieber vor der eigenen Türe kehren. Unsere deutsche Schulbildung hat zurzeit einen dermaßen schlechten Ruf, dass etwa ukrainische Flüchtlings-Eltern ihre Kids nach dem regulären Unterricht hier noch zu ihrem eigenen drängen, der wohl noch online stattfindet. Aber das von Machtmenschen allseits beliebte Projizieren der eigenen Unfähigkeit und Unzulänglichkeit auf andere kennen wir ja jetzt zur Genüge.

Und nochmal

Übrigens, es würde mich mal brennend interessieren, wann die Bildbetrachtungen sich in der Kita ausgeschlichen haben. Die alten, plakatgroßen Themen-Bilder hab' ich zwar in der ein oder anderen Kita noch verstaubt in irgendeiner Aufbewahrungsecke gesehen, aber benutzt werden sie so gut wie nicht mehr, jedenfalls in den Kitas nicht, die ich in den letzten fünf Jahren mitgekriegt habe. Das will mir nur schwer in den Kopf, weil sie so wunderbar für Sprachförderung geeignet sind, wie kaum ein anderes Medium. Na, ich verbuch das mal unter ‚Alles verrückt-heute': Bescheuerte Sprachprogramme rein, tolle Bildbetrachtungen raus.

Zwar gibt's jetzt 'ne andere schöne Sache, das Kamishibai, das ist aber eher eine Variante des Bilderbuchs oder eine Ergänzung. Bildbetrachtungen funktionieren ja ganz anders. Ich kann mir als einen der Gründe für ihr Verschwinden vorstellen, dass man sie, wenn's sinnvoll und förderlich werden soll, nur mit acht, maximal mit zehn, zwölf Kindern durchführen kann. Und wer hat denn heute noch Zeit, die Gruppe zu halbieren, geschweige denn, zu dritteln. Aber wie schade. Ich werd' mal hier eine Bildbetrachtung nachstellen, vielleicht kriegt dadurch jemand Lust, sie wieder in seine Arbeit zu integrieren. Und womöglich registriert ja auch einer der Macher von den unsäglichen Sprachprogrammen, wieviel sinnvoller, ganzheitlicher, kindgerechter und freudvoller das ist:

Vorbereitungen: Ich nehm' ein Bild, das in die momentane Jahreszeit oder zu unseren Themen passt, etwa im Mai, wenn in der Stadt am Wochenende ein Rummel-Event kommt, ein Poster von einem Jahrmarktstreiben. Ich sammle mir ein paar passende Gegenstände in ein Körbchen mit Tuch (Tasten macht immer Spaß); etwa einen Luftballon, ein Holz-Eis aus der Puppenecke, vielleicht finde ich ja noch eine Papier-Tröte von Fasching. Ich stell das Bild, mit Tuch bedeckt, in den Raum, vier bis sechs Kinderstühle ans Fenster, vier bis sechs Sitzkissen davor (Bild nicht ans Fenster, da gegen das Licht sehen anstrengend ist und man sieht schlechter). Die Kids sollen möglichst gerade auf das Bild sehen, etwa höchstens wie bei einem ‚V', also so 30°. Hinter Bild und auch hinter den Stühlen lass' ich Platz, den brauchen wir später noch. Die Eine-Minute-Sanduhr hol ich mir auch noch und eine Lupe.

<u>Einstimmung</u>: Immer ein großes Kind darf sich ein kleines mitnehmen zum Tasten im Körbchen unter dem Tuch, sie dürfen mir ins Ohr sagen, was sie drin vermuten. Alle Kinder kommen dran. Wir decken das Körbchen auf, erarbeiten, dass es all diese Dinge auf dem Jahrmarkt gibt und decken auch das Bild auf.

<u>Durchführung</u>: Jetzt bekommt ein großes Kind die Sanduhr und darf zusammen mit einem kleinen Kind erzählen, was es auf dem Bild sieht. Dann wandert die Sanduhr zu den nächsten beiden Kindern. Es werden jetzt erst einmal Dinge kommen wie: ich sehe einen Eisstand, ein Karussell, Fahr-Stände, Grusel-Stand (da würde ich das neue Wort ‚Gruselkabinett' einbringen), eine Los-Bude, einen Luftballon-Mann, einen Lebkuchen-Stand... Mehrfachnennungen erlaube ich. Das unsägliche, schulmeisterliche „Sag es im Satz" mach' ich nicht, das kommt eh gleich. Und ganz Kleine dürfen auch vorlaufen und auf dem Bild zeigen, was sie sehen.

Nach dem Benennen von Dingen frage ich jetzt nach Handlungen und Vorgängen, etwa: „Was passiert gerade? An der Los-Bude, am Karussell, am Fahrstand...". Sollte doch bei einem von den großen Kids jetzt eine sprachfaule Socke dabei sein, sag ich auch mal: „Bitte gib mir eine ganzen Kuchen, nicht nur einen Krümel" (meine Großen wussten immer, wie das gemeint war und bemühten sich dann auch um ein paar Worte mehr. Und es klingt nicht so schulmeisterlich). Wir spielen ein paar Dinge nach, etwa: „Das Kind hier hüpft gerade, wir machen das jetzt auch" (deshalb der Platz um Bilder und Stühle) oder: „Die Flugzeuge drehen sich im Kreis und gehen rauf und runter, wie spielen es nach". Oder auch „Der Leierkastenmann spielt ein Lied, welches könnte es sein? Wir singen es nach". Fällt keinem ein Lied ein, erfinden wir eines, etwa: „Jahrmarkt ist heute, falleria ha, da freu'n sich alle Leute, falleria ho". Wir singen und klatschen oder hüpfen dazu.

Jetzt hole ich die Lupe hervor und leg' sie in die Mitte; meine Kids früher wussten immer, dass wir jetzt in die Meisterklasse gehen, nämlich ins Spielen von Bilder-Detektiv: Ich frage nach Dingen, bei denen das logische Denken angeregt wird. Dabei fange ich mit recht offensichtlichen Dingen an und mach' es dann spannender und komplizierter: „Ein Kind hier wird gleich ziemlich unglücklich sein, wer kann mir sagen, welches?" (sein Eis fällt gerade auf den Boden. Übrigens lasse ich die Kids mit der nachgefühlten Traurigkeit nicht alleine, ich würde nachfragen: „Was könnte die Mutter jetzt tun, um das Kind zu trösten?" Das fördert Selbstwirksamkeit und Resilienz). Komplizierter wird's mit der Frage: „Welche Jahreszeit ist auf dem Bild, woran kann man das erkennen?" (an der Kleidung der Menschen, an der Natur) oder: „Jemand auf dem Bild wird sich gleich sehr freuen, siehst du, wer das ist?" (ein Junge will gerade einem Mädchen ein Lebkuchenherz umlegen) oder: „Ein Kind wird gleich sein Essen nicht mehr mögen" (Ein Vogel lässt ein Häufchen auf die Pommes fallen) oder: „Da kommt ein Rettungswagen angefahren, zu wem wird er wohl hinfahren?" Wenn die großen Kids schon öfter Bilder-Detektiv gespielt haben, können sie auch selbst solche Fragen stellen und freuen sich immer diebisch, wenn die anderen Kinder und die Erzieherin eine Weile brauchen, um ihr Rätsel zu lösen.

Ausklang: Wollen wir in dieser Woche noch ein oder zwei Dinge machen, die uns auf dem Jahrmarktsbild gefallen haben? Wer hat eine Idee? Der holt sich ein Blatt Papier und einen Stift und malt es auf. Jedes Kind bekommt einen Muggelstein und legt ihn auf die Idee, die ihm am besten gefällt. Die machen wir dann zuerst. Etwa Popcorn selber machen, Jahrmarkts-Herzen aus Salzteig basteln, Obst mit Schoko-Überzug selbst machen, Papierflieger falten und ein gemeinsames großes Karussell damit basteln... Ich erwähne auch, dass die zweite Gruppe Kinder, die das Bild noch betrachtet, auch Ideen haben wird, und wir in der Gesamt-Gruppe dann nochmal besprechen, wie wir die zwei beliebtesten Ideen am besten in der Woche unterkriegen können.

Das Bild bleibt in einer Ecke stehen, die Kids können es die ganze Woche noch betrachten und gemeinsam darüber sprechen. Manchmal entdeckt ein Kind auf dem Bild noch etwas, das bislang unbemerkt geblieben ist, das darf es im nächsten Kreis natürlich zeigen und erzählen.

Ist so viel drin, in diesen Bildbetrachtungen, finde ich, man kann sie wirklich schön ganzheitlich gestalten. Mit Sprechen, Denken, Singen, Tasten, Kooperativ-Sein, Sich-Bewegen, Rhythmik, Affektivem. Und kann danach noch kreativ und hauswirtschaftlich tätig sein, und noch was Feines zusammen schnabulieren. Ich fänd's gut, wenn das Potential von Bildbetrachtungen wieder entdeckt und mehr genutzt würde. So, finde ich, funktioniert Sprachförderung am besten. Die Kinder anzuregen, sich gerne mitzuteilen, auf spielerische, ganzheitliche und spannende Weise. Neue Wörter zu lernen, einen passenden Spruch oder ein Lied im Rhythmus zu klatschen oder zu hüpfen. Und nicht diese bescheuerte Wörter-Zerpflückungs-Manie der Sprachprogramme.

Uuund nochmal

Noch ein paar letzte Sachen zum Thema Sprachförderung. Bezüglich des Lautierens muss man zwar ein wenig genauer hinsehen beim Aussuchen von Gedichten & Co, aber es gibt vieles. Besonders bei Heinz Erhardt, aber auch bei Ringelnatz, Guggenmoos und weiteren. Eins meiner Lieblingsgedichte dazu ist ‚Ein Wichtel namens Purzel' von Mira Lobe. Da sind die Laute, um die es geht, zwar nicht am Anfang, sondern in der Mitte des Wortes, aber damit haben die Kids noch nie ein Problem gehabt. Zu Beginn des Kita-Jahres führte ich es als Bewegungsspiel ein, später im Jahr, meist im Sommer interessierten sich die älteren Kids dann oft für das verlorene ‚U' und die vom Moos und Aal angebotenen Ersatzbuchstaben. Manchmal sogar so sehr, dass wir die Wörter legten und das Gedicht sogar mit Buchstaben-Vertauschen spielten. Immer ganz nach dem Entwicklungsstand und dem Interesse der Kids. Die Kleinen hatten einfach weiterhin Spaß am Bewegungsspiel, bekamen aber ‚nebenbei' so manches von den Großen mit und wuchsen von ganz alleine in die Sache hinein.

Zu den Sprachkitas, Kita-Plus, whatever noch: Macht schon Sinn, Kitas mit einer großen Migrations-Klientel mehr zu fördern. Aber sie nur mit einer sogenannten ‚Sprachkraft' zu versehen, greift zu kurz. Ich erinnere mich gut, dass während meiner Ausbildung das Thema ‚Sprachförderung' ausführlich behandelt wurde, und das wird sich wohl auch nicht geändert haben. Vielleicht wäre für manche eine Auffrischung gut, aber alle Erzieher wissen eigentlich, wie Sprachförderung im Elementarbereich geht. Woran es wirklich fehlt, ist Personal, Zeit und Platz. Zum Vorlesen in Kleingruppen, für Gedicht-Projekte, für zwangloses, spielerisches ‚Plaudern', für's Anschauen von Bildern und Wimmelbüchern mit nur ein oder zwei Kids, für tägliche Sing- und Bewegungsverse, Fingerspiele, Lieder... Und zwar mit Personen, zu denen die Kinder eine gute Beziehung und Vertrauen entwickelt haben. Solange das nicht gewährleistet ist, macht eine zusätzliche Sprachkraft das Kraut auch nicht sonderlich fett. So wie sich das System in den letzten Jahrzehnten entwickelt hat, hab' ich auch die Befürchtung, dass aus der Sache wieder 'ne schöne Schublade wird, mit wirrem Inhalt. Und andere sinnlose Schubladen nachfolgen. Dann werden die Eltern ihre Kids womöglich montags in die Sprachkita geben, dienstags in die Bewegungs-, mittwochs in die Kreativ-, donnerstags in die Musik-, und freitags in die Naturkita. Weil wieder mal irgendwelche sozial-emotional flachwurzelnden Strippenzieher zwei Dinge völlig außer Acht lassen, nämlich erstens wie essentiell eine gute, vertrauensvolle Betreuer-Kind-Beziehung für die bestmögliche Förderung und kindliche Entwicklung ist, und zweitens eine Förderung im Kleinkindalter am besten ganzheitlich funktioniert. Also, wenn's wirklich mal so weit kommt, dann, bitte: Beam me up, Scottie!

Vorkurs Deutsch: finde ich eher suboptimal. Erstens findet die Sache meist nur einmal in der Woche statt; versuch' du mal, ein Instrument zu lernen, wenn du zuhause keins hast und nur einmal die Woche für 'ne Dreiviertelstunde zum Musiklehrer gehst. Man muss nicht Neurowissenschaft studiert haben, um zu wissen, dass sich bei all diesen Einmal-pro-Woche-Sachen vielleicht erst in Monaten mal halbwegs sinnvolle Synapsenverbindungen im Gehirn herstellen. Zweitens wird meist nur eine Kraft pro Kita darin geschult, drittens findet die Sache oft im wöchentlichen Wechsel in der Kita und in der Grundschule statt, in der viertens dann eine Lehrerin die Lektion durchführt. Manche Kinder – die sowieso merken, dass sie diese Sprach-Sache nicht so gut beherrschen wie die meisten anderen – müssen also ohne eine vertraute Person durch diese Sache durch. Find' ich alles nicht so prickelnd.

Und überhaupt, diese schreckliche Bezeichnung ‚Vorkurs Deutsch'. Da rollen sich mir die Zehnägel hoch! Da weiß ich doch sofort, dass da schon wieder einer dieser gefühlsbehinderten Großkopferten am seinem unseligen Werk war. Denn, man erinnere sich bitte, die Intention hinter einer Sache dringt immer durch! Es gehen mir zum Beispiel schon sehr unterschiedliche Bilder durch den Kopf, wenn ich einmal höre: „Die beiden machen Liebe" und zum anderen: „Das männliche und weibliche Individuum vollziehen den Geschlechtsakt zwecks Intensivierung ihrer affektiven Anziehung". Hört verdammt noch mal damit auf, Kinder in ihre Bestandteile zu zerpflücken und diese als Fördermaschinenteile anzusehen!

Noch zu einem Thema, das mir erwähnenswert erscheint. Kinder sind im Allgemeinen noch sehr fühlige Wesen, sie spüren es, wenn ihr Betreuer selbst keinen Spaß an der Sache hat. Klar kann man nicht immer nur das machen, woran man selbst Freude hat, aber besonders bei dem so wichtigen Thema ‚Sprache' sollte hauptsächlich ein sprachaffiner Betreuer mit den Kids arbeiten. Sein Spaß an der Sache ist authentisch und das vermittelt sich automatisch bei den Kindern. Das gilt auch für alle anderen Beschäftigungsarten, Basteln, Turnen, Spazierengehen, Natur- und Umweltprojekte, Experimente... Man kann sich im Team ja absprechen, wer gerne welche Aktivitäten macht. Aber fanatisch sollte es natürlich auch nicht werden; nicht, dass der Betreuer hingebungsvoll an seiner Dino-Figur werkelt, während die Kiddys gelangweilt zusehen.

Die Gruselgruppe

Vorgeschichte: Nach meinen zehn Jahren im Behindertenbereich, dabei alleinerziehend, meine alte Mutter noch unterstützend, war ich ziemlich ausgelaugt und bat darum, ein Jahr mit reduzierter Stundenanzahl arbeiten zu dürfen. Doch in dieser Einrichtung wurde das nicht genehmigt; das ist bis heute so. Gruppenleiter müssen dort in Vollzeit arbeiten. Ich hätte in den Pflegebereich wechseln können, mit mindestens einem Drittel weniger Gehalt. Ein paar Jahre zuvor hatte eine junge Mutter die Einrichtung verklagt, weil sie während der Kleinkindzeit ihrer Kids weniger arbeiten wollte. Sie hatte eine Option mehr als ich, nämlich in Elternzeit zu gehen, doch viele Mütter wollen oder müssen wenigstens in Teilzeit weiterarbeiten. Sie erreichte mit ihrer Klage ein Ziel im Mikrobereich: die Einrichtung musste nun Eins-komma-ich-weiß-nicht-mehr-wieviel Prozent der Gruppenleiter eine Teilzeitstelle zugestehen. Ich gehörte nicht dazu. Mir gefiel der Job, ich wollte eigentlich nicht gehen, also blieb ich, arbeitete weiter in Vollzeit und bugsierte mich in ein dickes Burnout, das mich zwei Jahre Out-of-order stellte. So kann's gehen, wenn man als Frau in einem männerdominierten Bereich arbeitet, und das sind manche Werkstätten für behinderte Menschen noch sehr, hier in Bayern zumindest.

Danach kam eine Vollzeitstelle für mich nicht mehr in Frage, also kündigte ich doch und entschied mich, wieder in den Elementarbereich zu gehen; sicher hatten sich die schlechten Bedingungen, derentwegen ich gewechselt hatte, in den letzten zwölf Jahren verbessert. Ich bin schon immer ein naiver Mensch gewesen. Ich hospitierte ein paarmal bei Altbekannten in deren Kitas, deren Warnungen ignorierte ich, dann bewarb ich mich. Ich würde klein beginnen, als Helferkraft, dann würde ich schon wieder in die Materie hineinkommen. Bei einigen Kitas durfte ich mich auch vorstellen und probearbeiten. Früher undenkbar, mit Mitte 50, jetzt wirste fast mit Handkuss genommen. Bei manchen Kitas war ich aber ganz froh, dass sie mich nicht haben wollten, besonders bei der mit der Gruselgruppe.

Die Kita hatte vier Gruppen, zwei Krippen- und zwei Regelgruppen. Ihr Konzept setzte auf altershomogene Gruppen, das kannte ich noch nicht und war daher neugierig. Ich durfte in allen Gruppen etwa eine Stunde hospitieren, dann bei den Vierjährigen, bei denen eine Kraft gesucht wurde, einen Tag probearbeiten. Zu den Krippengruppen, die seit meinem Wechsel wie Pilze aus dem Boden geschossen waren, hatte ich wenig Referenzerlebnisse, aber mein Bauch sagte ‚nein' dazu. Später, mit mehr Erfahrung, sollte sich mein Bauchgefühl bestätigen. Die Gruppe der Großen mit Fünf und Sechs fand ich ganz gut. Sie waren in einem Alter, in dem sie schon ein Miteinander schafften, das sie ein Stück selbst regeln konnten. Die Kids kamen mir offen, neugierig und wissbegierig vor, es herrschte eine angenehme Atmosphäre, ich wurde gleich in ein Spiel eingebunden. Die Gruppenleitung erzählte mir, dass die Anfänge jedes Kitajahres sehr schwierig wären, aber bis Weihnachten kriegten sie die Probleme meist in den Griff. Und danach wäre es ein sehr schönes, erfüllendes Arbeiten in dieser Gruppe. Das konnte ich gut nachvollziehen, hier bekam ich wieder richtig Lust auf Kita.

Die verging mir aber schnell wieder, beim Probearbeiten bei den Drei- bis Vierjährigen. Die Raumeinteilung sagte mir schon: ‚Wie im Landschulheim vor 50 Jahren'. Die Tische waren alle quer durch den Raum in eine lange Reihe gestellt. Die Gruppenleitung saß während des Freispiels am Kopfende und reglementierte von dort aus das Geschehen. Die Gruppenhelferin saß am anderen Ende und schnippelte etwas aus Papier. Ich sollte mich ins Freispiel einklinken und mit den Kindern spielen. Das erwies sich aber als gar nicht so einfach. In der Bauecke spielten drei Jungs. Doch jeder baute sein eigenes Werk und sie gerieten ständig aneinander. Entweder stritten sie, wer jetzt noch welche Bausteine haben sollte oder dann, wenn sie mit ihren Bauwerken räumlich aneinanderstießen. Ich wechselte in die Puppenecke, die jedoch fast zu klein war für noch einen Erwachsenen und sehr schlecht bestückt. „Sie schmeißen eh alles nur rum", war die Antwort auf meine diesbezügliche Frage. Ich begann, die Puppe anzuziehen und bat eines der zwei Mädels, ein Essen für die Puppe zu kochen. Klappte auch, aber nach ein paar Minuten bauten die beiden Girls aus dem Essen lieber einen Turm. Ich fand's kreativ und machte ihnen Platz, setzte mich nun mit einem Puzzle an den Tisch und bat ein Kind, mir dabei zu helfen. Ich bekam keins der drei Kinder, die ich nach und nach zu mir bat dazu, mehr als eine Minute mit mir zu puzzeln.

Dann war die Freispielzeit zu Ende und es wurde zum Aufräumen gegongt. Auch die Bauwerke der Kinder mussten wieder weg, was ich schade fand. Die Gruppenleitung erklärte mir, dass die Kinder es nicht verstünden, wenn am Nachmittag ein anderes Kind damit spielen wolle und es deswegen nur Streit gäbe. Der Morgenkreis wurde schon während des Aufräumens begonnen. Man erklärte mir, dass denjenigen Kindern, die ihre Sache schon aufgeräumt hatten, sonst langweilig würde und sie anfangen würden, Unsinn zu treiben und laut zu werden. Es sei auch noch schwierig, sie zum Helfen in einem anderen Spielbereich zu motivieren. Zu diesem Zeitpunkt erfasste ich, wo das Problem hier lag und beschloss, dass mich keine zehn Pferde dazu bringen würden, in dieser Gruppe zu arbeiten.

Eigentlich ist das gar keine Gruppe, sondern nur ein Haufen Kinder, die sich im gleichen Raum befinden. Sie wirken wie Irrlichter, wie ,lost in space'. In dieser Kita wird wohl alles vergessen, was wir mal in Soziologie über Gruppen und deren Dynamiken gelernt haben. Es wird völlig ignoriert, dass Kinder sich mit zunehmendem Alter gern an Älteren orientieren, sie bewundern und Dinge von ihnen abgucken. Das ,Lernen am Modell' kann dort kaum stattfinden. Vierjährige sind ein bisschen wie Zwitterwesen, keine Kleinkinder mehr, haben aber auch noch nicht die Reife, sich selbst in einer Gruppe zu positionieren. Gerade in diesem Alter spielen ältere Kinder eine große Rolle für jüngere, nicht nur für das persönliche Wachstum, sondern auch für die Dynamiken im sozialen Miteinander. Jetzt wundert's mich auch nicht, dass die Erzieherin der Fünf- und Sechsjährigen meinte, die ersten Monate im neuen Kita-Jahr seien so schwierig. Doch da immer nur ein Teil der Großen geht und der andere die Neuen ins Gruppengeschehen einarbeiten kann, wird diese Gruppe wieder natürlicher, Kids lernen ja schnell. Deshalb scheint diese unsägliche Vierjährigen-Gruppe im Endeffekt den Kindern nicht groß zu schaden. Aber förderlich für ihre Entwicklung ist sie sicher nicht, ich würd' sogar so weit gehen, zu behaupten, es ist ein verlorenes Jahr.

Und warum macht man so 'nen Mist? Weil man meint, besser fördern zu können in einer altershomogenen Gruppe. Weil wir in der Hybris stecken, dass wir mit unseren gezielten Beschäftigungen ja so viel zur Entwicklung der Kinder beitragen. Oh Herr, bitte wirf Hirn vom Himmel, und lass uns endlich wieder erkennen, dass es viel mehr andere Dinge sind, die zu einem Wachsen und Gedeihen unserer Kids förderlich sind. Als da wäre als allererstes eine gute Beziehung der Betreuer zum Kind. Ein geregelter, auf die Bedürfnisse aller Gruppenmitglieder gut abgestimmter Tagesablauf. Ein genügend großer Gruppenraum – Mangelware in allen Kitas, weil die Gruppen vollgestopft werden – mit anregenden und ruhigen Ecken, mit ausreichendem Zeug zum Spielen und Basteln. Ein großer Außenbereich mit viel Natur. Viel mehr Zeit für die Betreuer, zum Beobachten, zum Mitspielen, zum Reflektieren. Und gemischt-altrige Kids, zum Abgucken, Anspornen, Bewundern, Aneinander-reiben, Aneinander-wachsen.

In den letzten fünf Jahren habe ich diese unsägliche Stelle in dieser Kita immer wieder mal in den Jobbörsen ausgeschrieben gesehen. Hat mich nicht gewundert.

Nebenbei: das Buch ,Kitopia' von Mariele Diekhof hab' ich nicht fertig lesen können. Ich hab' tatsächlich geheult, weil ich diese Diskrepanz von ihrer tollen Arbeit und dem, was ich die letzten fünf Jahre an Trostlosem, Traurigem, Verquerem in den Kitas gesehen habe, nicht verkraften konnte.

Einzelintegration – Fluch und Segen

Einzelintegration kann eine gute Hilfe sein. Meine Kollegen haben mir von Fällen berichtet, bei denen die EI sehr förderlich für das Kind war. Man kann sie aber auch gehörig versemmeln, und bei allen Beteiligten für Stress und Kummer sorgen, beim Kind, der Gruppe, und den Kollegen. Hier zwei Fälle, einer gelungenen und einer falsch verstandenen EI.

Patrick

Germania ist eine erfahrene Heilerziehungspflegerin und für die EI von Patrick zuständig. Patrick ist Sechs, er hat Trisomie 21 und besucht seit zwei Jahren eine normale Kita. Dass Team ist sich einig, dass Germania ein Segen für Patrick und die gesamte Gruppe ist. Patrick kommt mittlerweile gerne in die Kita und ist tadellos in die Gruppe integriert. Doch das musste hart erarbeitet werden. Wie immer, wenn ein Kind mehr Fürsorge braucht, müssen Eltern und Betreuer einen speziellen Spagat hinbekommen. Denn allzu leicht entwickelt das Kind Starallüren, wenn es bemerkt, dass es viel mehr Aufmerksamkeit und Zuwendung als andere Kinder bekommt. Dann werden die Erwachsenen auch mal gnadenlos manipuliert, gerne gegeneinander ausgespielt und bisweilen werden bühnenreife Schmierentheater aufgeführt.

Germania weiß um diese Mechanismen. Bevor sie kam, durfte Patrick zum Beispiel immer im Bollerwagen zum heißbegehrten, etwa zehn Minuten Fußweg entfernten Spielplatz mitfahren, während alle anderen Kinder liefen. Patricks Beinmuskeln waren nicht gut ausgebildet, er ermüdete schnell. Patrick genoss diese Extrawurst sehr. Wenn eine Betreuerin ihn zum Laufen anregen wollte, schüttelte er nachdrücklich den Kopf, deutete auf seine Beine und hob bedauernd die Schultern. Hob man ihn heraus, blieb er störrisch und stoisch auf dem Gehweg sitzen, wie ein kleiner Buddha. Kein Locken, kein Schimpfen, nichts konnte ihn dazu bewegen, aufzustehen und mitzulaufen. Doch Germania beobachtete gut. Sie stellte fest, dass Patrick im Garten genauso ausdauernd wie die anderen Kinder herumtoben konnte, wenn es ihm Spaß machte. Also bestand sie darauf, dass Patrick den Weg zum Spielplatz lief, wie alle anderen Kinder auch.

Das Team beschloss zunächst, dass Patrick die Hälfte des Wegs im Bollerwagen mitfahren und den Rest, den er locker schaffen konnte, gehen sollte. Doch Patrick weigerte sich, sein Privileg aufzugeben. Mit verschränkten Armen saß er im Wagen und rührte sich nicht. Germania überzeugte das Team davon, Patrick überhaupt nicht mehr in den Wagen zu setzen. Er konnte den ganzen Weg schaffen; hier ging's nicht so sehr ums Laufen, sondern um das Wegnehmen eines Vorrechts, das Patrick verbissen verteidigte.

Mehrere Wochen folgten, in denen dieser Gang zum Spielplatz zur Zerreißprobe für die Nerven aller Beteiligten wurde. Patrick schrie, kratzte, biss, weinte, stöhnte, warf sich auf den Boden und schlug um sich. Manchmal zog sich sein Weg so lange hin, dass es schon wieder Zeit für den Rückweg wurde, wenn er und Germania endlich ankamen. Doch Germania blieb eisern. Gott sei Dank waren Team und Eltern kooperativ, und nach ein paar harten Wochen war der Weg zum Spielplatz kein Thema mehr. Und Patricks Beinmuskeln hatten sich mittlerweile gut entwickelt.

Germania focht im Laufe der zwei Jahre noch etliche Kämpfe mit Patrick aus. Etwa, dass es nicht anging, bei Gesellschaftsspielen seine eigenen Regeln zu machen. Oder das Spiel auf den Boden zu fegen, wenn er am Verlieren war. Sehr viel Energie floss dahin, Patrick zu überzeugen, dass es besser war, miteinander zu sprechen, als auf die Dinge zu deuten und sich auf die zugegeben sehr kunstvoll erarbeitete Gestikulation zu verlassen. Auch, wenn Patricks Sprechen erst einmal nicht so gut klang.

Team und Eltern sind froh und dankbar für Germanias Begleitung. Sie sind sich einig, dass sie viel dazu beigetragen hat, dass Patrick heute ein voll integriertes Gruppenmitglied ist und in allen Bereichen gute Fortschritte macht.

Janne

Janne ist 5, sie besucht die Kita seit zwei Jahren. Sie ist ein aufgewecktes Mädchen, doch sie hat diverse Probleme. In Konflikten mit anderen Kindern schreit sie, wenn es nicht nach ihrem Kopf geht. Wenn eine Betreuerin zu Hilfe eilt, rennt sie weg. Sie kann schwer damit umgehen, eine Aufgabe zu erfüllen, und sei sie noch so klein und schnell erledigt. Janne fällt dann in einen Sprechdurchfall ohne Punkt und Komma. Alles um sie herum ist dann plötzlich interessant, nur nicht das, was sie jetzt erledigen soll. Wachsmalkreiden nimmt sie nur in die Hand, wenn sich ein Papier drum herum befindet, Fingerfarben benutzt sie nur mit einem Pinsel, Kleister verweigert sie gänzlich. Auch auf anderen Gebieten verhält sich Janne ziemlich neurotisch.

Birgit ist Jannes EI-Kraft. Sie ist Erzieherin und kennt Janne schon länger, da sie im Jahr zuvor ein anderes Kind in der Gruppe betreut hat. Die Gruppenleitung Karin möchte, dass Janne es zunächst schafft, die wöchentliche Aufgabe der Vorschüler zu erfüllen, die meistens darin besteht, ein Arbeitsblatt zu erledigen.

Birgit hat sich Gedanken gemacht, wie Janne dabei am besten zu helfen wäre. Denn am Konzentrationsvermögen hapert es bei ihr nicht. Sie kann bei einem selbstgewählten Spiel locker eine Stunde durchhalten, wenn sie sich unbeobachtet fühlt. Jannes Probleme liegen eher im sozial-emotionalen Bereich. Wenn sie sich von Erwachsenen gefordert fühlt, fällt sie in ihr Ablenkungsmuster, so lange, bis derjenige aufgibt. Am Freitag entstehen deshalb jede Woche Dramen, weil Janne dann, abwechselnd redend und heulend, stundenlang vor ihrem Blatt sitzt.

Von diesem eingelernten und eingefahrenen Muster möchte Birgit weg. Sie hat vor, mit Janne eines ihrer heißgeliebten Einhörner zu basteln. Sie hofft, dass das begehrte Medium die intrinsische Motivation von Janne weckt und das Erfolgserlebnis sich nach und nach auf ihre Aufgabenblätter überträgt. Birgit hat sich vorgenommen, selbst etwas neben Janne zu basteln und ihr eher beiläufig zu helfen. Denn Janne ist ganz begeistert von der Aufmerksamkeit eines ganzen Erwachsenen und fällt desto mehr in ihr kontraproduktives Muster, je mehr Birgit sich mit ihr beschäftigt. Doch an Zuwendung mangelt es nicht bei Janne; sie ist ein Einzelkind und ihre Eltern springen ganz schön um sie herum.

Doch Birgit kann leider nicht so, wie sie will. Karin hat genaue Vorstellungen, was Birgits Arbeit anbelangt. Und die sind ganz anders als Birgits. Zum Beispiel soll sie im Beschäftigungskreis neben Janne sitzen. Das hat zur Folge, dass Janne noch mehr ermahnt werden muss als sonst, weil sie sich ständig an Birgit wendet oder mit ihr Kuscheln möchte, egal, wie streng Birgit sie abweist. Janne ist ja nicht dumm, sie weiß, dass Birgit ihretwegen da ist und in dieser Zeit ständig um sie herum ist. Am Einhorn darf nach Karins Anweisung nur gebastelt werden, wenn das Wochenblatt erledigt ist. Dementsprechend kommen Birgit und Janne kaum damit voran. Im Freispiel soll Birgit ebenfalls immer mit Janne spielen. Birgit würde es besser finden, hin und wieder die anderen Kinder zu beschäftigen, Karin bekäme so die Gelegenheit, mit Janne nach ihrem Stil zu arbeiten. Und dem Mädchen würde dadurch die Hybris genommen, dass Birgit ihr persönlicher Lakai ist.

Das Kind macht kaum Fortschritte. Die permanente Begleitung eines Erwachsenen erweist sich bei ihr alles andere als förderlich. Und Birgit leidet. Mit Karin ist nicht zu reden, sie beharrt auf ihren Maßnahmen und wirft Birgit Unfähigkeit vor. Birgit hat zwiegespaltene Gefühle, als man sich entschließt, Janne trotz ihrer Probleme einzuschulen. Einerseits findet sie, dass Janne noch ein Kita-Jahr guttäte, allerdings nicht so eins, wie das vergangene. Andererseits ist sie froh, denn noch so ein quälendes Jahr mit Janne und Karin hätte sie nicht durchstehen wollen.

Was ist da passiert? Wenn Karin sich Birgits Argumente für ihre abweichenden Maßnahmen in aller Ruhe angehört hätte, wären die beiden vielleicht zu einem Konsens gekommen. Doch die Zeit dafür hat sich Karin nicht genommen. Eigentlich ist sie auch nicht da, die Zeit. Karin hat noch mehr schwierige Kinder; jetzt ist für eines mal eine zusätzliche Kraft da, und sie erwartet eine Erleichterung, nicht noch mehr Aufwand. Wieder mal ein Beispiel dafür, dass in den Gruppen einfach zu viele

Kinder sind und die Vorbereitungszeit der Gruppenleitung nicht einmal einen Bruchteil der Zeit ausmacht, die benötigt würde, um den Kindern gerecht zu werden, wenigstens halbwegs.

Mal einen Blick darauf, wie dieses System gestaltet ist. Im üblichen Fall wird diese EI-Stelle ausgeschrieben, eine Kraft bewirbt sich darum, es findet ein kurzes Gespräch mit der Leitung statt, dann tritt sie die Stelle an und beschäftigt sich zweimal die Woche mit dem Kind. Es kommt mir da der Vergleich zu kaputten Maschinen in den Sinn. Etwa ein nicht mehr funktionierender Drucker in einer Redaktion, der ein notwendiges Arbeitsmaterial ist, also lässt man einen Mechaniker kommen, der das Ding wieder repariert, alles wieder gut. Tja, doch leider verhalten sich Menschen nicht immer wie Maschinen. Bei manchen Kindern wäre es besser, wenn eine vertraute Betreuerin hin und wieder die EI übernehmen würde, während die zusätzliche Kraft, sobald sie mit den Kindern vertraut ist, den Rest der Gruppe zusammen mit der Kinderpflegerin übernimmt.

Manchmal betrifft die EI ein sehr stilles, sensibles Kind. Dem es vielleicht gut täte, aus der Gruppe hin und wieder herauszukommen und mit der EI-Kraft schöne Dinge zu tun, die ihm eine Auszeit aus der lärmenden Gruppe verschaffen und sein Selbstbewusstsein stärken würde. Doch das wird oft nicht gerne gesehen. Denn das Ding heißt ja ‚Integration'! Wie soll die EI-Kraft denn die betreiben, wenn sie mit dem Kind aus der Gruppe geht, so die landläufige Meinung.

Sind vor Ort Betreuer, die das Wohl des Kindes im Auge haben, nehmen sie sich die Zeit für Gespräche und kommen überein, die EI auch einmal etwas unkonventionell zu handhaben. Und sie wird zu einer guten Sache für alle Beteiligte. Doch meistens ist keine Zeit für solche Mätzchen. Das Kind ist schwierig, die EI soll kommen und es wieder reparieren. Und nicht auch noch der Gruppenleitung Zeit stehlen, die sowieso hinten und vorne nicht ausreicht.

Noch ein paar Sätze zu Starrheit und Sturheit. Leider verfallen viele Betreuerinnen irgendwann im Laufe ihrer anstrengenden Arbeitsjahre in Verhaltensmuster, die sie nicht mehr überdenken. Das betrifft alle

Bereiche, egal, ob es sich um den Tagesablauf handelt, die Gestaltung des Gruppenraumes oder den Umgang mit schwierigen Kindern. Oh, Verzeihung nebenbei, die gibt's ja nicht mehr. Sie sind ja jetzt nur noch ‚herausfordernd'. Aber es hilft leider nichts, wenn die Großkopferten versuchen, uns Betreuer damit zu manipulieren, dass wir die Dinge nicht mehr bei ihrem Namen nennen dürfen. Davon verschwinden weder die ‚herausfordernden' Kinder noch ‚arbeitsintensive' Elternteile noch ‚verhaltensanregende' Kolleginnen.

Starrheit. Sie passiert selbst den engagiertesten Betreuern beinahe zwangsläufig im Laufe der Jahre. Denn diese Arbeit ist so anstrengend, dass alles, was sie ein wenig erleichtert, automatisch beibehalten wird. Dazu gehören geregelte Abläufe in allen Bereichen. Irgendwann werden sie nicht mehr auf ihre Sinnhaftigkeit hinterfragt. Und oft mit Zähnen und Klauen verteidigt, wenn junge Kolleginnen und Kollegen mit ihrem frischen Engagement an ein paar alten, maroden Pforten rütteln. Schade, aber das ist oft so. Manche Kolleginnen wählen aber auch Alternativen. Die dann zum Beispiel heißen: anderer Job. Der dann dahingehend gewählt wird, dass man möglichst wenig mit Menschen zu tun hat. Andere Alternativen heißen Burnout oder Depression.

Humor in der Kita – um Gottes Willen!

‚Humor ist die Begabung eines Menschen, den alltäglichen Schwierigkeiten und Missgeschicken mit heiterer Gelassenheit zu begegnen', sagt Wikipedia.

Es herrscht in Expertenkreisen die allgemeine Meinung vor, dass Kinder bis zum fünften oder sechsten Lebensjahr keinen Humor verstünden. Wie traurig. Ich bin da anderer Ansicht und meine Erfahrung bestätigt mich. Meine gute Freundin Rhina, die einen Spitzenhumor hat, sagte einmal: „Wenn mein Sohn keinen Humor verstehen würde, hätte er bei mir nicht überlebt." Aber ihr Sohn Lucius lebt, und erfreut sich bester körperlicher und seelischer Gesundheit. Mit dem Humor ist es so wie mit Sprachen. Wenn ein Kind von Anfang an damit aufwächst, kommt es wunderbar damit klar. Und wenn nicht, dann lernt es das in der Regel auch recht schnell.

Wenn ich früher eine neue Gruppe übernahm, gab es zu Beginn oft noch große Augen, wenn ich zum Beispiel angesichts einer Spinne im Gruppenraum und ein paar kreischender Kinder sagte: „Tja, das war's nun mit uns. Sie wird uns alle miteinander auffressen und dabei so groß werden wie der Eiffelturm." Doch diese Irritation dauerte nie lange. Bald schon freuten sich die Kinder diebisch, wenn wir etwa eine Anschauungsübung mit Werkzeug machten und ich auf den Schraubenzieher deutete: „Der ist sicher dafür da, die Löcher in den Käse zu machen." Oder wenn ich mit der Zange in der Hand auf ein Kind zuging: „Ich glaube, damit kann man wunderbar Zähne ziehen. Hast du nicht gerade einen Wackelzahn?" Zu sehen, dass das Kind dann von dieser kurzen Furcht, von der es weiß, dass sie keinen realen Grund hat, zu Stolz überging, war immer schön. Der Stolz kam daher, weil ich diese humorigen Aussagen nicht ständig tätigte. Humor muss man gut dosieren, damit er sich nicht abnutzt. Es war eine Ehre, so angesprochen zu werden, man zeigte dem Kind damit das Zutrauen, mit solchen Sprüchen zurechtzukommen.

Gott sei Dank gibt es sie auch heute noch, die Kinder, die mit Humor gut klarkommen. Er ist auch jetzt noch oft hilfreich, er kann zum Beispiel eine große Anspannung entschärfen. Angesichts der vielen kleinen Drama-Kings und -Queens heutzutage hilft Humor sehr, wenn wieder einmal um Kinkerlitzchen ein Staatsakt gemacht wird.

Einmal brachte Gilla neue Stifte mit und verwendete sie gleich. Plötzlich brach eine Spitze ab und das Kind brach auch, nämlich in Tränen aus:

„Die sind ganz neu und jetzt ist mir gleich einer abgebrochen!"

Das darauffolgende exzessive Heulen und Zetern fand ich aufgrund der Banalität dieser Sache ziemlich unangemessen. Noch dazu wurde Gilla sofort flankiert und ausgiebig getröstet von etlichen Vasallen. Doch anstatt sie zu rügen, sagte ich:

„Tja, du musst dir jetzt erst einmal einen Biber zulegen. Dann musst du ihn dazu trainieren, dass er deinen Stift abraspelt, bis die neue Spitze kommt."

Das Kind hörte auf zu schluchzen, blickte mich entgeistert an, dann stotterte es: „Aber wir haben doch einen Spitzer da!"

Ich klatschte mir an die Stirn: „Das ist ja mal eine gute Idee. Ich hab' schon überlegt, wo wir jetzt einen Biber herkriegen."

Der Stift wurde gespitzt und gut war es. Die Unvorhergesehenheit und Absurdität meiner Worte holte Gilla schnell aus ihrem Drama-Modus heraus. Hätte ich sie geschimpft oder gemaßregelt, hätte sie sich nur noch weiter ins Heulen hineingesteigert, und ihre Freundinnen hätten sich noch mehr bemüßigt gefühlt, sie zu trösten.

Manchmal hilft Humor gepaart mit ein wenig Phantasie. In einer Gruppe gab es immer wieder Ärger am Maltisch. Die Kinder schnitten gerne aus und kleine Schnipsel verteilten und häuften sich auf Tisch und Boden. Es gab wohl einen Abfallbehälter für den Tisch, der aber kaum benutzt wurde. Er war quietschgrün, hatte ein aufgemaltes Gesicht und Ohren und einen Klappdeckel als Maul. Es stellte sich heraus, dass die eine Kollegin ihn als Katze bezeichnete, weil er Ohren hatte, die andere als Frosch, weil er grün war. Wir machten ein Spiel aus der Sache und erfanden die neue Rasse der Froschkatze. Sie war ständig hungrig und musste mit Schnipsel gefüttert werden, die sie mit lautem Geklappere ihres Mauls und genüsslichen Geräuschen verspeiste. Wenn jetzt ein Kind seine Schnipsel vergaß, sagten wir nur: „Die Froschkatze ist hungrig, sie muss gefüttert werden!" Und im Nu war der Tisch wieder schnipselfrei. Allerdings kam es jetzt hin und wieder vor, dass extra geschnipselt wurde, nur um die Froschkatze zu füttern. Diese Kollateralschäden nahmen wir jedoch in Kauf. Kann man ja auch als Schneideübung ansehen.

Eine seltene Freude, wenn man auch heute noch mit Humor arbeiten kann, manchmal wenigstens. Denn ich stelle fest, dass immer mehr Kollegen und leider auch immer mehr Kinder absolut keinen Sinn mehr dafür haben und sich auch nicht dafür öffnen können. Es gibt immer mehr Machtmenschen in der Kita, große und kleine; sie sind zwar zu einer gewissen Art von Humor fähig, aber durch ihren Mangel an Selbstreflektion geht er meist auf Kosten von anderen. Die aber ihrerseits nicht das Gleiche wagen dürfen, wegen der schnellen Gekränktheit dieser Menschen. Das funktioniert nicht, lässt schnell mal ihre hoch aufmerksame Machtwippe zu ihren Ungunsten kippen und ein scharfer Satz-Pfeil aus ihrem Mund macht die Sache plötzlich bierernst. Humor lässt man bei Machtmenschen lieber schnell bleiben. Wagt man eine Selbstironie, verstehen sie das als Schwäche und nutzen es aus. Oder verbreiten in der Kollegenschaft oder bei den Eltern subtil, dass man seinen Job nicht ernst nimmt. Ich find's traurig, dass man heute so oft nicht mehr mit Humor arbeiten kann. Auf ein Tool verzichten muss, mit dem man manchmal bei den Kindern mehr erreicht als mit allen pädagogischen Raffinessen.

Typisch Bayern?

Wie die Jahres- und Wochenstrukturen in den Kitas der anderen Bundesländer aussehen, weiß ich nicht; in Bayern sind sie jedenfalls sehr geprägt vom Kirchenjahr und unserer Religion, und das nicht nur bei Caritas & Co, und nicht nur in den Dörfern und Kleinstädten. Ich find's aber verdammt schwierig, schon allein vom Zeitmaß religiöser Themen her eine vernünftige Gratwanderung hinzubekommen für den Überbau einer weltoffenen, humanistischen, ethischen und multikulturellen Erziehung. Wieviel und was an Traditionen, Religion und ihren Festen und Ritualen brauchen wir, um unsere eigene Kultur zu bewahren, aber allen Kindern gemeinsam eine spirituelle Geborgenheit zu vermitteln? Ab wann wird's zu konservativ oder gar dogmatisch, und wir zwingen anderen Kulturen und Religionen unseren Stempel auf? Und wo weigern wir uns, unseren eigenen Horizont zu erweitern?

Ein kleines, eher banales Beispiel für den Umgang mit Andersartigkeit ist das Thema Halloween. In allen Kitas, die ich in den letzten Jahren mitgekriegt hab', wird jedes Jahr darüber diskutiert, ob man mit den Kindern über Halloween sprechen soll oder nicht. In allen gibt es ein paar Stimmen dafür, die meisten aber dagegen. Die dafür sind, argumentieren, dass der Halloween-Brauch des Trick-or-treat sich mittlerweile in Deutschland so etabliert hat, dass schon viele Kita-Kids verkleidet mit ihren Eltern oder großen Geschwistern durch die Straßen laufen, dass Halloween einen ähnlichen Hintergrund wie Fasching hat, den wir ja auch jedes Jahr feiern und dass wir einen Erlebnisbereich, der die Kinder beschäftigt, nicht ausgrenzen sollten. Dagegen stehen Meinungen wie „Wir müssen doch nicht jeden amerikanischen Mist übernehmen" und „So heidnisches Zeug wollen wir nicht". Die Abneigung muss man respektieren, die Argumente finde ich nicht ganz stimmig. Weil erstens sogar das Weihnachtsfest einem heidnischen Brauch entspringt und zweitens Halloween nicht von amerikanischem, sondern keltischem Ursprung ist, meines Wissens. Am vernünftigsten find' ich noch das pragmatische Gegenargument der vielen ungesunden Süßigkeiten. Jedenfalls wurde ich mal von ein paar ängstlichen Kids mit Fragen über Halloween bombardiert; sie fürchteten sich vor den gruseligen Verkleidungen der älteren Geschwister. Also schrieb ich eine süße Geschichte über Halloween, mit zwei furchtsamen Fledermäusen, einer weisen Eule und zwei schrulligen Gespenstern; ich häkelte und bastelte sogar ein Spielsäckchen dazu. Doch ich durfte sie nicht vorlesen. In dieser kommunalen Kita nicht und in der nächsten Caritas-Kita auch nicht.

Halloween ist ja eher ein Pipifax-Thema, viel wichtiger finde ich, was wir täglich machen, besonders was unsere Religionsausübung betrifft. Sollen/dürfen wir das Kreuzeichen machen, wie gehen wir mit Andersgläubigen um, wenn wir Weihnachten und Ostern feiern, sprechen wir über andere Religionen, sollen wir immer eine Tüte gelatinefreier Gummibärchen parat haben, für den Fall, dass sonst manche Kinder von Geburtstags-Naschereien nichts essen können? Religion ist ein so sensibles Thema, und viel zu wichtig, als dass da jede Kita ihr eigenes Ding mit macht, finde ich. Weil im Elementarbereich schon die Grundlagen gelegt werden für ein respektvolles Miteinander, dafür, dass sowohl im kulturellen als auch religiösen Bereich Dinge nebeneinander bestehen dürfen, ohne Wertung.

Interkulturelle und mit Bewusstheit gestaltete religiöse Erziehung geht meiner Erfahrung nach gerade in den sehr am Kirchenjahr orientierten Kita-Konzepten unter, paradoxerweise. Weil man das halbe Jahr viel zuviel beschäftigt ist mit Basteleien für Erntedank, St. Martin, Nikolaus, Weihnachten, Ostern et cetera und aufwendigen, oft stereotyp abgehandelten Events, Feiern und Gottesdiensten drum herum. Für eine Beschäftigung mit den Inhalten anderer Religionen bleibt da kaum Zeit. Obwohl der andersgläubige Anteil unserer Klientel sehr gestiegen ist, wird dem in den Kitas, die ich in den letzten Jahren mitgekriegt hab', wenig Rechnung getragen. Diese Kids und ihre Eltern machen entweder mit oder bleiben fern; darüber gesprochen wird kaum. Ich hab' den Eindruck, dass da eher Parallelgesellschaften entstehen als ein wirkliches Miteinander. Wie schade. Wir könnten doch wenigstens die großen Feste jeder Religion zusammen besprechen und feiern, etwa das Zuckerfest des Moslems. Gemeinsam zu feiern ist doch immer gut!

Trotz des sensiblen Themas werd' ich jetzt wieder ein bisschen böse; ich kann einfach nicht anders, wenn ich Stumpf- und Schwachsinn sehe, noch dazu dauerhaft betriebenen.

Der Institution Kirche, die zum Teil dafür verantwortlich ist, kann ich nicht mal böse sein, denn als das Kirchenjahr erfunden wurde, hat noch niemand daran gedacht, dass sich Jahrhunderte später einmal Kindergärten damit herumplagen müssen. Ja, plagen, denn jedes verdammte Jahr ballen sich von September bis Dezember so viele kirchliche Events und weltliche Angelegenheiten, dass so mancher Mitarbeiter in den Kitas an Weihnachten schon obligatorisch die Flügel hängen lässt, alle Viere von sich streckt, eine mit gehörig schlechtem Gewissen behaftete Aversion gegen das private Weihnachten entwickelt und den langen Sommerurlaub herbeisehnt, der da leider noch in weiter Ferne liegt. Ich mach' mal 'ne Liste:

Kirchliches:	Weltliches:
• Erntedankfest	• Eingewöhnung der neuen Kids
• St. Martin	• Elternbeiratswahl
• Nikolaus	• Elternabend für die neuen Eltern
• Advent	• Elternabend für die Vorschuleltern
• Weihnachten	• neuer Dienstplan
	• Neue Vorschulgruppe starten
	• oft noch Einarbeitung neuer Betreuer

Themen für die Dienstbesprechung in dieser Zeit: Wer konzipiert welches Event und bereitet es vor, was wird jeweils gebastelt, wer macht die Materialbestellung, wie werden die vielen anfallenden Überstunden verteilt? Dinge wie ‚Wie geht's den neuen Kids, wie den neuen Vorschülern? Müssen wir etwas in Raum, Zeit, Regeln, Material verändern?' fallen unter den Tisch.

Alle obigen Sachen müssen in etwa zehn Wochen reingequetscht werden. In vielen Kitas, besonders in denen von der Caritas, gibt's zu jedem Kirchenfest einen Gottesdienst, wird jedes Jahr eine neue Laterne gebastelt, ein Adventsfenster gestaltet, ein ‚besinnlicher' Adventsnachmittag angeboten, sich die Finger schwielig gebastelt für einen Verkaufsstand am Adventsmarkt und was weiß ich noch alles. Anstatt es für die neuen Kleinen erstmal ruhig angehen zu lassen, werden sie gleich gnadenlos dem größten Stress ausgesetzt, der im Kita-Jahr herrscht. Wie bescheuert ist das denn? Aber sind ja alles Events mit viel Außenbezug, die Eltern und Träger zeigen sollen, wie tüchtig das Team doch ist, und nicht nur kaffeetrinkend bei den Kindern hockt. Ja, tüchtig sind wir, sehr sogar. Aber leider auch ziemlich gehirngewaschen. Und weil's gerade passt, noch ein paar Unsitten in der Kita:

• in fast jedem anständigen Job gibt's angemessene Überstunden-Vergütungen für die Arbeit an Abend- oder Wochenendzeiten. Etwa 25 % Zuschlag ab 20 Uhr oder sogar 50 % am Sonntag. Entweder monetär oder als Freizeit. In den Kitas ist das irgendwie noch nicht so richtig angekommen, zumindest in Bayern nicht. Da herrscht anscheinend noch die Ansicht vor, dass die private Zeit von Erzieher/innen nicht ganz so wertvoll ist wie für den Rest der Arbeitswelt. Wenn du am Sonntag eineinhalb Stunden beim Kinder-Gottesdienst warst, hörst du sogar manchmal noch ein: „Sie wären ja auch privat am Sonntag in einen Gottesdienst gegangen", so nach dem Motto: „Unverschämt, hierfür auch noch Überstunden zu verlangen". Mit 50 % Aufschlag brauchst du da sowieso nicht zu kommen.

• Überhaupt könnte man mal auf die Idee kommen, eine REALISTISCHE Berechnung der Personalstunden zu erstellen. Denn, ei gucke da, es gibt JEDES Jahr in der Kita Events an Abenden und Wochenenden, JEDES Jahr Zeiten, die nicht Arbeit am Kind sind, etwa Elternabende oder die wöchentliche Vorbereitungszeit, auch die Elterngesprächszeiten. Und sogar Erzieherinnen haben ein paar freie Urlaubstage. Und sind auch mal krank. In all diesen Zeiten fehlt ein Mann am Kind! Momentan wird das in etwa so gehandhabt: „Hey, wir haben zwar realiter soundso viel an Betreuungszeit, aber wir setzen mal etwa 20 % weniger an." Um uns dann zu wundern, warum wir hinten und vorne nicht klarkommen, und die Leute einer nach dem anderen ausbrennen.

• Paar Euro für Arbeitskleidung fänd' ich auch mal angebracht. Etwa für Gummistiefel, Regenjacke, geschlossene Hausschuhe. Immerhin gibt's wenigstens bei manchen Waldkindergärten schon einiges davon. Wenn ich außerdem für jede Jeans und jeden Pulli, den die Kinder in den vielen Jahren meiner Tätigkeit als Erzieherin mit Kleber versaut haben, Ersatz bekäme, würde bestimmt ein schöner Urlaub dabei rausspringen.

Noch etwas. Weil wir's gerade von Migranten und Flüchtlingen hatten, möchte ich noch eine Sache erwähnen, die mir Sorge bereitet. Ich will's nur anreißen und zum Hinsehen und Nachdenken anregen.

Es ist schon schwer genug für diese Menschen, ganz neu zu beginnen, sich einzugewöhnen in einem fremden Land mit fremder Sprache, anderer Religion und Kultur; viele sind sicher traumatisiert. Bei meinem Kontakt mit der Flüchtlingsunterkunft und dem Frauenhaus ist mir aufgefallen, dass sich neben den engagierten, uneigennützigen Betreuern dort auch beängstigend viele Machtmenschen tummeln. Darüber nachgedacht, wurde mir klar: dieser Bereich mit solch vulnerablen Menschen ist geradezu prädestiniert für die toxischen Spielchen dieser Individuen. Ich hab' dort Machtmenschen gesehen, die sich mit einem speziell gestalteten ‚Engagement' um die ‚armen' Kinder gekümmert haben, in einer Art und Weise, dass diese sich nach und nach innerlich von ihren Eltern entfernten. Beliebt bei weiblichen Machtmenschen scheint es auch, sich einen ‚Spaß' daraus machten, über Männer, die aus einem Kulturkreis kommen, bei dem Frauen schwach dastehen, auf ‚spezielle Weise' zu dominieren. Alles, wie so oft bei diesen Menschen, eher unterschwellig, auf sehr subtile Art. Für kundige Augen und Ohren aber erschreckend deutlich wahrnehmbar. Wenn mir diese Sachen schon bei meinem eher kleinen Einblick in diese beiden Häuser ins Auge gesprungen sind, wird mir übel bei der Vorstellung, was dort noch an weiteren psychisch schädigenden Dingen abgehen mag.

Mein innerer Pragmatiker, sich stets einschaltend, wenn mich erschreckende Erkenntnisse zu übermannen drohen, stellte mir folgende Fragen: Glaubst du, dass diese beiden Häuser mit ihrer hohen Anzahl von Machtmenschen eine Ausnahme sind, in Bayern, in Deutschland? Glaubst du, dass diese Kackstiefel ein nicht unerhebliches Maß dazu beitragen, wenn Integration misslingt? Bist du Manns genug, deine Beobachtung hier mitzuteilen, auf die Gefahr hin, von gewissen Seiten der Gesellschaft einen Shitstorm gegen dich auszulösen?

Zumindest die letzte Frage konnte ich mit einem „Ja" beantworten. Wir sollten jetzt dringend mal wieder lernen, unsere Wahrheiten auszusprechen, frei, und ohne Angst.

Zum Thema ‚Dominieren' noch: Klar müssen Menschen aus patriarchalen Kulturen lernen, dass Frauen hier gleichberechtigt sind, wenigstens auf dem Papier, so schnell wie möglich. Es kann nicht sein, dass irgendwelche jugendlichen Machos mit überschießenden Hormonen junge Frauen im Schwimmbad blöd anmachen, weil sie die viele weibliche nackte Haut als anmaßend empfinden. Wir müssen aber viel mehr dafür tun, denn was sich über Jahrzehnte in Mindset und Gefühlswelt eingebrannt hat und an Genen über Generationen vererbt ist, verschwindet nicht einfach mit der bloßen Ansage: „Ach, übrigens, hier in Deutschland gelten Männlein und Weiblein als gleichberechtigt." Da braucht's viel mehr an psychologischer Begleitung und Aufklärung. Überall, auch in den Kitas. Wenn aber Flüchtlinge und Migranten, besonders Männer aus patriarchalen Strukturen schon in ihrer ersten Zeit hier in Deutschland an sozial-emotional dysfunktionale und psychisch missbrauchende Machtfrauen geraten, kann man sicher sein, dass dort Wut, Hass und Aggression gezüchtet wird.

Kings und Queens

Dass die Vorschüler gegen Ende des Jahres gern ein bisschen präpotent werden, kenn' ich auch von früher noch. Fand ich auch verständlich, weil sie keine regulierende Kinderklientel mehr über sich hatten, die Aktivitäten in der Kita in- und auswendig kannten, nun ungeduldig auf die Schule warteten, und im Großen und Ganzen auch fit und reif dafür waren. Ein wenig Abhilfe schuf man mit Dingen wie Projektarbeiten, attraktiven und herausfordernden Kreativitätsangeboten, ein bisschen mehr Freiheiten erlauben, aber auch etwas mehr Verantwortung auftragen. Und ein paar schönen Events, nur mit den Großen.

Heute erleb' ich dieses Phänomen ein wenig anders. Fünf Vorschul-Generationen in zwei Kitas hab' ich in den letzten Jahren mitbegleitet und jedes Jahr kam's mir vor, als ob sich die Großen gegen Ende des Kita-Jahres zeitweise in eine Gruppe Gremlins verwandelt. Sie sind dann nicht mehr nur ein wenig übermütig, sie führen sich auf wie die Hunnen und Vandalen. Hören nicht die Bohne mehr auf die Betreuer, triezen die Kleinen, bis sie weinen, und stellen manchmal echt schlimme Dinge an, zum Beispiel Tiere quälen, kleine Bäume umtreten oder große Äste ausreißen, Klebestifte just for fun lehrrubbeln, Spielsachen zerschneiden, Autos zerkratzen, Dinge aus den Taschen der Betreuer stehlen. Um nur ein paar aufzählen. Man hat das Gefühl, dass sie alles vergessen haben, was man ihnen einmal beigebracht hat und in diesen Phasen muss man mit der Stimme höchstmögliche Phon-Pegel aktivieren, um sie überhaupt zu erreichen.

Dass sich die Kids allgemein verändert haben, dazu komm' ich später noch, jetzt muss ich mich erstmal drüber auslassen, wie die Betreuerwelt heutzutage auf dieses altbekannte, aber so destruktiv ausgeartete Phänomen reagiert. Also eigentlich kann von ‚Reagieren' gar nicht die Rede sein, weil die Betreuer sich zwar zu dieser Zeit in jede Menge Arbeit stürzen, aber in eine ganz anderer Art. Sie blasen nämlich, sorry, den Großen soviel Zucker in den Arsch, dass es mich nicht wundert, wenn diese in den Rausch einer Megalomanie verfallen. Als sich nach meinem Wiedereinstieg in die Kita diese Zustände im zweiten Jahr erneut einstellten, bot ich an, eins der altbewährten Projekte mit den außer Rand und Band geratenen Großen zu machen. Man teilte mir entrüstet mit, dass dafür jetzt wirklich keine Zeit wäre, weil zig andere Dinge bezüglich der Vorschüler jetzt anstünden, als da wären:

- Besuch bei der Feuerwehr
- Besuch beim Zahnarzt
- Besuch beim Imker
- Abschlussfeier von Wuppi
- Theaterbesuch
- Bemalen des Abschiedskäppies
- Abschiedskarten herstellen
- Abschlussfotos machen
- Bedrucken der Abschieds-Tasche
- die Polizei kommt vorbei
- Besuch beim Bauern
- Besuch eines Clowns
- Abschlussfeier von Zahlenland
- Ausflug in Tierpark
- Kleine Geschenke besorgen
- Aufpimpen der Portfolios
- Vorbereitung der Abschiedsfeier
- aus Webrahmenteile Hängematten, Täschchen & Co herstellen

Mann oh Mann. Wie needy müssen wir doch geworden sein; durch diesen geballten Bespaßungs- und Attraktions-Wahnsinn auf Deubel komm raus dafür sorgen zu wollen, dass die Großen und ihre Eltern einen guten letzten Eindruck von der Kita haben. Und was für ein Kulturschock für die mit Geschenken und Events verwöhnten und zugeballerten Rabauzen, wenn sie in der Schule plötzlich feststellen müssen, dass es bei ihnen hie und da und dort noch gewaltig hapert.

Da mir in dieser Kita noch etliches andere sauer aufstieß, wechselte ich nach vier Jahren nochmal die Einrichtung. Aber siehe da: in der nächsten gab's die gleichen Probleme mit den Großen gegen Jahresende. Scheint obligatorisch geworden zu sein. Ich verbuchte das erstmal unter der traurigen Tatsache, dass wir nun zu Dienstleistern geworden sind, die ihre Klientel unbedingt zufriedenstellen müssen, auch wenn's kontraproduktiv ist.

Drüber intensiver nachgesonnen, geb' ich aber nur zu einem Drittel unserem Bedeutungswechsel und unserer Liebedienerei Schuld an der Problematik. Zwei Dinge von den oben genannten Aktivitäten finde ich richtig bescheuert, hab' mich ja schon drüber ausgelassen. Man muss sich nicht wundern, dass die Kinder in eine Art Hybris verfallen, wenn sie wegen selbstverständlicher Dinge wie den Umgang mit Zahlen lernen und dem Spielen mit Sprache so belobhudelt und belohnt werden. Unangemessene Belohnung kann in der Erziehung genauso schädlich sein wie Strafen. Eigentlich ist das bekannt, aber mit einer ordentlichen Portion Gehirnwäsche kann man das schon auch mal vergessen.

Dass die Kids heute viel mehr Struktur brauchen als früher, hab' ich schon öfter leidvoll erfahren. Zwei, drei Sonder-Events in der Woche, und das über mehrere Wochen hinweg, und seien diese auch noch so schön, hauen sie derart aus ihrem Alltag, dass sie völlig durch den Wind sind und sich nicht mehr einkriegen. In diesen letzten Wochen vor der Schule bräuchten sie noch viel mehr als früher eine umfangreichere Aufgabe, die ihnen Spaß macht, ihre individuellen Neigungen befriedigt, sie aber auch breit gefächert fördert. Zum Beispiel das Herstellen ihres Lieblingstiers, Krafttiers oder eines Phantasiewesens mit Kartons, Pappmaché, Buntpapier oder Gouache-Farben. Besonders zu Beginn ist da Kooperation gefragt; bis das Tier mithilfe von Tesakrepp erst einmal alle Gliedmaßen hat und stabil dasteht, braucht's oft mehr als zwei Hände. Später geht's darum, das Hilfs-Material zu teilen, angemessenen damit umzugehen und es in Ordnung zu halten. Es war früher so schön, wenn man Mütter wiedertraf, deren Kids jetzt schon zwei, drei Jahre in der Schule waren und die sagten: „Patricks Dino steht immer noch neben dem Schreibtisch. Und wenn's in der Schule mal nicht so gut läuft, guckt er ihn an und sagt: Den hab' ich im Kindergarten auch geschafft, der war echt schwer und hat lang gedauert. Und das mit Mathe schaff' ich jetzt auch!" So fein, auch mal zu hören, dass man den Kindern über die Kita hinaus etwas Gutes mitgegeben hat. Aber solche aufwendigen Projekte sind heute nicht mehr drin. Weil viel zu wenig Betreuer und auch viel zu wenig Platz. Und viel zu viele Events, die bezeugen sollen, was für eine tolle Arbeit wir doch in den Kitas machen.

‚Aber', so höre ich argumentieren, bei Polizei, Feuerwehr & Co lernen die Kinder doch auch was?' Da wär's vielleicht ganz gut, mal unsere Vorstellungen von ‚Lernen' zu betrachten, die könnten nämlich ziemlich unterschiedlich sein. Klar, bei den Events kriegen die Kids eine erste Ahnung, was diese Berufe ausmachen, sie haben auch Spaß, wenn sie mal Polizeimütze und Kelle tragen dürfen. Aber besonders, wenn diese Aktivitäten Schlag auf Schlag folgen und jeweils nur einen Vormittag dauern, seh' ich das eher als Info-Konsum an. Wären diese Events wie Projekte gestaltet, bei der Feuerwehr etwa mit Bilderbüchern, Feuer-, Hitze-, Wasser- und Lösch-Experimenten, welches Material brennt gut, welches schlecht, welches gar nicht usw., das wäre für mich ‚Lernen'. Man muss doch nur mal von sich selbst ausgehen, wie würden wir Erwachsene uns denn fühlen, wenn wir wochenlang einen Betrieb nach dem anderen besuchen würden, zu 90% nur rumstehen und Infos aufnehmen, und dann dürften wir jeder noch mal ein Hebelchen bedienen; also ich würde sicher hibbelig werden und bekäme den Drang, irgendwas anzustellen. Ich wäre irgendwann info-übersättigt. So wie es den Kids eben auch zu dieser Zeit geht, da brauchen wir uns nicht zu wundern, wenn sie alle möglichen Sachen anstellen.

Folterkammer Krippe

Ich hab' lange überlegt, ob ich diesen Titel für das Kapitel wirklich so stehen lassen soll, obwohl er im ersten Moment entweder völlig übertrieben oder reißerisch klingt. Die vielen Erzieher/innen, die sich liebevoll um die Minis kümmern, möchte ich auch als erstes ganz explizit und dankbar erwähnen, doch auch sie können nicht immer ausgleichen, was in der Krippe gewaltig schiefläuft.

Zur ersten Beruhigung der Gemüter: dass Kleinkinder in der Krippe etwa körperlich schlimm angegangen werden, hab' ich noch nie erlebt und von Kollegen auch nie gehört. Reißerisch ist der Titel aber auch nicht gemeint; man erinnere sich, dass heutzutage psychische Methoden viel beliebter sind, Menschen zu schaden und ich bin der Ansicht, die Krippe schadet vielen Kindern sehr, schon alleine durch ihr Konzept. Ich hab' in den letzten Jahren mit sieben Krippengruppen in drei verschiedenen Einrichtungen selbst Erfahrungen sammeln können, bin also nicht mehr ganz so unbeleckt in dem Thema. Ich steh mit dieser Meinung auch nicht alleine da, Kinderpsychiater, Neurologen, Pädagogen versuchen schon seit Jahren, ach was, seit Jahrzehnten darüber aufzuklären.

Die Krippensituation ist wieder mal ein Thema für die drei Affen, die nichts hören, sehen, sagen wollen. Wir beklagen uns zwar, dass unsere Kinder immer lauter, aggressiver, gestörter, in vielen Bereichen inkompetenter werden, dass ADHS, Autismusspektrum, Depressionen, Aggression und Autoaggressionen zunehmen, dass es an allen Ecken und Enden an der Versorgung mangelt, sei es im kinder- und jugendtherapeutischen Bereich oder beim Jugendamt, sogar bei den ganz normalen Kinderärzten, aber keiner kommt auf die Idee, dass die zwar schon auch weniger geworden sind, aber auch die Anzahl der Kinder mit Hilfebedarf auf der Skala durch die Decke geht. Und daran ist nicht nur die Coronazeit Schuld, ich bemerk' das schon seit über zwanzig Jahren, da gab's bittschön noch kein Corona. Die Krippe hat an diesem traurigen und alarmierenden Zustand ihren Anteil, und das nicht zu knapp, da bin ich mir sicher.

Diese so frühe Fremdbetreuung ist ein Riesenstress für die meisten der kleinen Würstchen, auch wenn sich viele Erzieherinnen liebevoll um die Kleinen kümmern. Die können aber die ungünstigen Umstände, die fast überall vorherrschen, nicht ausgleichen:

• oft im Container untergebracht, der in den allermeisten Fällen viel zu klein ist für die Anzahl der Kleinen, die reingestopft werden

• zu wenig Personal. Hohe Krankenstände, Überstundenableistung, Urlaub, Vorbereitungszeiten werden ja schon in den Regelgruppen nicht in die Personalplanung miteingerechnet. Ein Mann weniger in der Krippe ist nochmal ein ungleich höherer Stress für alle Beteiligten, und das kommt viel zu oft vor

• um in den Kernzeiten überhaupt genug Personal zu haben, müssen selbst die Minis in den Randzeiten oft in andere Gruppen wandern. Hab' das selbst erlebt, dass sie morgens in die Auffanggruppe und am Nachmittag zunächst in die zweite Krippengruppe gehen müssen und ab 16.00 Uhr in den Turnsaal. Zusammen mit den Überbleibseln von vier Regelgruppen. Wo die Großen natürlich rumtoben und lärmen, weil um diese Zeit keiner der Betreuer mehr die Kraft hat, die Meute mit Spielangeboten zu regulieren. Und die paar übrigbleibenden Kleinen entweder weinend und quengelnd an einer Betreuerin hängen oder in stumpfe Lethargie verfallen

• zu viele Nebenarbeiten, wie Geschirr spülen, aufräumen, sauber machen, Portfolio, Vor- und Nachbereitungen, Dokus. Man bedenkt beim bayrischen Personalschlüssel von zurzeit 3,7 auch nicht die Wickelzeiten. Bis jetzt hab' ich noch keine Erzieherin kennengelernt, die mehr als ein Kind gleichzeitig wickeln kann. Was je nach Befindlichkeit des Kindes, Konsistenz seiner Körperausscheidungen und Aufnahmekapazität seiner Windel auch mal andauern kann, folglich eine Kollegin die restlichen 2,7 Kinder mitbetreuen muss, sodass sich ihr Anteil auf 6,4 Kinder summiert. Wenn alle Betreuer da sind! Was dann auch die meisten Erzieherinnen dazu veranlasst, das Wickeln möglichst im Schnelldurchlauf abzuhandeln, anstatt sich in diesem intimen Eins-zu-eins-Moment in Ruhe auf den Mini einzulassen. Klar hat die Kollegin diese Doppelbelastung oft nur kurzfristig, aber man glaube doch nicht, dass die 6,4 Kinder während dieser Zeiten nicht streiten, weinen oder stolpern. Oder auch mal mit den Fingern in ihrer Windel herumpulen, weil sich etwas Interessantes oder Lästiges darin befindet

• Ich hab' in den sieben Krippengruppen, die ich mittlerweile kenne, fünf extreme weibliche Machtmenschen erlebt. Was es mit so kleinen Kinderseelen macht, von einer Person betreut zu werden, die zu Empathie und Mitgefühl nicht fähig ist, die diese Dinge nur vorgaukelt, die in unbeobachteten Momenten Dinge tut, die ich mir gar nicht ausmalen will, die den Kinder ausschließlich mit Manipulation und der Befriedigung ihrer Machtlust begegnet, bei der weder ein Lächeln noch eine Berührung noch eine sonstige Kommunikation echt und zugewandt ist... Ich will's mal so sagen: sozial-emotional gesunde Kinder können ‚verhungern' auf der emotionalen Ebene, sie werden in der Gruppe oft ängstlich, gehemmt und instabil. Oder, je nach Charakter, weinerlich, knatschig oder wütend. Diejenigen, die selbst mit diesem Programm geboren sind, entwickeln ihre destruktiven Neigungen noch ausgeprägter, weil sie das dementsprechende Vorbild haben. Ich find's schlimm, ganz schlimm.

Ich glaube, auch wenn die Minis anscheinend in der Krippe eingewöhnt sind, auch wenn sie irgendwann beim Bringen nicht mehr weinen, haben viele von ihnen trotzdem noch viel zu viel Stress. Und wenn die Psyche registriert, dass unangenehme oder verstörende Zustände nicht zu ändern sind, swicht sie zum Schutz des Persönlichkeitskerns in einen Überlebensmodus. Das funktioniert selbst bei den ganz Kleinen schon;

unsere Psyche hat da wunderbare Tools. Wir Menschen sind in der Lage, Kriege, Gefangenschaft, ja sogar Folter zu überstehen, ohne zwangsläufig verrückt zu werden und können trotzdem in der Gesellschaft bestehen. Aber wir zahlen auch einen Preis dafür, etwa mit schweren Traumata. Meist denken wir dabei an Unfälle, schwere Krankheiten oder Schicksalsschläge. Aber es gibt auch Bindungs- und Entwicklungstraumata, die oft leise und schleichend passieren. Und ich bin sicher, dass das heute viele Kinder betrifft, besonders, wenn sie zu der Zeit, in der sie in ihrer Entwicklung noch gar nicht für so viele Außenkontakte bereit und gerüstet, sondern noch auf Nestwärme angewiesen sind, in die Krippe gehen müssen. In ein System, das nur den Anschein macht, auf die Bedürfnisse der Kleinen abgestimmt zu sein, das, wieder mal, mehr Schublade ist, mit im besten Falle zweifelhaftem, meist jedoch sehr ungesundem Inhalt.

Bei einem Bindungs- und Entwicklungstrauma verfällt die Psyche, um sich irgendwie zu schützen, in einen Überlebensmodus. Meist in eins der vier ‚Fs‘, in Fight, Flight, Freeze oder Fawn, den Kampf, die Flucht, ins Einfrieren oder in die Unterwerfung. Mit dem Dauerstress in der Krippe bleiben die Minis in diesen Zuständen stecken oder zumindest liegen diese ganz nah an der Oberfläche und werden beim kleinsten Trigger aktiviert. Und so züchten wir Kinder heran, die etwa sofort in die Luft gehen bei der kleinsten Irritation. Oder nicht mehr reagieren, weil sie ‚eingefroren‘ sind oder die alles klaglos mitmachen, weil sie sich unterwerfen. Flüchten geht in der Kita schwer, aber man kann auch nach ‚innen‘ flüchten, dann lass ich niemanden mehr an mich heran. Und dann wundern wir uns, wenn es immer mehr Kinder gibt, mit denen wir keine Beziehung mehr aufbauen können. Manche fallen auch in einen andauernden Hyperarousal und sind kaum mehr runterzukriegen von ihrer Aufgedrehtheit. Einige Kinder entwickeln eine Hypervigilanz, sind ständig in einem Hab-Acht-Modus und die kindliche Unbeschwertheit geht ihnen verloren. In der Veränderung der Krippenbedingungen sehe ich den allerdringlichsten Handlungsbedarf, und als allererstes müssen wir es hinkriegen, Machtmenschen von den Minis fernzuhalten.

Leider Gotts müssen viele Eltern ihre Minis schon früh in die Krippe geben, weil es unseren Politikern scheißegal ist, dass die kleinen Leute mit nur einem Verdienst finanziell kaum mehr über die Runden kommen. Deshalb müssen wir unbedingt dafür sorgen, dass die Bedingungen dort besser werden. Mehr Fachpersonal in der Gruppe, und das bitte auf Herz und Nieren geprüft! Gerade für die Minis sind stabile, herzliche Betreuer unerlässlich. Wollen wir wieder an Leib und Seele gesündere Kinder, kommen wir um einen validen Persönlichkeitstest für Betreuer nicht herum; für mich hätte der oberste Priorität. Danach größere Räume, mit Platz für Ecken zum Rückzug, kleinere Gruppen. Helfer für Hauswirtschaftliches, Vor-und Nachbereitung von Bastelsachen, Portfolio. Unbedingt schnellen Zugang zu einem Naturbereich mit Bäumen und Wiese und einem Sandkasten. Weniger Doku-Kram, weniger Bürokratie-Mist. Ich fänd' auch mehr Tagesmütter nicht verkehrt, wenn sie liebevoll, geduldig und gut strukturiert sind, sie könnten den erhöhten Bedarf und eine Verkleinerung der Gruppen ein Stück auffangen. Wir müssen jetzt handeln, unbedingt!

Mobbing deluxe

Hier erstmal ein Cut, später werd' ich noch mehr von ungünstigen und unhaltbaren Zuständen in den Kitas berichten. Und auch, wie erschreckend sich die Kinder verändert haben. Es ist aber schier unmöglich, von Gründen, Zuständen und Beteiligten streng getrennt zu berichten, da sich die Dinge gegenseitig bedingen und beeinflussen. Jetzt möchte ich schildern, was Machtmenschen, die sich vermehrt im Elementarbereich und leider auch in den Krippen tummeln, an Leid und Schaden anrichten.

Gleich nochmal in eine Krippengruppe, in die sich eine Machtfrau mit ihren toxischen Spielchen eingenistet hat. Die Betreffende war in den Vierzigern, eine langjährige Kita-Mitarbeiterin und im Ort wohnende und von dorther stammende Kinderpflegerin. Als für eine neue gegründete Krippengruppe die Zeit überbrückt werden musste, bis die neue Erzieherin kommen würde, sah sie ihre Chance gekommen, mal selbst ein bisschen Gruppenleitung zu spielen. Zusammen mit einer neuen Kinderpflegerin und einer rotierenden Aushilfe aus den anderen Gruppen begann sie in der Gruppe und ... verbriet eine Erzieherin nach der anderen. Keine einzige Erzieherin hielt es länger dort aus. Ab jetzt lass ich Marlen reden, die schon nach einem Vierteljahr die Gruppe wieder verließ:

„Man hat in dieser Gruppe gleich gemerkt, dass Vera das Zepter in der Hand hat und Conni ihr zuarbeitet. Aber die beiden haben ja ein paar Monate lang die Gruppe alleine gemanaged, deshalb wollte nicht gleich alles an mich reißen. Nach ein paar Tagen hab' ich mir aber schon Notizen gemacht, weil ich doch etliche Dinge nicht gut fand. Der Raum war eigentlich zu klein für zwölf Kinder und ein großes Bewegungselement mit Rutsche, es fehlte mir wenigstens EIN Rückzugsort drin. Alles war offen, keine Spielecke abgetrennt, die ganz kleinen Kids konnten die größeren zu leicht stören, machten zum Beispiel ihr Gebautes kaputt oder nahmen von den Puppensachen Dinge weg, mit denen Größere gerade spielten. Da die Krippenkinder ihren eigenen Außenbereich hatten, den wir auch täglich nutzten und der auch ein Kletterelement besaß, dachte ich, dass man das Element in der Gruppe verkleinern kann, um Raum für wenigstens eine abgeschlossene Ecke zu schaffen.

Schade fand ich auch, dass die Kinder keinen freien Zugang zu Malsachen hatten. Es befand sich im Schrank und sie durften es nur benutzen, wenn Vera es anbot oder wenn sie danach fragten. Aber das machen so Kleine ja kaum, sie müssen die Dinge sehen. Ich dachte aber auch, dass man ja zwangsläufig Abstriche machen muss, wenn das Gruppenteam noch nicht komplett ist, und dass sich das ja jetzt ändert.

Ganz arg war mir aber die Essenssituation. Dass Vera allen Minis nach dem Essen mit ein und demselben feuchten Lappen, damit's schnell ging, die Münder abwischte, infolgedessen auch immer etliche Minis an Herpesbläschen litten, war fast noch mein geringeres Problem. Die Kinder bekamen zum Frühstück Brotschnittchen und Obst, das aber erst, wenn sie auch ein Brot gegessen hatten. Ein Junge aß vom Brot immer nur die Wurst ab, er weigerte sich vehement, das Brot dazu zu essen und bekam deshalb nie ein Obst ab. Manchmal musste er bis zu einer Dreiviertelstunde in einer Ecke am Tisch sitzen, schreiend, heulend und randalierend, und trotzdem aß er das Brot nie. Für mich ein No-Go, damit konnte ich nicht warten und ich sprach es an. Vera war sehr aufgebracht. Sie hätten schon alles probiert, da muss er jetzt durch, die anderen gucken sich das sonst ab. Und ich solle mich lieber mal auf die Elterngespräche konzentrieren, die dringend anstanden und die Termine dafür wären auch schon geplant. Sie dürfte das ja als Kinderpflegerin nicht machen.

Die Eltern, das war mein nächstes Problem. Meine Arbeitszeit war komisch. Ich war nur in der Kernzeit da, allerdings mit Pause während der Abholzeit, deswegen bekam ich weder am Morgen noch am Mittag Eltern zu Gesicht, nur am Nachmittag zwei, drei. Und bei den paar, die vormittags spät kamen, saß Vera schon stets im Startloch, passte sie ab und unterhielt sich mit ihnen. Das war auf Dauer nicht gut; wenigstens ein bisschen Kontakt zu den Eltern sollte ich schon haben und ich sprach die Leitung darauf an. Aber weder Vera, die hauptsächlich vormittags arbeitete, noch Conni, die noch kleine Kinder hatte, wollten an ihrer Arbeitszeit etwas ändern und zusätzliche Stunden konnte ich nicht kriegen.

Ich will keinen Roman erzählen, da waren noch weitere Dinge für mich nicht in Ordnung. Aber insgesamt sah es so aus, dass sie nur pro forma eine Erzieherin haben wollten, die nur das machen sollte, was Vera als Kinderpflegerin nicht durfte oder mochte und die sich ansonsten möglichst nicht in Veras Ägide einmischen sollte. Hätte ich ja vielleicht sogar damit leben können, wenn die Dinge in Ordnung gewesen wären oder wenn Vera sich wenigstens ein bisschen auf meine Ansichten eingelassen hätte und wenigstens mit einer Änderung der Essenssituation einverstanden gewesen wäre. Aber ich kann doch nicht nur den Lückenbüßer spielen, meinen Kopf für allen möglichen Mist herhalten und dann darf ich nichts entscheiden!

Die Leitung war mit mir zwar einer Meinung, doch sie konnte nichts ausrichten. Sie war relativ neu und hatte selbst keinen guten Stand im Team. Ganz offen wurde im Garten und auch in den Gruppen über sie gelästert. ‚Was macht die nur den ganzen Tag' oder ‚Heut ist sie wieder nur rumgelaufen'. Keine schöne Atmosphäre. Ich hab' das nicht ausgehalten bin nach einem Vierteljahr wieder gegangen.“

Und ich weiß, dass Marlen zwar die erste, aber bei weitem nicht die letzte Erzieherin war, die diese Krippengruppe schnell wieder verließ. Meine Erfahrung sagt mir auch, dass Vera mit jeder gegangenen Erzieherin ihre Vormachtstellung in dieser Gruppe ausbaut. Ich weiß auch, dass in dieser Kita die Stelle der Leitung in den letzten fünf Jahren dreimal in den Jobbörsen ausgeschrieben war.

Innere Abgründe

Leni, 20, Erzieherin, zweigruppige Kita, kirchlicher Träger. Noch während ihres Berufspraktikums ging ihre Kita- und Praxisanleitung in Rente, Leni bekam die Gruppe. Magda, ebenfalls erst 20, aber schon fertig, Erzieherin in der zweiten Gruppe, übernahm die Kita-Leitung.

Es hätte so schön sein können. Zwei junge Gruppenleitungen, noch nervenstark und voller Ideen, kleine, gemütliche Dorfkita. Doch Leni hatte es nicht leicht. Es wurde ihr Belinda, eine wesentlich ältere, erfahrene Kinderpflegerin zugeteilt. Zu dieser Zeit waren die Ausbildungen von pädagogischen Fach- und Hilfskräften noch sehr verschieden. Das führte in vielen Kitas häufig zu Problemen. Die Kinderpflegerinnen unterstellten besonders jungen Erzieherinnen zu viel praxisferne Theorie im Kopf und zu wenig gesunden Menschenverstand. Die Erzieherinnen trugen aber letztendlich die Verantwortung über die Gruppe und mussten hinter dem Konzept stehen können.

Belinda war gerne ‚vornedran'. Beim Bringen und Abholen platzierte sie sich an der Tür und hielt gerne Schwätzchen mit den Eltern. Leni benutzte in Gesprächen mit den Eltern um das Gruppengeschehen das ‚Wir', Belinda dagegen äußerte eher Sätze wie: „Ich sorg dafür", „Ich mach das schon", „Bei mir ist das so".

Leni musste um viele Beschäftigungen, die sie vorschlug, kämpfen. Um Entscheidungen, die sie traf, um Änderungen, die sie vornehmen wollte. Selbst, wenn sie sich durchsetzte, fand Belinda Wege, Leni zu boykottieren. So veränderte sie etwa eine angedachte freie Bastelei, indem sie Schablonen dafür herstellte, weil das ‚schöner' aussah. Oder räumte Lege- und Baumaterial in den Keller, weil es so aufwendig zum Aufräumen war. Als Leni einmal krank war, räumte Belinda die ganze Gruppe um, nach ihrem Gusto.

Den befehlenden Ton, den Belinda auch bei den Kindern anschlug, fand Leni grenzwertig. Sie setzte lieber auf Erklärungen, Beziehungsarbeit, gemeinsames Erarbeiten von Regeln. Doch wo raue Töne herrschen, haben sanfte kaum eine Chance.

Von Magda konnte Leni keine Hilfe erwarten. Diese war viel zu sehr damit beschäftigt, selbst als Leitung Fuß zu fassen. Vielmehr mahnte sie, dass Leni sich doch besser durchsetzen sollte. Leni aber war ein partnerschaftlicher Typ und sie litt sehr unter Belindas dominanter Art. Nach einem Jahr gab Leni auf und suchte sich eine andere Stelle.

Nachspiel: Ein halbes Jahr später bekam Leni einen Anruf von einer schluchzenden Isabell. Diese war zwar noch Berufspraktikantin, hatte aber Lenis Stelle als Gruppenleitung übernommen und litt wie Hund unter Belindas Dominanz.

Na, wieder mal toll, dachte Leni. *Geld sparen und älteren, herrschsüchtigen Wannabes ständig Grünschnäbel vor die Nase setzen.*

Doch die Sache lag ein wenig anders. Isabell war keine typische Berufsanfängerin. Sie war fast 30 und hatte eine kleine sportliche Karriere gemacht, bevor sie sich für diesen Beruf entschieden hatte, und sie arbeitete bereits im sportlichen Bereich seit ein paar Jahren ehrenamtlich mit unserer Altersgruppe. Sie war auch kein Hascherle und machte bei Belinda durchaus ,sportliche' Ansagen. Es war Belindas Hinterfotzigkeit, die Isabell so fertig machte. Die diese ständig betrieb, wohl dosiert und oft kaum nachweisbar.

Leni und Isabell führten ein langes Gespräch. Sie kamen überein, dass eine wenigstens halbwegs befriedigende pädagogische Arbeit mit Belinda nicht möglich war. Es fühlte sich an, wie jeden Tag auf glühenden Kohlen zu sitzen, nicht wissend, wo und wann wieder ein Funke ein neues Feuer entfachte. Es zermürbte, zog viel Kraft und man war immer wieder aufs Neue entsetzt, was für menschliche Abgründe sich einem da auftaten. Isabell entschloss sich, zu gehen, und lieber noch einmal an einer anderen Stelle ihr Berufspraktikum von vorne zu beginnen.

Machtspielchen

Dreigruppige Kita, die junge Anja hat seit ein paar Monaten die Leitung inne. Außer einer Assistenzkraft und einer Praktikantin sind alle anderen Betreuer älter als sie, und man hätte meinen können, dass dies für Anja nicht leicht wäre. Doch Anja hat ihre eigene Art, damit umzugehen; und auch mit anderen Problemen jeglicher Art.

Anja ist von der Sorte Mensch, die wir als attraktiv empfinden. Sie ist gutaussehend, stets modern gekleidet, dezent geschminkt. Sie hat ein hinreißendes und bühnenreifes Lächeln auf Lager, das sie wohldosiert einzusetzen vermag. Etwa, wenn der Vorstand anmahnt, dass die Plakate für das Sommerfest schon längst in den Nachbarorten hätten hängen sollen. Anja antwortet: „Ja, das hab' ich Tine aufgetragen, sie hat es wohl vergessen. Das erledigen wir heute noch." Ein strahlendes Lächeln ereilt den Vorstand.

Tine steht daneben, und ist sprach- und fassungslos. Sie hat niemals diesen Auftrag erhalten. Nun könnte man meinen, dass Anja vielleicht die Lüge einsetzt und steif und fest behauptet, Tine diesen Auftrag sehr wohl erteilt zu haben. Doch nach dem Abgang des Vorstands sagt sie zu Tine: „Du, ich musste das so sagen. Dir kann er ja nichts anhaben, du hast ja schon einen Festvertrag. Ich bin aber noch in der Probezeit. Das verstehst du doch, oder?" Auch Tine bekommt ein Lächeln und stottert ein „O...kay".

Anja ist eine Meisterin darin, sich geschickt aus solchen unangenehmen Situationen herauszuwinden. Wenn doch einmal eine vorsichtige Kritik von Kollegen anklingt, hat sie noch andere Schachzüge in petto.

Lore, die als einzige im Team Gitarre spielt, hat die Aufgabe, den Gottesdienst fürs Sommerfest zu gestalten und die Beiträge der anderen Kollegen darin zu integrieren. Sie hat es schon dreimal umgeändert, auf Anjas Wunsch hin und ist langsam genervt davon, dass sie diese Arbeit nicht beenden kann. Sie wendet sich an Anja und sagt:

„Wär gut, wenn wir das jetzt mal so lassen könnten. Nur noch die zwei Lieder, wo willst du sie haben?"

Anja kann sehr spürig sein, wenn es um Kritik an ihrer Arbeit geht, und sei sie noch so klein. Sie antwortet erst einmal: „Die sind ja neutral, setz sie dahin, wo du willst. Eins nach der Predigt und eins nach dem Segnen."

Lore stellt den Gottesdienst fertig, macht Kopien für die Kollegen und zum Auslegen in der Kirche. Im Gottesdienst stimmt sie dann mit ihrer Gitarre nach der Predigt das erste Lied an und... niemand singt mit. Anja ‚flüstert' ihr am anderen Ende der Bank zu:

„Das ist doch das falsche Lied!"

Lore, perplex, verwirrt, ist wie gelähmt. Gemurmel kommt in den Bänken auf, und Anja stimmt schließlich das andere Lied an. Ohne Gitarre wird es nun gesungen. Während der paar Minuten bis zum zweiten Lied erkennt Lore, was Anja da wieder mal abzieht, und auch, dass es eine perfide, aber eindeutige Ansage an sie bedeutet: „Kritisier mich niemals mehr wieder!" Aber wie konnte das sein, Lore hatte doch selbst alle Kopien gemacht! Sie nimmt sich vom Nebenmann eine Gottesdienstkopie, und tatsächlich sind darauf die beiden Lieder andersherum als auf ihrem Original. Anja musste diese Version hergestellt, heimlich kopiert und ausgetauscht haben. Lore ist bestürzt; so einer Boshaftigkeit ist sie nicht gewachsen. Auch das zweite Lied wird ohne Gitarre gesungen, Lore ist immer noch im Schock über Anjas Bösartigkeit.

Aber sie will das so nicht stehen lassen, nimmt all ihren Mut zusammen und spricht Anja noch während des Sommerfests darauf an. Anjas Antwort:

„Ich hab' mich doch nochmal umentschieden, wollte dir aber nicht nochmal Arbeit aufhalsen, deshalb hab' ich's selbst gemacht. Aber ich hab' dir gestern eine Kopie auf deinen Schreibtisch gelegt, du hast sie wohl übersehen."

„Aber da liegen ja auch noch Kopien von mir herum, ich kann doch nicht riechen, dass da was Neues dabei ist! Das hättest du mir sagen müssen!"

Anja antwortet: „Wir haben uns danach nicht mehr gesehen." Und vorwurfsvoll: „Also ehrlich, das ist mein erstes Sommerfest als Leitung, ich hab' an tausend andere Sachen zu denken. Und beim zweiten Lied wusstest du ja Bescheid und hättest mitspielen können. Find ich ganz schön unprofessionell, dass du dich da verweigert hast."

Lore gibt auf. Gegen solch heimtückische und intrigante Machenschaften hat sie keine Chance. Ein kleines, fieses Nachspiel der Sache gibt's auch noch für sie, am darauffolgenden Montag, vonseiten des Trägervertreters:

„Ich habe gehört, dass bei Ihnen am Samstag eine Saite von Ihrer Gitarre gerissen ist. Das war sehr schade und sollte nicht wieder passieren. Bitte überprüfen Sie Ihre Gitarre vor so großen Festen; Sie können auch vom Kita-Geld Saiten kaufen, wenn Sie schon Ihr Eigentum für uns zur Verfügung stellen."

Mahnt ahnt wohl den fast schon obligatorischen Schlusssatz: Lore hat sich noch im selben Jahr eine andere Stelle gesucht. Und kurz nach ihr Tine auch.

Die nächste Begebenheit hatte ich eigentlich für ein anderes Buchprojekt verfasst, mich jetzt aber dafür entschieden, sie hier reinzugeben. Sie ist im Stile einer Kurzgeschichte verfasst und ziemlich lang. Aber dafür mit Galgenhumor. Die meisten der darin enthaltenen Informationen sind schon gegeben. Wem es nur darum geht, der kann die Geschichte ohne Info-Verlust überspringen. Wer jedoch einmal näher die gefühlsmäßige Komponente von Mobbing in der Kita näher erfassen möchte, den wird sie bereichern.

Menschliche Minenfelder

1.

„Ich kann nicht mehr zusehen, wie du leidest!" Mit diesen Worten begrüßte mich meine Kita-Leitung, als ich auf ihre Order hin im Büro erschien. Mit dem nächsten Satz versetzte sie mich von dem siebengruppigen Haupthaus, indem ich seit zweieinhalb Jahren tätig war, in unsere Zweigstelle; vor einem Jahr mal schnell hoppladihopp eingerichtet.

‚Dito', hätte ich gerne auf Su-Ellens ersten Satz geantwortet. Auch sie litt hier. Wir hatten ähnliche Ansichten, etwa in der Pädagogik oder im Umgang mit Kollegen. Beides empfanden wir hier als suboptimal. Und es schien sich eher ein Fels verrücken zu lassen, als dass sich hier etwas änderte. Besonders ein paar alteingesessene Damen steckten in ihren alten Schuhen, als wären sie hineinzementiert. Entsprechend widerwillig bewegten sie sich, wenn Su-Ellen Veränderungen anklingen ließ. Darüber hatten sie und ich übrigens heiß diskutiert. Sue-Ellen war so gestrickt, wie ich es selbst früher als Leitung angestrebt hatte. Kollegial, fachkompetent, verantwortungsbewusst, sozial. Und sehr intelligent. Als Krönung besaß sie Humor und lachte auch mal über sich selbst. Ein Träumchen von einer Leitung! Eigentlich. Meinen Rat, einen inneren Befehlsherr oder Neandertaler mit der Pumpfe in der Hand hier hervorzukramen, wies sie entrüstet zurück und erzählte mir was von Überzeugungsarbeit und Einsicht. Zunächst. Irgendwann griff sie dann doch zur Keule, zur verbalen. Zwangsläufig. Nach end- und fruchtlosen Diskussionen in der Teambesprechung. Und kraft- und zeitraubenden und ergebnislosen Einzelgesprächen.

Nachdenklich und besorgt trat ich meinen Rückzug aus dem Büro an, gönnte mir in der Küche erst einmal ein Glas Wasser und dachte über meine berufliche Situation nach. Vor zwölf Jahren hatte ich den Kitas den Rücken zugekehrt, nachdem die Arbeitsbedingungen, derentwegen ich in den 80-ern schon lautstark und Plakate schwingend demonstrieren war, nur noch schlechter geworden waren. Ich war dann zehn Jahre in einer Behinderten-Werkstatt tätig gewesen und ein dickes Burnout hatte mich in eine Zwangspause katapultiert. Doch nun musste ich mich wieder irgendwie ernähren, und in dieser Kita hoffte ich, an einem beruflichen Standbein basteln zu können. Doch bisher trug es mich noch nicht. Im Gegenteil, ich hinkte damit noch ordentlich.

Hart stellte ich mein Glas in das Spülbecken und ging zur Toilette, der einzige Ort hier, an dem man sich ein paar Minuten Ruhe gönnen konnte. Die Kita war schon immer ein knochenhartes Berufsfeld gewesen. Und das nicht nur der schlechten Bedingungen wegen. Allem voran die lächerliche Bezahlung, dann Pfarrer, Bürgermeister oder Ehrenamtliche anstatt ausgebildeter Trägervertreter, mieser Betreuer-Kind-Schlüssel. Heute liegt jedoch noch mehr im Argen. Die Träger, vom Staat im Stich gelassen, sehen sich genötigt, das heutige Recht auf einen Kitaplatz durch Vollstopfen der bestehenden Kitas und mit schnellen Zwischenlösungen mit teils unterirdischen Zuständen umzusetzen. Für die seltsame Erziehung vieler Eltern heutzutage hatte man erst einmal neue Wörter erfinden müssen, und nun helicoptern und rasenmähern sie um ihre Königskinder herum. Die Kinder selbst kommen häufig spät oder gar nicht mehr aus ihrem frühkindlichen Egozentrismus heraus, was zufolge hat, dass das Trotz- und Wutgeschrei auch noch die Fünf- und Sechsjährigen ereilt. Wir Erzieher sind keine Erziehungspartner mehr; einst pädagogische Fachkräfte sind wir zu Dienstleistern degradiert worden. Zu Erfüllungsgehilfen von Elternwünschen, bis hin zum täglichen Abchecken, ob heute eher die Baumwollbeanie, die Wollmütze oder das

Spiderman-Käppie das gekrönte Haupt des Sprösslings bestmöglich schützt. Es gibt noch einen gravierenden Aspekt. Ich selbst und etliche meiner Bekannten und Freundinnen hatten schon immer unter macht-gierigen, geltungssüchtigen oder mobbenden Kolleginnen gelitten. Auch das ist heute alles andere als besser geworden. Die Handvoll männlicher Erzieher, die es mittlerweile gab, zumindest hier auf dem Land, kratzten ebenfalls kaum an der harten, giftigen Kruste dieses ausbeuterischen, normopathischen Systems. Dieses Berufsfeld scheint prädestiniert zu sein für Machtmenschen; ein beliebter Tummelplatz für Machiavellis-ten, Narzissten & Co.

Mit diesen trüben Gedanken über die heutigen Miss- und Mistzustän-de verließ ich seufzend meine zwei Quadratmeter Rückzugsort und machte ich mich zurück in meine Gruppe, immer noch nachsinnend. Diese Kita befand sich in einer besonders fatalen Abwärtsspirale, was personelle Qualität anging. Seit den dreieinhalb Jahren meines Daseins waren eine Leitung, eine stellvertretende Leitung und über zwanzig Mitarbeiter gegangen. Fast immer gute Leute; was blieb, war meist sozi-al-emotionale Mangelware. Allein zwei von den sieben Gruppenleitern momentan waren von der ‚guten' Sorte, eine traurige Bilanz. Was würde mich in der Interimslösung erwarten? Ich stieß einen ironischen Laut aus, bevor ich die Gruppentür öffnete. War es überhaupt noch gesund, angesichts der traurigen Tatsachen und Erfahrungen auf Besseres zu hoffen?

2.

Kopfschüttelnd ging ich die links und rechts von hohen Mauern um-säumte Treppe zum Sporthaus empor, in das die provisorische Kita mal eben schnell Einzug gehalten hatte. Wenn da ein Kind ausbüchste, hatte nicht einmal der gemütlichst tuckernde Opi eine Chance, rechtzeitig zu bremsen. Und die Tür musste ja immer offen stehen, wegen der Sport-schüler.

Ein schwieriges Arbeitsfeld, in das mich Su-Ellen da versetzt hatte. Hauptsächlich für Flüchtlings-, Emigranten- und Frauenhauskinder.

Zwei Gruppen, untergebracht in zwei leeren Räumen im Erdgeschoss. Ohne Turnsaal, ohne Nebenraum, ohne Außenbereich. Neun Sprachen bei Eltern und Kindern, kaum Dolmetscher. Zwei von den sechs Mitarbeitern waren innerhalb des ersten Jahres gegangen, ohne Ersatz, kaum einer bewarb sich dort. Die Mitarbeiter befanden sich zwar am Limit ihrer Kräfte und waren oft gereizt, sie schienen mir aber vor allen Dingen nicht von allzu giftigem Kaliber zu sein. Wie man sich doch irren kann, selbst mit fast 60 Jahren. Selbst noch nach hartem und gründlichem Unterricht des Lebens in menschlicher Toxizität.

Ich war als Gruppenhelfer angedacht, zusammen mit der Kinderpflegerin Doreen. Mit der arbeitete ich auch hauptsächlich zusammen, da die Gruppenleitung Christa zumeist anderweitig beschäftigt war. Doreen hatte nach ihrer Ausbildung und 25 Jahren Tätigkeit in einer anderen Einrichtung hierher gewechselt. Da unterschieden wir uns; ich war im Laufe meiner fast vierzigjährigen Berufserfahrung in mehreren Einrichtungen und Berufsfeldern, unter anderem auch etliche Jahre als Kita-Leitung tätig gewesen.

Schon nach ein paar Tagen bemerkte ich weitere Unterschiede zwischen Doreen und mir. Ich sammelte noch Brauchbares an Abfallmaterial, bastelte eine einfache Figur daraus zur Anschauung und deponierte die Sachen im Bastelkorb der Kinder. Doreen warf am Ende des Tages alles weg, mit den Worten: „Man muss nicht alles sammeln." Diese Aktion war ihr erster Boykott von vielen weiteren. Meine selbstgemachte Knete fand Doreen zu bröselig und zu unhygienisch, außerdem landete ihr beim Spielen zu viel davon auf dem Boden. Sie setzte bei Christa durch, dass die Knete verschwand. Meine Einhorn- und Dino-Bastelei, von den Kindern heiß begehrt, befand sie jahreszeitlich für nicht passend; im Frühling bastelte man schließlich Blumen und Schmetterlinge! Die von mir eingerichtete Spielecke war Doreen zu ‚kompliziert‘, nach ein paar Tagen Krankheit fand ich sie leergeräumt vor.

Zu Anfang dachte ich mir nicht so viel dabei. Es gibt zu meinem Leidwesen viele solcher Kita-Kräfte, die ich insgeheim ‚Schubladen-Leute‘ nenne. Sie tun, was sie in ihrer ersten Einrichtung einmal gesehen haben, was Jahres- und Kirchenkreis hergibt und was nach außen hin gut ankommt. Alles andere ist für sie Zeitverschwendung; kind- oder situationsorientiertes Arbeiten... was für ein Unsinn! Methodik vor Pädagogik. Schöne, reichhaltig verzierte Schubladen – meist mit wenig Inhalt, für meine Begriffe. Kinder als Objekte von bedürftigen Erwachsenen. Von der Sucht nach Anerkennung, Profilierung, nach dem Ausleben von Macht. Traurig und bitter, aber eigentlich hatte ich Erfahrung damit, mit solchen Leuten zu arbeiten, Kompromisse zu schließen und mich anzupassen. Und mich auch mal durchzusetzen, als Leitung damals.

Doch bei Doreen wollte es mir nicht gelingen. Ich fand sie seltsam. Einerseits war sie sehr versiert, was äußere Belange anging. Geburtsdaten, Wohnorte, Buchungszeiten, jedwede Umstände, alles konnte sie auswendig. Alle möglichen Daten, Regeln, Vorschriften ebenso. Alles wurde akribisch erledigt und eingehalten, vom Wo-Wann-Was-Dokumentieren jedes aufgelegten Kühlpads bis zum täglichen Abruf der UVB-Strahlung im Sommer. Woraufhin die Kinder wochenlang nicht an die frische Luft kamen. Beim Abholen platzierte sie sich stets in Tür-Nähe, verhielt sich auch bei den Eltern sehr professionell. Andererseits war da ihr seltsamer Umgang mit den Kindern. Sie hatte wohl die schwierige Gruppe im Griff, absolut! Ich sah sie bei den Kindern auch nie die Fassung verlieren. Doch ein echtes Beschäftigen mit ihnen kam bei ihr außerhalb von Schablonen-Basteleien kaum vor. Wenn überhaupt, dann mit einem Tisch-Spiel, mit ihr als Regelerklärer und Aufpasser. Am Boden mit den Kindern bauen, um dann mit Püppchen Rollenspiele zu machen, das war nicht drin. Oder gar Kneten, igitt! Weinte ein Kind, so stand sie ein paar Momente lang ungerührt da, um dann zu sagen: „Komm her, wenn ich dir helfen soll." Ein Kind in den Arm oder auf den Schoß zu nehmen, vermied sie. Wenn sie mich dabei sah, zitierte sie aus dem Schutzkonzept der Einrichtung. Dass man aufpassen müsse, die Kinder nicht ungewollt anzufassen, das könne man als Übergriff werten. Gespräche mit den Kindern drehten sich bei ihr meist darum, sie über ihre Lebensumstände auszufragen. Apropos ausfragen, das tat sie auch mich. Wie lange ich wo als was gearbeitet hatte, wo ich einkaufte, was ich aß und sogar, warum ich mein Auto oft vor und nicht in der Garage parkte. Nach ein paar Wochen fiel es mir wie Schuppen von den Augen und ich wusste plötzlich, welch altbekannter Teufel hier seine Hände im Spiel hatte.

3.

Es war bei Doreen fast alles da an Red Flags der Machtmenschen, aber ich erkannte es zu Anfang nicht. Kontrollsucht, Empathielosigkeit, Machtgier, Micro-Managing. Auch das Heranzüchten von Flying Monkeys, Mobbing-Helfershelfer, bemerkte ich erst spät; ich wunderte mich nur, warum Doreen trotz ihrer schon zwanghaften Über-Präsenz immer wieder mal für eine halbe Stunde in der anderen Gruppe verschwand. Stets dann, wenn sie sich über mich ärgern musste. Das immer seltsamer werdende Verhalten meiner Kolleginnen mir gegenüber war aber irgendwann nicht mehr zu übersehen.

Das Thema Projektionen und Widdewiddewitt-ich-mach-mir-die-Welt... praktizierte Doreen im Kleinen fast täglich. Ein Paradebeispiel lieferte sie einmal, als ich mich seit einer Viertelstunde in der Küche mit von der Spülmaschine eingebrannten Grünkohlresten auf dem Mittagsgeschirr herumplagte. Sie riss die Tür auf und herrschte mich an: „Sag mal, hast du nicht mitgekriegt, dass die Kinder bei dir die Wände angemalt haben? Bei mir kann es nicht gewesen sein, ich bin ja erst seit fünf Minuten von der Pause da!" Ich war baff. Ich war ein paar Minuten nach Doreens Rückkehr in die Küche gegangen, sie war also nicht seit fünf, sondern seit etwa 20 Minuten da. Außerdem war ich vorher mit den Kindern am Maltisch gesessen und hätte es bemerkt, wenn sich Kinder mit Stiften in der Hand entfernt hätten. Doch Doreens Empörung war echt. Oder verdammt gut gespielt. Sie glaubte selbst an ihre Behauptung.

Sehr schmerzlich war eine Projektion von Doreen mit besonderer Raffinesse. Einmal sagte Christa wie beiläufig zu mir: „Ich mag es hier, dass kein Unterschied gemacht wird zwischen Kinderpflegerin und Erzieherin." Ich wunderte mich zunächst über diesen Satz. Es war eigentlich Usus, dass Gruppenhelfer gleichberechtigt waren, egal, ob pädagogische Fach- oder Hilfskraft. Woher der Wind wehte, bemerkte ich, als Doreen sich ein paar Tage später wieder einmal über mich ärgerte und mir unmissverständlich mitteilte: „ICH bin hier die zweite Kraft, wenn Christa nicht da ist!" Mit dem Zusatz: „Und außerdem hab' ich mehr Erfahrung als du. Wenn ich zusammenzähle, wie lange du wirklich im Kindergarten warst." Ich war sprachlos. Bei aller Gleichberechtigung in der jetzigen Situation, es sind schon sehr unterschiedliche Erfahrungen, wenn man Erzieherin oder Kinderpflegerin gelernt, eine Gruppe oder sogar einen Kindergarten geleitet hat oder immer als Gruppenhelfer tätig war. Ebenso, ob man sein Leben lang in einer einzigen Einrichtung oder in mehreren gearbeitet hat. Mal ganz davon abgesehen, dass Doreen sich trotz ihrer sonstigen Akribie um etliche Jahre verzählt hatte, was meine Berufserfahrung anging. Ich konnte nur immer wieder ungläubig mit dem Kopf schütteln. So war das also. Doreen fühlte sich in ihrer selbstgebastelten Vorrangstellung von mir bedroht, verkaufte es aber an Christa so, als würde ich auf einer Vorrangstellung bestehen!

Die Situationen wurden immer skurriler. Man ließ mich, die ich einmal Kita-Leitung gewesen war, nicht mehr mit den Kindern alleine. War Doreen nicht da, kam jemand von der anderen Gruppe herüber oder ich musste mit den Kindern hinübergehen. Ich durfte außer Spielen kaum mehr etwas mit den Kindern machen. Ein Teil von mir wollte schreien: „Seid ihr denn alle irre geworden?" Der Versuch von klärenden Gesprächen wurde entweder abgewürgt oder sie liefen ins Leere. Christa, eigentlich eine von den ‚Guten', war selbst am Rande ihrer Kräfte. Bei ihr erlebte ich hautnah, wie Gaslighting, besonders in Verbindung mit hohem Stresslevel selbst intelligenten und empathischen Menschen das Hirn vernebelte. Die beiden Mitarbeiter der anderen Gruppe waren zu gehirngewaschenen, gehorsamen Adjutanten von Doreen umfunktioniert. Zwischendurch wurde ein weiterer, neuer Kollege, der in der anderen Gruppe arbeiten sollte, nach einem halben Jahr als ‚unfähig' hinauskomplimentiert. Er war zwar jung, unerfahren und etwas naiv, aber nett und vor allen Dingen sozial und emphatisch gewesen, und die Kinder hatten ihn sehr gemocht.

Ich musste gehen, das war nicht mehr auszuhalten. Trotz meines Wissens um Mobbing-Mechanismen hatte Doreen es geschafft, mich kaputt zu machen. Mir grauste vor jedem Arbeitstag, mein Privatleben war nicht mehr vorhanden. Putzen, Aufräumen, Kochen war weggefallen, Körperpflege auf ein sozial verträgliches Minimum beschränkt. Kurz vor meinem 60. Geburtstag ging ich, müde, desillusioniert, ausgebrannt, alleinstehend, voller Existenzangst. Su-Ellen hatte das nur am Rande mitbekommen. Sie war seit Wochen krankgeschrieben und hatte selbst gekündigt. Wieder einmal hatten toxische Menschen in einem toxischen System andere Menschen fertig gemacht. Klein gekriegt, zu Boden getreten.

Es kostete mich viel Kraft, mich erneut zu bewerben, wieder da und dort vorzustellen, überall das marode System auf andere Weise widergespiegelt zu sehen. Wieder einmal neu zu beginnen. Doch irgendwie ging's weiter. In einer kleinen, ländlichen Kita bin ich wieder Gruppenhelfer. Bis jetzt wird es begrüßt und geschätzt, was ich mit den Kindern mache. Mal sehen, wie es wird. Bin vorsichtig geworden, müde, hab' viele Federn gelassen. Doch es gibt mich noch! Und wenn ich wieder zu Kräften gekommen bin, hat die Schreiberin in mir viel Input für das nächste Buch bekommen.

Giftnattern, Spaltpilze, menschliche und pädagogische Flachwurzler

Ich könnt' ein ganzes Buch damit füllen, wie perfide Machtmenschen in der Kita ihren ‚Mitmenschen' das Leben zur Hölle machen, und auch den Kindern enormen Schaden zufügen. Auch Dr. Anke E. Ballmann (Buch ‚Seelenprügel') rät dazu, vor der Ausbildung von Kita-Betreuern bei ihnen einen Persönlichkeitstest durchzuführen, dem kann ich nur aus vollstem Herzen zustimmen. Allerdings müsste man dazu erstmal einen konzipieren, der Machmenschen wirklich verifizieren kann, denn sie sind Meister der Täuschung. Sogar bei Gehirn-Scans könnten sie tricksen; so hat mir einmal ein Machtmensch anvertraut: „Wenn ich weiß, dass ich jetzt ein möglichst echtes Mitgefühl beim anderen zeigen muss, denk' ich einfach an was Trauriges, das mir selbst passiert ist."

Es gibt sie in allen Positionen und Varianten; jung, alt, Männlein, Weiblein, Erzieherinnen, Assistenzkräfte. Einmal hab' ich sogar eine toxische Praktikantin erlebt; der kleine, sozial-emotional ziemlich dysfunktionale Giftzwerg hat doch tatsächlich völlig unverfroren eine engagierte und versierte Kita-Leitung gemobbt. Und dann, wie könnt' ich sie vergessen, gab es noch diese Reinigungskraft: „Ach, ich vermiss' unsere Frau Huber so, mit der Meier tu ich mir noch ein klein bisschen schwer." Oder: „Manchmal hab' ich schon den Eindruck, dass die Meier ein klein bisschen auf uns Putzfrauen runterschaut." Und: „Neue Besen kehren nicht immer besser, manchmal sind sie noch ein klein bisschen hart." Mit solchen beiläufig geäußerten Sätzen hat sie ihr KLEIN BISSCHEN Gift im Team verspritzt.

Leider entdecken immer mehr Machtmenschen die Kitas als ideale Spielwiese für ihre zerstörerischen Machenschaften. Mit viel kleinem und großen Menschenmaterial für ihre üblen Spielchen, wo man nicht nebeneinander vor sich hin arbeiten kann, sondern Hand in Hand agieren muss.

Ich bring nochmal paar Dinge kompakt zurück: Machtmenschen haben ein fehlendes, reduziertes oder nur kognitives Empathievermögen und den Drang nach emotionaler und sozialer Beherrschung, Manipulation und Zerstörung anderer Menschen, manchmal auch nach körperlicher, finanzieller oder materieller. Bei diesen Menschen scheint keine Perspektivübernahme stattgefunden zu haben. Sie haben die emotionale Reife eines Kleinkindes, das nur sich und seine Bedürfniserfüllung kennt. Auch eine Objektkonstanz fehlt diesen Menschen meist. Man kann jahrelang ihr Freund gewesen sein, doch plötzlich, selbst nur durch eine Kleinigkeit, wie ein Fremder behandelt werden oder gar wie ein Feind, als ob man sich nie gekannt hätte.

Hier ein paar Merkmale solcher Individuen in den Kitas (manches hab' ich im Teil über Machtmenschen schon genannt, ich möchte aber hier die Anzeichen kompakt darstellen, die allgemeinen und die kitaspezifischen):

• zu Beginn der Bekanntschaft harmlos, verständnisvoll und liebenswürdig erscheinen, manipulative Vertrauensbildung. Dich viel Befragen, was zunächst nach Interesse aussieht. Subtil gleitet man in den Privatbereich hinüber. Später werden alle Informationen, selbst ganz banale, gegen dich verwendet. Handeln nach dem Motto ‚Brot und Spiele'. Plötzlich etwas sehr Liebenswürdiges tun, um später umso bösartiger zu agieren

• besitzen kein emotionales Einfühlungsvermögen, aber ein sehr ausgeprägtes kognitives, das sie gerne zur Manipulation benutzen. Können aber die ganze Palette von menschlichen Gefühlen filmreich nachspielen. Inklusive aus den Augen springende Krokodilstränen produzieren

• Außenwirkung scheint bei ihnen essenziell wichtig zu sein. Bei Eltern wirken selbst kurze Gespräche stets wie eine kleine Show. Manche bedienen sich dabei eines sympathisch wirkenden Lächelns; Kommunikationsmittel wie Gestik, Mimik und Tonfall wirken wie geübt. Gerne sich wie zufällig während jeder Bring- und Abholzeit in der Nähe der Tür aufhalten, überpräsent bei den Eltern sein

• mit homöopathischer Dosierung den/ die Kolleg/in bei Team, Eltern und Träger schlechtmachen. Nach dem Motto ‚Steter Tropfen höhlt den Stein'. Auch Salami-Taktik genannt. Aufgetragene Dinge bewusst falsch erledigen und dabei den Anschein erwecken, das Gegenüber könne nicht erklären oder schlecht delegieren. Eigenmächtig Dinge verändern und vermeintlich gute Gründe dafür liefern. Im Kollegenkreis das Gespräch an sich reißen und dabei die zur Zielscheibe ihres Zerstörungsdrangs erkorene Person ignorieren oder ihr den Rücken zuzukehren. Manipulation auch nonverbal. Angeblich nicht hören, wenn man sie ruft, sodass man zu ihnen hingehen muss. Wegsehen oder wegdrehen, wenn man mit ihnen spricht oder irgendetwas Geschäftiges nebenbei tun. Unterbrechen, wenn der andere spricht. Verzögert oder betont langsam reagieren bei einer Bitte oder Anweisung. Verbal: Nicht auf konkrete Fragen eingehen, sondern drum herum reden, geschickt das Thema wechseln, mit Gegenfragen antworten. Das Gegenüber stakkato-artig mit Aussagen oder Fragen torpedieren, keine Zeit zum Antworten lassen. Informationen nicht oder gefälscht weitergeben. Oder glaubwürdig und völlig unschuldig wirkend zu behaupten, man hätte es doch getan. Oder auch mit sehr echt wirkender Empörung. Als Leitung/ Gruppenleitung vage oder versteckt widersprüchliche Anweisungen geben, sodass eine korrekte Ausführung gar nicht möglich ist

• sehr schnell gekränkt oder beleidigt sein, auch bei Banalitäten oder aus gar nicht ersichtlichem Grund. Selbst wenn sie nichts dazu sagen, sieht man ihnen die Kränkung an. Oder besser gesagt, die Majestätsbeleidigung. Man hat in ihrer Gegenwart stets das Gefühl, wie auf rohen Eiern gehen zu müssen. Nicht mehr oder einsilbig sprechen oder den anderen ignorieren. Eine Klärung unmöglich machen, den andern im Ungewissen lassen. Keine Kritik vertragen, sind bezüglich ihres eigenen Verhaltens nicht wirklich reflexionsfähig. Entschuldigungen fallen ihnen schwer. Können verbal einen hohen moralischen Anspruch vertreten, doch ihr Verhalten passt nicht dazu

• sind Kontrollfreaks, hassen spontane, situationsbedingte Veränderungen. Betreiben gerne Micro-Managing, kennen also alle Daten, Vorschriften und Regeln und handeln fast blind und verbissen danach

• verletzte Kinder zwar versorgen, vielleicht auch verbal trösten, aber mit unbewegtem Gesicht und deutlich ohne echtes Mitgefühl. Begeben sich ungern zu einem Kind hinunter, auf Augenhöhe. Auch in jedem anderen Notfall zwar handeln, jedoch ohne Mitgefühl, eher wie eine lästige Pflicht. Manchmal auch mit abfälligen Blicken oder Bemerkungen

• wenn sie keine leitende Funktion haben, sich um Verantwortung drücken. Oder so lange nach Details fragen und sich damit beschäftigen, als handle es sich um einen Staatsakt, dabei aber den Eindruck von besonderem Verantwortungsgefühl erwecken

• sind Meister in Projektionen. Glaubwürdiges Umkehren von Tatsachen, meist Dinge, mit denen sie selbst Probleme haben. Ist bei diesen Menschen so ausgeprägt, dass die Fachwelt einen Namen dafür hat: ‚Schuldumkehr'. Sind sie materialistisch veranlagt, bist du, die eher Geistige, plötzlich als geldversessen verschrien. Oder sie können nicht organisieren, und obwohl du das eigentlich sehr gut beherrschst, wird dir plötzlich ein Hang zu Chaos nachgesagt. Eine sehr teuflische Sache, die dich am eigenen Verstand zweifeln lässt. Machen sich gerne zum Opfer, wo sie selbst Täter sind

Im Folgenden noch – bitte an das Beispiel ‚Oskars Gruppenprojekt' denken – wie Machmenschen sich speziell in der Dynamik der Gruppe verhalten:

• messen gezielten Beschäftigungen, bei denen sie der Hauptakteur und Bestimmer sind, viel mehr Bedeutung zu als dem Freispiel, dem Freispiel-Angebot, der Natur- und Umweltbegegnung, dem Aufenthalt im Garten. Gezielte Beschäftigungen sind oft bilderbuchmäßig, mit viel Grandezza ausgeführt, großartig inszeniert. Alles wirkt super durchdacht und durchgetaktet, Kinder und Helfer bewusst platziert. Damit ja nichts die One-Man-Show stört. Alles in Superlativen präsentiert: mega durchkonzipiert, mit Super-Anschauungsmaterial, hochspannender Darbietung. Dauern oft viel zu lange; Kids sind danach meist durch den Wind und nicht mehr runterzukriegen. Überhaupt haben Machtmenschen kaum ein Gespür für eine gute Zeiteinteilung und -bemessung von Aktions- und Ruhezeiten

• kaum ein Gefühl für die Gruppendynamik im Freispiel. Kein Gespür für den Point-of-no-return beim Ausgelassen-sein. Scheren sich entweder gar nicht darum oder sind im Gegenteil superstreng und erlauben keinerlei Aufkommen von Ausgelassenheit. Werden im Garten viel weniger von den Kindern kontaktiert als einfühlsame Betreuer

• kein Gefühl für gute Raumaufteilung. Mögen Rückzugsecken nicht, wollen den ganzen Raum möglichst offen und leicht zu überblicken. Oder schlechte Konzipierung der Ecken, etwa Ruhe-Ecke anstoßend an Puppenecke

• ihr Duktus mit den Kindern wirkt oft unecht. Sprechen, als ob sie sich in einem Theaterstück befänden. Reden von sich selbst manchmal in der dritten Person, so wie man es eigentlich nur bei den ganz Kleinen macht: „Jetzt muss die Biggi aber mal mit euch schimpfen..."

• scheinen in einem mehr oder minder unbewussten Einvernehmen mit ihnen ähnlichen Kindern zu sein. Schauen bei deren Vergehen weg, schimpfen sie nur ‚pro forma'. Spielen bei Fallbesprechungen ihre

Symptome herunter, suchen dafür an den Haaren herbeigezogene Erklärungen. Bevorzugen sie bei Vergünstigungen

• lieben alles, was nach ‚außen' geht. Portfolio, Aushänge, Elternbriefe, Fensterbilder, Wand-Dekos werden stets sehr sorgfältig, aufwendig und auf Schön gemacht

• Essen bekommt bei vielen von ihnen eine unverhältnismäßig große oder zu kleine Bedeutung. Entweder starke Fixierung auf gutes Essen oder sich mit Essen so wenig wie möglich beschäftigen wollen

Ecken-Chaos

Wer meint, dass das mangelnde Gefühl von Machtmenschen für Gruppendynamiken und -Belange nicht so schlimm sei, der ändert vielleicht gleich seine Meinung:

Die Regenwurm-Gruppe bekommt eine neue Gruppenleitung, Selina. Es ist der erste Wechsel ihres Arbeitsplatzes, seit sie Erzieherin ist. Vor kurzem erst sind die beiden Kinderpflegerinnen Geli und Samantha aus anderen Gruppen hierher gewechselt, einzig die in Teilzeit arbeitende Erzieherin Helga ist schon seit einem Jahr bei den Regenwürmern.

Die ersten drei Tage mit Selina lassen sich für alle ganz gut an, dann hat Helga einen freien Tag. Als sie am Freitag wieder zur Arbeit geht, stockt sie erst einmal an der Gruppentür der Regenwürmer, denn hier ist einiges umgeräumt. Bau- und Puppenecke haben ihren Platz gewechselt; erstere ist nun von zwei Seiten zugänglich, letztere ist jetzt zweigeteilt und befindet sich in der unteren und oberen Ebene des Raum-Häuschens. Helga schluckt. *Ungünstiger geht's kaum*, denkt sie. Und nach drei Tagen schon zu meinen, man habe bereits einen solch guten Überblick über Gruppe, Regeln und Raum, dass man umräumt, erscheint ihr auch zweifelhaft. Die Kinder mussten sich in den letzten Wochen schon auf zwei neue Gruppenhelfer einstellen und jetzt noch auf eine neue Gruppenleitung. Nun zusätzlich noch eine solch gravierende Veränderung, das findet Helga definitiv nicht gut. Ebenso, dass Selina diese mit ihr, die ja die meiste Erfahrung von allen Betreuern mit den Regenwürmern hat, wohl nicht besprechen wollte.

Helga überlegt, was sie zu Selina sagen soll. Sie will weder lügen noch gleich gegen die Maßnahmen der neuen Gruppenleitung reden. Doch Selina fragt gar nicht nach, wie Helga die neue Aufteilung findet, also hält diese erstmal ihren Mund.

Die folgenden Wochen sind höllisch anstrengend. Da die Bauecke nun offen ist, breiten sich Bauwerke und Baumaterial der Kinder ständig in den Rest des eh schon viel zu kleinen Gruppenraums aus. Die anderen Kinder haben dadurch zu wenig Platz, Legos und andere Spiele landen jetzt auch in der Bauecke, ständig gibt es Knatsch und Streits. Durch die Offenheit weiß man auch nie genau, wer jetzt eigentlich in der Bauecke spielt. Es herrscht ein Kommen und Gehen, und die Kinder, die früher gerne und ausgiebig gebaut haben, sind frustriert. Außerdem fühlt sich am Ende der Freispielzeit niemand für's Aufräumen zuständig; es dauert jetzt ewig und ist mit vielen Diskussionen und Streitereien belegt, bis die sich im ganzen Raum verteilten Sachen wieder in der Bauecke und an ihren sonstigen Plätzen befinden.

Die zweigeteilte Puppenecke erweist sich als noch ungünstiger. Im unteren Bereich befindet sich nun die Puppenküche, im oberen die Schlafstelle für die Puppen. Das hat zur Folge, dass die Kinder ständig von unten nach oben wandern und umgekehrt. Oft befinden sich aber oben oder unten schon wieder andere Kinder, dann gibt es Streit, weil sich dann in den beiden kleinen Ecken einfach zu viele Kinder tummeln. Schließlich müssen alle Bettmöbel von oben entfernt werden, da die Kinder draufsteigen und über die Balustrade herunterrufen. Das wird erstens zu laut und trubelig, zweitens ist es gefährlich, denn die Kinder hopsen auf den Betten herum und man muss Angst haben, dass sie über die Balustrade geraten. Zusätzlich macht das ständige Treppengetrappel und Bodengehopse sehr viel Lärm, klar, ist ja alles aus Holz. Die Vorschüler spielen unten nun gar nicht mehr, weil sie zu groß sind, um dort aufrecht stehen zu können. Als Bauecke war das Häuschen für sie noch okay gewesen, weil sie da auf dem Boden sitzend gespielt haben.

Helga ist mehr als frustriert. Doch sie mag außer einem vorsichtigen „Ich find's nicht so günstig" immer noch nicht groß etwas sagen, weil Selina sich viel mehr mit Geli und Samantha abgibt, anscheinend liegt ihr Helga nicht. Den Morgenkreis durchzuführen, wenn Selina nicht da ist, trägt sie nur Geli auf. An einem besonders nervenaufreibenden Nachmittag, ohne Selina, an dem besonders die Puppeneckenkinder ständig Ärger machen, und sogar die eher besonnene Geli nur am Schimpfen ist, rutscht Helga aber dann doch mal die Bemerkung raus:

„Bei der bescheuerten Eckenanordnung jetzt brauchen wir uns nicht zu wundern, wenn nur noch Tohuwabohu herrscht."

Am nächsten Morgen beginnt Helgas Arbeitstag erst um 11.00 Uhr, an diesem Tag findet eine Geburtstagsfeier statt. Wieder einmal stockt sie in der Eingangstür, weil Selina inmitten der Feier ein Regal-Element vor die Bauecke räumt, während die Kinder an der langen Feiertafel sitzen.

„Das mach ich nur dir zuliebe", fährt sie Helga an, „wenn's nach mir ginge, wäre hier alles offen. Du hast dich ja gestern beschwert, dass es dir hier nicht gefällt."

Helga ist betroffen. Sie hat nicht damit gerechnet, dass Geli ihre Bemerkung Selina gleich brühwarm erzählt. Und mitten in einer Feier rumzuräumen, befremdet sie auch. „Bitte mach nach deinem Stil", sagt sie schließlich. „Wenn sonst alle damit klarkommen, werd' ich mich anpassen." Was irgendwie verquer ist, denn auch die beiden anderen Betreuerinnen sind sichtlich genervt von der ungünstigen Raumaufteilung, wenn sie sich auch mit Äußerungen darüber bedeckt halten.

„Jetzt bin ich schon dabei", antwortet Selina und werkelt weiter.

Helga hilft ihr jetzt, aber sie getraut sich nicht zu sagen, dass dieses Regal, das sie nun mit Selina nach deren Anweisung an die kurze Seite der Bauecke herumhievt, an dieser Stelle nicht viel Sinn macht, weil die lange Seite diejenige ist, von der aus die Bauecken-Kinder am meisten in den Rest des Gruppenraums hineinbauen und das Material hineinwerfen. Doch Helga fasst jetzt den Entschluss, dass sie sich solche gravierenden Fehlentscheidungen, das nun andauernde Gestreite und Gelärme in dieser Gruppe und eine so unreflektiert und unkooperativ handelnde Gruppenleitung nicht mehr antun will. An einem der folgenden Tage geht sie zur Kita-Leitung und bittet sie um eine Versetzung. Auch Selina teilt sie es mit.

Am Abend ruft Selina Helga zuhause an und befragt sie ausführlich nach den Gründen für ihren Wunsch, die Gruppe zu wechseln. Helga berichtet ihr ehrlich, dass sie die Atmosphäre in der Gruppe schrecklich findet, seit sie so umgeräumt ist. Und auch, dass sie es nicht für gut erachtet, dass diese Aktion schon in Selinas erster Woche stattgefunden hat, noch dazu zusammen mit den personellen Veränderungen.

Selina antwortet: „Das hab' ich nur gemacht, weil man mir gesagt hat, dass man gleich etwas verändern muss, wenn man neu ist. Alle haben gesagt, dass es viel schwieriger wird, je länger man damit wartet."

Diese Aussage findet Helga befremdlich. Man verändert doch Dinge nicht einfach mal nur so, sondern dann, wenn man sie verbessern will. Sie weiß nicht, was sie dazu sagen soll. Schließlich meint sie „Ich hätte es auch gut gefunden, uns andere Betreuer mit einzubeziehen."

Selina sagt darauf: „Ich hoffe aber, dass du mit mir einer Meinung bist, dass man sich auch mal auf was Neues einlassen muss."

„Ja, natürlich..."

Helga wird immer verwirrter. Das Gespräch dauert über zwei Stunden, und sie empfindet es als sehr anstrengend. Und seltsam, wenn man bedenkt, dass Selina in dem halben Jahr, in dem sie nun da ist, sonst kaum mit ihr gesprochen hat. Obwohl sie eigentlich ein gutes Gedächtnis hat, kann Helga sich danach an weitere Details in diesem Gespräch nicht erinnern. Nur, dass Selina auf keine ihrer Fragen oder Anmerkungen richtig eingeht, dass sie das Gespräch subtil in eine bestimmte Richtung lenkt, die eigentlich gar nicht Helgas Meinung ist, und Helga sich verzweifelt bemüht, irgendeine weiterbringende Substanz ins Gespräch zu bringen. An den letzten Satz, auf den Selina in den zwei Stunden anscheinend hingearbeitet hat, erinnert sich Helga aber:

„Es war mir nur wichtig, zu wissen, dass es nicht an mir liegt, wenn du gehst."

Helga weiß nun auch etwas ganz sicher, nämlich, mit was für einer Sorte Mensch sie es hier zu tun hat. Gut, dass sie sich entschlossen hat, zu gehen.

Erste-Hilfe-Maßnahmen

Exorzismus, bei diesen sozial-emotional dysfunktionalen Individuen? Nee, leider, da würde sich selbst ein Heiliger die Zähne ausbeißen. Meine Erfahrung – und die von be- und geschlagenen Kolleginnen – ist, dass man so gut wie keine Chance auf irgendeine Änderung hat, wenn man von solchen menschlichen Nachtschattengewächsen zu ihrem Opfer auserkoren wurde. Am besten, man sucht so schnell wie möglich das Weite, bevor man noch größeren Schaden an Psyche und Ruf nimmt. Aber bis es soweit ist, kann man ein wenig Schadensbegrenzung betreiben, wenn man weiß, wie Machtmenschen ticken:

• sieh zu, dass es dir so gut wie möglich geht. Machtmenschen ziehen viel Energie und kosten Kraft. Sie sind wie ein Schwarzes Loch, sie saugen dich aus und niemals kommt etwas zurück. Versuche, das so gut wie möglich auszugleichen. Ernähre dich gut und trinke viel Wasser. Schlafe ausreichend. Steh zehn Minuten früher auf und zieh' dich so an, dass du dir gefällst und dich wohlfühlst. Mach eine Best-Version von dir. Zieh dich nach der Arbeit um und dusche dir den toxisch-emotionalen Schmodder, den Machtmenschen dir anschmieren, ab. Vielen ist der Magen im Zusammensein von Machtmenschen wie zugeschnürt, und sie kriegen keinen Bissen hinunter. Dann mach dir Smoothies zum Trinken, das geht oft noch. Wenn das was für dich ist, dann gönn dir doch einen kleinen Blendy-to-go, da schmeißt du morgens dein Obst, Gemüse und Wasser oder Joghurt rein. Es bleibt dort relativ frisch und du kannst es später aufmixen. Ein hochwertiges Studentenfutter lässt sich auch oft noch knabbern, wenn einem das Brot im Beisein von Giftnudeln im Hals stecken bleibt. Übrigens kann es sein, dass du trotzdem an Gewicht zunimmst, das liegt am hohen Cortisolspiegel, den die dauernde Anspannung im Zusammensein mit toxischen Menschen verursacht

• im Zusammensein mit diesen Emotionsfressern versuchen wir meist immer wieder verzweifelt, Verhaltens-Strategien für ein verträglicheres Miteinander zu finden, ihnen irgendwie begreiflich zu machen, dass man doch keine Feindschaft möchte. Ein Kopfkino beginnt, das ein Eigenleben kriegt und sich kaum mehr abstellen lässt. Lass es. Ist für Machtmenschen – die spüren das – nur noch mehr Futter und führt dazu, dass du dich selbst noch mehr kaputt machst. Geh aus dem Kopf und ins Körperliche, indem du dir viele sinnliche Dinge gönnst. Leckeres Essen, ein Bad, Duftlampe, schöne Musik, Spaziergänge in der Natur, Barfußlaufen auf einer Wiese, was Künstlerisches oder Gestalterisches mit den Händen. Und wenn du nur ein Stück Holz abschmirgelst, für einen Handschmeichler. Oder eins dieser knuffigen Pappmaché-Sparschweine bastelst und darin für einen Urlaub sparst. Den nämlich solltest du dir so oft wie möglich gönnen, wenn du mit Toxen zusammenarbeiten musst. Und wenn die Kohle auch momentan nur für zwei Tage Zelten reicht, raus ist raus

• versuche eine für dich passende Entspannungstechnik, wie Atemübungen, Meditation, Yoga, Taiji. Visualisiere vor der Arbeit einen Schutz, eine ‚Rüstung‘, aus Eisen, Leder, Dornenzweigen oder Licht. Das, was sich für dich gut anfühlt. Nee, keine Angst, du musst dich jetzt nicht auf einen Eso-Trip begeben, auch Sportler und Therapeuten arbeiten mit Visualisierung. Gönne dir auf der Arbeit am Vormittag und Nachmittag eine extra Klo-Pause. Atme dort bewusst, entspanne deine Muskeln, klopfe Arme, Beine und Brust mit der flachen Hand ab und zieh dir, falls nötig, deine ‚Rüstung‘ wieder an

• lass dein Social Life nicht ganz einschlafen, das passiert oft schleichend, wenn man viel mit Energieräubern zusammen ist. Triff dich mit ein, zwei Menschen, die dir gut tun. Begrenze Gespräche aber nicht auf dein Mobbing-Thema, man steigert sich sonst rein, kennt bald kein anderes Thema mehr und vergrault sich Freunde. Irgendwelche Kurse, die dich interessieren, wenn du noch Kraft dafür hast, sind auch gut, um mal nicht an die Dunkelwesen auf deiner Arbeit zu denken

Wie verhältst du dich am besten auf der Arbeit:

• sei sehr genau mit allem, was Vorschriften, Regeln und Bürokratiekram anbelangt. Machtmenschen nutzen jeden noch so kleinen Fehler, um dir bei nächster Gelegenheit ans Bein zu pinkeln. Mach dich nicht angreifbar

• bremse dein Engagement für Neues und für dich Unbekanntes, auch wenn du gerne kreativ und innovativ bist. Halte dich an das, was für dich gut beherrschbar und überschaubar ist. Klingt schade und traurig, aber solche Dinge sind ein gefundenes Fressen für Toxic People. Wenn du ein Try-and-Error für etwas Neues betreiben musst, kannst du dir sicher sein, dass sie den allerkleinsten Fehler gegen dich verwenden

• schütze deine private Zeit. Lass dir nichts aufhalsen, was in deiner VB-Zeit nicht möglich ist. Ist nicht so leicht, wie es klingt. Man neigt nämlich gerne mal dazu, alles Mögliche und Unmögliche betreiben zu wollen, wenn man sich daraufhin arbeits- und beziehungstechnisch eine Schön-Wetter-Front erhofft. Aber ist wie von einem Hurrikan zu verlangen, sich in ein laues Lüftchen zu verwandeln; das wird nicht geschehen, egal wie viel du machst und tust. Du gehst nur noch schneller kaputt

• dokumentiere Dinge, die für dich nicht in Ordnung sind oder die dir seltsam vorkommen. Mit Datum, Uhrzeit und anwesenden Personen. Wenn es hart auf hart kommen sollte, hast du etwas in der Hand. Meist geschieht das nicht, weil Machtmenschen viel lieber heimtückisch agieren. Aber Dokumentieren bewahrt dich auch ein Stück vor der unausbleiblichen Gehirnwäsche, die Machtmenschen betreiben, und die dich auch gern mal an deiner Wahrnehmung und deinem Verstand zweifeln lässt

Jetzt ein paar Verhaltensweisen toxischen Menschen gegenüber, die man sich erst nach und nach aneignen muss. Nicht verzweifeln, wenn das nicht gleich gelingt, es lohnt sich, da dran zu bleiben:

• die Wichtigste, auf die die meisten folgenden aufbauen: nimm deine Emotionen raus, wann immer du kannst. Ein Stichwort, das du dir selbst immer wieder dazu sagen kannst: ‚Be flat'. Sei flach, sowohl in deinen negativen als auch positiven Regungen. Stelle dir einen flachen Kieselstein vor, der dem heranbrausenden Wasser keine Gelegenheit gibt, hoch aufzuspritzen, sondern es über sich hinweg fließen lässt. Biete keine Angriffsfläche, indem du Dinge wie Begeisterung oder Schaffensfreude, aber auch Empörung oder Verletztsein zeigst. Vermeide das, wann immer du kannst, mach dich emotional nebulös, undurchsichtig

• erzähle nichts Privates mehr, auch nicht die kleinste Kleinigkeit. Nicht, was du gerne isst, anziehst, welche Musik du gerne hörst. Gewöhne dir Phrasen an wie „Mal dies, mal jenes", „Mal so, mal so", „Immer mal was anderes", „Kann ich jetzt gar nicht so genau sagen". Bei allem, was privat ist, schütze es, werd' ein König des Phrasendreschens. Lass dich einfach nicht ausfragen. Vorsicht aber auch bei Gegenfragen. Manche Machtmenschen sprechen zwar gerne und ausführlich über sich selbst, projizieren aber danach ihre Manipulationsart, Dinge gegen andere zu verwenden, auf dich. Plötzlich wirst du vehement beschossen und fragst dich bestürzt, was da passiert ist. War doch noch ein so schönes Gespräch gestern!

• halte Augenkontakte kurz, lenk deinen Blick dann aber nicht nach unten, sondern zur Seite. Kannst das zuhause auch üben. Mach deinen Blick so ‚leer' wie möglich

• wenn dich die Giftdose etwas fragt, reagiere nicht sofort, warte einen Moment, bevor du antwortest

• begegne plötzlich auftretender Freundlichkeit von Machtmenschen flach. Nicht abweisend, nicht hocherfreut, sei nett, aber ein wenig verhalten

• wird ein klares Statement von dir verlangt, sag ruhig dein Ding, aber bedenke auch die anderen Seiten: „Alles hat Vor- und Nachteile", „Einerseits…, andererseits…" „Dies halte ich für ganz gut, jenes wär auch anzudenken". Mach dich, wann immer es geht, zum Glitsch-Aal: lass dich nicht einfangen! Sollte Herr/Frau Machtmensch dir dann Opportunismus vorwerfen, hast du die Meta-Ebene zur Verfügung, etwas, das dieser Egomane vor dir nicht kennt: „Selten ist alles Schwarzweiß, es gibt viele Grautöne", „Jedes Ding auf der Welt hat zwei Seiten", „Das Eine gut zu finden, heißt nicht, das Andere zu verteufeln"

• mach dich nicht klein und nicht groß. Wenn dir Fehler passieren, entschuldige dich kurz, berichtige sie, und dann ist gut. Geißle dich nicht deswegen, innerlich nicht und äußerlich schon gar nicht

• das Zweitwichtigste zum Schluss: arbeite an einem Exit. Das widerstrebt uns oft sehr, wir haben uns ja engagiert, etwas aufgebaut, haben viel zu verlieren, es muss sich doch irgendwie alles wieder richten lassen und überhaupt ist ja jetzt gar keine Kraft mehr dafür da. Ja, das ist so. Aber in 99,9% aller Fälle, die Kolleg/innen und ich jahrzehntelang mit toxischen Menschen erfahren haben, sind die Opfer letztendlich doch gegangen. Manchmal freiwillig, oft mit letzter Kraft und viel Federnlassen, manchmal auch zwangsläufig, mit Burnout oder Depression

Übrigens: Ich habe es in all den Jahren nur zweimal erlebt, dass einzelne Eltern mitbekommen, was da wirklich abgeht. In den allermeisten Fällen schaffen es die Toxen, deinen Ruf ordentlich anzuknacksen oder sogar zu ruinieren, bei den Eltern, bei Träger und Leitung und bei den Kollegen.

Gute Erzieher/in?

Nach all dem beschriebenen menschlichen Morast wird sich jetzt mancher vielleicht fragen, ob es denn auch noch vernünftige Leute in der Kita gibt; ja, Gott sei Dank, ein paar gibt's noch.

Ich versuch mal zu beleuchten, was denn eine gute Betreuungskraft so ausmachen könnte. Man könnte fast meinen, dass es ganz drauf ankommt, wer dich da beleuchtet. Von der Gesellschaft angedacht ist sicher, dass du es schaffst, viele glückliche, gescheite, stabile und ehrgeizige Kinder in die Schule zu entlassen. Und das wollen wir ja selbst auch. Blöd ist nur, dass nicht bedacht wird, dass unser Handlungsspielraum sich mittlerweile dem Millimeter-Bereich nähert, und du zunehmend zu einer Puppet-on-the-String gemacht wirst.

Der Träger hingegen findet dich gut, wenn du mit deinem mickrigen Gehalt zufrieden und nicht allzu oft krank bist und den stets zu kleinen Räumen und dem notorischen Geldmangel mit freundlichem Verständnis begegnest, da das Budget einfach nicht mehr hergibt. Und wenn du die andauernde Überbesetzung der Gruppen und Unterbesetzung des Personals demütig hinnimmst, als nun mal gegeben und nicht zu ändern.

Die meisten Eltern hingegen würden es heutzutage gerne sehen, dass du ihr Kind ein bisschen individueller betreust als andere, denn es ist etwas ganz Besonderes. Und natürlich, dass du stets bemüht bist, ihre kleinen und großen Wünsche umgehend zuerfüllen.

Die Leitung wünscht sich von dir, dass du für ihre undankbare, unverfroren unterbezahlte Rolle zwischen den Stühlen von Auflagen, Träger, Eltern und Team vollstes Verständnis hast und natürlich mit deinen eigenen Belangen zurückstehst, dass du zeitlich und gruppentechnisch stets flexibel bist und dass du mit deinen zwei Stunden Vorbereitungszeit die Dinge erledigst, die eigentlich zwanzig Stunden benötigen.

Deine Kollegen freuen sich, wenn du nicht allzu ehrgeizig bist und nicht ständig neue Ideen umsetzen willst, denn die Zeit reicht ja meist noch nicht einmal für die alltäglichen Belange. Kritisches Hinterfragen deinerseits kommt auch nicht gut an; die Arbeit fühlt sich sowieso jeden Tag an, als ob man nur ein Zehntel von dem gemacht hat, was man eigentlich sollte, ausgepowert ist man trotzdem.

Und wie steht's mit dir selbst? Hast du noch eigene Ambitionen, Projekte, tolle Ideen, die du seit Jahren schon gerne einmal umsetzen würdest? Oder bist du schon von der Realität eingeholt, die dir sagt: Vergiss es, altes Mädel, wenn du nicht noch früher ausbrennen willst? Kannst du dich noch erinnern, aus welchen Gründen du damals den Beruf erlernt hast? Hast du damals daran gedacht, dass du mit deinem Gehalt besser nicht alleinerziehend werden solltest, wenn du nicht in die Armutsfalle geraten oder dich der heillosen Überbelastung ausliefern willst? Und deine Unterwäsche so lange reparieren und tragen willst, bis sie sich skelettiert? Dass du bei der enormen psychischen Belastung höchstwahrscheinlich nicht bis zur ohnehin mageren Rente durchhältst? Dass du mit zunehmendem Alter nicht wie in anderen Berufen als die Erfahrene giltst, sondern als die Alte, Rückständige, nicht mehr genug Belastbare? Na ja, zugegeben, manchmal stimmt das schon auch. Aber es gibt auch die von der Sorte A.E.D (Aged Extremely Dangerous), Grüße an Bruce Willis! Weil sie lange genug dabei sind, um den maroden und verstörenden Inhalt dieser auf gut und schön getunten Riesenschublade namens Kita zu überblicken. Ehrlich, jetzt kommen mir schon ein, zwei bittere Tränen hoch. Wie viele Erzieher/innen Ü-60 kennst du? Wie viele, die bis 67 in ihrem Job sind? Eben. Es ist erschreckend, tragisch und traurig, wie offensichtlich, aber dreist wegblickend wir ausgebeutet werden.

Doch welcher Typ Mensch eignet sich denn nun für diesen Beruf? Ganz sicher ist, dass du besser nicht zu empathisch oder gar hochsensibel sein solltest. Der hohe Lärmpegel, die zu vielen Kinder in zu kleinen Räumen, Kollegen mit Macht-, Manipulations- und Kontrollsucht, die zu vielen Anforderungen in zu wenig Zeit... ein allzu frühes Burnout ist garantiert und vorprogrammiert. Besser ist es, du bist ein wenig derber gestrickt. Altruisten und Philanthropen steht das gleiche Schicksal bevor. Zu intelligent solltest du auch nicht sein. Das mag etwa ‚Kollege' Machtmensch gar nicht. Und dir selbst tut's auch nicht gut; viel zu schnell deckst du es auf, das pädagogisch marode, sozialfeindliche, liebe Menschen ausbeutende und gestörte Individuen anlockende Konzept der Kitas, das unsere Gesellschaft da für uns bereitet hat und dazu noch ständig verschlimmbessert. Als Frau solltest du am besten klassisch verheiratet sein und ein paar Kinder wollen; das gibt dir erstens die Gelegenheit, zu pausieren, wenn's geldmäßig geht, zweitens hast du für das Finanzielle einen Partner im Hintergrund, wenn du den Job irgendwann nicht mehr schaffst. Als Mann denkst du besser nur an Hochzeit und Kinder, wenn du eine Leitungsposition in einer größeren Kita anstrebst und dann auch durchhältst. Dafür gibt's wenigstens ein bisschen mehr Kohle. Und wer aus der LTBTQIA+-Community kommt, der sollte sich auch zur finanziellen Vorsorge rechtlich liieren. Und möge sich ansonsten etwas bedeckt halten mit seinem Privatleben, wenn er ohne permanente schräge Beäugung arbeiten will, zumindest in der bayrischen Provinz.

Auf jeden Fall solltest du eine große Portion Egoismus mitbekommen haben. Das schützt vor dem Ausbrennen. Ebenso eine gewisse Unnahbarkeit, besser noch eine ordentlich ausgeprägte Gefühlskälte. Ich beobachte immer wieder, dass solche Kollegen etwa in aller Seelenruhe und unbehelligt im Garten stehen können, während die Einfühlsamen ständig von den Kindern frequentiert werden und sich mit ihren Wünschen, Bedürfnissen und ihrem Mitteilungsdrang beschäftigen müssen.

Eine gut entwickelte Fertigkeit in Manipulationstechniken kommt auch gut. Hilft sehr in der Kommunikation mit Eltern. Diese Mitarbeiter schaffen es auch, nicht allzu viel zu tun, aber sich sehr gut darzustellen. Sie denken nicht im Traum daran, sich aufzureiben, verkaufen sich aber blendend nach außen. Auch die Leitung, die in den immer größer werdenden Einrichtungen und dem Bürokratie- und Doku-Wahn oft viel zu wenig mitbekommt, was in den Gruppen abgeht, kann auf diese Leute hereinfallen. Sie mag sich wohl wundern, dass in dieser Gruppe heuer schon wieder eine Kollegin schwanger geworden ist, letztes Jahr nämlich auch schon, vorletztes ist eine wegen Umzug gegangen und das Jahr davor wollte eine unbedingt in den Krippenbereich wechseln. Doch meist wird ihr das so plausibel erklärt, dass sie die ‚arme Kollegin‘ wegen ihres ‚Pechs‘ mit ihren Mitarbeitern noch bedauert. Diese Leute verstehen es hervorragend, andere auf ihre Seite zu ziehen und Kollegen auf perfide Weise zu verunglimpfen. Es ist auch interessant, zu beobachten, dass diese Mitarbeiter entweder beinahe jährlich Position oder Stelle wechseln oder Jahrzehnte auf ihrer Stelle kleben und eine Mitarbeiterin nach der anderen verbraten. Die alten Hasen unter uns wissen: Hüte dich vor einer Kita, deren Stellenausschreibungen aus den Jobbörsen schon gar nicht mehr wegzudenken sind!

Trauriges, verstörendes Fazit meines inneren Pragmatikers: Sozialemotional dysfunktionale und human-destruktive Individuen stellen in diesem von Machtmenschen konzipierten und manipulierten System namens Kita die besseren Erzieher dar. Und tragen einen nicht unerheblichen Teil dazu bei, dass wir immer mehr Problem-Kinder hervorbringen.

Die Leitung – leidensfähig oder megaloman

Eine gute Leitung macht für mich hauptsächlich aus, dass sie/er kein Machtmensch ist. Mit allen anderen menschlichen Schwächen kann man leben, nobody is perfect. Interessanterweise schwächelten alle Nicht-Machtmensch- Leitungen in meinem Erzieher-Leben kaum. Alle konnten gut organisieren, waren team- und reflektionsfähig, führungs- und fachkompetent. Normale Menschen haben gesündere Absichten, und oft mit anderen Gründen auch hehre miteingehend, wenn sie sich auf eine Leitungsposition einlassen und können meist ganz gut einschätzen, ob sie dem auch gewachsen sind.

Bei den Toxic Leadern sieht das anders aus. Ich erlebte und erlebe sie als übergriffig bei Personal und Kindern und oft als die Freundlichkeit in Person bei Eltern und Träger. Ihre ‚Pädagogik' entweder altbacken, stereotyp, schubladenmäßig, Neues nur, wenn spektakulär und mit gut sichtbarer Außenwirkung. Oder sie machen einen auf pseudo-modern, strukturarm oder mit sinnbefreiten Strukturen. Meist picken sie sich eine Kollegin für ihre Mobbing-Spielchen aus, eine sensible oder feinfühlige, gerne auch sehr engagierte oder auf speziellen Gebieten begabte Menschen. Denn während eine gute Leitung das begrüßt und die Ressourcen ihrer Mitarbeiter einsetzt, mag das der Machtmensch gar nicht, wenn andere auch was können. Es sei denn, er kann es für eine eindrucksvolle Außenwirkung verwenden. Aber Vorsicht, immer schön bescheiden dabei bleiben, und dem Machtmensch dafür danken, dass du ‚seine' Kita bereichern darfst! Die restlichen Mitarbeiter werden mit den üblichen Gehirnwäsche-Spielchen dieser Individuen zu Helfershelfern ‚ausgebildet' und sorgen mit dafür, dass das ‚Spielpüppchen' bald an seinem Verstand, seinen Fähigkeiten, seiner ganzen Person zweifelt. Bis die arme Socke kaputt ist und flüchtet, dann ist die nächste dran. Und die nächste und die nächste. Haben sich Machtmenschen erst einmal als Leitung in einer Kita eingenistet, bleiben sie über Jahrzehnte darin hocken, und kreieren daraus ihre ganz eigene Welt. Ich werd' nie seine

Worte vergessen, als ich bei einem solchen ‚Wesen' einmal vorstellig war:

„Hier läuft alles ein bisschen anders. Ich bin alleinstehend und widme mich ganz der Kita. Sie ist mein Leben, mein Baby, ich hab sie vor über zwanzig Jahren aufgebaut. Wir schreiben uns hier nicht jede Überstunde auf. Und wir machen auch alle zuhause mal was. Wir bleiben auch nicht bei jeder Erkältung gleich daheim." Im Klartext: „Das ist mein Königreich, und du wirst mir gehören, und zwar mit Haut und Haaren."

Es überkommt mich eine unbändige Wut darüber, wenn ich daran denke, dass ich in den letzten fünf Jahren dabei zusehen musste, wie drei wirklich gute Leitungen regelrecht ausgebrannt sind und gekündigt haben. Zwei davon gingen ganz aus dem Kita-Bereich raus. Ich weiß nicht wohin mit meiner Empörung. Alle drei haben versucht, aus diesem maroden Machwerk Kita das Beste für Kinder und Betreuer herauszuholen, aber sie wurden schamlos ausgenutzt und fertig gemacht, von den Trägern, von den Eltern, von toxischen ‚Mitarbeitern'. Selbiges hab' ich bei sechs jungen, sehr engagierten und fähigen Erzieherinnen miterleben müssen. Wer bleibt, sind die Giftnattern und Spaltpilze, und ihre sogenannte Pädagogik ist die schöne Schublade, mit traurigem, skurrilem, sinnbefreiten Inhalt, ein Monkey Business. Und so findet seit vielen Jahren schon eine erschütternde Selektion statt, und mein anfängliches Erschrecken über das vermehrte Tummeln der vielen sozial-emotional dysfunktionalen Kreaturen in den Kitas weicht der Wut und der Fassungslosigkeit darüber, dass die Gesellschaft das schon Jahre, ja Jahrzehnte zulässt. Hauptsache, möglichst viele Kinder reingestopft.

Kids sind anders

Bevor ich mit diesem Thema loslege, möchte ich noch was klarstellen. Über weite Strecken mag dieses Buch so wirken, als dass ich hier einfach nur meinen Frust loslassen will, der sich fast 40 Jahre lang in diesem Beruf aufgebaut und aufgestaut hat. Das ist zwar schon auch der Fall, aber ich mach' mir auch ziemlich Sorgen, um die Entwicklung in unserer Gesellschaft und besonders um unsere Kids. Für mich persönlich gesehen, könnten mir die Dinge ziemlich wurscht sein; die paar Jahre bis zu meiner Rente kriege ich auch noch irgendwie gebacken. Aber wenn ich auch hier oft flapsig daherkomme, liegt es mir sehr am Herzen, dass es mit der Kita künftig nicht mehr weiter so bergab geht wie bisher. Deswegen werd' auch beim Thema ‚Kids' kein Blatt vor den Mund nehmen und klar benennen, was ich wahrnehme. Aber weder will ich unsere Kiddys verunglimpfen noch in das Muster verfallen, dass ältere Menschen ja immer über die jüngeren schimpfen. Weshalb ich dieses Buch überhaupt schreibe, ist, dass bei mir folgende Umstände zusammenkommen: 1. dass ich Erzieherin bin, und das 2. mit einem langen, breit gefächerten Erfahrungsspektrum, sowohl einrichtungs- als auch positionstechnisch, 3. dass ich nach gut 20 Jahren in der Kita über ein Jahrzehnt Abstand von ihr hatte und jetzt wieder fünf Jahre drin stecke, 4. dass ich schon etliche Bücher geschrieben habe, weil 5. das Schreiben bei mir schon immer eine reflektierende, aufarbeitende Funktion hat, die ich 6. auch anderen mitteilen will, nach dem Motto: ‚Writing isn't a Hobby, it's a Calling'. Durch dieses Konglomerat meine ich, prädisponiert und prädestiniert zu sein für diese Sache hier, und ich fühl' mich dazu verpflichtet, mit diesem Buch ehrlich und eindringlich auf unsere Kita-Misere hinzuweisen. Deshalb in aller Deutlichkeit: Gerade weil ich meine Arbeit und die Kiddys immer geliebt habe, werde ich jetzt hier in altbewährter Manier über sie berichten, mal flapsig, mal sarkastisch, ironisch, aber auch ernst und ehrlich. Vermutlich wird's trotzdem ein paar Leute und Social Bots geben, die mir ein Kinder-

Bashing vorwerfen, damit muss ich halt leben. Aber auch für mich gilt: die Intention hinter einer Sache dringt IMMER durch, darauf vertraue ich.

„Die Kinder sind anders geworden", sagen viele Erzieherinnen, die diesen Job schon über ein, zwei Jahrzehnte oder noch länger machen. Aber klar sind sie das; Veränderungen sind ja normal. Jede Zeit und jede Gesellschaft hat die Kinder, die sie hervorbringt. Jede neue Generation macht Sachen, bei der sich der alten die Haare sträuben. In meiner Kindheit war's zum Beispiel die schreckliche ‚amerikanische' Musik der Beatles und des ‚verdorbenen' Elvis, später dann die verrückten Kiss, Deep Purple, Pink Floyd und Queen. Dass meine Tochter Dorle Ende der 90er auf Mangas und K-Pop stand, konnt' ich auch schwer nachvollziehen. Und heute stehen die Kids eben auf Paw Patrol, Anna und Elsa, Spiderman und Ladybug. Na, wenigstens sind die unsäglichen Teletubbies ziemlich von der Bildfläche verschwunden.

Manches an neuen Sichtweisen und Verhaltensweisen seit den letzten 30 Jahren find' ich gut. Etwa, dass Mädchen nicht mehr so still und unterwürfig sind und dass Jungs nicht mehr verbal gesteinigt werden, wenn sie eine Puppe in die Hand nehmen. Anderes lässt mich die Augen verdrehen, aber ich kann damit leben. Etwa, dass für manche Mädchen anscheinend nur noch Einhörner als Tiere und an Farben ausschließlich Zartrosa, Zartmint und Zartlila existieren. Oder dass viele Jungs es jetzt als cool empfinden, mit der Kapuze über dem Kopf im Gruppenraum herumzuspazieren, mit einem enervierenden „Yo,yo, yo!"

Wenn erfahrene Erzieherinnen behaupten, die Kids wären lauter geworden im Gegensatz zu früher, impliziert das meist, dass sie schon etliche Jahre auf dem Buckel haben, könnte also auch sein, dass die Nerven täuschen, weil ihr Bio-Material schon Abnutzungserscheinungen aufweist. Es ist aber nicht nur die Lautstärke. Mir ist zum Beispiel aufgefallen, dass viele Kids intelligenter scheinen als früher. Puzzles etwa, die für Fünf-, Sechsjährige gedacht sind, schaffen etliche mit dreieinhalb, vier Jahren schon. Andererseits scheint manchen mit Fünf, Sechs noch die Perspektivübernahme zu fehlen, was immer wieder zu heftigen, end- und fruchtlosen Streits untereinander führt, weil jeder unbedingt seine Vorstellung durchsetzen will. Dass manche Kids den Erwachsenen als Ihresgleichen ansehen, mutet mich seltsam an, denn es scheint schwieriger geworden zu sein, mit ihnen eine echte Beziehung einzugehen. Andererseits scheint ihnen eine gesunde Distanz zu fehlen; neuen Kolleginnen oder Praktikanten setzen sie sich gleich auf den Schoß, gerne auch mal zu zweit oder dritt. Neu war für mich auch, dass man Erwachsenenkram nicht mehr liegenlassen kann. Da wird auch schon mal die Liedermappe angemalt oder das eben erarbeitete Elternskript zum Basteln hergenommen, und das nicht mal von den U-Dreijährigen. Hier in Kurzform und querbeet ein paar Dinge; vielleicht können mir die Damen und Herren von der Wissenschaft erklären, was da mit unseren Kindern passiert. So ein erstes Brainstorming hilft mir für eine Einschätzung der vielen, teils krassen Veränderungen:

• manche Kids quetschen sich schmerzhaft zwischen dich und zum Beispiel der Sofalehne. Sie scheinen nicht mehr zu wissen, dass auch Betreuer aus Fleisch und Blut bestehen. Oder sie stehen neben dir, während du am Tisch etwas arbeitest und trippeln dabei auf deinem Fuß herum, während sie auf dich warten. Scheint's, nicht in böser Absicht, eher aus Langeweile. Oder du hast sie im Arm, und sie ziepen und zwicken dich, ebenfalls gar nicht mal böse, nur so zum Ausprobieren, ob und wie du darauf reagierst

• senken, wenn du bei ihnen Wasser einschenkst, den Kopf so über ihren Becher, dass du nichts mehr siehst. Oder spielen mit deinen Haaren vor deinen Augen, während du ihnen die Schuhe zubindest, sie kapieren nicht mehr, dass du dann nichts siehst. Oder halten dir Dinge direkt vor die Nase. Selbst, wenn du das Gleiche bei ihnen machst, können sie das nicht auf dich transferieren. Die Fähigkeit zur Perspektivübernahme scheint sich auf immer später zu verschieben

• wenn du im Gespräch mit jemandem bist, sagen sie immerzu deinen Namen und zuppeln dich ohne Unterlass an der Jacke, gerne wird das von einem weiteren Kind abgeguckt, dann zuppeln und reden zwei

• greifen in die Gitarre beim Singen, stehen so nahe an dir dran, dass du nicht mehr spielen kannst, sprechen dich beim Singen dauernd an oder zupfen dich, auch an den Händen, die gerade spielen. Nach über 30 Jahren Erfahrung mit Gitarrespielen brauchte ich plötzlich drei Regeln: 1. Eine Armweite Abstand zu mir und der Gitarre. 2. Wir singen mit oder hören zu, aber plappern nicht dazwischen. 3. Die Gitarre und ich werden während des Singens und Spielens nicht angefasst. Die dritte Regel nur, weil die ‚Armweite‘ sich gerne ruckzuck mal über die ‚Hand-, zur ‚Fingerweite‘ dezimiert

• manche Kids sagen auch mit Fünf und Sechs Jahren nicht „Guten Morgen" und „Tschüss". Reagieren überhaupt nicht mehr auf dich im Beisein der Eltern

• das Zuschauen findet nicht mehr nur mit den Augen statt. Wenn man mit Kindern am Tisch arbeitet, stemmen manche anderen Kids beim Zuschauen beide Hände oder die Ellbogen auf den Tisch, so nah dran, dass man nicht mehr agieren kann. Beliebt ist auch, dabei noch am Tisch zu wackeln

• etwas zu hören bedeutet nicht mehr, es auch zu registrieren. Das Darein-da-raus hat sich sehr vermehrt. Man möchte öfter mal rufen: „Erde an Jasper, Erde an Jasper, gibt's irgendeine Möglichkeit der Kommunikation?" Wenn sie dich doch hören, besser gesagt registrieren, kommt auf deine Frage immer weniger eine passende Antwort, sondern ihre Assoziation. Kennen wir ja von den Kleinen, kommt aber jetzt auch bei den Großen immer öfter vor. Etwa: „In der Geschichte ist Ulla in den Urlaub gefahren, was hat sie denn da erlebt?" „Ich war auch mal im Urlaub, da hab' ich..."

• sich beim Toben völlig verausgaben, nicht mehr aufhören können. Kaum Selbstregulierung, scheinen süchtig nach dem Adrenalinkick. Dann auch keine Reaktion mehr auf Betreuer; man muss ihnen mit der phonetischen Keule kommen. Kommen auch sonst leicht in ein Hyperarousal, etwa beim Essen oder wenn Spaß gemacht wird. Auch weniger Frustrationstoleranz, auch bei den Großen

• viel selbststimulierendes Verhalten, meist in Form von irgendwelche Laute und Töne von sich geben. Trägt zur größer gewordenen Lautstärke in den Gruppen bei. Scheinen überhaupt viel mehr Stimulation ihrer Sinne zu brauchen, um etwas wahrzunehmen

• haben vermehrt Probleme mit dem Sauberwerden. Zieht sich manchmal bis ins fünfte Lebensjahr, steht in Diskrepanz zu ihren höheren kognitiven Leistungen

• lernen schwer, mit kleinen Tieren richtig umzugehen. Manche treten jedes kleine Tier tot, einfach so, oder angeekelt oder in Panik. Einmal sah ich sogar, wie ein kleines Mädchen auf einen Molch trat. Grapschen mit zwei Fingern oder mit der ganzen Hand nach einem zarten Insekt oder Käfer, anstatt ihn auf die Hand laufen zu lassen. Sehen einen gefundenen Käfer als ihren Besitz an, kein anderer darf ihn anfassen, möchten ihn mit nach Hause nehmen. Heftige Angst, wenn sie nur von weitem einen Hund sehen, auch, wenn der nicht bellt und egal, wie groß er ist

• Beißen, Kratzen, Krallen, Schlagen, Spucken, Schreien und ohrenbetäubendes Kreischen haben zugenommen. Lügen und Stehlen auch

• vermehrt vehemente und verbissene Streits um den größten Schwachsinn, etwa, ob die Schüssel am Tisch jetzt näher zu dem oder an dem steht

• gehen schlimm mit Essen um. Werfen es herum, zermatschen etwa Blaubeeren mit der Faust, weil es so schön knackt und knatscht und wollen sie dann natürlich nicht mehr essen. Und kriegen die fiese miese Krise, wenn ihre Hand nach dem Händewaschen noch blau ist. Nach dem Mittagessen sieht's bei manchen aus, als läge mehr Essen auf Tisch und Boden als das, was sie zu sich genommen haben. Manche Kids scheinen neurotisch wirkende Probleme mit dem Essen zu haben. Z.B isst eines nur trockenes Brot, ein anderes nur Thunfisch aus der Dose, ein weiteres mag von der Gurke nur das weiche Innere

• gehen auch mit Spielzeug und anderen Sachen um, als gehöre alles ihnen. Teile von Tisch-Spielen werden entnommen und für etwas anderes verwendet, manchmal sogar verbastelt. Puppenecken- und Bauecken-Sachen werden im ganzen Zimmer verteilt. Hab' Gruppen erlebt, in denen es kein einziges Puzzle und Tischspiel ohne Fehlteile gibt. Erwachsenenkram nicht mehr erkennen können, man darf nichts mehr in ihrer Reichweite liegenlassen, weil sie sich alles nehmen. Kramen auch in deiner persönlichen Tasche, wenn du sie morgens mal kurz abstellst und entnehmen Dinge

• stellen sich bei den einfachsten Dingen an wie, excuse my French, der Hund zum Scheißen. Beim Anziehen, mit Stiften umgehen, mit der Schere, beim Tragen von Dingen, bei einfachen Aufträgen

• manche sind besessen von Wasser, geht über die normale Faszination und Freude an Wasser hinaus. Manche Kinder müssen bei jedem Händewaschen begleitet werden, da sie sich sonst im Plantschen verlieren oder völlig durchnässt wieder zurückkommen

Von Grundschullehrern erfahren, hier noch ein paar Dinge, die Sieben-, Achtjährige nicht mehr so gut beherrschen wie früher:

• haben Probleme mit der Stifthaltung

• brauchen für banale Dinge ewig, um sie zu erledigen, z.B. ihren Platz herzurichten

• haben Probleme damit, einen einfachen Satz nachzusprechen

• können weniger gut Silben klatschen und Laute hören als früher (ach nee, sieh mal an, und das trotz der ach so tollen Sprachprogramme)

• haben keine Kraft oder Lust mehr, die Schulknete weich zu kneten

• können eine Menge von 5 nicht mehr auf einen Blick erfassen (wieder ein ‚ach nee', trotz ‚Zahlenland' & Co)

• können oft schon Zahlen schreiben, aber nicht richtig, und gewöhnen sich dann schwer um

• stellen sich ungeschickt an beim Blätter-Einsortieren und brauchen ewig dazu

• selbiges beim Mäppchen-Einsortieren, haben Probleme, die Stifte in die Gummischlaufen zu stecken (find' ich besonders erschreckend)

• manche gehen sehr respektlos mit Erwachsenen um

Einschub: Nach diesem Brainstorming lässt mich eine erste Erkenntnis ganz unvorhergesehener Art schaudern. Vor ein paar Jahren gab's schon einmal einen Fachmenschen, der Ähnliches über die Kids von heute berichtet hat, allerdings auf eine etwas dogmatische Art. Er schrieb ein Buch darüber und war sehr medienpräsent. Später stellte sich heraus, dass er bei Kindern unangemessene, missbräuchliche Untersuchungen gemacht hat und allen Kindern über viele Jahre hinweg furchtbare Medikamente verabreichen ließ, unter deren Nach- und Nebenwirkungen manche Kinder, heute schon teils erwachsen, immer noch leiden.

Ein erschütterndes Parade-Beispiel von einem Machtmenschen, der seine Erkenntnisse, die wohl einen wahren Kern hatten, für seine abscheulichen Zwecke missbraucht hat. Als wäre dies nicht schon schrecklich genug, hat die furchtbare Sache aber eine weitere, tragische Komponente. Denn man möchte kein einziges Wort mehr von dem glauben, was dieser Mensch von sich gelassen hat. Alles in einem sträubt sich dagegen, dass er mit manchen Dingen Recht gehabt haben könnte. Und das ist der zweite Missbrauch von Machtmenschen, den sie vermutlich noch nicht einmal direkt beabsichtigen, der aber zwangsläufig passiert. Lügen, Verzerrungen, Übertreibungen, furchtbarer Missbrauch, aber auch Wahrheiten gehen mit der schauderhaften Wesenheit dieser Individuen eine fast untrennbare Allianz ein, jedenfalls für normale Menschen mit Empathie, Gewissen und Ethik, und machen es beinahe unmöglich, die Dinge so zu sehen, wie sie wirklich sind.

Wer nicht weiß, von wem ich spreche, Glückwunsch, der kann ganz unbelastet diesen Teil des Buchs lesen. Wer diesen Menschen kennt, der muss lernen, wie ich selbst auch, seine Existenz beiseite zu schieben und die Dinge so unabhängig wie möglich zu sehen. Mir hilft dabei die Technik, die wir Erzieher alle einmal gelernt haben, nämlich erst einmal eine reine Beobachtung zu erstellen und sich erst danach an einer Interpretation zu versuchen. Immer auch offen für die Möglichkeit weiterer oder anderweitiger Komponenten und Perspektiven.

Wir singen... nicht

Das erste Quartal 2020, kurz vor Corona. Seit Februar erst bin ich hier in der Kita, nach meinem zehnjährigen Abstecher in der Behindertenarbeit und meiner zweijährigen Auszeit. Ich arbeite mich noch ein, ist schon eine ganz schöne Herausforderung für mich, als Springer in vier Regelgruppen, und manchmal sogar in den drei Krippengruppen. Die Leiterin freut sich, dass ich einigermaßen hörbar Gitarre spiele, denn die Eltern wünschen sich mehr Musikalisches in den Gruppen. Also starten wir den Versuch einer Singrunde.

Drei Kinder aus jeder Gruppe treffen sich mit mir im Schülerzimmer. Ich habe einen Stuhlkreis gestellt, einfache Orff-Instrumente in die Mitte gelegt und mich mit Gitarre und einem Liederbuch bewaffnet. Ansonsten brauche ich keine Vorbereitung, die Akkorde einfacher Kinderlieder bekomme ich meist gut gebacken.

Die Kinder kommen angestürmt und stürzen sich gleich auf die Instrumente. Da sie sie nun schon mal haben, bitte ich sie, diese erst noch einmal unter ihren Stuhl zu legen. Wir machen eine Vorstellungsrunde und ich frage die Kinder dabei nach ihren Lieblingsliedern. Keines der zwölf kann mir eines nennen. Also nehme ich das Buch zur Hand und lese ein paar Titel vor. Keines der Kinder reagiert. Langsam wird mir mulmig. *Das gibt's doch gar nicht*, denke ich und krame in meinem Gedächtnis. Schließlich schlage ich die ‚Anne Kaffeekanne‘ vor. Ein Kind kennt das Lied aus der Musikschule, ein anderes von einer Lieder-CD. *Na also*, denke ich erleichtert und beginne zu spielen und zu singen. Aber keiner singt mit. *Na, dann aber beim Refrain*, denke ich. Tatsächlich, die beiden Kinder, die das Lied kennen, singen den Refrain mit. Nach zwei Strophen bitte ich auch die anderen Kinder, mitzusingen. „Aber ich kenne das Lied noch nicht richtig“, antwortet eines. „Das macht nichts“, sage ich. „Beim Mitmachen lernst du es ja.“ Doch das Kind blickt mich nur skeptisch an. Den anderen Kindern wird es anscheinend langsam langweilig, sie zappeln auf dem Stuhl herum und unterhalten sich miteinander, während ich singe. Mitklatschen wollen sie auch nicht. Die Situation kommt mir immer skurriler vor. Was ist da nur los? Egal, in welchem Kindergarten ich früher war, egal, in welche Gruppe ich auch ging, auch bei meinen Behinderten, Singen mit Gitarre war immer ein Highlight. Hat sich auch das heute verändert? Ich gestatte nun den Kindern, ihr Instrument hervorzuholen, vielleicht hilft das, sie in Stimmung zu versetzen. Doch es stellt sich heraus, dass das eher kontraproduktiv ist. Die Kinder lärmen mit den Instrumenten herum, untersuchen es, sprechen miteinander darüber. Ich singe mittlerweile ganz alleine, den anderen beiden ist die Lust daran wohl auch vergangen. Ich gebe noch nicht auf, versuche es mit Bewegung. Wir stehen auf und ich befehle meinem Gedächtnis, mir das lustigste Liedspiel einzugeben, das ich kenne. Also starten wir mit dem ‚Wackeldackel'. Die Kinder reagieren endlich und bewegen sich mit, doch singen darf ich wieder alleine.

Ich beende die Singrunde, für die ich noch zwanzig Minuten Zeit hätte. Die Kinder stieben davon. Keines davon macht mir den Eindruck, dass es ein befriedigendes Erlebnis, geschweige denn Spaß gehabt hätte. Verwirrt und frustriert bleibe ich zurück. Kann das sein, dass die Kinder heute das Konzept des gemeinsamen Singens nicht mehr verstehen? Unglaublich.

Zwei Wochen später. Mittlerweile habe ich mich in drei Gruppen mit der Gitarre versucht, im Garten spontan das Singen angeboten und noch zweimal die Singrunde abgehalten. Und habe die Erfahrung gemacht, dass es darauf ankommt, wie viele Kinder mit ‚Singkompetenz' anwesend sind. Sind sie in der Überzahl, stellt sich die vertraute und bereichernde Singatmosphäre ein. Sind es zu wenige, entsteht die skurrile Situation wie in der ersten Stunde. Die Kinder, die gerne singen, trauen sich dann nicht so richtig. Sie spüren, dass hier etwas Seltsames im Gange ist und können dann nicht aus sich herausgehen.

Ein erschreckendes Fazit, das ich angesichts dieser und noch vieler weiterer Situationen treffen muss. Das gemeinsame Singen gehört anscheinend auch zu den Kompetenzen, die viele Kinder schwer entwickeln können. Außer dem sich eher nebensächlich ergebenden Merken des Textes und der Melodie ist das gemeinsame Singen eine Form, das Miteinander zu zelebrieren und zu genießen. Wenn ich für ein Miteinander jedoch kein Konzept habe, wenn die inneren, die ‚seelischen' Rezeptoren für das Zugehörigkeits- und Geborgenheitsgefühl in einer Gruppe nicht vorhanden oder verkümmert sind, kann ich auch mit dem gemeinsamen Singen nichts anfangen. Egal, wie gut da einer mit der Gitarre dazu spielt.

Ich befinde mich am Nachmittag in der Raupengruppe. Es sind nur sechs Kinder da (wir haben ja Corona), die heute nicht so richtig ins Spiel kommen. Ich frage die Kinder, ob sie gerne mit mir singen möchten. Sie sind wenig begeistert. Erst als ich mitteile, dass ich die Gitarre dazu holen könnte, stimmen sie zu. Also beginnen wir zu Singen und die Sache lässt sich gut an. Denn ein älteres Kind kennt das Musizieren von Zuhause, ein weiteres ist in der Musikschule. Nach ein paar Liedern möchten die Kinder tanzen. Ich erlaube es, auf dem Bauteppich. Nach einer Weile artet das Tanzen jedoch ins Toben aus und ich verkünde, dass wir nun noch ein Lied singen und tanzen und dann etwas anderes spielen. Die ausgelassene Stimmung bei den Kindern kippt. Das ist normal, die Kinder werden aus ihrer Ausgelassenheit herausgerissen. Jetzt könnte ein „Och, Mann!" kommen. Auch mit einem „Du bist blöd!" könnte ich leben. Doch was nun geschieht, ist für meine Begriffe nicht mehr normal. Ein kleiner Vierjähriger kommt auf mich zu und blitzt mich an mit den Worten: „Du blöde Sau!" Ein weiterer schießt auf mich zu und versucht, nach der Gitarre zu treten. Ein älteres Mädchen blickt mich böse an und sagt: „Ich könnte dir ins Gesicht treten." Ich bin entsetzt. „Das würdest du tun?", frage ich sie. Ich bekomme keine Antwort, nur weitere böse Blicke. „Wenn ihr danach so garstig zu mir seid, dann erlaube ich kein Tanzen mehr", sage ich. Keine Reaktion, von keinem der Kinder. Alle starren mich nur böse an, noch heftig atmend von der Toberei. Ich räume die Gitarre auf und weise die Kinder an, sich ein Spiel zu suchen. Sie gehorchen nur widerwillig, ich muss hart durchgreifen.

Was ist da geschehen? Ich kann es nur schwer greifen. Ich hatte etwas erlaubt, das in dieser Gruppe nicht üblich war. Damit haben die Kinder den Freibrief zum Toben verbunden und waren enttäuscht, als ich die Sache beendete. Bis dahin ist ihr Verhalten normal. Doch woher kam diese heftige Aggressivität? Die sich bei den Jungs verbal und körperlich äußerte, beim großen Mädchen jedoch in einer noch erschreckenderen Eiseskälte?

In diesem Moment traten etliche Dinge zutage, die latent bei vielen Kindern heute vorherrschen. Zum einen, dass da keine echte Beziehung zu ihren Betreuern besteht. Solange die Kinder sich in gewohnten Situationen befinden, fällt das nicht so auf. In diesem Moment aber, als sie sozusagen ausgelassen waren, losgelassen von den üblichen Regeln und plötzlich wieder eine regulierende Hand eingriff, zeigte sich, wie das Kind für seinen Betreuer empfindet. ‚Du bist halt da, das kann ich nicht ändern. Du bestimmst hier, das passt mir zwar nicht, aber auch das kann ich nicht ändern. Eigentlich bist du mir herzlich egal, aber wenn du mir was Schönes wegnimmst, zeig ich dir, wie wütend ich auf dich bin!' Zwei weitere Dinge sind mir da wieder deutlich geworden. Das ist zum einen eine regelrechte Sucht nach körperlicher Stimulierung, die über den normalen Bewegungsdrang hinausgeht, zum anderen keine Fähigkeit, sich selbst zu regulieren; zumindest bei den großen Kids müsste das wenigstens ansatzweise schon da sein.

Nochmal, es ist normal, dass neue Betreuer ausgetestet werden, dass man bei ihnen Dinge versucht, die sonst nicht erlaubt werden. Doch diese so heftig aggressiven Reaktionen sind alles andere als normal. Nach diesem Erlebnis verstehe ich die Aussage einer Kollegin, die ich, als Freigeist und Fan vom situativen Arbeiten, zunächst als ziemlich dogmatisch ansah: „Keine Ausnahmen der Regeln, niemals und für kein Kind." Was für eine traurige Entwicklung, die viele, schöne, spontane Erlebnisse nicht mehr erlaubt. Doch wie heißt es immer? Man muss die Kinder da abholen, wo sie stehen. Und momentan stehen viele in ihrer sozial-emotionalen Entwicklung auf einer ganz niedrigen Stufe und brauchen Regeln, die zementiert sind.

Wir basteln... nicht wirklich

Ein sonniger Nachmittag im Frühling, wir sind im Garten. Es ist das erste Corona-Jahr, die Kids sind ziemlich durch den Wind, und selbst im weitläufigen Garten gibt es ständig Ärger und Streits. Ich beschließe, auf dem Terrassentisch eine einfache Bastelei anzubieten, Kartonkleben, das können ein paar Kids zusammen machen. Feine Sache, Gemeinschaftsarbeiten, finde ich. Die Kleineren genießen es, etwas mit den Großen machen zu dürfen, die Großen mögen es, bei den Kleinen ein bisschen Chef spielen zu dürfen. Und alle zusammen freuen sich, wenn sie gemeinsam etwas Schönes hergestellt haben.

Ich suche mir zusammen, was ich dafür brauche und rufe den Kids zu: „Wer hat Lust, einen neuen Karton für die Puppeneckensachen zu bekleben?" Es melden sich die Großen Sina und Yussuf, ein paar Mittlere und der kleine Ted. „Wir machen erstmal nur die Außenseite, damit der Karton nicht durchweicht, vom Kleister. Wer Papier reißen will, bitte die Stücke so in der Größe, und in die Schälchen geben. Ich könnt mit dem Pinsel oder mit den Händen kleistern. Und Sina und Yussuf, ihr schaut ein bisschen, was die Kleinen machen und helft ihnen." Die Kids legen los.

Eine einfache Sache, eigentlich. Die ich über 20 Jahre lang immer wieder mal mit Kindern gemacht habe. Doch jetzt scheint es Anfangsprobleme zu geben. Yussuf reißt, trotzdem ich es immer wieder anmerke, Riesenstücke aus dem Papier und klebt sie an. „Dann sind wir doch schneller fertig!" „Wir haben aber erstens Zeit, und zweitens sehen die kleinen Stücke viel schöner aus, wie ein Mauermuster. Die Kartonwände werden auch stabiler dadurch." Doch er ignoriert meine Worte; sobald ich einen Moment wegsehe, reißt und klebt er erneut Riesenstücke. Yussuf hat immer noch ein Problem damit, sich von uns weiblichen Betreuern etwas sagen zu lassen, vermutlich kulturbedingt. Er kommt aber im September in die Schule und bekommt dort eine Lehrerin, deswegen will ich mich durchsetzen. Da wirft er das Papier hin und läuft weg. Ich beschließe, die Bastelei jetzt nicht zu verlassen, sondern später noch einmal mit ihm zu sprechen.

Der kleine Ted ist vom Kleistern begeistert. Er schmiert und schmiert, und es läuft schon in Batzen vom Karton herunter. Ich fange auf, was noch geht und sage: „Das ist zu viel Kleister, Ted, da weicht der Karton durch. Außerdem sollen da Schnipsel drauf." Ich klebe mit ihm zusammen ein paar Schnipsel auf und zeige ihm, wie er den Pinsel abstreifen kann, damit nicht zu viel Kleister auf den Karton kommt. Er begreift das auch schnell und macht es richtig nach. Ich bitte Sina, ein wenig darauf zu achten, dass Ted nicht wieder so viel Kleister nimmt, dann widme ich mich den Mittleren.

Die beiden haben an einer Seite schon innen geklebt, und ich sage ihnen erneut, dass wir heute erst außen kleben. Diese Kartonseite biegt sich schon etwas, deswegen weise ich die beiden an, eine andere Seite zu bearbeiten. Dann muss ich mich erst einmal einem Streit am Klettergerüst widmen.

Als ich zur Bastelei zurückkehre, biegt sich eine zweite Kartonseite, weil Ted wieder ganze Batzen von Kleister draufgegeben hat. „Sina, sieh mal, was passiert ist! Du solltest doch auf Ted schauen!" Sina zuckt nur mit den Schultern: „Hab' ich nicht gesehen." Ich setze den kleinen Tunichtgut jetzt auf eine andere Bank, hole ihm ein Schälchen mit Kartonresten aus der Bastelkiste und fülle für ihn ein Gläschen Kleister ab. „Hier kannst du für dich kleistern, wenn dir das so Spaß macht." Vorsichtshalber füge ich hinzu: „Du gehst jetzt nicht mehr an den großen Karton, verstanden?" Doch Ted widmet sich schon seinem eigenen Kleister. Ich schiebe die Sachen noch einmal weg. „Ted, sieh mich an: Du gehst jetzt nicht mehr an den großen Karton, du kannst hier kleistern!" „Jaa, klar." *Hoffentlich,* denke ich. Jetzt kommt Kollegin Martha und rügt mich: „Überall Streit hier, wir brauchen jeden Mann, musst du jetzt auch noch basteln?" Ich seufze und komme mir wie eine Anfängerin vor. Früher musste man so etwas Einfaches nur anleiern, dann war es ein Selbstläufer. Aber auch so etwas scheint heute nicht mehr zu funktionieren, wie so vieles andere.

Ich verlasse die Terrasse und widme mich den anderen Kindern im Garten. Als ich zurückkehre, sehe ich die Bescherung: überall Schnipsel und Kleisterbatzen, alle Kinder weg. Fast alle. Ted sitzt am Karton, der in sich zusammengefallen ist und schmiert in aller Seelenruhe seinen Kleister drauf. Ohne etwas zu sagen, nehme ich ihm Kleister und Pinsel weg und setze ihn auf die Wiese. Dann räume ich alles auf, wische sauber und werfe den kaputten Karton weg. Später schildere ich einer erfahrenen Kollegin von der missglückten Sache. „Vergiss es", sagt sie, „das war mal. Heute schaffen die das nicht mehr alleine. Du musst dabeibleiben, und zwar jede Minute, bis zum Schluss." Wieder eine wirklich traurige Lektion für mich.

Corona-Wahnsinn

PP, persönliches Pech, nach zwölf Jahren ausgerechnet zur Corona-Zeit wieder in die Kita einzusteigen. Ich fand's schon verdammt skurril, was da abging. Während des strengen Lockdowns hab' ich mich für die Notbetreuung angeboten; komisches Gefühl, alleine als Betreuer in dieser großen achtgruppigen Einrichtung zu sein. Hatte ich zwei, drei Kids, war die Sache noch gut machbar, sie spielten gut miteinander. Über ein paar Wochen hinweg hatte ich aber nur ein einziges Kind zu betreuen, und das war auf irgendeine Art sehr anstrengend. Ich mochte Felix zwar sehr; der ruhige, nachdenkliche Sechsjährige hatte an vielen Dingen Interesse und war gut zu beschäftigen. Aber wenn er in normalen Zeiten auch mal eine Stunde alleine gespielt hatte, brauchte er jetzt zu dieser verrückten Zeit doch meine Nähe und klebte verständlicherweise geradezu an mir. Aber sich über Wochen hinweg jeden Tag sechs Stunden lang permanent und ausschließlich mit einem einzigen Kind zu unterhalten, strengte mich viel mehr an als ich dachte. Oft plagte mich ein schlechtes Gewissen dem armen Felix gegenüber, weil ich so genervt war. Ich versuchte zwar, mir das nicht anmerken zu lassen, und wir sprachen auch darüber, dass diese neue schwierige Zeit bei allen Menschen komische Gefühle macht, auch bei ihm und bei mir. Aber der Junge war sehr feinfühlig und hat sicher bemerkt, wie gestresst ich oft war. Vor meinem geistigen Auge tauchte er als 30jähriger auf, beim Therapeuten sitzend, und die verdammte Corona-Zeit mit seiner genervten Betreuerin aufarbeitend.

Als wieder mehr Kinder und Betreuer kommen durften, war ich erstmal erleichtert. Ich durfte zunächst nicht springen und war fest an eine Gruppe angedockt, aber nach ein paar Tagen war das betreuungstechnisch nicht mehr möglich, also sprang ich wieder. Was bedeutete, dass ich bei jedem Gruppenwechsel dokumentieren musste, zu welcher Zeit ich mit welchen Kindern, Betreuern und Eltern Kontakt hatte. Bis das aufgeschrieben war, musste ich manchmal schon wieder die Gruppe wechseln, und der Doku-Wahnsinn begann von neuem. Nicht selten geschah es auch, dass gegen Mittag ein neues Formular vom Gesundheitsamt herausgegeben wurde, und ich alle bisherigen Kontakte übertragen musste. War ich bis dahin in mehreren Gruppen tätig gewesen, zog sich die Aufschreiberei über Stunden hinweg, da ich ja ganz nebenbei noch Kinder zu betreuen hatte. Wahnsinn, ich war sowas von genervt!

Dass die Corona-Zeit besonders bei den Kindern gravierende Auswirkungen gehabt hat, ist mittlerweile allen klar geworden. Auch für uns Betreuer war es eine harte Zeit. Für mich persönlich aber, als Wiedereinsteiger gerade zu dieser Zeit und noch dazu als Springer in vier Gruppen gab es einen zusätzlichen Aspekt, der nicht so offensichtlich ist, der mir aber schwer zu schaffen machte, und das waren die maskierten Gesichter. Wenn man einen Menschen einmal kennt, erkennt man ihn auch mit Maske wieder. Ich kannte aber kaum jemanden, und konnte viele Eltern der 100 Kinder fast ein Jahr lang nicht erkennen. Das war richtig schlimm für mich. Eigentlich kann ich mir Menschen gut und schnell merken, aber anscheinend brauch' ich deren Gesichter dazu. Monatelang musste ich jeden Tag immer wieder nachfragen: „Wen holst du jetzt ab?" und musste nach den paar Wochen, die man üblicherweise braucht, um alle zu kennen, ständig befremdende Blicke ertragen. Ich wollte mich auch nicht permanent erklären, warum ich viele Mamas, Papas, Omas und Opas selbst noch nach Monaten nicht erkannte. Es war mir sehr peinlich und machte mir zusätzlich zur Einarbeitung einen Riesenstress, jeden verdammten Tag. Auch beim Einkaufen in unserer Kleinstadt wurde ich immer wieder von Müttern angesprochen und fragte mich stets verzweifelt, wen ich da vor mir hatte. Wie zum Teufel machen das die Menschen in den Kulturen, in denen die Frauen eine Burka oder Niqab tragen? Das würde mich mal brennend interessieren.

Sehr anstrengend war diese skurrile Zeit jedenfalls, und hoffentlich haben wir alle was daraus gelernt und machen's ein nächstes Mal, das es aber bitte nicht mehr geben muss, besser.

Märchen sind out?

Besonders auf die Märchen in der Kita freute ich mich; die waren nämlich bei meinen erwachsenen Menschen mit Handicap nicht drin. Doch
ich musste feststellen: auch in der Kita kaum mehr. Sind sie nicht mehr
zeitgemäß, haben einfach ausgedient? Oder sind wir so selbstreflektiert,
dass wir sie nicht mehr benötigen? Oder so verkopft, dass ihre kathartti-
sche Wirkung auf der Gemütsebene nicht mehr greift? Irgendwo hab'
ich mal gelesen, dass es Katharsis nicht wirklich geben soll. Na, wenn
das mal nicht einer gesagt hat, der noch niemals einer Gruppe von Kindern mit großen Augen ein Märchen vorgelesen hat. Oder ein Machtmensch, der von solch inneren Erlebnissen keinen blassen Schimmer
hat.

Ich googelte mal, wie das Experten seit der Jahrtausendwende sehen.
2012 schreibt eine Redakteurin der ‚Welt', Claudia Becker: ‚Warum
Märchen auch uns Erwachsene verzaubern'. Dann kramte ich meine
Werke über Märchen wieder hervor. 1977 war der Psychoanalytiker
Bruno Bettelheim der Meinung: ‚Kinder brauchen Märchen', in den
80ern begann die Psychologin Verena Kast, sich mit Märchen zu be-
schäftigen: ‚Märchen als Therapie', ‚ Mann und Frau im Märchen', ‚Liebe
im Märchen'. 1997 wandte sich die Psychoanalytikerin Clarissa Pinkola
Estés speziell an die Frauen, mit Märchen-Interpretationen in: ‚Die
Wolfsfrau – Die Kraft der weiblichen Urinstinkte'.

Diese Werke haben meine eigene Erfahrung bestätigt: Märchen können uns allen unendlich guttun, ganz besonders den Kindern. Der Vorwurf allzu analytischer Köpfe, Märchen wären zu grausam für die zarten
Kinderseelen, halte ich für Unsinn. Märchen sind gut verpackt. Die Kinder wagen sich in der Regel nur soweit vor, wie sie es verkraften können und wie es sie stärkt. In tiefere Gefilde können sich die Erwachsenen wagen. Es ist aber richtig, dass man für das Darbieten von Märchen
ein Gespür haben sollte. Wer sie allzu verkopft, mit vielen Erläuterun-

gen, womöglich mit dem Weglassen grausamer Dinge präsentiert, verfehlt ihren Charakter. Man bleibt an der Oberfläche, im Kopf, und die heilsame Wirkung auf der Gefühlsebene bleibt aus. Die schlimme Bestrafung des Bösen ist ein wichtiger Teil der Katharsis. So löst sich die durch Ungerechtigkeit und Bösartigkeit erzeugte Spannung wieder auf, das Gute besiegt letztendlich doch das Böse, die Waage in dieser kleinen Welt geht wieder in die Horizontale. Das funktioniert nun mal nicht mit: „... und dann musste die böse Hexe in ein Krankenhaus für Gemütskranke gehen, mit eisernen Gittern an den Fenstern. Ihre Krankheit hatte den schweren Namen ‚Co-Morbidität von Sadismus, Kannibalismus und Machiavellismus‘. Sie musste dagegen jeden Tag sieben große, bittere Tabletten schlucken und ganz ganz viel mit ihrem Arzt sprechen.“

Eine magische Stunde

1990, ein dreigruppiger Kindergarten. Ich sitze mit meiner Gruppe von 27 Kindern im Stuhlkreis, als meine Chefin zu uns kommt. Sie bittet mich, ihre Gruppe für eine Stunde mitzubetreuen. Sie hat einen wichtigen gesundheitlichen Termin und die Hälfte der Kolleginnen liegt mit Grippe zuhause. Also stolpern weitere 27 Kinder mitsamt ihren Stühlen in meinen Gruppenraum. Wir müssen die Tische ganz an die Wand stellen, einen zweiten und dritten Kreis um den ersten bilden. Endlich sitzen alle Kinder und es herrscht einigermaßen Ruhe.

Ich bin ganz schön angespannt. Werde ich es schaffen, mehr als 50 Kinder so lange zu beschäftigen, dass kein unkontrollierbares Tohuwabohu entsteht? Schließlich haben wir ein paar ordentliche Rabauken, in beiden Gruppen. Und einen (damals so genannt) Ausländeranteil von zu dieser Zeit in Deutschland eher unüblichen 30% und davon Kinder dabei, die noch kaum Deutsch sprechen. Und welche, die sich von Frauen gar nicht gerne was sagen lassen. Doch da muss ich jetzt durch und mache mich nach einem tiefen Durchatmen an die Arbeit...

Nach einer knappen Stunde spitzt die Chefin durch den Türspalt. Erstaunt, denn alle 50 Kinder sitzen mäuschenstill und lauschen meiner

Stimme. In unserer Mitte liegt die Welt von Hänsel und Gretel, im Kleinformat. Das Elternhaus, ein dunkler Wald mit seinen Tieren und Pflanzen, das bunte Hexenhaus, Wege und Pfade, ein Haufen glitzernder Steine, die Hänsel gestreut hat. Stück für Stück haben wir die Szenerie gemeinsam gelegt. Mit Tüchern, Naturmaterialen, Bau- und Muggelsteinen und allem, was uns geeignet erschien. Nach einem Konzept des Religionspädagogen Franz Kett, R.I.P., dessen Kurse mich viel gelehrt haben.

Leise setzt sich meine Chefin dazu. Nach der Beschäftigung verlässt sie uns mit ihrer Gruppe wieder. Alle Kinder machen einen ausgeglichenen Eindruck, auch unsere Rabauken und unsere Fremdsprachigen. Sie haben noch ganz verklärte Gesichter von der letzten Stunde. Ich atme erleichtert durch. Und, geb' ich zu, zufrieden mit mir. Bin sehr berührt davon, in welches magische Zeitfenster wir für eine gute Stunde lang blicken durften. Das uns allen eine tiefe Freude bereitet hat.

Übrigens, so viele Kids in einem Raum unterzubringen war nur möglich, weil diese Kita in einer der ehemaligen Kleinkinderbewahranstalten der 50er und 60er Jahre beheimatet war. Damals hat man auch mal 40, 50 Kinder zusammen untergebracht, deswegen waren die Räume so groß. Wenn man auch jetzt (in den 90ern) nicht allen Kindern gerecht werden konnte, weil 27 einfach zu viel waren, so war doch wenigstens die Raum-Atmosphäre eine gute, mit genügend Platz für Aktions- und Ruhe-Ecken. Mit einem Nebenraum, der so groß war wie heute ein Gruppenraum. Kein Vergleich mit der entsetzlichen Hühnerstall-Atmosphäre der meisten Kitas heute. Den alten Namen über der Eingangstür hatte man übrigens durch ein ‚Kindergarten' ersetzt. Heute könnte man ihn wieder aktivieren. Er passt leider Gott's wieder nur zu gut.

Eine schmerzliche halbe Stunde

(hier geht's zwar nicht um Märchen, sondern ums Vorlesen und Bilderbuch-ansehen; beides hat aber mit den Märchen ein Konzept gemein, dessen Aneignung viele Kids heute nur schwer hinkriegen)

2021, die siebengruppige Kita, in der ich seit einem guten Jahr bin. Ich sitze mit Lina und Simon auf dem Sofa und lese ihnen ein Bilderbuch vor. Besser gesagt, ich versuche, es vorzulesen. Denn Simon krabbelt und turnt unruhig auf dem Sofa herum, so lange, bis ich ihn aus der Bücherecke – heutzutage sowieso eher zur Tobe-Ecke mutiert – hinaus komplimentiere. Lina boykottiert meine Versuche auf andere Weise, obwohl sie sich das Bilderbuch selbst gewünscht hat. Sie beugt sich immer wieder derart über das Buch in meinen Händen, dass ich statt der Schrift ihren Hinterkopf vor der Nase habe. Mehrere Male muss ich ihr erklären, dass Kinderköpfe im Allgemeinen nicht durchsichtig sind. Als das endlich halbwegs angekommen ist, fuhrwerken stattdessen zwei kleine Hände auf dem Buch herum. Es wackelt derart, dass ich bei bestem Willen keinen Text mehr lesen kann. Ich möchte eigentlich nicht ständig erklären und ermahnen; wie soll da die trauliche Atmosphäre des Vorlesens entstehen? Ich beschließe, den Text zu ignorieren und den Inhalt anhand der Bilder mit Lina zu erarbeiten. Außerdem lege ich meinen Arm um sie und ziehe sie ein wenig näher zu mir. Ich bin schon ein paar Monate oft hier in der Gruppe und es müsste schon eine Beziehung und Vertrautheit entstanden sein. Doch die Sache will nicht funktionieren. Bei fast jedem Satz werde ich unterbrochen, Lina in meinem Arm bleibt steif und unruhig. Auch muss ich ihr immer wieder erklären, dass ich es bin, die bestimmt, wann wir das Buch umblättern, weil der Inhalt dieser Seite noch nicht fertig erzählt ist. Ich bleibe hartnäckig. Ich habe es hier nicht mit ADS zu tun, das weiß ich. Hier liegt etwas ganz anderes im Argen. Ich will das jedoch nicht wahrhaben: Es muss doch verdammt noch mal möglich sein, einem gut vierjährigen Kind das Konzept des Vorlesens nahezubringen! Mitsamt seiner wohltuenden, traulichen Atmosphäre! Nach ein paar Minuten hat sich die Stimmung noch einmal verändert. Lina ist zwar nun halbwegs ruhig, sowohl körperlich als auch stimmlich, doch sie ist nicht wirklich bei mir. Ihr Körper in meinem Arm bleibt angespannt, Kopf und Blick gehen in eine andere Richtung. Während ich erzähle, spricht auch Lina hin und wieder leise vor sich hin. Ich versuche immer wieder, sie zu erreichen. Ich stelle ihr

Fragen, weise auf kleine Nebensächlichkeiten im Bild hin und mache die Geschichte spannender und lustiger, als sie in Wirklichkeit ist. Schließlich springt Lina auf und sagt: „Ich hab' keine Lust mehr, das ist langweilig." Sie nimmt mir das Buch aus der Hand, räumt es auf und verlässt die Bücherecke. Und ich bleibe zurück, mit einem wehen Gefühl im Herzen. Was ist da bloß los?

Diese Situation in der Bilderbuchecke, zusammen mit vielen anderen, auch welchen mit jungen Erwachsenen, ist bezeichnend. Diese Kinder sind intelligent, kognitiv jedenfalls. Doch auf einem anderen Gebiet sind sie erschreckend zurückgeblieben: es mangelt ihnen an seelischer Reife. Sie sind kaum fähig, sich auf eine innere Beziehung einzulassen, sei es mit einem Erwachsenen oder mit einem Spielkameraden. Sie kreisen um sich selbst, um ihre Bedürfnisbefriedigung. Erwachsene sind hauptsächlich dazu da, sich um sie zu kümmern, sie werden nicht wirklich als fühlende, beseelte Wesen wahrgenommen. Es fühlt sich an, als ob man es mit einer fremden Art zu tun hat. Mit sechsjährigen Köpfen auf vierjährigen Körpern, in denen einjährige Seelen stecken. Vieles an Entwicklung fällt dadurch weg. Etwa das so wichtige, viele Bereiche umfassende Lernen am Modell, denn diese Kinder nehmen kaum mehr etwas von anderen Menschen an, sie können es einfach nicht. Diese traurige, fatale Entwicklung kann später, wenn man im Elementarbereich nichts unternimmt, schwer nachgeholt werden. Und die Tendenz zu diesem Phänomen bemerkten Kolleginnen und ich schon vor über 20, ja fast 30 Jahren schon. Deshalb haben wir es auch vermehrt mit jungen Erwachsenen zu tun, die die Sozialkompetenz eines Stück Brots haben. Auf der Arbeit beschwert sich der Meister, dass er seinen Lehrling nicht auf die Kundschaft loslassen kann, ohne sich zu schämen. In der Studentenbude wundert und ärgert man sich, weil der Mitbewohner zwar IT studiert, aber nicht in der Lage ist, für sich einen Putzplan zu machen. Unfähig ist, den Fußboden als schmutzig zu erkennen und zu putzen, wenn man ihm nicht direkt Schrubber und Wassereimer in die Hand drückt. Und ihn in diejenige Ecke schiebt, mit der er am besten anfängt. Oder der gleichmütig sein Honigbrot auf dem blanken Tisch isst und nicht checkt, dass die Tasse des Nächsten plötzlich auf dem Tisch kleben bleibt. Oder der unbekümmert nachts um Drei auf seiner Computertastatur herumhämmert. Er ist kein typischer Egoist, er macht das nicht mit Absicht. Er kommt gar nicht auf die Idee, andere im Schlaf zu stören, weil er unfähig ist, sich in andere hineinzuversetzen.

Zu den Märchen, dem Vorlesen und meiner schmerzlichen Erkenntnis: Märchen wirken da heilsam, wo offene, verletzliche Kinderseelen auf die Realität treffen, die sich ihnen oft unverständlich, gemein oder grausam präsentiert. Doch derjenige Teil in uns, den ich mal den sozial-emotionalen Körper nenne, ist bei vielen Kindern jetzt oft nur noch rudimentär entwickelt. Deshalb müssen Märchen heute zwangsläufig scheitern. Man kann nicht an etwas andocken, das nicht existiert.

Sollen Märchen ‚out' bleiben?

Die Antwort auf meine Ausgangsfrage, ob wir noch Märchen brauchen, ist ein ja, trotz aller frustrierender Erlebnisse. Denn erstens gibt es sie noch, die sozial-emotional altersgemäß entwickelten Kinder. Die einen Heidenspaß und eine tiefe Freude besonders an Kett-orientierter Darbietung von Märchen und Geschichten haben. Und die anderen sind bis etwa Sieben, Acht noch in starkem Maße entwicklungsfähig. Sie können nachreifen und sowohl eine angemessene Sozialkompetenz als auch eine emotionale Intelligenz erreichen. Doch dazu braucht es ein Hinsehen und ein Umdenken. Vor allem vom Kopf der Gesellschaft aus, von der Politik. Die der Meinung ist, man könne Beziehung stundenweise buchen. Die der Ansicht ist, eine Horde – Gruppe kann man kaum mehr sagen – von fünfundzwanzig kleinen Sonnen, deren Welt ausschließlich um sie selbst kreist, müsse doch von zwei Betreuern locker zu bewältigen sein. Die glaubt, mit immer mehr meist viel zu verkopften Konzepten von kitafremden ‚Experten' müsse sich das Kind doch schaukeln lassen.

Märchen sind magisch, sie vermögen viel mehr als man denkt. Unter anderem fungieren sie als ein... Messgerät. In einer Gesellschaft, die die emotionale, heilsame, entwicklungsförderliche, soziale Funktion von Märchen nicht mehr kennt oder geringschätzt, ist was faul. Doch wer nun meint, einfach wieder mehr Märchen zu erzählen, würde zu einer guten Entwicklung beitragen, der irrt. Denn wie uns das Beispiel gezeigt hat, nützt uns das schönste Bilderbuch nichts, wenn im Kind das benötigte Konzept des Vorlesens nicht existiert. Dass man sein Ich beiseiteschieben kann, um dem Anderen nicht nur mit den Ohren, sondern auch mit dem Gefühl, mit einer inneren Bereitschaft zuzuhören. Dass man sich auf den anderen einlassen kann. Dass man einen inneren Plan davon hat, von einem anderen Menschen etwas anzunehmen. Dass man andere Menschen überhaupt als gleichartige Lebewesen ansehen kann. Das alles sind grundlegende Fähigkeiten, die viele Kinder nicht mehr beherrschen. Die langsam, mit viel Geduld, mit kompetenten Betreuern, mit guten Bedingungen in den Kitas wieder entwickelt werden müssen.

Ich erlaube jetzt dem Philanthropen in mir noch ein paar Worte: Die alten Märchen sind nicht nur weise, sondern auch geduldig. Sie sind ja auch nicht ganz verschwunden; in Filmen, bei Disney, auch mit Persiflagen, bringen sie sich immer wieder in Erinnerung, wenn auch stark verändert und auf kitschig, actionreich oder lustig gemacht. Sie können auf die Zeit warten, in der sie wieder ihren großen Auftritt haben. In der wieder große Kinderaugen auf die Betreuer gerichtet sind, die äußeren und die inneren Ohren wieder ihren Worten lauschen. In der kleine Lungen wieder nach dem Erzählen tief ausatmen und kleine Seelen bereichert und gestärkt wieder von ihrem Stuhl aufstehen. In der Betreuer und Kinder wieder nicht nur in eine äußere, sondern auch in eine innere Beziehung treten können.

Speedys

Klar gab es auch früher immer mal Kinder, die man als schwierig empfand oder an die schwer ranzukommen war. Jetzt aber haben sie sich erschreckend vermehrt. Als das Schlimmste empfinde ich, dass sie sich auf manchen Gebieten schwer weiter zu entwickeln scheinen, meist im emotionalen und im sozialen Bereich. Denn egal, wieviel Probleme ein Kind hat oder macht, wenn ich eine Beziehung zu ihm aufbauen kann, wenn ich es innerlich berühren und irgendeinen Einfluss auf es nehmen kann, dann kann sich bei ihm auch was tun. Wenn das Kind mich aber kaum wahr-, geschweige denn ernst nimmt, und sich das durch drei Kita-Jahre durchzieht, kann ich mich bis zum Sanktnimmerleinstag mit ihm beschäftigen und abmühen, dann laufen alle Interaktionen und Interventionen ins Leere. Diese Kinder wachsen wohl körperlich und kognitiv, aber sozial-emotional nur sehr schwer.

Da gibt es einmal die vielen Kleinen vom Typ Speedy Gonzales, der schnellsten Maus von Mexiko, ‚Arriba! Arriba! Ándale!' Immer in Aktion, immer in Bewegung, wenn das nicht geht, dann wird gesummt, gebrummt, geplappert, Geräusche gemacht, gezappelt, gewackelt, geschnippt. Ihr Lebensgefühl scheint sich im Rhythmus einer inneren Techno-Party zu bewegen, mit einer täglichen Dosis Ecstasy. Mta, mta, mta, mta...

Sie sind schwer zu erreichen. Mit Worten schon gar nicht, das geht zum einen Ohr rein, zum anderen raus. Mit Blicken auch kaum, sie gucken meist durch dich hindurch oder an dir vorbei. Manchmal kann man sie zum Innehalten bringen und kurzfristig in Kontakt zu ihnen kommen, indem man sich einer Kombi harter Reize bedient: auf Augenhöhe runter gehen, sie scharf mit Namen ansprechen, ihren Blick intensiv einfangen und sie fest an beiden Armen halten. Ja, grenzwertig, aber anders geht's kaum. Speedys haben sich derart vermehrt; ich kann mir nicht vorstellen, dass die meisten von ihnen von Haus aus ein ADHS aufweisen. Eher kommt mir bei ihnen der Verdacht, dass sie das traurige Resultat der Schnellebigkeit unserer Zeit sind, meist schon früh in die Krippe gegeben, zuhause auch alles flott durchgetaktet, damit das komplizierte Lebensmodell mit Kind, Job, Partner, Hobbys, Lifestyle und Social-Media-Präsenz funktioniert. Ein dauerhaft erhöhter Cortisolspiegel bei diesen Kids ist das Resultat, und mit den Auswirkungen müssen wir uns in der Kita geballt herumschlagen.

Ein paar Worte zu jenen Kindern, die Nora Imlau als ‚Gefühlsstarke Kinder' bezeichnet. Der große Anklang, den ihre Bücher über dieses Thema finden, zeigt mir, dass auch andere die Zunahme dieses Phänomens wahrnehmen. Wenn sie beschreibt, wie herausfordernd diese Kinder schon für die Eltern sind, kann man sich bestimmt ausmalen, wie es uns in der Kita mit ihnen geht, zusammen mit vielen anderen Kindern, die unser Augenmerk auf noch andere Weisen beanspruchen. Es ist schlichtweg utopisch, ihren häufigen und vehementen Gefühlsausbrüchen immer mit Verständnis zu begegnen und ihnen auch ansonsten nur annähernd gerecht zu werden. Dafür bräuchte es viel kleinere Gruppen, viel mehr Personal, viel mehr Platz, viel mehr Handlungsspielraum, viel mehr Zeit fürs Reflektieren und dafür, adäquate Konzepte für diese Kinder zu entwickeln. Traurig, aber Tatsache.

Leberwürste

Neben den Speedys wären da noch die vielen kleinen Leberwürste zur Zeit, die beleidigten. Kleine Prinzchen und Prinzessinnen, die, scheint's, auch mit fünf und sechs Jahren noch nicht aus ihrem kindlichen Egozentrismus herauswachsen. Ständig gekränkt, beleidigt, verwirrt oder empört, weil die doofen Erzieher, die noch dooferen Kinder und die allerdoofsten Dinge und Umstände um sie herum ständig nicht so funktionieren, wie sie das haben wollen. Weil das doch selbstverständlich ist!

Kleine, vulnerable Machtmenschen, die sehr, sehr anstrengend sind. Bei ihnen merkt man erst einmal, wie oft, bei wie vielen, kleinen, banalen Dingen normale Menschen es täglich schaffen, sich aufeinander einzustellen, sodass ein halbwegs verträgliches Miteinander möglich ist. Bei Leberwürsten gibt's ständig Probleme, wo gar keine sind, besonders, wenn auch noch zwei aufeinandertreffen. Da wird dann etwa die Nudelschüssel x-mal geräuschvoll und mit Gekeife hin- und hergeschoben, weil sie ,immer zu weit' beim anderen steht, wird die Jacke des anderen in der Garderobe auf den Boden geschmissen, weil sie ,zu eng' bei der Leberwurst dranhängt. Alles wird zum Spielfeld ihres Machtzwangs, sogar der Tisch und die Garderobe.

Apropos Leberwürste: wir haben jetzt Ende Januar 25, die amerikanische Chef-Leberwurst schickt sich gerade an, die halbe Weltkugel zu seinem Spielfeld auszuerkiesen und stampft jetzt wütend mit den Füßen, weil Grönland und Kanada sich seinem Machthunger verweigern. Wo sind Yoda und Obi-Wan, wenn man sie braucht?

(wusste übrigens außer mir noch jemand nicht, wie das Präsens von ,auserkoren' lautet? Klingt komisch. Aber wie gut, dass es Google gibt)

Zurück zu den Kids, ich beschreibe mal eine Leberwurst-Szene, die verdeutlicht, was im Mindset dieser Kinder vor sich geht. Vorweg noch: Situationen wie die folgende finden in der Kita täglich statt, und sie sind normal, wenn es um Drei- oder Vierjährige geht, die sich erst noch darin üben, nicht immer ihren Willen zu kriegen. Paul aber ist Fünf!

„Truddi, der Junge da gibt mir nicht das Auto!"

Andere Kinder brauchen bei Leberwürsten oft keinen Namen zu haben, sie gehören bei ihnen in die Kategorie ‚Stühle, Tische, Schränke', denen gibt man ja auch keine Namen. Man muss schon froh sein, wenn sie sich die Namen von Erwachsenen merken und man nicht ständig nur mit ‚duu' angesprochen wird.

„Na, der Simon spielt eben jetzt mit dem Auto. Wenn er damit fertig ist, kannst du es haben."

„Aber ich will es jetzt haben!"

„Jetzt geht nicht, Paul. Es sei denn, du bittest Simon darum und er gibt es dir freiwillig." Böser Anfangsfehler, wenn man es mit Leberwürsten zu tun hat. Viel zu kompliziert für solche Sozial-Dumpfbacken. Das zögert nur das Durchsetzenwollen des Alles-ich-, Alles-meins-Introjekts hinaus.

Paul, zu Simon: „Du gibst mir jetzt das Auto!"

Simon: „Nein, das hab' ich jetzt."

Paul, zu mir: „Duu, der gibt mir immer noch nicht das Auto!"

Ich: „Dann musst du warten, bis Paul nicht mehr damit spielt. Möchtest du, dass ich mit dir ein ähnliches Auto suche?" Zweiter Fehler. Während ein sozial altersgerecht entwickeltes Kind sich nach und nach auf solche Hilfsangebote einlassen kann, geht's bei Leberwurst Paul nicht darum, dass er irgendein Auto für irgendein Spiel benötigt, es geht darum, seinen Willen zu bekommen. Die Quittung erfolgt prompt:

„Ich will aber DAS Auto! Jetzt sofort!"

Ich: „Ich hab's dir schon mal gesagt und sag's dir jetzt zum letzten Mal: Du musst warten, bis Simon es nicht mehr braucht."

Paul: „Ich will es aber jetzt haben!"

And so on and so on. Je nach Charakter der Leberwurst wird, wenn sie erfolglos bleiben, jetzt entweder geschmollt, bitterlich geweint oder es erfolgt ein Wutanfall. Eben wie bei den Drei- und Vierjährigen auch. Diese Kids wachsen aus der normalen kleinkindlichen Selbstbezogenheit nicht heraus, sondern steigern sich eher noch eine regelrechte Selbstsucht hinein.

Für Leberwürste gelten die Regeln in der Kita nicht, sie fühlen sich nicht an sie gebunden. Da kann es auch vorkommen, dass ein Paul sich täglich trotz Sitzplan beim Mittagessen auf einen anderen Platz setzt.

„Paul, setz dich bitte auf deinen Platz, du weißt wo er ist."

„Ich will aber jetzt hier sitzen!"

„Du kannst dich im Freispiel hinsetzen, wo du willst, jetzt ist Essenzeit und da gilt der Sitzplan. Setz dich auf deinen Platz!"

„Ich will aber..."

Es gibt mit Leberwürsten jeden verdammten Tag viele kleine, sinnlose, anstrengende, kräfteraubende Machtkämpfe. Aber wehe, man kommt ihnen zu streng, dann wird auf die Tränendrüse gedrückt, die dann auch nicht mehr so schnell versiegt und danach gibt's noch Ärger mit Helikopter-Mama. Worte, die der Betreuer an die Gruppe richtet, gelten für Leberwürste ebensowenig wie Regeln. Vermutlich hat sich deshalb heute das eigentlich unrichtige ‚du' eingebürgert, wenn man sich eigentlich an die ganze Gruppe wendet. Nicht, dass Leberwürste sich mit einem ‚Du' eher angesprochen fühlten als mit ‚ihr'. Da müsste man sie schon alle mit ihrem Namen ansprechen und hoffen, dass Monsieur oder Madame Leberwurst gerade geneigt ist, sich gnädigerweise zum Erfüllen unseres Anliegens herabzulassen.

Leberwürste sind auch körperlich anstrengend. Sie kommen dir nicht ‚entgegen'. Sie heben beim Wickeln nicht den Po, machen beim Schuhe-Anziehen ihren Fuß nicht steif, stellen beim Schnürsenkel-Binden den Fuß nicht voran, drehen sich dir beim Jacke-Zumachen nicht zu, sondern weg. Halten sich nicht fest, schmiegen sich nicht an, wenn du sie auf den Arm nimmst. Du kommst also nicht nur auf sozial-emotionaler, sondern auch auf körperlicher Ebene sehr schwer in eine Beziehung mit ihnen.

Diese Kinder neigen auch dazu, andere Kids oder sogar Betreuer auf eine seltsame Weise zu plagen, körperlich oder mit Worten zu triezen. Bei einigen wirkt das nicht mal boshaft, sondern eher, als hätten sie hier ein exotisches Wesen vor sich, das sie etwa durch Zwicken zu einer Reaktion veranlassen wollen. So nach dem Motto: „Hey, was bist du denn für'n komisches Ding, komm, mach mal was!" Als wären sie der einzige existierende Mensch und der Rest um sie herum alles Laborratten. Mit kleinen Wiesen-Tieren gehen sie genauso um, grabschen ungeschickt nach ihnen, beanspruchen sie als ‚ihre', schleppen sie ewig herum, nicht selten sind diese danach verletzt oder tot. Da wirkt auch kein noch so oft durchgeführtes Regelbesprechen über den Umgang mit Tieren. Gilt ja für Leberwürste alles nicht.

Gruselkids

Kinder mit beängstigenden Verhaltensweisen und stereotypem Persönlichkeitsausdruck hab' ich in den letzten fünf Jahren in fast allen Gruppen gesehen, manchmal sogar mehrere in einer. Gruselkids gleichen in vielen Verhaltensweisen den Leberwürsten, mit einem, wie ich finde, erschreckenden Unterschied: sie scheinen weniger Emotionen zu haben. Oberhalb ihrer Mundpartie passiert in ihrem Gesicht kaum eine Regung. Ein echtes Weinen hab' ich bei ihnen noch nie gesehen, noch nicht einmal, wenn sie sich selbst wehgetan haben oder sogar bluten. Manchmal wirken sie fast wie kleine Bio-Roboter. Es fehlt ihnen das Kindliche, geschweige denn Unschuldige eines normalen Kindes.

Diese seltsamen Kinder scheinen schon so geboren zu sein, zumindest kenne ich welche, die schon mit Zweieinhalb die beschriebenen Verhaltensweisen aufzeigen. Sie zeigen selbst in diesem Alter noch nicht einmal eine Ängstlichkeit, wenn sie in die Kita kommen. Auch Traurigkeit hab' ich bei ihnen nicht gesehen. Beim Spielen kommt keine wirkliche Ausgelassenheit bei ihnen auf; obwohl sie rennen und toben wie andere Kids auch, wirkt das irgendwie... verhalten, unecht. Beim Lachen dasselbe, es wirkt wie gespielt.

Jetzt zu einem Punkt, bei dem es mir besonders schwerfällt, ihn niederzuschreiben; ich bitte heute noch hin und wieder meinen Verstand und meine Wahrnehmung, wider besseren Wissens bitte etwas anderes zu sehen, weil's mir wehtut und schwerfällt, über kleine Kinder solche Dinge zu sagen. Weil ich es eigentlich nicht glauben möchte. Aber wegsehen und wegdeuten ändert ja auch nichts: obwohl ich bei diesen Kinder zumeist nicht die größere kognitive Intelligenz sehe, die viele Kinder zurzeit aufweisen, zeigen sie eine Meisterschaft in einer speziellen Art von Klugheit, die ich mal als eine Mischung von Bauernschläue und Hinterhältigkeit bezeichnen möchte. Und das schon im Kleinkindalter. Ich habe bisher bei ihnen gesehen: Lügen, Betrügen, Stehlen, Manipulieren, Dinge anderer verstecken oder zerstören, Instrumentalisieren von anderen Kindern oder sogar Erwachsenen für ihre Zwecke, emotionslose, aber hartnäckige Verweigerung von Regeln. Ein befriedigend oder sogar lustvoll wirkendes Triezen anderer Kinder, aber sehr subtil, oft nicht mal körperlich, sondern eher durch ärgern. Sie scheinen schon als kleine Machtmenschen geboren, wie die Leberwürste auch, jedoch mit dem Unterschied, dass ihnen noch mehr Spektren auf der Skala von sozial-emotionalen Skills fehlen.

Ich würd' das lieber nicht über kleine Kinder sagen müssen; von meiner Ausbildung in den 80ern steckt noch was in mir, da herrschte nämlich noch die Meinung vor, Kinder wären ein unbeschriebenes Blatt, und alles, was dann mit ihnen passiert, ist Erfolg oder Schuld der Erwachsenen. Heute weiß man es besser. Machtmenschen haben sich in den letzten 20, 30 Jahren sehr vermehrt, aber sie kommen nicht vom Himmel gefallen. Man muss hingucken, auch wenn's weh tut; es ist unwahrscheinlich, dass sie alle ganz normale Kids waren und sich mit 10, 15 oder 18 plötzlich so verändert haben. Es wird allerhöchste Zeit, dass sich Fachleute mal dahinterklemmen, die Ursachen dieses Phänomens herauszufinden. Und vor allen Dingen, was wir als Gesellschaft dagegen tun können. Wie wir das Familienleben als Grundlage unseres Staates wieder wertschätzen und unterstützen können, die Kita wieder als hilfreiche, ergänzende Erziehungs-Institution ebenso, und nicht als Abstellplatz. Und vor allem, wie wir diesen Kindern, die mir schon fast wie eine andere Menschenart vorkommen, helfen können. Denn eins, zwei Jahre Krippe und drei Jahre Kita sitzen gerade Gruselkids sozusagen locker auf einer Arschbacke ab; wir Erzieher zappeln uns mit ihnen ab, ziemlich fruchtlos, das kann's nicht sein. Ich hatte einmal, EINMAL in den letzten fünf Jahren ein Erlebnis bezüglich einer deutlichen Verhaltensänderung eines Leberwurstkindes, das mir Anlass zu Hoffnung gab, das spare ich mir aber für den Schluss auf. Solch seltene Funken der Hoffnung brauche ich, für einen Sinn am Weitermachen. Aber ich finde es jetzt verdammt an der Zeit, dass die Fachleute, voran wir Erzieher/innen, aufstehen, den Politikern den Marsch blasen, und sich viele Dinge ändern. Und das flugs, bitte.

Die Lustwandlerin

Stina. Sie kommt mit Drei zu der jungen, lieben Gruppenleiterin Tamara in die Regelgruppe. Irgendwie schafft es Stina, fast ein Jahr lang ständig von Tamara getragen zu werden. Obwohl sie nicht weint, und obwohl erfahrenere Kollegen Tamara immer wieder sagen, das Kind würde schauspielern und sie manipulieren. Doch Tamara glaubt nicht, dass ein so kleines Kind schon zu solchen Täuschungen fähig ist, sie möchte Stina die Nähe und Zuwendung geben, die sie anscheinend braucht.

Ein Jahr später ist sich Tamara da nicht mehr so sicher. Der nun vierjährigen Stina gelingt es immer wieder, neue Betreuer – und die gibt's in dieser Einrichtung ständig – zu manipulieren. Sie versichert ihnen zum Beispiel glaubhaft, dass es ihr an den Händen und Füßen wehtut, wenn sie sich die Schuhe selbst anzieht. Die neuen Betreuer halten das ruhige Mädchen mit den dunklen, intensiven Augen für hochsensibel und tun ihr den Gefallen. Bis sie zufällig, meist im Garten, beobachten, dass Stina null Probleme mit ihren Schuhen hat. Doch jeder neue Betreuer fällt erst einmal auf Stinas hervorragende Schauspielkünste rein, trotz der Warnungen der Kolleginnen.

Mit Fünf wird immer deutlicher, dass etwas Gravierendes mit Stina nicht stimmt. Eltern beklagen sich nun bei Tamara, dass ihre Kinder nicht mehr in die Kita gehen wollen, weil Stina ihnen ständig Räuberpistolen erzählt, wie: „... wenn du das nicht machst, was ich dir sage, wird dir der Kopf abgeschlagen, der wird dann aufgespießt und es läuft das Blut herunter..." Stina bestreitet das stets nachdrücklich und schafft es immer wieder, sich eine logische Erklärung für das angebliche Lügen der anderen Kinder zurechtzubasteln, etwa: „Die Kinder mögen mich nicht, drum denken sie sich sowas aus." Scheint unglaublich, aber einige Betreuer glauben ihr. Immer wieder kommt es jetzt auch vor, dass Stina sich bei Betreuern beschwert, dieses oder jenes Kind habe ihr wehgetan. Wenn man sich dann die Mühe macht, genau nachzuforschen, was da passiert ist, stellt sich stets heraus, dass diese Anschuldigungen völlig aus der Luft gegriffen sind. Dann behauptet Stina: „Ich hab' ja nur

Spaß gemacht." Die ernste Ansage der Betreuer, dass solche Manöver alles andere als lustig sind, hält sie nicht davon ab, sie immer wieder zu betreiben.

Im Sommer kann man im Garten beobachten, dass Stina kaum spielt. Sie sammelt zwei, drei jüngere Kinder um sich, meist Mädchen, und spaziert mit ihnen durch den großflächigen Garten. Hin und zurück, hin und zurück. Dabei spricht sie auf die aufmerksam lauschenden Kleinen ein. Eine Betreuerin drückt das so aus: „Stina hat wieder einmal ein Gefolge um sich geschart und lustwandelt im Garten." Tamara hat sich sehr um Stina bemüht, mit Elterngesprächen, der Fachberatung, Fortbildungen und Fachliteratur. Doch Stina bleibt Stina. Letztendlich sind die meisten Betreuer recht froh, als Stina in die Schule kommt.

Boss-Girl mit Kringellocken

Madleen ist noch keine Drei, als sie in die Regelgruppe kommt. Ein kleiner, zarter, aber agiler Blondschopf mit kurzen, wirren Löckchen. Obwohl die Kleinste und Jüngste, hat sie keine Probleme mit dem Ankommen in der Gruppe. Nach drei Wochen darf sie schon alleine mit dem Kleinbus fahren. Allerdings bindet sie dann beim Ankommen und Ausziehen gerne für eine ziemliche Weile eine Betreuerin ein. Zunächst einmal zögert sie gerne das Hausschuhe-Anziehen heraus: „Nein, das passt noch nicht, da drückt noch was, da zwickt was, das ist zu fest, das ist zu locker..." (Dass Erwachsene vor dem kleinen Machtmenschen knien, scheint ein sehr genossenes prähistorisches Erbe von Machtbekundung zu sein.)

Dann versteht es Madleen meisterhaft, Erwachsene in ein Gespräch einzubinden, sie plappert munter drauflos und hört auch sobald nicht mehr damit auf. Madleen weint selten, wenn doch mal, dann ist ihr Blick dabei aufmerksam auf den Betreuer gerichtet und sagt aus: „Na, wie wirst du nun auf mich reagieren?" Madleen spielt schon gerne mit anderen Kindern, allerdings muss es dabei nach ihrem Willen gehen. Tut es das nicht, wird schon auch mal gekrallt oder gebissen. Aber stets ohne inneren Aufruhr, es wirkt kühl und bewusst.

Im Garten lässt sich Madleen gerne von anderen Kindern im Taxi-Rädchen herumchauffieren. Dabei schweift ihr Blick über die Geschehnisse um sie herum und sie kommentiert, wenn ihr etwas auffällt und reglementiert die Kinder, wie eine Mini-Mafiosa. So manche Betreuerin denkt sich: *Wenn die mit noch nicht mal Drei so drauf ist, dann Gnade uns Gott, wenn die Fünf wird!*

Stone-Face

Felia, fast fünf Jahre alt, mit Sommersprossen und kleinen, immer ein wenig zusammengezwickten Augen, wirkt auf den ersten Eindruck ruhig, beinahe schüchtern. Sie weint nie, ist nie wirklich ausgelassen, und geht manchmal durch die Tage, ohne aufzufallen. Kennt man sie jedoch länger, muss man feststellen, dass dieser Schein trügt.

Mit Gleichaltrigen kann Felia nichts anfangen, wann immer sie kann, schließt sie sich den Großen an. Es dauert jedoch nicht lange, bis diese sich beschweren. Felia scheint noch nicht reif zu sein für das kooperative Spiel der Vorschüler, stattdessen fängt sie an, diese zu triezen. Das betreibt sie so lange, bis die Großen wütend werden und sogar vor Verzweiflung weinen. Wird sie dann vom Betreuer weggeschickt, passt sie den Moment ab, wenn der Betreuer sich abwendet und schmuggelt sich dann erneut zu den Großen. Im weitläufigen Garten kann sie dieses Spielchen manchmal lange betreiben, und die Großen sogar dazu bringen, sie zu schlagen und wegzuschubsen.

Mit den Betreuern treibt Felia ebenfalls kleine, aber hartnäckige Spielchen. Zum Beispiel verweigert sie stoisch die morgendliche Begrüßung und auch die Verabschiedung. Auch auf das Angebot, wenigstens die Hand zum Gruß zu heben, reagiert sie nicht und verzieht keine Miene. Wenn die Mittagsbetreuerin in der ruhigen Zeit manchmal mit den Igelbällen massiert und die Kinder nach einem ‚fester' oder ‚sanfter' fragt, wiederholt Felia ihr ‚fester‘ so lange, bis die Betreuerin ihr den Igelball selbst in die Hand gibt, aus Angst, ihr weh zu tun.

Felia weint nie, ist nie richtig ausgelassen, lacht nie, ihr seltenes Lächeln wirkt aufgesetzt und verzerrt. Ihren Psycho-Spielchen haben die Betreuer nicht wirklich etwas entgegenzusetzen. Bei den Eltern muss man vorsichtig darüber sprechen, sonst steht gleich der Vorwurf der Unfähigkeit im Raum: „Bei uns macht sie das nie, so etwas kennen wir gar nicht von ihr, was treibt ihr denn mit ihr?“ Die Betreuer sind ziemlich ratlos. Da sie jedoch noch etliche andere Kinder haben, die ihre Aufmerksamkeit in vehementerer Weise als Felia Anspruch nehmen, verlaufen ihre Sorgen um sie immer wieder im Sand.

Noch was: Wer ist wohl an St. Martin von den etwa 100 Regelgruppenkindern einfach unter die Absperrung durch und zum Pferd hingelaufen? Felia und Stina. Ich find's auch interessant, dass beide Eltern sich nicht bemüßigt fühlten, darauf zu reagieren.

Im Folgenden berichte ich etwas ausführlicher von ein paar Leberwürsten, und den manchmal skurrilen Situationen mit ihnen.

Der Haar-Disput

Mittagessen in der Grillengruppe. Ich war schon öfter hier, und das auch gerne, weil ich die Arbeit der sehr jungen, aber kompetenten Gruppenleiterin schätze. Ich kenne die Kinder mit Namen, weiß um die Regeln und auch, wer welche Probleme beim Essen macht. Deswegen bin ich recht entspannt. Ich setze mich zu einem Mädchen, das sich gerne viel auf ihren Teller lädt und es dann nicht schafft, aufzuessen. Wir versuchen, ihr zu vermitteln, dass immer genug da ist für einen Nachschlag, sodass sie auch eine kleinere Portion entspannt essen kann.

Sofia ist ein seltsames Kind. Keiner der Betreuer findet einen Zugang zu ihr. Die Fünfjährige wirkt oft abwesend. Sie reagiert häufig nicht, wenn sie angesprochen wird oder ihre Reaktion kommt sehr verzögert. Wenn sie antwortet, hat das Gesagte oft nichts mit dem Thema zu tun, um das es gerade geht. Oder ihre Aussage ist seltsam formuliert. Sie wirkt oft, als wäre sie in einer anderen Welt, sehr sensibel und auf eine seltsame Art sozial. So klagt sie jede noch so kleine Ungerechtigkeit bei einem anderen Kind bei den Betreuern an, aber ohne das Kind weiter zu beachten, geschweige denn zu trösten. Es scheint ihr eher um die Sache zu gehen als um das jeweilige Kind. Sie wirkt dann so beleidigt, als wäre sie selbst betroffen. Man kann Sofia überhaupt sehr schnell kränken.

Wir sind jetzt fast fertig mit dem Essen und ich versuche, mit Sofia ein Gespräch zu führen. Es läuft recht zäh. Das ändert sich jedoch, als ich meine obligatorische Baskenmütze abnehme, weil mir warm ist.

Sofia blickt mich prüfend an. „Hast du dir die Haare gefärbt?"

„Nein", antworte ich.

„Aber sie sind unten blond und oben grau."

„Na, bei den Haaren weiter unten war ich noch jünger. Wenn die Menschen älter werden, werden die Haare grau."

Sofia blickt weiterhin skeptisch. „Aber alle anderen Frauen haben eine einzige Farbe."

„Die meisten Frauen färben sich ihre Haare, deswegen. Erst, wenn sie noch älter sind als ich, lassen sie sie manchmal auch grau."

Ich merke, dass es in Sofia arbeitet. Sie versucht, ihre eigene Wahrnehmung mit meiner Aussage überein zu bringen. „Aber alle anderen Frauen haben EINE Haarfarbe", wiederholt sie.

Ich versuche noch eine Erklärung: „Wenn man die Haare färbt, dann schmiert man die Farbe auf das ganze Haar. Deswegen hat es dann eine einheitliche Farbe. Wenn man die Haare nicht färbt, macht der Körper sie nach und nach grau. Das dauert eine Weile. Wenn man dann die Haare nicht schneidet, ist unten eben die alte Farbe und weiter oben wächst es grau nach."

Sofia blickt vor sich hin und überlegt. Dann hat sie sich entschieden: „Du färbst deine Haare. Ich weiß es." Sie sieht mich gekränkt an, denn sie glaubt, ich belüge sie.

Betroffen blicke ich zurück. Ich spüre: Nichts, was ich sagen könnte, kann Sofia von ihrer Überzeugung, ich würde meine Haare färben, abbringen. Vielleicht hätte ich eine Chance mit YouTube-Videos, in denen diese Sache erklärt wird, aber das Problem liegt woanders.

Bevor ich das Gespräch mit Sofia beleuchte, möcht' ich eine Situation schildern, die im Gegensatz dazu steht. Sie trug sich zu, als meine eigene Tochter noch im Kindergartenalter war:

Der Buffin

Dorle und ich spielen eine Weile Memory, bis wir keine Lust mehr dazu haben. Meine Tochter interessiert sich zurzeit für Buchstaben, deshalb schlage ich vor, alle Dinge mit demselben Anfangsbuchstaben zu suchen. Wir stellen fest, dass es bei manchen Buchstaben viele, bei anderen weniger Dinge gibt. Wir nehmen uns jetzt das ‚B' vor. Dorle findet den Ball, die Banane und das Brot.

„Das sind alle", meint sie.

Ich sehe aber noch den Blaubeermuffin, den wir auch immer so bezeichnet haben, deshalb sage ich: „Eines fehlt noch."

Dorle findet nichts.

Ich deute auf den Blaubeermuffin: „Wie heißt denn der? Fängt der nicht auch mit ‚B' an?"

Dorle verneint.

„Doch", sage ich. „Sprich doch mal seinen Namen, dann wirst du's schon merken."

Dorle, zögernd und skeptisch: „...B...uffin?"

Was ist da passiert? Ganz einfach: Dorle hatte ein so starkes Vertrauen in mich, dass sie sogar ihrem eigenen Wissen misstraute und lieber in Erwägung zog, dass sie sich irrte, und der Muffin vielleicht doch ‚Buffin' hieß.

Bei Sofia liegt dagegen etwas vor, das ich bei vielen anderen Kindern bemerke. Sie kennt das Konzept ‚Erwachsene wissen meist mehr als Kinder' nicht. Und um es vorwegzunehmen: das hat nicht nur damit zu tun, dass Dorle meine Tochter ist. Natürlich glaubt man Personen, denen man vertraut, leichter als fremden oder weniger vertrauten. Doch das ist es nicht. Es liegt auch nicht daran, dass Sofia nicht intelligent genug wäre. Ihre selbst gewählte Auseinandersetzung mit dem Thema zeigt, dass es ihr nicht an Intelligenz mangelt. Hier liegt etwas ganz anderes vor. Sofias bisherige Referenzerlebnisse stimmen mit meinem Anblick und meiner Aussage nicht überein, und sie kann das von mir nicht annehmen.

Um von jemandem etwas annehmen zu können, muss ich in irgendeiner Art Beziehung zu ihm stehen. Und wenn es nur die ist, dass wir derselben Rasse, nämlich der der Menschen, angehören. Wenn mir heute ein grünes Marsmännchen begegnete und mir erzählte, dass es Leben auf dem Mond gibt, würde ich das doch stark anzweifeln, meinen Verstand noch dazu. Wenn mir dasselbe jedoch ein renommierter Astrophysiker erzählt, käme ich trotz besseren Wissens doch ordentlich ins Grübeln.

Sofia und viele Kinder mit ihr sehen andere Menschen nicht als ihresgleichen an. Sie können es einfach nicht; ich hab' dieses Phänomen ja schon ein paarmal beschrieben. Sie sind in dieser Hinsicht in ihrer Entwicklung stecken geblieben, in dem Alter, wenn ein Kind bemerkt, dass es noch andere Lebewesen wie sie gibt. Das klingt unglaublich, doch das ist so. Vorher gibt es nur das Kind, und alles andere um es herum ist eine Verlängerung seines Selbst. Es bezieht alles auf sich, jeden Gegenstand und jede Person. Sehr schön sieht man das, wenn sich diese Kleinkinder die Hand vor die Augen legen, wenn ihnen etwas unangenehm ist. Denn was sie nicht sehen, existiert für sie auch nicht, und sie meinen, auch du siehst sie jetzt nicht mehr. Vielleicht auch, dass du jetzt gar nicht mehr da bist.

Im Gegensatz zu anderen Kindern hat Sofia wenigstens Kinder in ihr Persönlichkeitssystem inkludiert, jedenfalls auf einer kognitiven Ebene. Erwachsene jedoch nicht. Es ist schwer, zu erfassen, was in solchen Kindern vorgeht. Da sie intelligent sind, meinen wir, sie müssten doch verstehen, dass es noch andere Menschen außer ihnen gibt, dass Erwachsene auch in diese Kategorie gehören. Sie haben doch jeden Tag mit ihnen zu tun! Als theoretisches Konzept ist ihnen dies natürlich klar, jedoch nicht auf der Gefühlsebene. Sie sind sozusagen seelisch blind für andere. Menschen fallen bei ihnen in dieselbe Kategorie, wie alles andere, das sie umgibt. Bäume, Tiere, Häuser, Tische, Stühle. Vielleicht wird jetzt verständlicher, warum Sofia sich weigerte, meine Erklärung anzunehmen. Von einem Stuhl würde ich mich auch nicht belehren lassen.

‚Butterweich‘ tut mir weh

Noch ein Erlebnis mit Sofia. Wieder einmal bin ich in der Grillengruppe zum Mittagessen und setze mich zu ihr. Ich bin gerade alleine als Betreuer, hatte jetzt ordentlich zu tun und hab' leider verpasst, dass Sofia sich ihren Teller vollgeladen hat. Ihre Nudeln sind verspeist, doch das Putengeschnetzelte wartet noch anklagend darauf.

„Du kennst die Regeln hier“, sage ich, „wir nehmen uns erstmal eine kleine Portion und essen auf, wenn's geht. Du hast dir wieder mal zu viel genommen und ich weiß, dass du nicht mehr alles schaffst. Aber magst du nicht wenigstens noch ein bisschen von deinem Fleisch essen?“

Sofia sieht mich mit ihrem unergründlichen Blick an. „Das Fleisch ist so hart“, behauptet sie. „Meine kleinen Zähnchen können es nicht beißen.“

Unwillkürlich schüttle ich mit dem Kopf. Mal davon abgesehen, dass dieser Satz seltsam für ein Kind klingt, stimmt er einfach nicht. Denn die kleinen Putenteile sind so weich, dass man sie mit der Gabel zerdrücken kann. Ich beschließe, ihr das zu demonstrieren, nehme ihre Gabel und zerdrücke ein Putenteilchen. „Schau“, sage ich, „das Fleisch ist doch butterweich.“

Sofias Augen nehmen einen gekränkten Ausdruck an. „Du lügst“, sagt sie, „eine Butter ist viel weicher!“

Mir wird weh ums Herz. Ich leide mit diesem Kind mit, das eine Art fatale Behinderung hat, die keine geistige ist, die man nicht sieht, nur fühlt. Vielleicht komme ich an sie heran, wenn ich mich auf ihre verkopfte Ebene begebe:

„Das ist keine Lüge“, sage ich. „Man nennt es Übertreibung. Das macht man manchmal, wenn man ganz anderer Meinung ist.“

Diese Erklärung ist zu schwierig, ich bemerke es.

Jetzt mischt sich auch noch Theo ein, ein Kind vom selben Alter, und auch seine Persönlichkeit ist von ähnlicher Struktur wie Sofias, vermutlich hängen sie deswegen gern zusammen. Doch Theo ist nicht so schnell gekränkt wie Sofia, er spielt gern den Besserwisser:

„Das stimmt, was Sofia sagt. Höchstens ein weicher Käse ist so weich wie Butter. Du hast sie angelogen, das darf man nicht!"

Mein Gott, was für eine skurrile Situation! Was soll ich darauf nur sagen? Mir fällt nichts mehr ein, es blutet mir nur das Herz angesichts dieser beiden Kinder, von denen mich eines gekränkt und das andere vorwurfsvoll anblickt. An die ich mit aller Wärme und Liebe, zu der mein Herz fähig ist, nicht herankomme. Die Welten von mir entfernt sind, als wären sie von einem anderen Stern.

Mehr als zwei Jahre später hatte ich noch ein spezielles Erlebnis mit Sofia, aber diesmal eines von ganz anderer Sorte, ein hoffnungsvolles und herzerwärmendes. Das heb' ich aber mir für den Schluss auf, und ich freu' mich schon drauf.

Pflaster-Spielchen

Cleo aus der Mottengruppe liebt die kleinen Bilderpflaster, sie scheint sich ständig zu verletzen, denn sie trägt dauernd welche. Jetzt sitzt sie bei Susi, ihrer Betreuerin, und spielt mit einem Zen-Garten. Nach einer Weile betrachtet sie ihren Pflasterfinger. Der feine Sand des Spiels hat sich wohl an das Ende von Cleos Pflaster gehängt, es steht etwa einen halben Millimeter weg.

„Ich brauch' ein neues Pflaster", sagt sie zu Susi.

Die Betreuer in der Gruppe sind sich einig, dass sie diesen Pflasterfetisch nicht unterstützen wollen. Susi sagt deshalb: „Du hast doch schon ein Pflaster."

„Aber es geht ab", behauptet Cleo.

Susi lacht. „Ich sehe, dass es noch sehr gut klebt."

Doch Cleo sieht das anders. „Guck", sagt sie und kratzt am Ende des Pflasters, damit es sich weiter aufrollt. „Es geht ab!"

Susi wiederholt: „Es klebt noch sehr gut. Wenn du es abmachst, gibt es keine neues."

Cleo kratzt und zupft so lange am Pflaster, bis es abgeht. Sie hält Susi ihren Finger unter die Nase. „Ich brauch' ein neues Pflaster!"

Susi schüttelt den Kopf. „Ich hab' dir gesagt, es gibt kein neues."

Doch Cleo ist nicht dumm, sie weiß, dass es bei einer echten Verletzung immer ein Pflaster gibt. „Ich bin da verletzt, guck doch mal!"

Tatsächlich findet Susi mit der Brille einen feinen, weißen Kratzer. „Das ist schon fast geheilt", sagt sie. „Dafür brauchst du kein Pflaster."

„Aber ich will eines", beharrt Cleo. „Die Mama gibt mir immer eines!"

Susi schüttelt nur mit dem Kopf.

Cleo geht jetzt zu ihrer anderen Betreuerin, Agathe. Bei ihr versucht sie es gleich mit ihrer letzten Taktik: „Die Mama gibt mir immer eine Pflaster!"

Agathe sagt: „Susi hat es dir doch schon gesagt: du bekommst jetzt kein Pflaster."

„Aber die Mama!" Cleo kann nicht verstehen, warum diese beiden Frauen nicht wie ihre Mama sind. Jetzt geht sie wieder zu Susi. „Aber die Mama gibt mir immer eines!"

Susi beschließt, dass es an der Zeit ist, diese Sache zu ignorieren und wendet sich einem anderen Kind zu.

Cleo drückt an ihrem Kratzer herum. „Aber es tut weh da!"

Die Betreuerin ignoriert auch das. Doch das Pflaster-Spielchen ist noch nicht zu Ende, noch lange nicht. Cleo beginnt zu weinen, sie wird getröstet, bekommt aber immer noch kein Pflaster. Im Laufe des Tages versucht Cleo bei beiden Betreuern immer wieder, ein Pflaster zu bekommen. Ein „Schluss jetzt mit dem Pflaster!" wirkt nur kurz. Als Cleo aufs Klo geht und ihr dabei die Grillenbetreuerin Julia begegnet, wird auch diese in das Pflasterspielchen involviert. Gut, dass diese erfahren ist und erst einmal in der Mottengruppe nachfragt.

Agathe und Susi haben an diesem Tag ‚nur' 17 Kinder; wenn alle kommen, sind es 25. Trotzdem sind die beiden am Ende des Tages ausgelaugt. Auch wenn sie nach einer Weile nicht mehr auf Cleos Pflaster-Forderungen reagieren, ist es anstrengend, dass das Mädchen den ganzen Tag versucht, ihren Willen durchzusetzen und die Entscheidung der Betreuerinnen nicht hinnehmen kann. Und Cleo ist ja nicht die einzige Herausforderung, an diesem Tag und an allen anderen auch.

Der unverschämte Joghurt

Max ist schon über vier, als er zu uns in die Kita kommt. Ein – zunächst – ruhiger Junge mit schönen großen dunklen Augen. Bald stellen wir fest, dass er selten auf seine Mitmenschen reagiert, sofern sie nicht Mama oder Papa heißen. Ansagen an die Gruppe scheinen nicht zu ihm durchzudringen. Aber auch auf persönliche Ansprache reagiert er selten, verbal nicht und er blickt auch nicht auf. Wenn man es doch einmal schafft, seine Aufmerksamkeit zu erringen, agiert und reagiert er so langsam, als ob er sich in Zeitlupe bewegt. Er wirkt, als wäre er größtenteils in seiner eigenen Welt. Wenn Max selbst etwas möchte, ruft er sein Anliegen im Befehlston lautstark in den Raum hinein, ohne einen bestimmten Betreuer zu nennen oder anzusehen. Ob er die Namen seiner Betreuer kennt, weiß man nicht, da er sie nie persönlich anspricht und dahingehende Fragen nicht beantwortet. Steht er zufällig neben einem Betreuer, teilt er ihm sein Anliegen mit, jedoch wendet er sich dabei von ihm ab und bewegt sich in Richtung seines Wunschziels, sodass man ihn nicht versteht.

Zu Max' Verhältnis zu den anderen Kindern ist zu sagen, dass es kaum zu bestehen scheint. Er versucht es zwar mit dem gemeinsamen Spielen, sobald jedoch sein Spielpartner etwas anderes macht, als ihm lieb ist, gibt's Ärger. In Form von Schreien, Krallen und manchmal auch Beißen. Ein Kind, Bella, kennt er von privat, doch auch mit ihr bereitet ihm das Spielen Probleme. Wenn er nicht mehr weiter weiß, schreit er oder beißt auch Bella. Der vierjährige Max wirkt in den ersten Wochen in der Gruppe, als wäre er in seiner Entwicklung zurückgeblieben oder als hätte er autistische Züge. Er weiß sehr genau, was er will. Die Jacke etwa muss auf eine bestimmte Art angezogen oder aufgehängt werden, die Brotzeit auf eine bestimmte Weise akkurat auf seinem Teller liegen. Ein wenig zwanghaft wirkt Max, wie ein kleiner Neurotiker. Die Betreuer denken immer mehr an eine Störung im Autismusspektrum. Sie nehmen sich vor, Max zunächst gut zu beobachten und zu versuchen, eine Beziehung zu ihm herzustellen. Doch es wirkt, als habe Max kaum Spaß daran, mit den Betreuern zu spielen. Er reagiert immer noch kaum auf sie, plappert beim Spielen vor sich hin und macht seine eigenen Regeln. Eine Interaktion mit ihm kommt kaum zustande, er wendet sich bald gelangweilt ab.

Ganz anders aber verhält sich Max nach ein paar Wochen während der Brotzeit und dem Mittagessen. Er fällt in den Modus ,Stammtisch-Atmosphäre', mit Kichern, Zappeln, Krakeelen und Quatschmachen. Und zieht leider die anderen Kinder an seinem Tisch mit hinein. Fast jeden Tag beschweren sich nun seine Eltern, dass Max so Hunger hat, wenn er nach Hause kommt und erzählt, dass er in der Kita nichts isst und seine Brotbox nun immer fast voll bleibt. Doch Max isst nun auch kaum etwas, wenn man ihn alleine an den Tisch setzt. Er dreht trotzdem auf und albert herum. Ein Problem, das die Betreuer bisher nicht verstehen und wofür sie bislang auch noch keine Lösung gefunden haben. Max' Verhalten ist ihnen oft ein Rätsel.

Eines Tages bringt Betreuerin Sabine für die Vorschüler verschiedene Steine mit und ein Buch über ihre Entstehung und Verwendung. Max steht dabei und lugt den Vorschülern über die Schulter. Plötzlich sagt er: „Das Rote ist ein Ziegel. Man darf nicht ,Ziegelstein' sagen, weil Steine werden nicht gebrannt, aber der Ziegel wird gebrannt." Verdattert blickt Sabine Max an. Von ihm hätte sie am allerwenigsten solche Kenntnisse erwartet. Max berichtet nun Sabine, dass sein Onkel eine alte Ziegelei besitzt und ihm viel darüber erzählt hat.

Die Kollegen können kaum glauben, was Sabine da mit Max erlebt hat. Doch mit der Zeit entdecken auch die anderen Betreuer, dass in Max ein heller Kopf steckt. Der im krassen Gegensatz zu seinem sonstigen Verhalten steht.

Sabine, die Max und seine Eltern nun schon etliche Monate kennt, hat eine Vermutung, was hier Sache ist. Max ist das einzige Kind seiner nicht mehr ganz jungen Eltern, sie sind beide gut über die Vierzig. Sie vergöttern ihn ein wenig, die Großeltern ebenso, und zeigen sich stets überbesorgt. Etwa, wenn Max, der wirklich nicht dünn ist, wenig gegessen hat. Oder wenn er in der warmen Sonne seine Jacke noch an hat und total verschwitzt ist. Die Betreuer sagen ihnen zwar, dass Max in eine Schreiattacke ausbricht, wenn man ihm die Jacke ausziehen will. Doch sie sehen es als mangelndes pädagogisches Geschick an, damit umzugehen, und lieber das Kind im eigenen Saft schmoren zu lassen. Sie können nicht verstehen, dass Max mit seinem lautstarken Schreien, das er sehr ausdauernd betreiben kann, die Gruppe derart aufmischt, dass man ihn manchmal lieber in den Schatten schickt und gewähren lässt. Besonders, wenn ein Betreuer alleine ist und sich noch um 24 andere Kinder kümmern muss, von denen so mancher ähnliche Marotten wie Max aufweist. Betreuer sind halt leider auch nur Menschen, mit nur einem Kopf, nur zwei Händen und mit der gleichen Anzahl von Nerven wie andere Menschen auch.

Sabine hat den Eindruck, dass Max zu den mittlerweile vielen Kindern gehört, die zwar eine erstaunliche kognitive Intelligenz aufweisen, die aber in ihrer sozial-emotionalen Entwicklung im Kleinkindalter stecken geblieben sind. Bei Max zeigt sich sehr ausgeprägt, dass er andere Menschen als zu seiner Umwelt gehörig ansieht und sie in dieselbe Kategorie steckt wie Häuser, Tische, Autos etcetera. Und diese Dinge haben so zu funktionieren, wie er sich das vorstellt. Dabei ist Max emotional stabiler als andere Kinder mit demselben Problem. Die Umwelt kränkt Max nicht, sie verwirrt ihn oder macht ihn wütend, wenn sie nicht tut, was er will. In manchen Situationen kommt dieses Denkmuster in fast schon skurriler Weise zu Vorschein:

Es ist Frühling, Max ist mittlerweile fünf Jahre alt. Die Kinder sitzen zur Nachmittagsbrotzeit im Garten. Max ist das erste Mal so lange da, normalerweise wird er kurz nach dem Mittagessen schon abgeholt. Er kennt also das Essen auf der Terrasse mit den Bänken noch nicht.

Die Bänke, mit Lehnen, stehen immer etwas weiter vom Tisch weg. Wenn man sie näher an den Tisch schiebt, gibt es Proteste, weil manche Kinder das Gefühl brauchen, jederzeit aufstehen und gehen zu können, ohne dass sie den, der neben ihnen sitzt, bitten müssen, mit ihnen aufzustehen. Also müssen die Kinder auf den Bänken bis zur Kante vorrutschen, um ihre Brotzeit am Tisch zu erreichen. Die Älteren lehnen sich auch mal zurück und nehmen ihre Box auf den Schoß.

Max sitzt auf einem Außenplatz, er hat einen Joghurt dabei, das erste Mal. Das Öffnen bekommt er gut hin. Er kratzt mit seinem Löffel den Deckel ab, dabei verschmiert er jedoch einen guten Teil des Joghurts an seinen Ärmel. Beim Ablecken des Ärmels landet ein weiterer Teil in seinem Gesicht und auf seiner Mütze, da er den Deckel noch in der Hand hat.

„Ich bin voll!", ruft er, an niemand Bestimmten gewendet.

Sabine antwortet: „Max, wem erzählst du das jetzt?" Max soll lernen, die Betreuer anzusprechen und in Kontakt mit ihnen zu treten. Doch er blickt nur verwirrt vor sich hin. Weil es seine erste Brotzeit hier im Garten ist, antwortet Sabine ihm: „Wir machen dich schön sauber, wenn du mit dem Joghurt fertig bist."

Max nimmt das hin, und Sabine freut sich, dass er nicht auf sofortiger Säuberung besteht. Nun nimmt Max seinen Löffel und setzt sich bequem zurecht, wie sonst auch lehnt er sich hinten an. Er langt weit vor, um den Löffel in den Joghurt zu tauchen. Sabine sagt: „Max, du musst vorne am Tisch bleiben, sonst tropft der Joghurt!"

Das scheint Max nicht zu interessieren oder er registriert es nicht. Der Löffel nimmt eine Portion Joghurt auf und wandert langsam in Richtung Mund. Dabei tropft der Joghurt auf den Tisch und auf Max Beine. „Ah!", ruft Max und verzieht das Gesicht.

Sabine reinigt ihn, bevor er zu weinen beginnt und sagt erneut: „Max, du musst dich weiter vor setzen, sonst tropft der Joghurt wieder auf den Tisch und auf deine Beine!"

Doch Max reagiert wieder nicht. Erneut holt er sich einen Löffel Joghurt, und wieder beginnt dieser zu tropfen. Da hält Max mitten auf dem Weg zu seinem Mund inne. Er betrachtet den Löffel, ärgerlich und verwundert. Der Joghurt tropft und tropft.

Nun hält es Sabine nicht länger aus. Was ist nur los mit diesem eigentlich intelligenten Jungen, der ihr vor zehn Minuten noch verschiedene Flugzeugarten erklärt hat? Sie reinigt Max erneut, drückt ihm den Joghurtbecher in die freie Hand, die bisher untätig herunterhing. Sie schiebt Max beide Hände vor seine Brust. Nun schafft er es, den Joghurt zu essen.

In solch einer Situation wirkt es, als hätte Max wirklich eine Störung, wie Kinder mit Autismus sie haben. Doch das hat er sicher nicht. Wenn man ihn im Umgang mit seinen Eltern oder Großeltern sieht, wirkt er wie jeder normale Junge. Allerdings einer, um den ganz schön viel Tamtam gemacht wird.

Da ist sie wieder einmal, eine jener vielen, vielen Situationen heutzutage, in denen ein eigentlich kluges, vierjähriges Kind wie ernsthaft gestört wirkt. Das ist das Ergebnis, wenn wohlmeinende Eltern auf jeden Pieps ihres Prinzchens oder ihrer Prinzessin reagieren, auch wenn die Kinder schon Vier und älter sind. Bei Max ist es so, dass er noch nicht einmal piepsen muss; seine Wünsche werden ihm schon von den Augen abgelesen. In Max' Referenzerlebnissen kommt es nicht vor, dass etwas nicht funktioniert, was er sich wünscht oder dass er etwas nicht bekommt. In seiner Welt haben die Dinge so zu laufen, wie er sich das vorstellt und wünscht. Tun sie das nicht, macht ihn das wütend oder es verwirrt ihn. Das Konzept, dass er manchmal selbst etwas dafür tun muss, dass Dinge funktionieren, kennt er kaum. Wenn wir denken: ‚Wie ungeschickt und dumm dieses Kind doch mit der Situation umgeht‘, geht in Max' eigentlich klugem Kopf vor: ‚Dieser blöde Joghurt und der noch blödere Löffel. Sie haben einfach nicht das gemacht, was ich wollte! Frechheit!‘

Angst und Sorge

Keine Erzieherin gibt es gerne zu, wenn sie vor einem Kind Angst hat, und doch kommt es vor. Meist handelt es sich dabei um wilde, unberechenbare Kinder, die nicht nur für sich alleine toben, schreien, weglaufen oder zerstören, sondern auch andere Kids dazu verleiten, es ihnen gleich zu tun. Wenn aber alle anderen Umstände in der Kita ansonsten in Ordnung sind, empfindet man das Kind zwar als herausfordernd und anstrengend, aber man kann gemeinsam daran arbeiten, für das Kind und die Gruppe Hilfs-Strategien zu entwickeln. In den letzten Jahren hab' ich aber bestenfalls einzelne Gruppen gesehen, in denen wenigstens die Betreuer zusammenhalten, alle anderen Umstände sind so ziemlich überall mies bis katastrophal. Ein weiteres Mal, weil man es gar nicht oft genug sagen kann: Gruppen zu voll, mit U-3-Kids drinnen, vermehrt Kinder mit erhöhtem Förderbedarf (auch viele deutsche), zu kleine und zu wenige Räume, zuviel Bürokratie, zuviel Doku-Kram, schlechter Betreuer-Kind-Schlüssel, zu fordernde Eltern, zu ignorante Träger. Kommen zu dieser Ausgangslage noch Machtmenschen und schwierige Kinder dazu, kann die Arbeit unerträglich werden. Folgendes Beispiel ist heute kein Einzelfall mehr. (Übrigens, weil ich's bisher nicht erwähnt habe: keine Kita in einem sozialen Brennpunkt. Eine ganz normale Einrichtung inmitten einer ganz normalen Kleinstadt.)

Die Schneckengruppe hat irgendwie eine Loser-Karte gezogen. Sie ist lauter und wilder als die anderen Regelgruppen und kein Betreuer bleibt lange. Karl ist Vorschüler, mit fast sechs Jahren der Älteste bei den Schnecken. Sein Verhalten ist nach und nach sehr herausfordernd geworden und beinhaltet unter anderem Schreien, Schlagen, Spucken und Toben. Gern stachelt er auch andere Kinder zu destruktiven Sachen an. Das Harmloseste ist noch, dass er Kindern, die von einer Betreuerin wegen einer Missetat im weitläufigen Garten zu einer 5-Minuten-Auszeit verdonnert wurden, zuruft: „Ey, lauf weg! Die Alte kriegt dich doch sowieso nicht!" Er verleitet auch andere Kinder dazu, an einer bestimmten Stelle im Garten große Steine über die Mauer zu werfen; dahinter befinden sich meist Autos, denn es ist der Parkplatz eines Baumarkts. Woraufhin sich der Herr Bürgermeister etliche Male mit Schadensersatzforderungen behelligt sah.

Einmal sah man Karl mit Leo wispern, der daraufhin fragte, ob er oben auf die Duplo-Ecke dürfte, einer zweiten Ebene, mit der Bauecke unten. Er kam aber nach einer Minute schon wieder herunter, mit einem Ausdruck im Gesicht, der die Betreuerin alarmierte. Beim Nachsehen musste sie feststellen, dass Leo dort oben den ganzen Teppich vollgepinkelt hatte. Wohl klar, dass die beiden – „Der Karl hat's gesagt!" – es hinkriegten, den Teppich nicht selbst reinigen zu müssen, mit viel Geschrei in zwei Tonlagen, gegenseitigem Verhauen und Davonrennen.

Karl schlägt oft zu. Im Turnsaal steigert er sich regelmäßig in eine Toberei hinein, die auch nach einer Stunde nicht nachlässt. Wer ihm dabei in den Weg kommt, wird umgerannt oder verprügelt. Einmal mussten Bennis Eltern gerufen werden, die dann zum Arzt mit ihm gingen, weil Karl Leo so stark auf den Rücken geprügelt hatte, dass dieser nicht mehr richtig Luft bekam.

Eine weitere ‚Unart' von Karl ist es, sich an Kinder oder Betreuer heranzuschleichen und ihnen ins Ohr zu kreischen, mit einem Phonpegel, bei dem selbst Lucy aus ‚Ich – unverbesserlich' noch was dazulernen könnte. Karls Gruppenleiterin fiel dann auch über ein halbes Jahr wegen eines Hörsturzes aus. Wundert's wen, dass die Betreuer bei den Schnecken fast im Wochenrhythmus wechselten? Innerhalb von eineinhalb Jahren mussten sich die Kinder an 14 neue Gesichter gewöhnen.

Die Betreuer sind sich zwar darüber einig, dass Karls Verhalten nicht mehr tragbar für die ohnehin schwierige Gruppe ist, doch für Hilfe von außen würde es wegen seines fortgeschrittenen Alters niederschwelliger Maßnahmen bedürfen. Die gibt's aber nicht. Eine der ständig wechselnden Gruppenleitungen möchte zwar eine Einzelintegration anleiern, doch das würde nichts mehr nützen; bis diese durchgeht, kommt Karl schon in die Schule. Anrufe bei Beratungsstellen laufen ins Leere. MSH und MSD raten erst einmal zu einer besseren Dokumentation von den schlimmen Situationen mit Karl. Doch die gibt es nicht, wie denn auch, bei den ständig wechselnden Gesichtern bei den Schnecken. Karl vom Kita-Besuch auszuschließen, verweigert der Träger, er verlangt ebenfalls, verständlicherweise, eine ordentliche Dokumentation der Sachlage. Karl wird also irgendwie mit durchgeschleppt.

Als Neue, mit über einem Jahrzehnt raus aus dem Kita-Metier, begonnen ausgerechnet kurz vor Corona, noch dazu als Springerin, hab' ich besonders schlechte Karten bei Karl und den Schnecken. Mir graust, wenn ich in die Gruppe muss, und das ist oft der Fall, denn in den wenigsten Fällen bekommt man sofort Ersatz, wenn wieder einmal eine Betreuerin nach ein paar Wochen schon das Handtuch schmeißt.

Besonders schlimm für mich ist die Zeit mit Gruppenleiterin Thea, leider eine von der Sorte ‚Vulnerabler Machtmensch' mit Motto: ich die Beste, alles mir, alles ich. Aber ständig gekränkt oder beleidigt sein bei den nichtigsten Anlässen. Die Eltern sind recht zufrieden mit ihr, weil sie die schwierige Gruppe ‚im Griff' hat, wenigstens von außen besehen. Ich finde es zwar gut, dass Thea sich bei den Schnecken durchsetzt, aber bei ihrem andauernden barschen Ton den Kindern gegenüber krampft sich mir stets der Magen zusammen. Ihr Desinteresse an den Kindern als Individuen und ihr Gehabe ausschließlich als Gruppenoberhaupt geht bei mir gegen alles, was ich als gute Pädagogik empfinde. Aber da muss ich durch und ich unterstütze sie und ihre jeweilige Helferin, so gut ich kann. Sie macht es mir allerdings nicht leicht.

Bei Kindern wie Karl ist es wichtig, dass die Betreuer zusammenhalten und sich absprechen, sonst werden sie gnadenlos gegeneinander ausgespielt. Doch Thea spielt da ihr eigenes Spiel. Nach einem Tob-Anfall von Karl im Turnsaal sage ich etwa: „Drei Kinder weinen gerade, weil du ihnen wehgetan hast, Karl. Morgen gehst du erst einmal nicht mit der ersten Gruppe in den Turnsaal. Du kannst eine Runde draußen im Garten rennen, wenn du merkst, dass du Toben musst."

Thea boykottiert das, indem sie mich am nächsten Tag erneut mit Karl in der ersten Gruppe in den Turnsaal schickt. Meine Bitte, Karl wenigstens erst bei der zweiten Turn-Gruppe mitzuschicken, schneidet sie mit den Worten ab: „Ich bin die Gruppenleitung und ich entscheide das jetzt so."

Ähnliche Situationen passieren immer wieder, und es dauert keine zwei Wochen, bis Karl mich überhaupt nicht mehr ernstnimmt, und der Rest der Schnecken zieht nach. Ich bemerke auch, dass sich die Kids an Theas barschen Ton gewöhnen; wenn man sie mit normaler Stimme anspricht, reagieren sie erst nach mehrmaligem Wiederholen, Anheben der Stimme und mit Androhungen von irgendwelchen Konsequenzen. Theas Art zwingt mich dazu, mich ihrem Ton ein Stück anzupassen, wenn ich nicht ganz untergehen will in dieser Gruppe. Den Zweitkräften bei den Schnecken geht's ähnlich; seit Thea am Ruder ist, geben sie sich noch schneller die Klinke in die Hand und ich muss als Springkraft ständig aushelfen.

Es wird für mich zunehmend anstrengender und unbefriedigender, so zu arbeiten. Noch dazu haben Leitung und stellvertretende Leitung gekündigt, und das Team geht sowieso auf dem Zahnfleisch. Mir graust immer mehr vor den Tagen mit den Schnecken. Zuhause google ich stundenlang nach attraktiven Spielen und Aktivitäten, um zu Karl und den Schnecken wieder einen Zugang zu bekommen. Das ist gar nicht so einfach, weil Karl an nichts wirklich Interesse hat oder an irgendeiner Sache dranbleiben kann. Schließlich probier' ich es mit Körperspielen, die es ihm ermöglichen, seine unbändige Energie zu kanalisieren. Die Spiele, auf die sich Karl einlässt, sind zum Teil recht wild und eigentlich eher für ältere Kids, aber alles andere findet der fast Sechsjährige zu ‚pipifax'. Aber das ist für mich in der momentanen Situation zweitrangig, ich bin einfach froh, dass es funktioniert. Die Schnecken haben jetzt immer mal Spaß mit mir, und ich komme mit ihnen und mit Karl langsam wieder besser klar. Genau solange, bis Thea mitkriegt, was ich da mit den Kids spiele.

Sie hält mir, der fast 60jährigen, eine ordentliche Standpauke, in der sie mir vorwirft, unpädagogische Sachen mit den Kindern zu machen. Doch auch ich hab' jetzt die Schnauze voll und entgegne ihr, dass das nicht notwendig wäre, wenn sie nicht andauernd meine Autorität bei den eh schon schwierigen Kids untergraben würde. Außerdem muss man die Kinder da abholen, wo sie stehen, und wenn es mir durch ein paar wilde Spiele gelingt, find' ich das gerechtfertigt. Und weil ich mich nun auch in Rage rede, sag' ich ihr außerdem, dass ich ihren harschen Ton bei den Kindern, auch wenn sie problematisch und unbändig sind, als viel unpädagogischer empfinde als die paar albernen Spiele. Die neue Leiterin bekommt unseren ziemlich lautstark geführten Disput mit und befreit mich erst einmal vom Dienst bei den Schnecken. Ich bin ihr alles andere als böse drum. Aber das muss man Thea lassen, sie hält länger durch als viele andere bei den Schnecken. Erst nach einem halben Jahr wirft sie das Handtuch und verlässt die Einrichtung. Was mich wundert, denn in dieser Einrichtung sticht ins Auge: Zumeist gehen die Feinfühligen und Sozialen, besser gesagt, sie flüchten, und die Machtmenschen bleiben.

Etwa ein Jahr später hab' ich noch ein Erlebnis mit Karl, das mich ganz schön beutelt, obwohl er da schon in der Schule ist:

Es ist Muttertag, unter anderem machen wir mit den Eltern einen Spaziergang zu einem Spielplatz. Ich komme zufällig an die Seite von Olgas Mutter Maria. Olga ist die Schwester von Karl, der jetzt schon seit einem guten halben Jahr zur Schule geht. Maria hat Olga rechts an der Hand und links einen stillen, großen, schlaksigen Jungen. Ich muss zweimal hingucken, bis ich in ihm Karl erkenne. „Hallo Karl", sage ich verdattert, „wie geht's dir?"

„Es geht ihm gut", antwortet Maria.

Karl blickt mich ausdruckslos an, eher durch mich hindurch. Ich bin verwirrt und beobachte Karl den Rest des Tages, so gut es geht. Er bleibt an Marias Seite, spricht kaum, isst zwar etwas, aber ohne innere

Beteiligung. Ich bin betroffen. Der Karl, den ich kannte, war zwar schlimm, richtig schlimm. Aber er war lebendig, jetzt ist da kein Karl mehr, eher ein Zombie. Es ist offensichtlich, dass Karl nun ordentlich was einschmeißt. Aber eigentlich war das vorhersehbar gewesen. Wie sollte dieser Junge, den in der Kita die Betreuer regelrecht gefürchtet haben, auch sonst die Schule schaffen?

Die Sache läuft mir nach. Was, wenn Karl in der Kita in einer stabileren Gruppe gewesen wäre, mit einer kontinuierlichen Gruppenleitung, die sich vielleicht die Zeit hätte nehmen können, ordentlich zu dokumentieren? Zeit für mehr als das obligatorische halbjährige Elterngespräch, Zeit dafür, Hilfe für Karl anzuleiern. Hätte man dann eine Medikation langsamer einstellen können, sodass dieses Kind jetzt nicht wie ein Schatten seiner selbst herumschleichen müsste? Ich weiß zu wenig über diese Medikamente. Doch es ist fraglich, ob Karl selbst in einer stabileren Gruppe adäquate Hilfe bekommen hätte, selbst bei dauerhafter Standard-Perso-Besetzung. Es gibt heute einfach zu viele Kinder mit Problemen, zu volle Gruppen, zu viele Machtmenschen, zu viel Bürokratie- und Doku-Kram, zu viele ständig irgendwelche Trivialitäten fordernde Eltern, als dass man einem Kind wie Karl gerecht werden könnte. Traurig. Doch es ist mir auch bewusst, dass man selbst bei besten Bedingungen nicht jedem Kind immer ganz gerecht werden kann. Das kann man aber nur so lange so pragmatisch und theoretisch sehen, bis man das Kind kennt und sich viel mit ihm beschäftigt hat. Karl hat bei uns so gut wie keine Hilfe bekommen. Ich kann nur hoffen, dass alle Beteiligten wenigstens jetzt an ihm dran bleiben, und seine Medikation bald besser eingestellt ist.

Wut und Trauer

Ein paar Wochen später hab' ich an einem sonnigen Nachmittag im Garten ein Erlebnis mit den Schnecken, das mir wie ein Messer ins Herz schneidet.

Die Schnecken sind heute auch draußen, mit Eisklotz Thea. Wie so oft bei den Machtmensch-Betreuern hat sie im Garten wenig zu tun, weil sie kaum von den Kindern frequentiert wird. Es gibt unter den schwierigen Schnecken auch ein paar Stille, Sensible, die spüren, wen sie da bei Thea vor sich haben. Sie werden unter ihrer Ägide noch stiller und befinden sich scheint's immer in einer Art Hab-Acht-Haltung. Nele etwa, viereinhalb Jahre alt. Sie hat's nicht leicht, auch zuhause nicht, mit ihrer alleinerziehenden Mutter, die jetzt ein Baby bekommen hat. Nele ist eine sensible Kämpferin, ein verletzbarer Wildling, schreit und tobt, wenn man ihre Grenzen verletzt. Sie vertraut schon lange niemandem mehr hier, wurschtelt sich halt durch. Spielt mit zwei, drei anderen Kindern, aber auch gern mal alleine, ist sehr kreativ. An diesem Tag ist auch noch ein Fotograf da, nicht von der einfühlsamsten Sorte. Es ist mehr Trubel als sonst, Thea nur am Schimpfen mit ihren Schnecken und jetzt verlangt der fremde Mann da der sehr natürlichen Nele auch noch ein Lächeln ab; und Eiskönigin Thea tutet auch noch ins selbe Horn. Zuviel für die sensible Nele, sie beginnt zu schreien und um sich zu schlagen. Thea grabscht sie ungehalten und nimmt sie auf ihren Schoß. Doch Nele ist kräftig und stark, sie tobt so lange, bis Thea aufgibt. Das Foto muss ohne den Wildling stattfinden. Das ist für Machtmensch Thea eine solche Niederlage, dass sie Nele den ganzen Nachmittag immer wieder mit Bemerkungen angeht, wie:
„Das machst du nicht nochmal mit mir, mein Fräulein",
„Für dich lass ich mir noch was einfallen, meine Dame",
„Darüber haben wir noch nicht das letzte Wörtchen gesprochen".

Ich bemerke, dass Nele immer aufgewühlter wird, ihr Atem geht immer heftiger, obwohl sie nicht getobt hat. Vorsichtig versuche ich, zu vermitteln:

„Nächstes Jahr gibt's ja wieder ein Foto."

Doch seit ich Thea vor ein paar Wochen die Stirn geboten hab', bin ich ihr Todfeind Nr. 1. Meistens ignoriert sie mich, sogar wenn wir im Flur aneinander vorbeigehen und ich „Hallo" sage. Jetzt blafft sie nur:

„Misch dich nicht ein!"

Immer wieder triezt sie Nele mit ihren Bemerkungen, das Kind beginnt zu weinen. Doch auch das hält Thea nicht von ihrem Rachefeldzug ab. Irgendwann gibt Nele auf. Sie setzt sich auf eine Bank, wirft den Kopf zurück und öffnet ihren Mund. Doch es kommt kein Schrei mehr aus ihrer Kehle. Nur erstickte Geräusche, aber es fließen Bäche von Tränen aus ihren Augen. Es zerreißt mir das Herz. Ich eile zu Nele hin, scheiß auf die Schnecken-Cruella, geh in die Knie vor dem Kind und berühre sacht sein Bein. Nele blickt mich an, so eine Einsamkeit und Traurigkeit hab' ich noch nie gesehen. Thea jagt mich weg, verweigert sich einem Gespräch mit mir. Ich bin für sie niemand, dessen Meinung sie auch nur ansatzweise ernst nimmt.

Für den Rest des Nachmittags bleibt Nele so sitzen, lautlos weinend, tonlos schreiend. Ich kann nicht mehr für sie tun, als ihr immer mal im Vorbeigehen über den Rücken zu streichen, wenn Thea gerade nicht herguckt.

Nur mal ein Beispiel, was Machtmenschen in der Kita bei Kindern anrichten können. Zwar passiert es auch einfühlsamen Betreuern, dass sie die Kinder mal anblaffen oder ungerecht sind; bei dem Hyper-Stress heutzutage öfter denn je. Aber sie können das reflektieren, sich danach beim Kind entschuldigen und über Verbesserungen nachdenken. Machtmenschen haben nur ihre eigene Befindlichkeit im Blick, oberste Priorität hat der Schutz ihrer Machtposition. Sie sind vom Innenleben der Kinder so weit entfernt wie von hier bis zum Mond.

Seiltanz

Ich hoffe, dass durch all die Beispiele auch die Kita-Fremden unter den Lesern sehen können, mit welch unterschiedlichen Situationen und Gemengelagen,wir es heute in der Kita zu tun haben. Wie kann jetzt eine Pädagogik aussehen, die möglichst allen Kindern gerecht wird? Denn wie's momentan aussieht, binden die vielen Kinder mit gravierenden Schwierigkeiten so gut wie alle eh schon sehr eingeschränkten Ressourcen der Betreuer, wegen Perso-Mangel, wegen Gruppen-Vollstopferei, wegen Absurd-Bürokratie, wegen Pseudo-Förderwahn. Ich sprech' das jetzt mal aus: Hans-Joachim Maaz' ‚Normopathische Gesellschaft' spiegelt sich nämlich 1 : 1 in der Kita wider. Nimmt man all die Kinder mit ihren verschiedenen, aber heftigen Problemen zusammen, sind sie nicht selten in der Überzahl. Die Crux der Sache ist, dass die Bedürfnisse und Förderschwerpunkte der verschiedenen Gruppierungen scheint's diametral entgegengesetzt sind. Ich sag's lieber gleich, ich hab' auch keine Lösung. Aber ich versuch', das jetzt mal für Erziehungswissenschaftler und andere Kompetente aufzudröseln; dann können sich bitte mal auch andere Leute Gedanken über unsere Kita-Misere machen, als nur ein ältliches, kleines, ziemlich ausgebranntes Kita-Mütterchen :

• Die Kids mit oft schon pathologisch erscheinenden Persönlichkeitsstrukturen benötigen eine klare, reduzierte, straffe Struktur, sehr präsente Betreuer mit einer natürlichen Autorität. Viel Aktivitäten in Kleingruppen, mit starkem Fokus auf ein gutes Miteinander. Ja sogar mit bebilderten Regeln wie: ‚Wir helfen einander', ‚Wir benutzen Dinge wie Kleber und Locher gemeinsam', ‚Wir lösen Probleme mit Sprechen', ‚Wir gehen freundlich miteinander um'... Moralische und ethische Werte vermitteln, immer wieder, jeden Tag und natürlich vor allem vorleben und leben.

• Normalos dagegen tut auch mal der Situative Ansatz gut, das spontane Aufgreifen ihrer Ideen und Neigungen, auch mal mit Zweckentfremden von Dingen, das Improvisieren und Jonglieren mit Zeit, Material und Regeln. Für Ältere braucht's auch Zeit, Raum und Möglichkeit, etwas ungestört mit ihren Best-Friends oder ihrer Peer-Group zu machen

• Speedys brauchen unbedingt eine reizreduzierte Umgebung, geringe Kinderzahl in der Gruppe. Unbedingt tägliche Körper- und Atemübungen, Aneignen von Entspannungstechniken. Betreuer sollten dementsprechend gut geschult sein. Und Reiz-Reaktions-Übungen, die Kids müssen lernen, von ihrem inneren und äußeren Hyperarousal runterzukommen, die Betreuer wahrzunehmen und ihr Nervensystem zu nehmend regulieren zu können

• sensible und High Sensitive Kids benötigen zwar Anregung, aber auch die Möglichkeit zu Rückzug und Reizdeprivation. Auch Platz und Zeit zum ruhigen, ungestörten Ausleben ihrer oft sehr ausgeprägten Kreativität. Gerade bei ihnen, aber auch bei spürigen Normalos seh' ich immer wieder, wie schwierig es ist, den richtigen Ton und die richtige Atmosphäre in der Gruppe anzuschlagen. Denn die knallharten Ansagen in entsprechendem Ton, den die Leberwürste & Co brauchen, verschrecken sie; Kids beziehen ja in dem Alter noch oft alles auf sich. Außerdem haben sie in Fülle, was vielen anderen fehlt: Einfühlungsvermögen, emotionale Tiefe und Breite, Mitgefühl, Mitleid. Ich würd' was dafür geben, für sie wieder mit mehr Freundlichkeit, Spontanität und Humor arbeiten zu können. Doch mit genügend Personal, könnte auch das vielleicht wieder möglich werden. Na ja, die Hoffnung stirbt zuletzt

• was momentan überall verkehrt läuft, ist die Überbetonung des Kognitiven und der Mangel an Sinneserfahrungen, und Sozialkompetenzen fördernden Aktivitäten. Alle Kinder brauchen wieder mehr sinnliche und gemeinschaftsfördernde Erlebnisse. Ich würde mir für jede Kita einen schönen, großen Snoozelen-Raum wünschen. In vielen Behinderteneinrichtungen für Kinder gibt es einen; für die vielen sozial-emotional Beeinträchtigten in den Kitas sollte das doch auch möglich sein. Das tägliche Rausgehen an die Natur und die frische Luft sollte Pflicht werden, ebenfalls mindestens einmal in der Woche raus in Wald, Park, zu Bach, See, Weiher, Tierpark, Tierschutzstationen, was auch immer. Zur Not mit dem Bus.

Keines der jetzigen Systeme scheint mir auch nur annähernd für eine echte Förderung unserer Kinder geeignet, weder die Regel-Kita, noch die Montessoris oder die Waldörfler. Bei allen gibt's positive und negative Elemente, aber als Gesamtsystem ähneln sie sich doch. Über Reggios und andere Konzepte kann ich nichts sagen, die kenn' ich zu wenig. Das der Altershomogenen Gruppen empfinde ich als Bullshit. Das Offene Konzept erkenne ich als eine erschreckende Anpassung an die jetzigen Zustände. Wo es viele Kinder gibt, die eh kaum mehr beziehungsfähig sind, braucht man auch keine geschlossenen Gruppen mehr, und kann mit den verschiedenen Aktivitäts-Räumen wenigstens ihrem vermehrten Drang nach Bespaßung nachkommen. Einzig die Waldkitas scheinen mir ganz gut geeignet, aber wir können ja jetzt nicht alle Back to Nature.

Ich hätte eine Idee für die Wissenschaft: gebt doch mal Fragebögen an die Kitas raus, wie sich deren Meinung nach heute die pädagogische Arbeit gestalten müsste, und welche Bedingungen dafür notwendig wären. Die Schwarm-Intelligenz könnte helfen, aber bitte berücksichtigt: momentan gleichen wir eher eine Horde Lemminge, die gehirngewaschen hintereinander her trappeln, und zwar straight on dem Abgrund zu.

Nebenbei: Hab' nur noch ein paar Kapitel bis zum Ende, deswegen werf' ich nochmal einen Blick auf das Weltgeschehen um das alte, amerikanische Riesenbaby, das sich in seiner Machtlust schon nach ein paar Tagen auf seinem Königsthron so richtig austobt, jetzt, Ende Februar 25. Begnadigungen von Rechtsextremen, Verbot von Regenbogenflaggen, Ausstieg aus dem Pariser Klimaschutzabkommen und der Weltgesundheitsorganisation, Entlassung von Kontrolleuren, die Verschwendung und Betrug aufdecken, Verbrüderung mit Putin, scheint's... Ach ja, und er möchte das menschliche Kroppzeug im Gazastreifen umsiedeln und aus dem einen neuen Spielplatz für andere reiche, große Kinder machen. Doch die wollen nicht gehorchen! Was diese seine Puppets aber auch wieder für seltsame Anwandlungen haben... Heimatgefühl... was für ein Unsinn, ist doch eh alles kaputt!

Mann oh Mann. Es fühlt sich an, als wäre Rotzbub Trump, giergeifernd und plieräugig in einen Machtwahn verfallen, aus seinem amerikanischen Laufstall ausgebrochen und trampele nun gleich dem riesigen Marshmallow-Mann mit seinen ungeschickten Stampferbeinchen übers gesamte internationale Spielfeld. Kann mal bitte jemand die Ghostbusters anrufen? Aber sowas passiert halt, wenn man sich brainwashen lässt von sozial-emotional degenerierten Individuen, nur weil sie massenhaft Kohle haben. Sowas wird bei uns auch kommen, wenn wir jetzt nicht mal schnell das Ruder rumreißen, vom Boot über dem Wasserfall. Anders ist bei uns nur, dass wir nicht einen großen, sondern viele kleine Machtmenschen an der Spitze haben, die sich auch schon mal gegenseitig das Sandeimerchen wegnehmen und dem anderen Mr. Bighead mit dem Schäufelchen auf den Dötz kloppen.

Aber bezüglich der Situation in Übersee will ich mal zuversichtlich sein, dass sich im Hintergrund von Mr. Großkotz viele kluge Berater tummeln, die es schaffen, seine beinahe täglichen Rundumschläge in die richtigen Bahnen zu lenken. Die Hoffnung stirbt ja bekanntlich zuletzt.

Kein Ende...

... ist jetzt in zweierlei Hinsicht gemeint. Erstmal sieht's mir leider ganz danach aus, als ob die Einrichtung Kita in der nächsten Zeit noch mehr den Bach runtergeht, qualitätsmäßig. Und mir fällt auch kein passendes Ende für dieses Buch ein. Ich will aber unbedingt meinen inneren Pragmatiker bemühen, kompakt ein paar Dinge zur Verbesserung nochmal anzureißen, wenn ich diese Dinge auch alle schon erwähnt habe, wenn sie auch schon in zig anderen Büchern stehen. Aber tut sich ja bisher nix, deshalb braucht's womöglich immer wieder ordentlich Schläge mit der Pumpfe auf die Holzköpfe der Großkopferten, bis sie endlich mal was tun. Ich mach's möglichst kurz und knackig:

• Äußere Verbesserungs-Maßnahmen: Kids reduzieren, max. 15 – 18 in Regel-, 6 – 9 in Krippengruppe. 3 Betreuer mindestens, bei den Minis 4. Warum nicht zusätzlich herzliche, liebevolle Ehrenamtliche, die Hauswirtschaftliches übernehmen können und einfach mit den Kids spielen, aber alle Kräfte bitte auf Herz und Verstand geprüft! Eine Vollzeitbürokraft, die auch für die GL mal was schreiben kann. Hausmeister, Haushaltshilfe. Platz beischaffen für Material- und Spielzeug, für Projektarbeiten und Kleingruppenarbeit, wo auch mal was liegenbleiben kann. Platz für Büro- und Doku-Kram. Für Rückzugsecken, zum Vorlesen, Bildbetrachtungen, für Entspannung. Deswegen: die 50 Quadratmeter für 25 Kids + Erwachsene + Möbel sind zum Fremdschämen. Na ja, mit unseren Hühnern, Kühen und Schweinen machen wir's ja genauso, ist ja schon völlig normal, diese Sauerei. Einen Zweitraum braucht's auch. Großen Garten, unbedingt. Einmal am Tag raus, solange es nicht blitzt und donnert, sollte Pflicht werden. Großer Mehrzweckraum für Gruppenübergreifendes, für Experimente, zum Snoozelen, für eine Singgruppe, zum Handwerken, etc. Lichtverhältnisse verbessern, dimmbar machen, und dass Flächen einzeln zu schalten sind. Die verdammten Garderoben doppelt so groß; vielleicht denkt einer der konzipierenden

Sesselpupser mal daran, dass selbst ohne Turnbeutel, Wechselkleider, Matsch- und Regensachen, Mitbringseleien und Gebasteltes die Kids nicht wie Schaufensterpuppen dort sitzen, sondern Arm- und Beinfreiheit zum Anziehen brauchen. Verfluchte enge, trubelige Garderoben, die Minis und sensible Kinder immer wieder zum Weinen bringen!

• viel mehr Vernetzung, mit Schule, Beratungsstellen, Fachärzten, Therapeuten, Jugendamt. Niederschwellige Hilfen

• mal über verschiedene Alternativ-Modelle nachdenken: Tagesmütter/-väter (überhaupt braucht's mehr männliche Identifikationsfiguren). Mütter-/Vätervereinigungen. Evtl. für die auf dem Land könnt' ich mir regelmäßige Bauernhofzeiten vorstellen; der Bauer freut sich über 'nen kleinen Zusatzverdienst und die Kids kommen Natur und Tieren wieder näher. Für die in der Stadt sponsert vielleicht ein Konzern einen Erlebnis- oder Snoozelen-Raum, der von mehreren Kitas und Schulen genutzt werden könnte. Bedenkenswert finde ich auch Konzepte mit familienähnlichen Strukturen, etwa wie bei den Kinderdörfern, 10, 12 Kids von 1,5 – 15 Jahren rein. Natürlich mit Garten. Und paar Tieren. Viele Fliegen mit einer Klappe: breites soziales Übungsfeld, lebensnahe Betätigungsfelder, jeder hilft mit, im Haushalt, im Garten, bei den Hühnern, bei Schulaufgaben, bei der Betreuung der Kleinen

• Ansehen von Erziehern in der Gesellschaft um 200 % heben, Gehalt um 100 %. Apropos Ansehen: Es muss verdammt nochmal wieder möglich sein, bei den Eltern Tacheles zu reden, ohne sich davor ewig 'nen Kopp zu machen um kryptische Verschleierungen von Tatsachen, darum, wie man morgen die Quadratur des Kreises wieder hinkriegt, damit bei der leisesten Kritik ihres Supersprösslings schwer beleidigte und hoch gekränkte Eltern-Leberwürste nicht wieder ihre Strafkampagne starten, mit Beschwerden an höherer Stelle und an den Haaren herbeigezogenem Herumkritteln an deiner Arbeit, bis man bei ihnen wieder reumütig zu Kreuze kriecht

• wenn's wirklich im armen Deutschland so an Geld mangelt, die Kohle für großartige Innen- und Außenausstattung und teures Spielzeug lieber in mehr Personal stecken. Kids brauchen eher Zeug zum Spielen als teure Holzsachen, so schön wie sie auch sind, sorry, Haba. Hab' in den letzten Jahren gesehen, dass bis zu 90 % die Spiele und Puzzles in den Gruppen nicht mehr vollständig sind. Man kann so viele Spiele und Spielzeug aus billigem oder Abfall-Material herstellen, mal auf YouTube und Pinterest gucken. Gemeinde einspannen, etwa Senioren, die gerne handwerken oder handarbeiten. Events draus machen. Arbeitslose und Migranten einspannen. Sammelaktionen starten, Natursachen wie Steine, Hölzer, Zapfen. Papierrollen, Kartons, Gläser, Dosen, Wolle, Stoffe, Geschenkpapiere, Wäscheklammern usw. Baumärkte und Ein-Euro-Shops plündern... Aber bitte alles als Arbeitszeit für die Betreuer!

Ach, was zähl' ich denn da alles auf, eigentlich ist die Sache ganz einfach. Was es für eine optimale Förderung in der Kita in erster Linie braucht, sind genügend Betreuer mit Herz und Verstand, genügend Zeit und genügend Platz im Innen und Außen. Ei gucke da, wie einfach das sein könnte. Aber warum einfach und gut, wenn's kompliziert und mies auch geht. Und überbürokratisiert. Und pseudo-pädagogisiert.

Zum Schluss bitte mal über die Analogie nachdenken: momentan kommt's mir vor, als wären wir Kinder-Botaniker, im Labor, steril, mit Experimentieren, Zerpflücken, Untersuchen, Zurechtbiegen und Zurechtzupfen, Dokumentieren. Was dabei rauskommt, ist im Ganzen gesehen degeneriert, neurotisch, verquer, unnatürlich. Wie wär's, wenn wir wieder zu Kindergärtnern werden, die unter freiem Himmel für guten Boden und ausreichend Wasser sorgen, und so den Kinder-Pflänzchen wieder Gelegenheit geben, aus eigenem Antrieb stark, gesund, natürlich und sowohl individuell als auch in einer guten, gesunden Gemeinschaft zu wachsen und zu gedeihen.

Doch ein Ende

Da war ja noch meine Begegnung der anderen Art, mit Sofia. Nicht, dass ich herausgefunden hätte, dass sie ein Alien ist; was mich aber auch nicht sonderlich gewundert hätte, so, wie ich sie erlebt hatte. Sofia, zur Erinnerung, das Mädchen aus der Begebenheit mit meinen grau-blonden Haaren und die sich so über meine ‚Lüge‘ vom ‚butterweichen Putengeschnetzelten‘ gekränkt hat. Es muss an die zwei Jahre später gewesen sein, sie ging schon zur Schule, als ich sie zufällig traf, wie sie noch etwas Vergessenes aus dem Garderobenplatz ihrer kleinen Schwester Miri geholt hat.

„Hallo Sofia", sage ich, und will schon wieder gehen, da ich keine Reaktion und schon gar keine Antwort erwarte. Da vernehme ich ein klares:
„Hallo Truddi!"
Ich stocke, bin baff, aber sowas von. Dieses verquer denkende und sprechende, ständig weinerliche und grundlos gekränkte Kind, von dem ich nicht einmal wusste, dass sie meinen Namen kennt, weil sie ihn nie ausgesprochen hat, wendet sich mir zu, sieht mir in die Augen, lächelt und nennt mich beim Namen! Sofia lächelt noch breiter. Wow. Sie, die vor zwei Jahren Erwachsene noch nicht einmal als lebendige Wesen wahrgenommen hat, scheint meine Überraschung und Freude zu bemerken! Immer noch baff, aber sehr berührt, lächle ich zurück und frage sie:
„Hey, wie geht's dir denn? Ist die Schule okay für dich?"
Sofia antwortet: „Ganz gut! In Mathe bin ich noch nicht so gut, aber die anderen Sachen machen mir Spaß." Sie rafft ihren Kram zusammen und sagt: „Ich muss jetzt aber gehen, Mama und Miri warten im Auto, wir wollen noch einkaufen. Tschüss, Truddi!" Im Hüpfschritt und summend eilt sie davon.
Ich hab' den Mund offen, als ich ihr nachblicke. Dann werden meine Augen feucht, vor Rührung und Freude. Ich weiß noch, dass Sofias da-

malige Gruppenleiterin sich zusammen mit Mutter und Kinderpsychiater Gedanken über eine passende Therapie für Sofia gemacht hat. Ich kann sie leider nicht mehr danach fragen, da sie letztes Jahr gekündigt hat und wir nicht mehr in Kontakt stehen. Aber vielleicht ist ja trotzdem noch herauszukriegen, welche Art von Therapie solche Wunder bewirkt hat! Die würde ich nämlich mehr als nur einigen Kindern hier wünschen. Im Moment aber bin einfach nur gerührt. Und happy, denn es scheint möglich zu sein, dass selbst die verquersten Kinder zu einer normalen, fröhlichen und natürlichen Lebensart finden können. So schön. Richtig, richtig schön.

Und weil's gerade Schlag auf Schlag geht bei dem mächtigsten Toddler der Welt, einen letzten Blick aufs Weltgeschehen, Anfang März 25: Trump betreibt gerade eine für Machtmenschen klassische Manipulationstechnik, nämlich die der Schuld-Umkehr, mit dem armen Schwein Selenskyj. Der sich zwar nur verteidigt, dem Trump aber nun vorwirft, Schuld an einem dritten Weltkrieg zu sein. Er gefällt sich halt gerade in der Rolle des tollen Kriegsbeenders, und der blöde Selenskyj will nicht nach seiner Pfeife tanzen und macht ihm sein Spielchen kaputt! Herr Selenskyj, wie ungeschickt aber auch, man geht doch auch nicht in Pulli und Freizeithose zu einem größenwahnsinnigen Kleinkind, das sich selbst zum Gottwesen erkoren hat! Auch wenn man gerade mit Krieg beschäftigt ist.

Oooh jemine; die ganze Welt wird gerade zum Spielball eines echt kranken, gruseligen Individuums. Ich nehm' alles zurück, was ich über den Untergang der Menschheit auf unserer Erde gesagt hab'. Aber vielleicht muss es so sein, dass es eines solchen Riesenarschlochs bedarf, damit wir endlich aufwachen. Ich kann nur hoffen, dass, wenn dieses Buch ab Frühling 25 gelesen wird, seine Leser sagen können: Ach, das alte Mädel hier hat nur rumgeunkt. Wir stehen doch jetzt alle zusammen, gegen diesen sich in der Hybris der Omnipotenz wähnenden Kackstiefel. Geben ihm mit einem strengen „Dudu!" einen kräftigen Klaps auf seine gierigen Fingerchen und schieben und schubsen gemeinsam das größenwahnsinnig gewordene Monster-Baby, husch, husch in seinen amerikanischen Laufstall zurück.

Doch das Leben hat mich gelehrt, dass nichts so blöd ist, dass es nicht auch für etwas gut sein kann. Wenn es Trump mit seiner infantilen Hartnäckigkeit wirklich schafft, diesen furchtbaren Krieg zu beenden, schicke ich ihm eine Häkelblumenweste. Für kalte Abende. In den Farben des Union Jack, versteht sich.

Das war's jetzt von mir. Ich möchte dazu ermutigen, die verdammte kognitive Dissonanz, die die Großkopferten so unverfroren mit uns betreiben, zu erkennen. Den exorbitanten Widerspruch zwischen dem, was sie uns als gut verkaufen und dem Mist, den sie uns auf's Brot schmieren, in vielen Bereichen, aber besonders unverschämt in der Kita. Lasst uns aus der Bubble des Brainwashings heraustreten und dem eigenen Gefühl wieder vertrauen. Der eigenen Erfahrung und Intuition. Und lasst es uns wagen, die Wahrheit wieder auszusprechen. Bitte, helft mit, dass die Kitas und all unsere anderen sozialen Einrichtungen, dass Deutschland und unsere Erde wieder ein besserer Platz zum Leben werden. Für unsere Kids und für uns alle. Dass es wirklich mal wieder gerechtfertigt ist, dass wir den Namen ‚Homo sapiens‘ tragen.

Alles Liebe,
Truddi Trueman (Alias)